中國古典文學基本叢書

中州集校注

第八册

〔金〕元好問 編
張 靜 校注

中華書局

中州集癸集第十

△三知己

溪南詩老辛愿 二十首

愿字敬之，福昌人〔一〕。其大父自鳳翔來，居縣西南女几山下〔二〕，以力田爲業〔三〕。敬之自號女几野人。年二十五始知讀書，取《白氏諷諫集》自試〔四〕，一日便能背誦。乃聚書環堵中讀之〔五〕。書至《伊訓》〔六〕，詩至《河廣》〔七〕，頗若有所省，欲罷不能，因更致力焉。音義有不通者，搜訪百至，必通而後已，有一事闕十年者〔八〕。由是博極群書，於三傳爲尤精〔九〕。至於内典〔一〇〕，亦稱該洽〔一一〕。杜詩韓筆未嘗一日去其手〔一二〕。作文有綱目不亂，詩律深嚴〔一三〕，而有自得之趣〔一四〕。性野逸〔一五〕，不修威儀〔一六〕。貴人延客，敬之麻衣草屨，足脛赤露，坦然於其間〔一七〕，劇談豪飲〔一八〕，旁若無人。高獻臣爲河南治中〔一九〕，聞其名，引爲上客。及獻臣爲府尹所誣，敬之亦被訊掠〔二〇〕，幾預一網之禍。自是人以敬之之名爲諱，絶不與交。不二三年，日事大狼狽〔二一〕。田五六十畝，歲入不足，一牛屢爲追胥所奪〔二二〕，竟賣之以爲食。衆雛嗷嗷，張口待哺〔二三〕。雅負高氣，不能從俗俯仰〔二四〕，迫以飢凍，又不得不與世接。其枯槁憔悴〔二五〕，流離頓踣〔二六〕，往往見之于詩。元光初，予與李欽叔在孟津〔二七〕，敬之自女几來，爲之留數日。其行也，欽叔爲設饌，備極豐腆〔二八〕。敬之放箸而歎曰：「平生飽食有數，每見吾二弟，必得美食。明日道路中，又當與老飢相抗去矣。會有一日，辛老子僵仆柳泉、韓城之間〔二九〕，以天地爲棺槨，日月爲含襚，狐狸亦可，螻蟻亦可耳〔三〇〕。」予二人爲之惻然〔三一〕。敬之佳句極多，如「自憐心似魯連子，人道面如裴晉公」，「萬事直須稱好好，百年端欲付休休」，「院靜寬留月，窗虛細度雲」，「浪翻魚出浦，花動鳥移枝」之類，恨不能悉記耳。《木棲》云：「吟窗醉几秋風晚，只許幽人箇裏知。」《三鄉光武廟》云：「萬山青遶一川斜。」到其處，知爲工也。予嘗論敬之，士之有所立〔三二〕，必藉國家教養〔三三〕、父兄淵源〔三四〕、師友講習〔三五〕，三者備而後可。喻如世之美婦，多出於膏腴甲族〔三六〕，薰醲含浸之下〔三七〕。閭閻間非無名色〔三八〕，一旦作公夫人，則舉步羞澀，曾大家婢不如。其理然也。故作新人材〔三九〕，言教育也。獨學無友，言講習也。生長見聞，言父兄也。至於傳記所載〔四〇〕，西子乃苧蘿山采薪氏之女〔四一〕，越君臣教之容止七日〔四二〕，而納之王，遂能惑夫差〔四三〕，傾吴國，豈常理也哉。敬之落落自拔〔四四〕，耿耿自信〔四五〕，百窮而不憫，百辱而不沮，任重道遠〔四六〕，若將死而後已者三十年〔四七〕，亦可謂難矣。南渡以來，詩學爲盛。後生輩一弄筆墨，岸然以風雅自名〔四八〕，高自標置〔四九〕，轉相販賣，少遭指擿〔五〇〕，終死爲敵。一時主文盟者〔五一〕，又皆泛愛多可〔五二〕，坐受愚弄〔五三〕，不爲裁抑〔五四〕，且以激昂張大之語從臾之〔五五〕，至比爲曹、劉、沈、謝者〔五六〕，肩摩而踵接〔五七〕，李杜而下不論也〔五八〕。敬之業專而心通，敢以是非白黑自任〔五九〕。每讀劉、趙、雷、李、張、杜、王、麻諸人之詩〔六〇〕，必爲之探源委〔六一〕，發凡例〔六二〕，解絡脈，審音節，辨清濁，權輕重。片善不掩，微纇必指〔六三〕。如老吏斷獄〔六四〕，文峻網密，絲毫不相貸〔六五〕；如衲僧得正法眼〔六六〕，徵詰開示，幾於截斷衆流〔六七〕。人有難之者，則曰：「我雖不解書，曉書莫如我。」故始則人怒之罵之，中而疑之，已而信服之。至論朋輩中有公鑒而無姑息者〔六八〕，必以敬之爲稱首。蓋不本於教育，不階於講習，不出於父兄，而卓然成就如此。然則若吾敬之者，真特立之士哉〔六九〕。

劉景玄、趙宜之、雷希顔、李欽叔、張仲經、杜仲梁、王仲澤、麻知幾。

【注】

〔一〕福昌：金縣名，屬南京路嵩州，今河南省洛陽市宜陽縣。

〔二〕大父：祖父。鳳翔：金府名，屬鳳翔府路，治今陝西省鳳翔縣。女几山：在福昌縣三鄉鎮。

〔三〕力田：努力耕田。亦泛指勤於農事。

〔四〕白氏諷諫集：唐白居易所作，共一卷，收白居易所作新樂府五十首。

〔五〕環堵：形容狹小、簡陋的居室。

〔六〕伊訓：《尚書》篇名，伊尹所作。《尚書·商書》載，成湯既没，太甲元年，伊尹作《伊訓》、《肆命》、《徂後》。

〔七〕河廣：《詩經》篇名。《詩·衛風·河廣》：「誰謂河廣？一葦杭之。誰謂宋遠？跂予望之。誰謂河廣？曾不容刀。誰謂宋遠？曾不崇朝。」描寫被黄河阻隔者思念宋國，希望回到宋國的强烈感情。

〔八〕闕：同「掘」，挖掘，鑽研探究。

〔九〕三傳：指解釋《春秋》的《左傳》、《公羊傳》、《穀梁傳》。清皮錫瑞《春秋通論》：「《公羊》兼傳大義微言，《穀梁》不傳微言，但傳大義，《左氏》並不傳義，特以記事詳贍，有可以證《春秋》之義者。故三《傳》並行不廢。」

〔一〇〕内典：佛教徒稱佛經爲内典。宋王禹偁《左街僧録通惠大師文集序》：「釋子謂佛書爲内典，謂儒書爲外學。」

〔一一〕該洽：通博、廣博。

〔一二〕杜詩韓筆：指杜甫的詩歌，韓愈的散文。宋王讜《唐語林·文學》：「韓文公與孟東野友善。韓公文至高，孟長於五言，時號『孟詩韓筆』。」筆：指散文，與詩相對而言。

〔一三〕深嚴：謂極爲嚴格。《金史·文藝傳下·王庭筠》：「（庭筠）爲文能道所欲言，暮年詩律深嚴，七言長篇尤工險韻。」

〔一四〕自得：自己有心得體會。《孟子·離婁下》：「君子深造之以道，欲其自得之也。自得之則居之安，居之安則資之深，資之深則取之左右逢其原，故君子欲其自得之也。」

〔一五〕野逸：指放縱不羈。

〔一六〕威儀：指服飾儀表。

〔一七〕坦然：形容内心真誠外露而無顧慮。

〔一八〕劇談豪飲：暢談痛飲。

〔一九〕高獻臣：高庭玉，字獻臣，遼東恩州（今内蒙古赤峰市）人。大定末進士，官左司郎中。貞祐初，出爲河南府治中，被主帥福興構陷，冤死獄中。爲人豪爽重氣節，敢做敢爲，李純甫稱其爲真濟世材。《中州集》卷五有小傳。

〔二〇〕訊掠：謂拷打審問。

〔二一〕日事：每天所需衣食等生計之事。狼狽：喻艱難窘迫。

〔二二〕追胥：謂追租的公差。《宋史·食貨志上二》：「農者未穫，追胥旁午。」

〔二三〕「衆雛」二句：即家中孩子迫于饑餓而急於求食。嗷嗷：叫呼聲；叫喊聲。《楚辭·九歎·惜賢》：「聲嗷嗷以寂寥兮，顧僕夫之憔悴。」王逸注：「嗷嗷，呼聲也。」

〔二四〕從俗俯仰：指隨從世俗，趨炎附勢，壓抑個性。

〔二五〕枯槁憔悴：謂容貌消瘦乾癟，神情落魄沮喪。

〔二六〕流離：流轉離散。頓躓：引申爲困頓。時河南賦役沉重，百姓苦不堪言。元好問《遺山集》卷一三《三鄉雜詩》其三：「溪南老子坐詩窮，窮到簞瓢更屢空。」

〔二七〕予：元好問。李欽叔：李獻能，字欽叔。孟津：金縣名，屬南京路河南府，治今河南省孟津縣東，郾師市北。

〔二八〕豐腆：指飲饌豐盛。

〔二九〕僵仆：死亡。柳泉，地名，從漢代始建柳泉驛，今河南省宜陽縣柳泉鎮。韓城：金鎮名，屬南京路嵩州福昌縣，今屬河南省宜陽縣。

〔三〇〕「以天」四句：《莊子·列禦寇》：「莊子將死，弟子欲厚葬之。莊子曰：『以天地爲棺槨，以日月爲連璧，星辰爲珠璣，萬物爲齎送，吾葬具豈不備耶？何以加此！』弟子曰：『吾恐烏鳶之食夫子也。』莊子曰：『在上爲烏鳶食，在下爲螻蟻食，奪彼與此，何其偏也？』」棺槨：指的是裝殮屍體的器具。槨：套在棺外的外棺。含襚：古葬禮，以珠玉納死者口中曰「含」，以衣衾贈死者曰「襚」。

〔三一〕惻然：哀憐貌，悲傷貌。

〔三二〕立：建樹，成就。《論語·爲政》：「三十而立。」

〔三三〕藉：憑藉，依託。《管子·内業》：「彼道自來，可藉與謀。」尹知章注：「藉，因也。因其自來而與之謀。」教養：教育培養。

〔三四〕淵源：指學業上的師承。宋秦觀《辭史官表》：「若非承父兄之教詔，世守其言，則必積師友之淵源，材克厥職。」

〔三五〕講習：講議研習。《易·兑》：「《象》曰，麗澤兑，君子以朋友講習。」孔穎達疏：「朋友聚居，講習道義，相説之盛，莫過於此也。」

〔三六〕膏腴甲族：指富貴的世家大族。

〔三七〕薰醲含浸：薰陶浸潤。

〔三八〕閭閻：里巷内外的門，里巷。名色：有名的美色。指著名的美女。

〔三九〕作新：《書·康誥》：「汝惟小子，乃服惟弘王，應保殷民。亦惟助王，宅天命，作新民。」孔傳：「弘王道，安殷民，亦所以惟助王者居順天命，爲民日新之教。」本意謂教導殷民，服從周的統治。後因以「作新」比喻教化百姓，移風易俗。蘇軾《王安石贈太傅制》：「具官王安石少學孔孟，晚師瞿聃，罔羅六藝之遺文，斷以己意；糠粃百家之陳跡，作新斯人。」

〔四〇〕傳記：文體名，亦單稱傳。記載人物事蹟的文字。大體分兩大類：一類是以記述翔實史事爲主的史傳或一般紀傳文字；另一類屬文學範圍，以史實爲根據，但不排斥某些想像性的描述。

〔四一〕西子：亦稱西施。春秋末年越國苧羅（今浙江省諸暨市南）人。越王勾踐敗於會稽，范蠡取西施獻吴王夫差，使之迷惑忘政，越遂亡吴。事見《吴越春秋·勾踐陰謀外傳》。苧蘿：山名，系會稽山餘脈。

〔四二〕容止：儀容舉止。

〔四三〕夫差：吴王夫差，春秋末期吴國國君。登位之初，勵精圖治，大敗勾踐，使吴國達到鼎盛。在位後期，生活奢華無度，對外窮兵黷武。前四七三年，勾踐滅吴，夫差自縊。

〔四四〕落落：猶磊落。常用以形容人的氣質、襟懷。唐楊炯《和劉長史答十九兄》：「風標自落落，文質且彬彬。」

〔四五〕耿耿：超凡之貌。元辛文房《唐才子傳·李山甫》：「山甫詩文激切，耿耿有奇氣，多感時懷古之作。」

〔四六〕任重道遠：《論語·泰伯》：「曾子曰：『士不可以不弘毅，任重而道遠。』」謂負擔沉重，路途遥遠。

〔四七〕死而後已：到死方休。形容終身奮鬬。《論語·泰伯》：「士不可以不弘毅，任重而道遠。仁以爲己任，不亦重乎？死而後已，不亦遠乎？」

〔四八〕岸然：嚴正或高傲貌。風雅：指《詩經》中的《國風》和《大雅》、《小雅》。亦用以指代《詩經》。杜甫《戲爲六絶句》其六：「别裁僞體親風雅，轉益多師是汝師。」

〔四九〕高自標置：謂自我推許很高。《晉書·劉惔傳》：「桓温嘗問惔：『會稽王談更進邪？』惔曰：『極進，然故第二流耳。』温曰：『第一復誰？』曰：『故在我輩。』其高自標置如此。」

〔五〇〕少：稍。指擿：挑出缺點錯誤。

〔五一〕文盟：猶文壇。

〔五二〕多可：多所許可、寬容。《文選·嵇康·與山巨源絶交書》：「足下傍通，多可而少怪。」李善注：「傍通衆藝，多有許可，少有疑怪，言寬容也。」

〔五三〕坐受：白白地承受。

〔五四〕裁抑：制止，遏止。

〔五五〕張大：誇大，誇張。臾：通「諛」。

〔五六〕曹劉：建安詩人曹植、劉楨的並稱。南朝梁劉勰《文心雕龍·比興》：「至於揚班之倫，曹劉以下，圖狀山川，影寫雲物。」唐杜牧《酬張祜處士見寄長句四韻》：「七子論詩誰似公？曹劉須在指揮中。」沈謝：南朝宋詩人謝靈運與南朝梁詩人沈約的並稱。杜甫《哭王彭州掄》：「新文生沈謝，異骨降松喬。」仇兆鼇注：「沈謝，沈約、謝靈運。」

〔五七〕肩摩而踵接：肩相摩，踵相接。此處指人數衆多，層出不窮。

〔五八〕李杜：唐李白與杜甫的並稱。唐韓愈《調張籍》：「李杜文章在，光焰萬丈長。」《新唐書·文藝傳上·杜甫》：「甫曠放不自檢，好論天下事，高而不切。少與李白齊名，時號『李杜』。」

〔五九〕自任：自覺承擔，當作自身的職責。《孟子·萬章下》：「其自任以天下之重也。」

〔六〇〕劉趙雷李張杜王麻：指劉昂霄、趙元、雷淵、李獻能、張澄、杜仁傑、王渥、麻九疇。

〔六一〕源委：語本《禮記·學記》：「三王之祭川也，皆先河而後海，或源也，或委也，此之謂務本。」鄭玄注：「源，泉所出也；委，流所聚也。」指水的發源和歸宿。引申爲事情的本末。

〔六二〕凡例：晉杜預《春秋經傳集解序》：「其發凡以言例，皆經國之常制，周公之垂法，史書之舊章。」後因以「凡例」指體制、章法或内容大要，今多指書前説明本書内容或編纂體例的文字。

〔六三〕纇：本指絲線上的疙瘩。後比喻瑕疵、缺點。

〔六四〕老吏斷獄：老到的官吏審理案件。形容有豐富經驗的人，判斷是非快而準。

〔六五〕不相貸：不饒恕，不寬免。

〔六六〕正法眼：正法眼藏。佛教語。又稱清淨法眼。禪宗以爲「教外别傳」之心印。釋迦牟尼以正法眼藏付與大弟子迦葉，是爲禪宗初祖，爲佛教「以心傳心」授法的開始。《景德傳燈録·摩訶迦葉》：「佛告諸大弟子，迦葉來時，可令宣揚正法眼藏。」

〔六七〕截斷衆流：喻識見玄遠，超情越識。宋葉夢得《石林詩話》卷上：「禪宗論雲門有三種語：其一爲隨波逐浪句，謂隨物應機，不主故常；其二爲截斷衆流句，謂超出言外，非情識所到；……老杜詩亦有此三種語……以『百年地僻柴門迥，五月江深草閣寒』爲截斷衆流句。」

〔六八〕公鑒：公正、公道的品鑒。姑息：無原則的寬容。

〔六九〕特立：獨立；聳立。用以形容辛愿未經國家教育、父兄淵源、師友講習而成就卓然。

亂後〔一〕

兵去人歸日，花開雪霽天。川原荒宿草〔二〕，墟落動新煙〔三〕。困鼠鳴虛壁，飢烏啄廢田〔四〕。似聞人語亂，縣吏已催錢〔五〕。

【注】

〔一〕亂後：貞祐四年冬十月，蒙古兵自潼關入河南。辛愿攜家避兵，兵去始歸。

〔二〕宿草：隔年的草。

〔三〕墟落：村落。新煙：謂避亂村民歸鄉後新燃的炊煙。

〔四〕廢田：荒田。

〔五〕催錢：催索錢糧。蘇軾《陳季常所畜朱陳村嫁娶圖》：「我是朱陳舊使君，勸農曾入杏花村。而今風物那堪畫，縣吏催錢夜打門。」

贈趙仲常 名憲，宜之從弟。詩有「黃塵衮衮時隨脚，華髮蕭蕭老壓頭」之句〔一〕。

趙子年雖小〔二〕，論詩樂最深。秋風凡幾首，冬日更多吟。老大吾無力，文章爾用心。荒山松竹底，莫厭數相尋〔三〕。

【注】

〔一〕宜之：趙元字宜之，定襄人，貞祐間避亂寓福昌、永寧。以詩名世，與辛愿等交密。

〔二〕趙子：代趙仲常。

〔三〕數：屢次，頻頻。

過嵩山〔一〕

催老年光衮衮來〔二〕，好懷知欲向誰開〔三〕。箕山潁水春風裏〔四〕，呼起巢由共一杯〔五〕。

【注】

〔一〕嵩山：古稱外方，又名嵩高，在河南省登封縣北。

〔二〕衮衮：喻時光急速流逝。

〔三〕好懷：好心情、好興致。晉陶潛《飲酒》其十一：「清晨聞叩門，倒裳往自開。問子爲誰歟，田父有好懷。」

〔四〕箕山：在今河南省登封縣東南，與嵩山相對，古人時將「嵩箕」對舉連用。潁水：源出今河南省登封縣西南，東南流至周口，北合賈魯河、南合沙河入淮。

〔五〕巢由：巢父、許由。相傳皆爲堯時隱士，堯讓位於二人，皆不受。晉皇甫謐《高士傳·巢父》：巢父，堯時隱人。山居不營世利，年老以樹爲巢而寢其上，時人號曰巢父。堯讓天下於巢父，不受。又讓於許由，亦不受，遁耕箕山下。又召爲九州長，由不欲聞，洗耳於潁水濱。許由，字武仲，陽城槐里人。

隆德故宮〔一〕

蛇分鹿死已無秦〔二〕，五十年來漢苑春〔三〕。問着流鶯無一語〔四〕，柳條依舊拂牆新。

【注】

〔一〕隆德故宮：即龍德宮。劉祁《歸潛志》卷七：「南京同樂園，故宋龍德宮，徽宗所修。其間樓觀花石甚盛，每春三月花發及五六月荷花開，官縱百姓觀。雖未嘗再增葺，然景物如舊。……正大末，北兵入河南，京城作防守計，官盡毀之。其樓亭材大者則爲樓櫓用，其湖石皆鑿爲砲矣。」

〔二〕蛇分：用高祖斬蛇典。漢劉邦起事前曾醉行澤中，遇大蛇當道，乃拔劍斬之。事見《史記·高祖本紀》。鹿死：《史記·淮陰侯列傳》：「秦失其鹿，天下共逐之。」《晉書·石勒載記下》：「朕遇光武，當併驅于中原，未知鹿死誰手。」句謂金滅北宋事。

〔三〕漢苑：漢朝宫苑。句言劉邦建國後至漢武帝時五六十年間宫苑始壯麗，借指隆德宫修建工程浩大，歷時長久。

〔四〕流鶯：即鶯。流，謂其鳴聲婉轉。

同趙長水泛舟〔一〕

洛水秦山晚自澄〔二〕，孤洲煙樹緑相仍。波摇朗月浮金鏡〔三〕，嶺隔華星斷玉繩〔四〕。但覺轉船驚白鳥〔五〕，豈煩揮翣怒青蠅〔六〕。風塵浩蕩飄蓬裏〔七〕，愧似林宗陪李膺〔八〕。

【注】

〔一〕趙長水：其人不詳。

〔二〕洛水：洛河，源出陝西省洛南縣，東流入河南境，經盧氏、洛寧、宜陽、洛陽，至鞏義入黄河。

〔三〕金鏡：喻圓月。

〔四〕華星：明星。《文選·曹丕·芙蓉池作》：「丹霞夾明月，華星出雲間。」李善注：「《法言》曰：『明星皓皓，華藻之力也。』」玉繩：星名。常泛指群星。《文選・張衡・西京賦》：「上飛闥而仰眺，正睹瑶光與玉繩。」李善注引《春秋元命苞》曰：「玉衡北兩星爲玉繩。」

〔五〕白鳥：蚊的别名。《大戴禮記・夏小正》：「(八月)丹鳥羞白鳥。丹鳥也者，謂丹良也。白鳥也者，謂閩蚋也。」

〔六〕翣：大扇子。青蠅：蒼蠅。蠅色黑，故稱。

〔七〕飄蓬：飄蕩中的船。蓬用同「篷」。前蜀李珣《南鄉子》詞：「誰同醉，纜卻扁舟蓬底睡。」《漁歌子》詞：「水爲鄉，蓬作舍。」

〔八〕「愧似」句：用李膺、郭太典故。郭太，字林宗，太原介休人。就成皋屈伯彦學，三年業畢，博通墳籍。游於洛陽，始見河南尹李膺。膺大奇之，遂相友善，於是名震京師。後歸鄉里，衣冠諸儒送至河上，車數千輛。林宗獨與李膺同舟而濟，衆賓望之，以爲神仙焉。事見《後漢書・郭太傳》。

山寒

山寒春靜早關門，新月微光照短垣〔一〕。可恨暮雲欺落景〔二〕，卻將殘靄助黄昏〔三〕。

【注】

〔一〕短垣：矮牆。

〔二〕落景：落日的光輝。

〔三〕殘靄：殘留的雲氣。

陋室

陋室何妨似燕窠〔一〕，暮年終得返魚蓑〔二〕。壺中日月時常好〔三〕，枕上功名不足多〔四〕。往古來今真夜旦〔五〕，高天厚地一罝羅〔六〕。鹿門幸有龐公樂〔七〕，牛角徒爲甯戚歌〔八〕。

【注】

〔一〕窠：巢。

〔二〕魚蓑：漁人的蓑衣。代指歸隱。

〔三〕「壺中」句：用壺公典故。《雲笈七籤》卷二八引《雲臺治中録》：「施存，魯人。……常懸一壺如五升器大，變化爲天地，中有日月，如世間，夜宿其内，自號『壺天』，人謂曰『壺公』。」壺中日月：指道家悠閒清靜的無爲生活。

〔四〕「枕上」句：枕上功名：指夢中功名，用盧生「黄粱一夢」典故。唐沈既濟《枕中記》：開成七年，有盧生名英，字萃之。於邯鄲逆旅，遇道者吕翁，生言下甚自歎困窮，翁乃取囊中枕授之。曰：「子枕吾此枕，當令子榮顯適意！」時主人方蒸黍。生俛首就之，夢入枕中，遂至其家，娶清河崔氏女爲妻，女容甚麗，旋舉進士，累官舍人，遷節度使，大破戎虜，爲相十餘年，年逾八十而卒。及醒，蒸黍尚未熟。怪曰：「豈其夢耶？」翁笑曰：「人生之適，亦如是耳！」生撫然良久，稽首拜謝而去。

〔五〕「往古」句：謂古今如旦暮，言時光飛快，亦莊子所云人生如白駒過隙之意。

〔六〕高天厚地：天高地厚。《詩·小雅·正月》：「謂天蓋高，不敢不局；謂地蓋厚，不敢不蹐。」指天地間，人世間。罝羅：泛指捕捉鳥獸的網。《國語·魯語上》：「獸虞於是乎禁罝羅。」韋昭注：「罝，兔罟；羅，鳥罟也。」

〔七〕「鹿門」句：用漢末名士龐德公典故。龐公，南郡襄陽人，居峴山之南。荆州刺史劉表數延請，不就。後遂攜其妻子登鹿門山，采藥不返。事見《後漢書·逸民傳》。

〔八〕「牛角」句：用甯戚典故。《吕氏春秋·舉難》：「甯戚飯牛，居車下，望桓公而悲，擊牛角疾歌。」後用作懷才不遇、窮困求助的典故。

亂後還 三首〔一〕

兵戈爲客苦思鄉〔二〕，春暮還鄉卻自傷。典籍散亡山閣冷〔三〕，松筠憔悴野園荒〔四〕。鶯銜晚色啼深樹，燕掠春陰入短牆〔五〕。鄰里也知歸自遠，競將言語慰凄凉。

【注】

〔一〕詩題：本組詩作於蒙古侵金戰亂後，詩人重返故鄉之時。貞祐四年冬十月，蒙古兵自潼關入河南，辛愿攜家避兵，兵去始歸。

〔二〕兵戈：指戰爭。

〔三〕典籍：指詩人當年離家逃亡之際所藏的各種書籍。山閣：依山而築的樓閣。此謂家中藏書之所。

〔四〕松筠：松竹。

〔五〕短牆：矮牆。

又

亂後還家春事空〔一〕，樹頭無處覓殘紅。棠梨妥雪霑新雨〔二〕，楊柳飄綿颺晚風〔三〕。談笑取官鷩小子〔四〕，艱難爲客媿衰翁〔五〕。殘年得見休兵了〔六〕，收拾閑身守桂叢〔七〕。

【注】

〔一〕春事：特指花事。

〔二〕棠梨：俗稱野梨。落葉喬木，葉長圓形或菱形，晚春時節開花，花白色，果實小。唐元稹《村花晚》：「三春已暮桃李傷，棠梨花白蔓菁黃。」妥：墮，垂落，掉下。雪：喻飄落的白色花瓣。

〔三〕綿：指柳絮。宋張先《少年游慢》詞：「春城三二月，禁柳飄綿未歇。」颺：飛揚。

〔四〕「談笑」句：形容博取功名之易。杜甫《復愁》：「胡虜何曾盛，干戈不肯休。閭閻聽小子，談笑覓封侯。」小子：年輕人，晚輩。

〔五〕衰翁：老翁。宋歐陽修《朝中措》詞：「行樂直須年少，樽前看取衰翁。」

〔六〕殘年：晚年，暮年。休兵：停止戰事。

〔七〕桂叢：桂樹林。多指隱居之地。《楚辭·招隱士》：「桂樹叢生兮山之幽，偃蹇邊蜷兮枝相繚。」比喻高士隱棲之處。

又

春來漂泊心情減，老去艱危氣力微〔一〕。芳草際天愁思遠〔二〕，干戈滿地故人稀〔三〕。懷金躍馬時何有〔四〕，問舍求田事已違〔五〕。糲食敝衣聊自足〔六〕，白頭甘息漢陰機〔七〕。

【注】

〔一〕艱危：言生活艱難困迫。

〔二〕際：靠近，接近。愁思：憂愁的思緒。唐柳宗元《登柳州城樓寄漳汀封連四州刺史》：「城上高樓接大荒，海天愁思正茫茫。」

〔三〕干戈滿地：形容到處受到戰爭的摧殘。

〔四〕「懷金」句：《史記·范睢蔡澤列傳》：「（蔡澤）謂其御者曰：『吾持粱刺齒肥，躍馬疾驅，懷黄金之印，結紫綬於要（腰），揖讓人主之前，食肉富貴，四十三年足矣。』」後用懷金躍馬指貴顯得志。

〔五〕「問舍」句：《三國志·魏志·陳登傳》：「備曰：『君有國士之名，今天下大亂，帝主失所，望君憂國忘家，有救世之意，而君求田問舍，言無可采，是元龍所諱也，何緣當與君語。』」多形容只求個人小利，没有遠大志向。

〔六〕糲食：粗惡的飯食。《漢書·孝成許皇后》：「妾誇布服糲食。」顏師古注引孟康曰：「糲，粗米也。」

〔七〕漢陰機：取巧之心。語本《莊子·天地》：子貢過漢陰，見一丈人鑿隧入井，抱甕而灌圃畦，用力甚多而見功寡。子貢曰：「有械於此，一日浸百畦，用力甚寡而見功多，夫子不欲乎？」丈人曰：「吾聞之吾師，有機械者必有機事，有機事者必有機心，機心存於胸中，則純白不備；純白不備，則神生不定；神生不定者，道之所不載也。吾非不知，羞而不爲也。」

題游彦明林園　三首〔一〕

先生未老厭儒冠〔二〕，築屋栽籬守歲寒〔三〕。經史日長常滿案〔四〕，魚蝦溪近得供盤。幽花入室無多種，瘦竹關情只數竿〔五〕。蕭灑遠辭車馬跡，求官何必近長安〔六〕。

【注】

〔一〕游彦明：其人不詳。

〔二〕儒冠：古代儒生戴的帽子。此處借指功名。杜甫《奉贈韋左丞丈二十二韻》：「紈袴不餓死，儒冠多誤身。」

〔三〕歲寒：喻忠貞不屈的節操或品行。《論語·子罕》：「歲寒，然後知松柏之後彫也。」

〔四〕經史：儒家經典和史書，代指典籍。

〔五〕關情：動心，牽動情懷。

〔六〕長安：代指京城。

又

城郭繁華斷往還，林園幽闃養高閑〔一〕。花低暖蕊斜窺水，竹亞晴梢巧避山〔二〕。尊俎歲時君得意〔三〕，風埃南北我何顔〔四〕。丹房藥鏡游心久〔五〕，不惜哀矜洗病孱〔六〕。

【注】

〔一〕幽闃：靜寂。高閑：清高閑適。

〔二〕亞：低垂。

〔三〕尊俎：古代盛酒肉的器皿，常用爲宴席的代稱。尊，盛酒器；俎，置肉之几。歲時：一年四季。

〔四〕風埃南北：指自己爲生計四處奔波，風塵僕僕。

〔五〕丹房：指道教煉丹的地方。藥鏡：指玄元崔真人所著《入藥鏡》，道家書。游心：潛心，留心。

〔六〕哀矜：哀憐，憐憫。病孱：病弱，病弱之人。詩人自稱。

又

不礙遥看冷翠微〔一〕，儘教叢竹映窗扉。籬根傍水知魚樂〔二〕，屋角隣花鳥自歸。濁酒野芹安已久〔三〕，華軒高馬到從稀〔四〕。人間回首皆堪鄙，羡汝幽棲得所依〔五〕。

【注】

〔一〕翠微：形容山光水色青翠縹緲。

〔二〕籬根：竹籬近地處。知魚樂：《莊子·秋水》：「莊子與惠子遊於濠梁之上。莊子曰：『儵魚出遊從容，是魚樂也。』惠子曰：『子非魚，安知魚之樂？』莊子曰：『子非我，安知我不知魚之樂？』」本謂魚游水中，悠然自得。後亦以喻縱情山水，逍遥遊樂。

〔三〕濁酒：劣酒。

〔四〕「華軒」句：五代王定保《唐摭言》卷一〇《韋莊請奏追贈不及第人近代者》載，李賀七歲，以長短之制，名動京華。時韓愈、皇甫湜覽賀所業，奇之，連騎造門。賀作《高軒過》。句言游氏隱姓埋名，與達官貴人交往甚少。

〔五〕幽棲：幽僻的住處。

贈劉庵主　劉，遼貴族。

蚤薄軒裳貴〔一〕，高尋綺皓蹤〔二〕。一囊閭里藥〔三〕，六尺水雲筇〔四〕。午枕眠芳景，晴檐望遠峰。柴門常不掩〔五〕，應得野夫從〔六〕。

【注】

〔一〕薄：鄙薄。軒裳：指官位爵禄。

〔二〕綺皓：即綺里季。漢初隱士「商山四皓」之一。《文選·江淹·效孫綽雜述》：「領略歸一致，南山有綺皓。」張銑注：「綺，綺里季。皓，老人貌。」

〔三〕閭里藥：爲鄉里百姓治病的良藥。

〔四〕水雲筇：古人手杖名。水雲：雲水。謂漫游。漫游如行雲流水，飄泊無定，故稱。筇：一種竹子，可以做手杖。

〔五〕柴門：用柴木做的門。言其簡陋。

〔六〕野夫：指隱者。

函關〔一〕

雙峰高聳大河旁〔二〕，自古函關一戰場〔三〕。紫氣久無傳道叟〔四〕，黄塵那有棄繻郎〔五〕。煙迷短草秋還緑，露浥寒花晚更香〔六〕。共説河山雄百二〔七〕，不堪屈指算興亡〔八〕。

【注】

〔一〕函關：函谷關。戰國時秦始置關，稱秦關，在今河南省靈寶縣境。因其路在谷中，深險如函，故名。漢元鼎三年移至今河南省新安縣境，去故關三百里。

〔二〕大河：即黄河。

〔三〕「自古」句：謂函谷關地勢險要，易守難攻，歷來爲兵家必爭之地。

〔四〕「紫氣」句：用老子出關典故。傳道叟：指老子。《史記·老子韓非列傳》：「老子修道德，其學以自隱無名爲務。居周久之，見周之衰，乃遂去。至關，關令尹喜曰：『子將隱矣，彊爲我著書。』於是老子乃著書上下篇，言道德之意五千餘言而去，莫知其所終。」司馬貞索隱引漢劉向《列仙傳》：「老子西游，關令尹喜望見有紫氣浮關，而老子果乘青牛而過也。」

〔五〕「黄塵」句：用終軍棄繻入關典故。《漢書·終軍傳》：「初，軍從濟南當詣博士，步入關，關吏予軍繻。軍問：『以此何爲？』吏曰：『爲復傳，還當以合符。』軍曰：『大丈夫西遊，終不復傳還。』棄繻而去。」繻：帛邊。書帛裂而分之，合爲符信，作爲出入關卡的憑證。棄繻：表示決心在關中創立事業，不再出關。

〔六〕浥：濕，濕潤。《詩·召南·行露》：「厭浥行露，豈不夙夜？謂行多露。」毛傳：「厭浥，濕意也。」

〔七〕百二：以二敵百。一説百的一倍。後以喻山河險固之地。《史記·高祖本紀》：「秦，形勝之國，帶河山之險，縣隔千里，持戟百萬，秦得百二焉。」裴駰集解引蘇林曰：「得百中之二焉。秦地險固，二萬人足當諸侯百萬人也。」司馬貞索隱引虞喜曰：「言諸侯持戟百萬，秦地險固，一倍於天下，故云得百二焉，言倍之也，蓋言秦兵當二百萬也。」

〔八〕屈指：彎着指頭計數。

贈趙宜之 二首〔一〕

夫子今詞伯〔二〕，胡爲遠帝京〔三〕。青雲無轍跡〔四〕，白髮有柴荊〔五〕。鬼戲多年病〔六〕，人高四海名〔七〕。麟經方有缺〔八〕，無惜繼丘明〔九〕。

【注】

〔一〕趙宜之：趙元，字宜之。定襄人，避亂南渡寓居福昌、永寧，以詩名世。

〔二〕夫子：對學者的稱呼。詞伯：稱譽擅長文詞的大家，猶詞宗。

〔三〕帝京：帝都，京城。

〔四〕青雲：喻高官顯爵。

〔五〕柴荆：指用柴荆做的簡陋門户。

〔六〕多年病：指趙元失明事。劉祁《歸潛志》卷二小傳：「及壯，病目失明。」《中州集》卷五小傳：「舉進士不中，以年及，調鞏西簿，未幾失明。」

〔七〕四海名：《中州集》卷五趙元小傳：「泰和以後，有詩名河北。李屏山爲賦愚軒，有『落筆突兀無黄初』之句，故名益重。」

〔八〕麟經：指《春秋》。孔子修《春秋》，止於魯哀公十四年「西狩獲麟」事。

〔九〕丘明：左丘明，魯國人，春秋時史學家。雙目失明，著《左傳》。

又

轉徙家無地〔一〕，逢迎客有尊。光陰連病枕，天地一愚軒〔二〕。霜雪青松古，風塵白璧温。從渠投隙者〔三〕，衮衮向金門〔四〕。

【注】

〔一〕轉徙：輾轉遷移。

〔二〕愚軒：趙元有屋名愚軒，故自號愚軒。元好問有《愚軒爲趙宜之賦》詩。

〔三〕從渠：任他。投隙：指投機鑽營。

〔四〕袞袞：相繼不絕貌。金門：代指富貴人家。

送裕之往許州，酒間有請予歌渭城煙雨者，因及之〔一〕

白酒留分袂〔二〕，青燈約對牀〔三〕。言詩真漫許，知己重難忘〔四〕。爽氣虛韓嶽〔五〕，文星照許昌〔六〕。休歌渭城柳，衰老易悲傷。

【注】

〔一〕裕之：元好問，字裕之。許州：金州名，屬南京路，今河南省許昌市。渭城煙雨：即王維所作《渭城曲》。

〔二〕分袂：離别。

〔三〕對牀：兩人對牀而卧。喻相聚的歡樂。唐韋應物《示全真元常》：「寧知風雪夜，復此對牀眠。」元好問《寄答景元兄》：「故人相念不相忘，頻着書來約對牀。」

〔四〕「言詩」二句：謂元好問對自己詩作成就的肯定有點名不符實，但這份知己之情份量甚重，畢生難忘。漫：本爲漫不經意，引申爲胡亂義，空義。元好問《寄辛老子》：「百錢卜肆成都市，萬古詩壇子美家。後日從翁問奇字，可能逋客待侯巴。」對辛詩給予很高的評價。

〔五〕爽氣：清爽之氣。虛：凌，超越。韓嶽：指三鄉女几山。元好問《過三鄉望女几邨，追懷溪南詩老辛敬之二首》其一自注云：「女几山，土人謂之韓嶽。」見《遺山集》卷九。

〔六〕文星：星名。即文昌星，又名文曲星。相傳文曲星主文才，後亦指有文才的人。此處指元好問。許昌：指許州，元好問將去之處。

寄裕之〔一〕

青雲一別阮家郎〔二〕，甚欲題詩遠寄將。好句眼前常蹉過〔三〕，佳人心上不曾忘〔四〕。誰家秋月茅亭底，何處春風錦瑟旁〔五〕。昌谷煙霞久寂寞〔六〕，歡遊還肯到三鄉〔七〕。

【注】

〔一〕裕之：元好問字。

〔二〕「青雲」句：《文選·顏延年·阮始平》：「仲容青雲器，實稟生民秀。」李善注：「青雲，言高遠也。」阮家郎：阮咸字仲容，官到始平太守，爲「竹林七賢」之一，阮籍之侄。

〔三〕蹉過：錯失，錯過。

〔四〕佳人：美好的人。指君子賢人。漢武帝《秋風辭》：「蘭有秀兮菊有芳，攜佳人兮不能忘。」

〔五〕錦瑟：漆有織錦紋的瑟。杜甫《曲江對雨》：「何時詔此金錢會，暫醉佳人錦瑟傍。」仇兆鼇注引

〔六〕昌谷：地名，在今河南省宜陽縣西三鄉鎮。唐代詩人李賀曾居於此，别號昌谷。煙霞：煙霧和雲霞。也指「山水勝景」。

《周禮樂器圖》：「飾以寶玉者曰寶瑟，繪文如錦者曰錦瑟。」

〔七〕三鄉：鎮名，在永寧、福昌之間。辛愿居三鄉，嘗與元好問等人遊。元好問《木庵英上人》：「三鄉有辛敬之，趙宜之，劉景玄，予亦在焉。」又《題山亭會飲圖二首》其一：「女几樵人塞上詞，溪南老子座中詩。因君唤起山亭夢，好似三鄉共醉時。」劉昂霄有《中秋日同辛敬之、魏邦彦、馬伯善，麻信之、元裕之燕集三鄉光武廟，諸君有詩，昂霄亦繼作》。

山園

歲暮山園懶再行，蘭衰菊悴頗關情〔一〕。青青多少無名草，爭向殘陽暖處生。

【注】

〔一〕關情：動心，牽動情懷。

李講議汾 二十五首

汾字長源，平晉人〔一〕，系出雁門〔二〕。曠達不羈，好以奇節自許〔三〕。避亂入關，京兆尹子容愛其才〔四〕，招致門下，留一年去。之涇州〔五〕，謁張公信甫〔六〕，一見即以上客禮之〔七〕。自是游道日廣，然關中無一人敢與相軒輊者〔八〕。元光末，用薦書得從事史館〔九〕。舊例史院有監修，宰相爲之。同修，翰長至直學士兼之〔一〇〕。編修官專纂述之事。若從事，則職名謂之書寫，特抄書小史耳。凡編修官得日録〔一一〕，分受之。纂述既定，以藁授從事。從事録潔本呈翰長。平居無事，則翰長及從事或列坐飲酒賦詩。一預史事〔一二〕，則有官長掾屬之别〔一三〕。長源素高亢，不肯一世〔一四〕，乃今以斗食故〔一五〕，人以府史畜之〔一六〕，殊不自聊。高、張諸人率以新進入館〔一七〕，史家凡例〔一八〕，或未能盡知，就其所長，且不滿長源一笑，故刊修之際，長源在旁，則蓄縮慘沮〔一九〕，握筆不能下。長源正襟危坐〔二〇〕，讀太史公、左丘明一篇〔二一〕，或數百言，音吐洪暢〔二二〕，旁若無人。既畢，顧四坐，漫爲一語云：「看！」秉筆諸人積不平，而雷、李尤所切齒〔二三〕，乃以嫚駡官長訟于有司〔二四〕。然時論亦有不直雷、李者〔二五〕。故證左相半〔二六〕，踰年不能決。右丞師公以傷風化爲嫌〔二七〕，遣東曹掾置酒和解之〔二八〕，不得已，乃罷。尋入關，明年驅數馬來京師，日以馬價佐歡。道逢怨家，則畫地大數而去〔二九〕。又明年，恒山公仙在鄧之西山〔三〇〕，長源往説之，署行尚書省講議官。既而恒山與參知政事思烈相異同〔三一〕，頗謀自安，懼長源言論，欲除之。遁之泌陽〔三二〕，竟爲所害〔三三〕。長源孝友廉介〔三四〕，過人者甚多。寧寒餓而死，終不作寒乞聲向人，人亦以此愛之。平生以詩爲專門之學，其所得爲尤多，如「洛陽才子懷三策〔三五〕，長樂鐘聲又一年〔三六〕」，「清鏡功名兩行淚，浮雲親舊一囊錢」，「煙波蒼蒼孟津渡〔三七〕，旌旗歷歷河陽城〔三八〕」，「長河不洗中原恨，趙括元非上將才〔三九〕」，「三輔樓臺失歸燕〔四〇〕，上林花木怨啼鵑〔四一〕」，「空餘一掬傷時淚，暗墮昭陵石馬前〔四二〕」，同輩作七言詩者，皆不及也。辛卯秋〔四三〕，遇予襄城〔四四〕。杯酒間，誦關中往來詩十數首，道其流離世故、妻子凋喪、道塗萬里、奔走狼狽之意。雖辭旨危苦〔四五〕，而耿耿自信者故在〔四六〕，鬱鬱不平者不能掩〔四七〕。清壯磊落〔四八〕，有幽并豪俠歌謡慷慨之氣〔四九〕。此詩兵火中散亡，今就其少作予所能記憶者録之。

【注】

〔一〕平晉：金縣名，屬河東北路太原府，今山西省太原市。

〔二〕雁門：指李克用。《新唐書·沙陀傳》載，中和二年，黄巢兵入長安，沙陀李克用受詔任雁門節度使收復京師，故稱。

〔三〕奇節：奇特的節操。

〔四〕子容：時任京兆尹，餘不詳。

〔五〕涇州：金州名，屬慶原路，治今甘肅省涇川縣。

〔六〕張公信甫：張行中，字信甫，莒州日照（今山東省日照市）人。大定二十八年進士，歷任監察御史、左諫議大夫、吏部尚書，尚書左丞等。敢於直言進諫，遇事輒發，無所畏避。《金史》卷一〇七有傳，《中州集》卷九有小傳。

〔七〕上客：尊客，貴賓。

〔八〕軒輊：一較高下、優劣。

〔九〕薦書：推薦人的文書或信件。

〔一〇〕翰長：翰林學士院主政者，由翰林學士承旨（從二品）任之。直學士：翰林院官名，從四品。

〔一一〕日録：即日曆。《金史·百官二》：「秘書監下領著作局，著作郎一員，從六品。著作佐郎一員，正七品，掌修日曆。」按日記載朝政事務，編成册子，交付國史院，爲纂修國史的依據。

〔一二〕史事：修撰國史之事。

〔一三〕掾屬：低級官吏。

〔一四〕不肯一世：猶不可一世，謂自視甚高，對天下人極少贊許推重。劉祁《歸潛志》卷二李汾小傳：「少游秦中，喜讀史書，覽古今成敗治亂，慨然有功名心。……爲人尚氣，跌宕不羈。」

〔一五〕斗食：微薄的俸禄。

〔一六〕府史：古時管理財貨文書出納的小吏。畜：對待，看待。《漢書·叙傳上》：「王莽少與穉兄弟同列友善，兄事斿而弟畜穉。」顔師古注：「事斿如兄，遇穉如弟。」

〔一七〕高張：二人不詳。

〔一八〕凡例：晉杜預《春秋經傳集解序》：「其發凡以言例，皆經國之常制，周公之垂法，史書之舊章。」又《左傳·隱公七年》：「凡諸侯同盟，於是稱名，故薨則赴以名，告終稱嗣也，以繼好息民，謂之禮經。」杜預注：「此言凡例，乃周公所制禮經也。」後因以「凡例」指體制、章法或內容大要，今多指書前説明本書内容或編纂體例的文字。

〔一九〕蓄縮：畏縮；退縮。慘沮：憂傷沮喪。

〔二〇〕正襟危坐：整理好衣服，端正地坐着。

〔二一〕讀太史公、左丘明：指讀司馬遷的《史記》和左丘明的《左傳》。

〔二二〕音吐：談吐。洪暢：洪亮流暢。

〔二三〕雷李：雷淵、李獻能。切齒：咬牙；齒相磨切。極端痛恨貌。劉祁《歸潛志》卷二李汾小傳：「時趙閑閑爲翰林，雷希顔、李欽叔皆在院，長源不少下之，諸公怒，將逐去。」

〔二四〕嫚駡：辱駡；亂駡。

〔二五〕不直：不以之爲是，不認同。

〔二六〕證左：證據。

〔二七〕右丞師公：師安石，字仲安，承安五年進士。正大三年用爲工部尚書、權左參政。正大四年升爲尚書右丞。傷風化：敗壞風俗教化。

〔二八〕東曹掾：指尚書省左司的低級官員。元好問《中州集序》：「歲壬辰，予掾東曹。」時元氏任左司都事。

〔二九〕畫地：用手或物在地上寫字。大數：大聲責罵數落。

〔三〇〕恒山公仙：武仙，威州（今河北省井陘縣）人。蒙古軍侵掠河北時，組織武裝聚守，被封爲威州刺史。興定四年，被封爲恒山公。鄧：鄧州。今河南省鄧州市。《金史・武仙傳》：「（正大）八年十一月，大元兵涉襄漢，合達蒲阿駐鄧州，仙由荆子口會鄧州軍。天興元年正月丁酉，合達蒲阿敗績於三峰山，仙從四十餘騎走密縣……遂走南陽留山，收潰軍得十萬人，屯留山及威遠寨，立官府，聚糧食，修器仗，兵勢稍振。」

〔三一〕思烈：宗室完顔思烈，時爲參知政事。《金史・内族思烈傳》：「天興元年，汴京被圍，哀宗以思烈權參知政事，行省事于鄧州。會武仙引兵入援，于是思烈率諸軍發自汝州，過密縣，遇大元兵，不用武仙阻澗之策，遂敗績于京水。」句謂思烈急於救汴，對武仙停軍不前不滿之事。

〔三二〕泌陽：金縣名，屬南京路唐州，今河南省泌陽縣。

〔三三〕竟爲所害：《金史・哀宗上》天興元年六月下：「丁丑，恒山公武仙殺士人李汾。」

〔三四〕廉介：清廉耿介。

〔三五〕洛陽才子：指漢賈誼，因其是洛陽人，少年有才，故稱。後泛稱有文學才華的人。語出晉潘岳《西征賦》：「終童山東之英妙，賈生洛陽之才子。」三策：漢董仲舒以賢良對天人三策，爲武帝所賞識，任爲江都相。後用爲典實，借指經世良謀。

〔三六〕長樂：長樂宫，西漢高帝時，就秦興樂宫改建而成。西漢主要宫殿之一。漢初皇帝在此視朝。故址在今陝西省西安市西北郊漢長安故城東南隅。

〔三七〕孟津渡：古黄河津渡名。在今河南省孟津縣東北、孟縣西南。相傳周武王在此盟會諸侯并渡河，故一名盟津。爲歷代兵家爭戰要地。《書·禹貢》：「導河積石，至於龍門，南至於華陰，東至底柱，又東至於孟津。」

〔三八〕歷歷：排列成行。《楚辭·劉向·惜賢》：「登長陵而四望兮，覽芷圃之蠡蠡。」汉王逸注：「蠡蠡猶歷歷，行列貌也。」河陽：今河南省黄河北之孟州市，與孟津隔河相對。

〔三九〕趙括：戰國時期趙國人，趙國名將趙奢之子。熟讀兵書，但不曉活用，只會紙上談兵。于長平之戰後期代替廉頗擔任趙軍主帥，由于指揮錯誤而使得趙軍全軍覆没，自己也衝陣戰死，趙軍四十萬人盡數被秦將白起活埋。事見《史記·廉頗藺相如列傳》。

〔四〇〕三輔：《太平御覽》卷一六四引《三輔黄圖》：「武帝太初元年改内史爲京兆尹，以渭城以西屬右扶風，長安以東屬京兆尹，長陵以北屬左馮翊，以輔京師，謂之三輔。」後亦泛稱京城附近地區爲三輔。

〔四一〕上林：古宫苑名。秦舊苑，漢初荒廢，至漢武帝時重新擴建。故址在今西安市西及周至、户縣界。《三輔黄圖·苑囿》：「漢上林苑，即秦之舊苑也。《漢書》云：『武帝建元三年，開上林苑，東南至藍田宜春、鼎湖、御宿、昆吾，旁南山而西，至長楊、五柞，北繞黄山，瀕渭水而東，周袤三百里。』離宫七十所，皆容千乘萬騎。」

〔四二〕昭陵：陵墓名。唐太宗墓。在陝西省禮泉縣九嵕山。利用山峰鑿成。昭陵六駿石刻，原來即列置在昭陵北面祭壇的東西兩廡房内。前蜀韋莊《聞再幸梁洋》：「興慶玉龍寒自躍，昭陵石馬夜空嘶。」

〔四三〕辛卯：金哀宗正大八年（一二三一）歲次辛卯。

〔四四〕襄城：金縣名，屬南京路許州，今河南省襄城縣。

〔四五〕辭旨：文辭所表達出的含義、感情色彩和風格。危苦：危難困苦。

〔四六〕耿耿：超凡之貌。元辛文房《唐才子傳·李山甫》：「山甫詩文激切，耿耿有奇氣，多感時懷古之作。」

〔四七〕鬱鬱：憂傷、沉悶貌。《楚辭·九章·哀郢》：「惨鬱鬱而不通兮，蹇侘傺而含感。」王逸注：「中心憂滿慮閉塞也。」

〔四八〕清壯：清雄豪健。

〔四九〕幽并遊俠：古代幽并二州多豪俠之士，故用以喻俠客。語出三國魏曹植《白馬篇》：「借問誰家子，幽并遊俠兒。」

陝州〔一〕

黄河城下水澄澄〔二〕，送别秋風似洞庭〔三〕。李白形骸雖放浪〔四〕，并州豪傑未凋零〔五〕。十年道路雙蓬鬢，萬里乾坤一草亭〔六〕。八月崤陵霜樹老〔七〕，傷心休折柳條青〔八〕。

【注】

〔一〕陝州：金州名，屬南京路，治今河南省三門峽市西北。

〔二〕澄澄：清澈明潔貌。

〔三〕秋風似洞庭：屈原《湘夫人》：「嫋嫋兮秋風，洞庭波兮木叶下。」

〔四〕形骸：人的軀體。《莊子·天地》：「汝方將忘汝神氣，墮汝形骸，而庶幾乎？」放浪：放縱不受拘束。

〔五〕并州：古州名。相傳禹治洪水，劃分域内爲九州，并州爲九州之一。其地約當今河北保定和山西太原、大同一帶地區。并州豪傑：李汾自謂。李長源，太原人，古屬并州，尚游好俠，時人以并州豪俠目之。元好問《雪後招鄰舍王贊子襄飲》：「君不見并州少年作軒昂，雞鳴起舞望八荒。」尾注：「并州少年，謂李汾長源。」又《贈劉仲修》：「車騎雍容一坐傾，并州人物未凋零。」序言劉仲修顔狀絶像李汾，故云。陳賡《送李長源》有「千金善保并州器，要放昆侖入馬蹄」句。

〔六〕「十年」二句：化用杜甫《暮春題瀼西新賃草屋五首》其三詩句：「身世雙蓬鬢，乾坤一草亭。」蓬鬢：鬢髮蓬亂。

〔七〕崤陵：即崤山。在今河南省三門峽東南洛寧縣北。山分東西二崤，中有谷道，阪坡峻陡，爲古代軍事要地。因有南北二陵，故稱。《左傳·僖公三十二年》「秦晉崤之戰」載，蹇叔哭師，曰：「晉人禦師必於崤。崤有二陵焉。其南陵，夏后皋之墓也；其北陵，文王之所辟風雨也。」

〔八〕「傷心」句：用折柳贈别典故。

州北〔一〕

州北光風艷綺羅〔二〕，南來扈從北人多〔三〕。梨園法曲懷奴舞〔四〕，月窟新聲倩女歌〔五〕。紫禁衣冠出金馬〔六〕，青樓阡陌瞰銅駝〔七〕。薄游卻憶開元日〔八〕，常逐春風醉兩坡〔九〕。

【注】

〔一〕州北：按詩意指金都汴京之北。

〔二〕綺羅：泛指華貴的絲織品或絲綢衣服。此指衣着華麗之人。

〔三〕扈從：泛指跟隨、陪從。句言金廷貞祐南遷後汴京城中隨駕官員侍從甚多。

〔四〕梨園：唐玄宗時于梨園教習藝人，後以「梨園」泛指戲班或演戲之所。法曲：一種古代樂曲。東晉南北朝稱作法樂。因其用於佛教法會而得名。原爲含有外來音樂成分的西域各族音樂，後與漢族清商樂結合，并逐漸成爲隋朝的法曲。其樂器有鐃鈸、鐘、磬、幢簫、琵琶。至唐朝又攙雜道曲而發展至極盛階段。懷奴：舞伎名。

〔五〕月窟新聲：疑指《霓裳羽衣曲》。唐代著名法曲。爲開元中河西節度使楊敬忠所獻。初名《婆羅門曲》。經唐玄宗潤色并製歌詞，後改用今名。傳説中亦有爲唐玄宗登三鄉驛望女几山及遊月宮密記仙女之歌歸而所作等説。倩女：美麗的歌女。

〔六〕紫禁：即宫城。金馬：即金馬門：漢代宫門名。學士待詔之處。《史記·滑稽列傳》：「金馬門者，宦（者）署門也。門傍有銅馬，故謂之曰『金馬門』。」

〔七〕青樓：原指南朝齊武帝的興光樓，後也泛指帝王之居。銅駝：銅鑄的駱駝。多置於宫門寢殿之前。晉陸翽《鄴中記》：「二銅駝如馬形，長一丈，高一丈，足如牛，尾長三尺，脊如馬鞍，在中陽門外，夾道相向。」銅駝街，在洛陽宫南，金馬門外，人物繁盛。俗語云：「金馬門外聚群賢，銅駝街上集少年。」

〔八〕薄遊：漫遊，隨意遊覽。開元：唐玄宗李隆基年號（七一三——七四一）。

〔九〕兩坡：指煙脂坡和翡翠坡，唐代爲倡女所居之處。元駱天驤編《類編長安志》卷七「坡阪」：「煙脂坡：新説曰在宣平坊南，開元天寶間皆妓館倡女所居。商左山詩曰：『少陵野老吞聲哭，不到煙脂翡翠坡。』翡翠坡：新説曰翡翠坡在蝦蟇陵下，亦是妓館所居。李長源詩曰：『薄遊卻憶開元日，常逐春風醉兩坡。』」即引此詩。

再過長安

細柳斜連長樂坡〔一〕，故宫今日重經過〔二〕。一時人物存公論〔三〕，萬里雲山入浩歌〔四〕。白髮歸來幾人在，青門依舊少年多〔五〕。自憐季子貂裘敝〔六〕，辛苦燈前讀揣摩〔七〕。

【注】

〔一〕細柳：即細柳營。《元和郡縣志》卷一「萬年縣」：「細柳營，在縣東北三十里，相傳云周亞夫屯軍處。」長樂坡：《元和郡縣志》卷一「萬年縣」：「長樂坡，在縣東北十二里，即滻川之西岸，舊名滻阪，隋文帝惡其阪名，改曰長樂坡。」

〔二〕故宫：此指長安。

〔三〕公論：公正或公衆的評論。元好問《别覃懷幕府諸君二首》其一：「百年人物存公論，四海虚名只汗顔。」

〔四〕浩歌：放聲高歌，大聲歌唱。杜甫《玉華宫》：「憂來藉草坐，浩歌淚盈把。」

〔五〕青門：漢長安城東南門。本名霸城門，因其門色青，故俗呼爲「青門」。《三輔黄圖·都城十二門》：「長安城東，出南頭第一門曰霸城門。民見門色青，名曰青城門，或曰青門。」

〔六〕「自憐」二句：用蘇秦落魄典故自喻。蘇秦，字季子，戰國時期著名的縱横家。始以「連横」説秦王，書十上而説不行。黑貂之裘敝，黄金百斤盡，資用乏絶，去秦而歸。倍受家人冷落後，乃夜發書，陳篋數十，得《太公陰符》，伏而誦之，簡練以爲揣摩。期年，揣摩成，以「合縱」遊説趙王，一舉成名。事見《戰國策·秦策一》。

〔七〕揣摩：揣量摩研以探求其真義。句指蘇秦「乃夜發書，陳篋數十，得太公陰符之謀，伏而誦之，簡練以爲揣摩」事。

汴梁雜詩 四首〔一〕

天津橋上晚涼天〔二〕，鬱鬱皇州動紫煙〔三〕。長樂觚稜青似染〔四〕，建章馳道直于絃〔五〕。犬牙磐石三千國〔六〕，聖子神孫億萬年〔七〕。一策治安經濟了〔八〕，漢庭誰識賈生賢〔九〕。

【注】

〔一〕詩題：詩人於元光年間遊京師，雖舉士不中，但詩名轟動一時，由諸公推薦，入史館。劉祁《歸潛志》卷二：「元光間游梁，舉進士不中。能詩聲一日動京師，諸公辟爲史院書寫。」詩當作於此時。

〔二〕天津橋：始建於隋，初爲浮橋，後爲石橋。隋唐時，爲連接洛河兩岸的交通要道。《元和郡縣志》卷六「洛陽縣」：「天津橋，在縣北四里，隋煬帝大業元年初造此橋以架洛水，用大船維舟，皆以鐵鎖鉤連之，南北夾路，對起四樓，其樓爲日月表勝之象。然洛水溢，浮橋輒壞。貞觀十四年更令石工累方石爲脚。《爾雅》：『箕、斗之間爲天漢之津。』故取名焉。」

〔三〕皇州：帝都；京城。紫煙：紫色瑞雲。

〔四〕長樂：長樂宫，漢高帝時改建秦興樂宫而成，漢初皇帝在此視朝，後用以泛指宫殿。觚稜：亦作「柧棱」。宫闕上轉角處的瓦脊成方角棱瓣之形。亦借指宫闕。

〔五〕建章：建章宮，漢武帝劉徹於太初元年建造的宮苑。馳道：古代供君王行駛車馬的道路。泛指供車馬馳行的大道。

〔六〕犬牙磐石：指分封宗室以鞏固統治。

〔七〕聖子神孫：稱皇帝的子孫。唐韓愈《平淮西碑》：「天以唐克肖其德，聖子神孫繼繼承承於千萬年，敬戒不怠。」

〔八〕「一策」句：即西漢賈誼的《治安策》。文章針對漢初中央與地方權利不平衡、諸侯王叛亂、北方匈奴的騷擾等社會問題，提出「衆建諸侯而少其力」等思想，對後世影響極大。經濟：經世濟民。

〔九〕漢庭：指漢朝，漢代朝廷。賈誼：洛陽人。西漢初年著名的政治家、文學家。所著有《過秦論》、《論積貯疏》、《陳政事疏》、《治安策》等。

又

琪樹明霞五鳳樓〔一〕，夷門自古帝王州〔二〕。衣冠繁會文昌府〔三〕，旌戟森羅部曲侯〔四〕。美酒名謳陳廣座〔五〕，凝笳咽鼓送華輈〔六〕。秦川王粲何爲者〔七〕，憔悴囂塵坐白頭〔八〕。

【注】

〔一〕琪樹：仙境中的玉樹。明霞：燦爛的雲霞。五鳳樓：古樓名。此處當指汴京皇宮，見《宋史·梁周翰傳》、《東都事略》卷三十八。

〔二〕夷門：戰國魏都城大梁的東門。故址在今河南省開封城内東北隅。因在夷山之上，故名。

〔三〕衣冠：代稱搢紳士大夫。繁會：指繁華薈萃之處。文昌府：文昌臺，唐代尚書省之别名。

〔四〕旌戟：旌旗與棨戟，用作官員出行的儀仗。森羅：紛然羅列。部曲：古代軍隊編制單位。大將軍營五部，校尉一人；部有曲，曲有軍候一人。句指將帥官署。

〔五〕名謳：著名的歌手。三國魏曹植《箜篌引》：「陽阿奏奇舞，京洛出名謳。」廣座：衆人聚坐的場所。

〔六〕凝笳咽鼓：徐緩幽咽的笳聲和鼓聲。華輈：刻畫華彩的車轅。常用作車之代稱。此句化用謝朓詩句。《文選·謝朓·鼓吹曲》：「凝笳翼高蓋，疊鼓送華輈。」張銑注：「凝笳，其聲凝咽也。華輈，謂刻畫車之轅也。」

〔七〕秦川王粲：南朝宋謝靈運《擬魏太子鄴中集詩·王粲序》：「王粲，家本秦川，貴公子孫。遭亂流寓，自傷情多。」後人多以「秦公子」稱之。李汾久居關中，又以詩名世，故以秦川王粲自比。

〔八〕囂塵：指行人車馬揚塵。

又

樓外風煙隔紫垣〔一〕，樓頭客子動歸魂〔二〕。飄蕭蓬鬢驚秋色〔三〕，狼藉麻衣涴酒痕〔四〕。天塹波光摇落日〔五〕，太行山色照中原。誰知滄海横流意〔六〕，獨倚牛車哭孝孫〔七〕。

【注】

〔一〕紫垣：紫微垣，星座名。位於北斗以北，由十五顆星星組成。古人認爲它是天帝之座，故常以之代稱皇宫。

〔二〕「樓頭」句：王粲避難荆州依劉表，不受重用，作《登樓賦》，有「雖信美而非吾土兮，曾何足以少留」語。句用此典，以王粲自比。參見上詩注〔七〕。

〔三〕飄蕭：形容被風吹時飄動的樣子。蓬鬢：鬢髮稀疏蓬亂貌。

〔四〕狼藉：形容散亂不整。麻衣：布衣，平民之服。亦指舉子所穿的麻織物衣服。涴：沾汙。

〔五〕天塹：天然形成的隔斷交通的大壕溝，此處指黄河。

〔六〕滄海横流：比喻時世動亂不安。晉范甯《穀梁傳序》：「孔子覩滄海之横流，迺喟然而歎曰：『文王既没，文不在兹乎！』」此處指河朔大亂。

〔七〕「獨倚」句：《吕氏春秋·舉難》：「甯戚欲干齊桓公，窮困無以自進，於是爲商旅，將任車以至齊，暮宿於郭門之外。桓公郊迎客，夜開門，辟任車，爝火甚盛，從者甚衆。甯戚飯牛，居車下，望桓公而悲，擊牛角疾歌。」哭孝孫：孝孫哭，隱寓愧對祖先之意。孝孫：祭祖時對祖先的自稱。《詩·小雅·楚茨》：「孝孫有慶，報以介福，萬壽無疆。」朱熹集傳：「孝孫，主祭之人也。」

又

寥落關山對月明〔一〕，客窗遥夜夢魂驚。二年岐下音書絶〔二〕，八月河南風露清。冉冉暮愁生草色〔三〕，迢迢秋思入蟲聲〔四〕。誰知廣武英雄歎〔五〕，老卻窮途阮步兵〔六〕。

【注】

〔一〕寥落：冷落，冷清。

〔二〕岐下：岐山之下。岐山，在今陝西省岐山縣境。《詩·大雅·緜》：「率西水滸，至于岐下。」此代指關中。時詩人家眷居陝西。

〔三〕冉冉：漸進貌。形容事物慢慢變化或移動。句用南唐李煜《清平樂》「離恨恰如春草，更行更遠還生」詞意。

〔四〕迢迢：形容漫長。

〔五〕廣武英雄歎：《晉書·阮籍傳》：「（阮籍）嘗登廣武，觀楚漢戰處，歎曰：『時無英雄，使豎子成名。』」廣武：古城名，在今河南滎陽東北廣武山上。有東西二城，中有廣武澗。楚漢相爭時，劉邦屯西城，項羽屯東城，互相對峙。句言其「不肯一世」的英雄氣概。

〔六〕窮途阮步兵：《晉書·阮籍傳》：「時率意獨駕，不由徑路，車跡所窮，輒痛哭而返。」阮籍嘗爲步兵校尉，故稱阮步兵。句以阮籍自比，言其身處困境、壯志難酬的悲哀。

上清宫　三首〔一〕

憶昔秋風從茂陵〔二〕，詞臣忝預漢公卿〔三〕。瑶池宴罷西王母〔四〕，翠輦歸來北斗城〔五〕。石馬嘶殘人事改〔六〕，劫灰飛盡海山平〔七〕。唯餘太一池邊月〔八〕，伴我驂鸞上玉京〔九〕。

【注】

〔一〕上清宫：道教觀名。因「上清」爲道家所稱的神仙居處，所以多地道觀用「上清」命名。此當指長安的上清宫。

〔二〕「憶昔」句：當指漢司馬相如爲漢武帝文學侍從事。秋風：指漢武帝所作《秋風辭》。茂陵：漢武帝劉徹的陵墓，後用作漢武帝的代稱。唐李賀《金銅仙人辭漢歌》：「茂陵劉郎秋風客，夜聞馬嘶曉無跡。」

〔三〕詞臣：舊指文學侍從之臣。

〔四〕瑶池：古代傳説中昆侖山上的池名，西王母所居。《漢武帝内傳》載，武帝好道求仙，西王母降臨承華殿，自設天廚，請武帝吃仙桃。

〔五〕翠輦：飾有翠羽的帝王車駕。北斗城：《長安志圖》卷中：「《三輔舊事》及《周地圖記》曰：長安城南爲南斗形，北爲北斗形。」

〔六〕石馬：石雕的馬。古時多列於帝王陵前。唐封演《封氏聞見記》卷六：「秦漢以來，帝王陵前有石麒麟、石辟邪、石象、石馬之屬，人臣墓前有石羊、石虎、石人、石柱之屬，皆所以表飾墳壟，如生前之儀衛耳。」句意同杜甫《曲江》其一：「江上小堂巢翡翠，花邊高冢卧麒麟。」

〔七〕「劫灰」句：晉干寶《搜神記》卷十三：「武帝鑿昆明池，極深，悉是灰墨，無復土。舉朝不解，以問東方朔。朔曰：『臣愚，不足以知之，可試問西域胡人。……至後漢明帝時，西域道人入來洛陽。時有憶方朔言者，乃試以武帝時灰墨問之。道人云：『經云：天地大劫將盡則劫燒。此劫燒之餘也。』」後用作感歎人事滄桑的典故。唐李賀《秦王飲酒》：「羲和敲日玻璃聲，劫灰飛盡古今平。」句本此。

〔八〕太一池：池名，在漢上林苑中。《初學記》：「上林有十七池，曰承靈池、昆靈池、天泉池、龍池、魚池、蒯池、菌池、鶴池、西陂池、當路池、東陂池、太一池……」

〔九〕驂鸞：謂仙人駕馭鸞鳥雲遊。《文選·江淹·别賦》：「駕鶴上漢，驂鸞騰天。」呂向注：「御鸞鶴而升天漢。」玉京：道家稱天帝所居之處。《魏書·釋老志》：「道家之原，出於老子。其自言也，先天地生，以資萬類，上處玉京，爲神王之宗。」

又

蒼梧雲氣赤城霞〔一〕，綿絡鈞天帝子家〔二〕。仙掌高承九霄露〔三〕，霓旌遥駐五雲車〔四〕。昆明火劫驚人世〔五〕，瀛海風濤撼客槎〔六〕。醉裏忽逢王子晉〔七〕，玉笙吹上碧桃花〔八〕。

【注】

〔一〕蒼梧雲氣：《藝文類聚》卷一引《歸藏》曰：「有白雲出自蒼梧，入于大梁。」蒼梧：山名，即九嶷山。在今湖南省寧遠縣南。道家三十六洞天之一。赤城：《文選·孫綽·游天臺山賦》：「赤城霞起而建標。」李善注：「孔靈符《會稽記》曰：『赤城，山名，色皆赤，狀似雲霞。』」李白《當塗趙炎少府粉圖山水歌》：「滿堂空翠如可掃，赤城霞氣蒼梧煙。」赤城山在今浙江省天臺縣北，據傳山中有神仙洞府。

〔二〕「綿絡」句：《山海經・海内南經》：「蒼梧之山，帝舜葬于陽，帝丹朱葬于陰。」。鈞天：天的中央。古代神話傳説中天帝住的地方。《吕氏春秋・有始》：「中央曰鈞天。」高誘注：「鈞，平也。爲四方主，故曰鈞天。」《史記・趙世家》：「（趙簡之）語大夫曰：『我之帝所甚樂，與百神游于鈞天，廣樂九奏萬舞，不類三代之樂，其聲動人心。』」二句言天帝之宫彩雲繚繞，仙樂連綿。

〔三〕仙掌：仙人之掌。《三輔黄圖》：「神明臺，武帝造，上有承露盤，有銅仙人舒掌捧銅盤玉杯以承雲表之露，以露和玉屑服之，以求仙道。」魏明帝時移往洛陽。唐李賀《金銅仙人辭漢歌序》：「魏明帝青龍元年八月，詔宫官牽車西取漢孝武捧露盤仙人，欲立置前殿。宫官既拆盤，仙人臨載，乃潸然淚下。唐諸王孫李長吉遂作《金銅仙人辭漢歌》。」

〔四〕霓旌：相傳仙人以雲霞爲旗幟。《楚辭・劉向・遠逝》：「舉霓旌之墆翳兮，建黄纁之總旄。」王逸注：「揚赤霓以爲旌。」五雲車：謂仙人所乘的雲車。北周庾信《道士步虚詞》其六：「東明九芝蓋，北燭五雲車。」倪璠注引《漢武帝内傳》：「漢武帝好仙道，七月七日夜漏七刻，王母乘雲車而至於殿。」

〔五〕昆明火劫：昆明劫灰。《三輔黄圖》：「武帝初，穿昆明池，得黑土。帝問東方朔，朔曰：『西域胡人知之。』乃問胡人，胡人曰：『燒劫之餘灰也。』」

〔六〕瀛海：浩瀚的大海。漢王充《論衡·談天》：「九州之外，更有瀛海。」客槎：指升天所乘之槎。用晉張華《博物志》有人乘筏游天河遇牛女事。

〔七〕王子晉：又名王子喬，傳説中的仙人名。漢劉向《列仙傳·王子喬》：「王子喬者，周靈王太子晉也。好吹笙作鳳凰鳴。游伊洛間，道士浮丘公接上嵩高山。」

〔八〕碧桃花：傳説中西王母的仙桃樹所開之花。

又

千劫塵緣謝吏曹〔一〕，道山仙闕事遊遨〔二〕。樓臺縹緲滄溟闊，宮殿森羅紫極高〔三〕。幾代雲孫接仙李〔四〕，千年王母醉蟠桃〔五〕。詩成便欲還山去〔六〕，猶待君王賜錦袍〔七〕。

【注】

〔一〕千劫：佛教語。指曠遠的時間與無數的生滅成壞。塵緣：佛教、道教謂與塵世的因緣。吏曹：泛指官吏。句言要摒棄吏曹之類利禄之事。

〔二〕道山：傳説中的仙山。按《後漢書·竇章傳》「是時學者稱東觀爲老氏藏室，道家蓬萊山」及詩「樓臺縹緲滄溟闊」，此應指海上仙山蓬萊。

〔三〕紫極：天帝所居之宮。

〔四〕雲孫：從本身算起的第九代孫。亦泛指遠孫。《爾雅·釋親》：「仍孫之子爲雲孫。」郭璞注：「言輕遠如浮雲。」仙李：老子，又稱老聃，原名李耳，道家始祖。晉葛洪《神仙傳·老子》：「老子之母，適至李樹下而生老子，生而能言，指李樹曰：『以此爲我姓。』」句言自己是老子之後，有仙風道骨之遺傳。

〔五〕蟠桃：神話中的仙桃。《漢武内傳》載：七月七日，西王母降，以仙桃四顆與帝。帝食輒收其核，王母問帝，帝曰：「欲種之。」王母曰：「此桃三千年一生實，中夏地薄，種之不生。」帝乃止。

〔六〕還山：回到仙山，退隱。

〔七〕賜錦袍：用李白「賜金放還」典故。《新唐書》李白本傳：「白自知不爲親近所容，益驁放不自修，與知章、李適之、汝陽王璡、崔宗之、蘇晉、張旭、焦遂爲『酒八仙人』。懇求還山，帝賜金放還。白浮游四方，……着宫錦袍坐舟中，旁若無人。」

避亂陳倉南山回望三秦，追懷淮陰侯信，漫賦長句〔一〕

憑高四顧戰塵昏，鶉野山川自吐吞〔二〕。渭水波濤喧隴阪〔三〕，散關形勢軋興元〔四〕。旌旗日落黄雲戍〔五〕，弓劍霜寒白草原〔六〕。一飯悠悠從漂母〔七〕，誰憐國士未酬恩〔八〕。

【注】

〔一〕陳倉：古縣名。秦置縣，漢、魏、晉皆因之。漢魏以來爲攻守戰略要地。在今陝西省寶雞市東。

三秦：指關中地區。項羽破秦入關，把關中之地分給秦降將章邯、司馬欣、董翳，因稱關中爲三秦。淮陰侯信：韓信，淮陰（今江蘇省淮安市）人，西漢開國功臣，「漢初三傑」之一。曾先封爲齊王、楚王，後貶爲淮陰侯，終被吕后所殺。長句：唐人稱七言古詩爲長句。後人也有稱七律爲長句者。此詩爲七律。

〔二〕鶉野：鶉首之野。古以爲秦之分野，指秦地。《漢書·地理志下》：「自井十度至柳三度，謂之鶉首之次，秦之分也。」唐駱賓王《上吏部侍郎帝京篇》：「皇居帝里崤函谷，鶉野龍山侯甸服。」此處泛指關中一帶。

〔三〕渭水：黄河第一大支流，發源於甘肅省渭源縣的鳥鼠山，於陝西省潼關匯入黄河。隴阪：即隴山。位於陝西西部。《文選·張衡·四愁詩》：「我所思兮在漢陽，欲往從之隴阪長。」李善注：「應劭曰：『天水有大阪，名曰隴阪。』《秦州記》曰：『隴阪九曲，不知高幾里。』」

〔四〕散關：即大散關。在陝西省寶雞市西南大散嶺上。當秦嶺咽喉，扼川陝間交通，爲古代兵家必爭之地。興元：宋代府名，屬利州路，治今陝西省漢中市東。

〔五〕黄雲：邊塞之雲。塞外沙漠地區黄沙飛揚，天空常呈黄色，故稱。

〔六〕白草：牧草。乾熟時呈白色，故名。《漢書·西域傳上·鄯善國》：「地沙鹵，少田，寄田仰谷旁國。國出玉，多葭葦、檉柳、胡桐、白草。」顔師古注：「白草似莠而細，無芒，其乾熟時正白色，牛馬所嗜也。」

〔七〕「一飯」句：用韓信「千金答漂母」典故。《史記·淮陰侯列傳》：「信釣於城下，諸母漂，有一母見信飢，飯信，竟漂數十日。信喜，謂漂母曰：『吾必有以重報母。』母怒曰：『大丈夫不能自食，吾哀王孫而進食，豈望報乎！』……漢五年正月，徙齊王信爲楚王，都下邳。信至國，召所從食漂母，賜千金。」漂母：漂洗衣物的老婦。

〔八〕國士：一國之中才能最優秀的人物。宋黄庭堅《書幽芳亭》：「士之才德蓋一國則曰國士。」句以韓信未發跡時自比，慨歎自己胸懷大志而生存窘困。

雪中過虎牢〔一〕

蕭蕭行李戛弓刀〔二〕，踏雪行人過虎牢。廣武山川哀阮籍〔三〕，黄河襟帶控成皋〔四〕。身經戎馬心逾壯〔五〕，天入風霜氣更豪。横槊賦詩男子事〔六〕，征西誰爲謝諸曹〔七〕。

【注】

〔一〕虎牢：古邑名。古東虢國。春秋時屬鄭國，漢代置成皋縣。地在今河南省滎陽市汜水鎮。成皋故城側舊有虎牢城，或稱虎牢關，北臨黄河，絶岸峻崖，形勢險要，歷代爲軍事重鎮。《穆天子傳》卷五：「有虎在於葭中，天子將至，七萃之士高奔戎請生搏虎，必全之，乃生搏虎而獻之天子。天子命爲柙，而畜之東虢，是曰虎牢。」

〔二〕蕭蕭：蕭瑟。戛：敲擊；觸及。

〔三〕「廣武」句：《晉書·阮籍傳》載，阮籍曾登廣武山，觀楚漢戰處，感歎「時無英雄，使豎子成名」。廣武山在今河南省滎陽東北，其上原有廣武城，分爲東西二城，中隔一澗，爲劉邦、項羽對峙處。

〔四〕襟帶：謂山川屏障環繞，如襟似帶。比喻險要的地理形勢。成皋：成皋關，即秦國建置的虎牢關，西漢時易名成皋關。該關北臨黄河，南依叢陵，形勢險要，爲洛陽東面門户。

〔五〕戎馬：指楚漢鏖戰之地虎牢。

〔六〕横槊賦詩：軍旅征途中，在馬上横着長矛吟詩。多形容能文能武的豪邁瀟灑風度。唐元稹《唐故工部員外郎杜君墓誌銘》：「建安之後，天下文士遭罹兵戰，曹氏父子鞍馬間爲文，往往横槊賦詩，故其抑揚怨哀悲離之作，尤極於古。」詩文中多用以代指曹操。

〔七〕「征西」名：曹操《讓縣自明本志令》：「欲爲國家討賊立功，欲望封侯作征西將軍。」爲：使，致使。《易·井》：「井渫不食，爲我心惻。」王弼注：「爲，猶使也。」謝：猶不如。《後漢書·宦者傳序》：「或稱伊、霍之勳，無謝無往載。」諸曹：曹氏父子。

清明

嗚珂振轂滿重城〔一〕，春日綿綿老燕鶯〔二〕。人在碧雞坊外住〔三〕，澹隨流水過清明。

【注】

〔一〕鳴珂：顯貴者所乘的馬以玉爲飾，行則作響，因名。振轂：車輪的聲響。重城：指宫城、都城或外城與内城。

〔二〕燕鶯：燕子與黄鶯。泛指春鳥。

〔三〕碧雞坊：街巷名。在今四川省成都市。杜甫《西郊》：「時出碧雞坊，西郊向草堂。」仇兆鼇注引《梁益記》：「成都之坊，百有二十，第四曰碧雞坊。」句言自己住在遠離鬧市的近郊，心境詩情如杜甫在成都草堂。

下第〔一〕

學劍攻書漫自奇〔二〕，回頭三十六年非〔三〕。春風萬里衡門下〔四〕，依舊并州一布衣〔五〕。

【注】

〔一〕下第：科舉時代考試不中者曰下第，又稱落第。

〔二〕學劍攻書：謂學武學文。漫：徒，空。自奇：自負不凡。

〔三〕三十六年：此詩爲正大四年李汾三十六歲科考下第時所作。《淮南子·原道訓》：「故蘧伯玉年五十，而有四十九年非。」

〔四〕衡門：橫木爲門。指簡陋的屋舍。語出《詩・陳風・衡門》：「衡門之下，可以棲遲。」

〔五〕并州一布衣：李汾太原人，太原古稱并州，故稱。

磻溪〔一〕

封侯輸與曲如鉤〔二〕，冷坐磻溪到白頭。老婦廚中莫彈鋏〔三〕，白魚留待躍王舟〔四〕。

【注】

〔一〕磻溪：水名。在今陝西省寶雞市東南，傳説爲周呂尚未遇文王時垂釣處。亦借指呂尚。《韓詩外傳》卷八：「太公望少爲人壻，老而見去，屠牛朝歌，賃於棘津，釣於磻溪。」

〔二〕「封侯」句：唐王起《呂望釣玉璜賦》：「昔太公之未遇也，隱於渭之濱，釣於渭之津，坐磻石而不易其操，垂直鈎而不撓其神。」句反用其事，意同唐盧仝《直鉤吟》：「人鉤曲，我鉤直，哀哉我鉤又無食。文王已没不復生，直鉤之道何時行。」《後漢書・五行志一》：「順帝之末，京都童謡曰：『直如絃，死道邊。曲如鉤，反封侯。』」

〔三〕彈鋏：用馮諼彈鋏歌「長鋏歸來乎，食無魚」典故。事見《戰國策・齊策四》。

〔四〕「白魚」句：《史記・周本紀》載，武王將伐紂，先盟于孟津。「武王渡河，中流，白魚躍入王舟中，武王俯取以祭」。二句言自己仍要四方奔走，干謁權貴，施展才學，實現抱負。

感寓述史雜詩五十首並引 録五首〔一〕

正大庚寅〔二〕，予行年三十有九。獻賦明庭〔三〕，爲有司所病〔四〕，遂有不遇時之歎。皂衣斗食〔五〕，從事史館，以素非所好，愈鬱鬱不得志。卧病中，僻居蕭條，盡日無來人，緬惟先哲〔六〕，凡所以進退出處之際，窮達榮辱之分，立身行道、建功立事關諸人事者，竊有所感焉。於是始自騷人屈平以來〔七〕，下逮漢、晉、隋、唐諸公〔八〕，終之以遠祖雁門武皇〔九〕，作爲述史詩五十首，以自慰其羈旅流落之懷。述近代則恐涉時事，故斷自唐以下不論。嗚呼！三百篇大抵皆聖賢感憤之所爲作也〔一〇〕。余以愚忠謬信〔一一〕，獲譏于斯世久矣〔一二〕，非敢示諸作者，庶幾後世有揚子雲者出〔一三〕，或能亮予之宿心〔一四〕。是歲秋七月既望〔一五〕，并州人李汾引〔一六〕。

【注】

〔一〕感寓：寄託感慨。

〔二〕庚寅：金哀宗正大七年（一二三〇）歲次庚寅。

〔三〕獻賦明庭：指參加省試或殿試。

〔四〕有司：官吏。古代設官分職，各有專司，故稱。此指主考官。病：否定指責。

〔五〕皂衣：亦作「皁衣」，即黑衣。秦漢時官員所着，後降爲下級官吏的服裝。斗食：微薄的俸禄。

〔六〕緬惟：遥想。先哲：先世的賢人。

〔七〕屈平：屈原，名平，字原。

〔八〕下逮：下至，下及。

〔九〕遠祖雁門武皇：指唐末雁門節度使李克用。李存勖建立後唐以後，尊其父李克用爲武皇。

〔一〇〕「三百篇」句：語自司馬遷《報任安書》：「《詩》三百篇，大底聖賢發憤之所爲作也。此人皆意有所鬱結，不得通其道，故述往事，思來者。」

〔一一〕愚忠：略顯愚蠢的忠心。謬信：偏執。

〔一二〕斯世：此世，今世。

〔一三〕庶幾：希望，但願。《詩・小雅・車舝》：「雖無旨酒，式飲庶幾；雖無嘉殽，式食庶幾。」袁梅注：「庶幾，幸。」「此表希望之詞。」揚子雲：揚雄，字子雲，西漢辭賦家。曾作《解嘲》一篇，揭露了當時朝廷擅權、傾軋的黑暗局面：「當塗者升青雲，失路者委溝渠；旦握權則爲卿相，夕失勢則爲匹夫」；并對庸夫充斥，而奇才異行之士不能見容的狀况深表憤慨：「當今縣令不請士，郡守不迎師，群卿不揖客，將相不俯眉。言奇者見疑，行殊者得辟。是以欲談者捲舌而同聲，欲步者擬足而投跡。」故李汾寄希望於後世之揚雄，來明其心志。

〔一四〕亮：明白，清楚。宿心：本來的心意，向來的心願。

〔五〕既望：周曆以每月十五、十六日至廿二、廿三日爲既望。後稱農曆十五日爲望，十六日爲既望。《書·召誥》：「惟二月既望，越六日乙未，王朝步自周，則至豐。」孔穎達疏：「周公攝政七年二月十六日，其日爲庚寅，既日月相望矣。於已望後六日乙未，爲二月二十一日。」《釋名·釋天》：「望，月滿之名也。月大十六日，小十五日，日在東，月在西，遥相望也。」王國維《觀堂集林·生霸死霸考》：「既望，謂十五六日以後至二十二三日。」

〔六〕并州：今山西省太原市。引：文體名。唐以後始有此體，大略如序而稍爲簡短。

蘇客卿秦〔一〕

游説諸侯獲上卿〔二〕，賈人脣舌事縱横〔三〕。可憐一世癡兒女，爭羨腰間六印榮〔四〕。

【注】

〔一〕蘇客卿秦：蘇秦，字季子，戰國時期縱横家。客卿：秦有客卿之官。請其他諸侯國的人來秦國做官，其位爲卿，而以客禮待之，故稱。後亦泛指在本國做官的外國人。

〔二〕上卿：古官名。周制天子及諸侯皆有卿，分上中下三等，最尊貴者謂「上卿」。

〔三〕賈人：商人。脣舌：比喻言辭、議論。縱横：合縱連横。句謂蘇秦一類的縱横家，如商賈一般，以合縱連横爲謀求利益的手段。

〔四〕六印：謂六國相印。《史記·蘇秦列傳》：六國從合而并力，蘇秦爲從約長，并相六國，佩六國相印。

韓淮陰信〔一〕

仗劍淮陰去復還〔二〕，舉頭西望識龍顔〔三〕。堂堂竟握真王印〔四〕，未害男兒辱胯間〔五〕。

【注】

〔一〕韓淮陰信：韓信，淮陰（今江蘇省淮安市）人，西漢開國功臣，「漢初三傑」之一。曾先後封爲齊王、楚王，後貶爲淮陰侯。

〔二〕仗劍淮陰：《史記·淮陰侯列傳》：「及項梁渡淮，信杖劍從之。居戲下，無所知名。項梁敗，又屬項羽，羽以爲郎中。數以策干項羽，羽不用。漢王之入蜀，信亡楚歸漢，未得知名。」去復還：指蕭何月下追韓信。

〔三〕龍顔：謂眉骨圓起。指帝王的容貌。《史記·高祖本紀》：「高祖爲人，隆準而龍顔，美須髯，左股有七十二黑子。」句言劉邦聽從蕭何建議，拜韓信爲大將，初次見面事。

〔四〕真王印：《史記·高祖本紀》：「韓信已破齊，使人言曰：『齊邊楚，權輕，不爲假王，恐不能安齊。』漢王欲攻之。留侯曰：『不如因而立之，使自爲守。』乃遣張良操印綬立韓信爲齊王。」

〔五〕辱胯間：胯下之辱。《史記·淮陰侯列傳》：「淮陰屠中少年有侮信者，曰：『若雖長大，好帶刀劍，中情怯耳。』衆辱之曰：『信能死，刺我；不能死，出我袴下。』於是信孰視之，俛出袴下，蒲伏。一市人皆笑信，以爲怯。」句言大丈夫能屈能伸，即使蒙受胯下之辱，又有何妨。

叔孫奉常通〔一〕

秦時博士魯諸生〔二〕，漏網驪山百丈阬〔三〕。邂逅劉郎習綿蕝〔四〕，便能彈壓漢公卿〔五〕。

【注】

〔一〕叔孫奉常通：叔孫通，魯地薛（今屬山東）人。漢初儒家學者，曾協助漢高祖制訂漢朝的宫廷禮儀，因功拜奉常，後任太子太傅。

〔二〕「秦時」二句：叔孫通初爲秦待詔博士，後被秦二世封爲博士。諸生：衆儒生。《管子·君臣上》：「是以爲人君者，坐萬物之原，而官諸生之職者也。」尹知章注：「謂授諸生之官而任之以職也。生，謂知學之士也。」

〔三〕「漏網」句：《史記·劉敬叔孫通列傳》載：陳勝起山東，使者以聞，二世召諸生以問。博士及儒生三十人皆直言不諱，言陳勝爲謀反，罪死無赦，宜急發兵擊之。二世怒，作色。唯叔孫通曰：諸生言皆非也。今天下合爲一家，天子聖明，法令具備，人人守法，陳勝不過盜匪而已。二世令言反者下吏，拜叔孫通爲博士。叔孫通出宫反舍，諸生曰：「先生何言之諛也？」通曰：「公不知也，我幾不脱於虎口！」乃亡去。百丈阬：坑殺諸生處。

〔四〕「邂逅」句：《史記·劉敬叔孫通列傳》：叔孫通欲爲漢高祖創立朝儀，使征魯諸生三十餘人，叔孫通「遂與所徵三十人西，及上左右爲學者與其弟子百餘人爲緜蕞野外」，習之月餘始成。劉郎：劉邦。綿蕝：即「緜蕞」。引繩爲緜，束茅以表位爲「蕞」，爲練習朝儀時之導具。

〔五〕「便能」句：《史記·劉敬叔孫通列傳》：「漢五年，已并天下，諸侯共尊漢王爲皇帝於定陶，叔孫通就其儀號。高帝悉去秦苛儀法，爲簡易。群臣飲酒爭功，醉或妄呼，拔劍擊柱，高帝患之。叔孫通知上益厭之也，説上曰：『夫儒者難與進取，可與守成。臣願徵魯諸生，與臣弟子共起朝儀。』及叔孫通整頓朝儀典章後，諸侯王以下莫不振恐肅敬。諸侍坐殿上皆伏抑首，以尊卑次起上壽。御史執法舉不如儀者輒引去。竟朝置酒，無敢讙譁失禮者。於是高帝曰：『吾乃今日知爲皇帝之貴也。』」至此以後，朝綱井然，尊卑有序。彈壓：糾察壓制。

馬中令周〔一〕

脚踏長安陌上塵，布衣西上欲誰親。君王不省常何策〔二〕，憔悴新豐一旅人〔三〕。

【注】

〔一〕馬中令周：馬周（六〇一——六四八），字賓王，博州茌平（今山東省茌平縣）人。少孤貧，勤讀博學，精《詩》《書》，善《春秋》。後到長安，爲中郎將常何門客，因代常何上疏二十餘事，得太宗賞識，授監察御史，累官至中書令。新、舊唐書有傳。

〔二〕省：知曉，清楚。《列子·楊朱》：「實僞之辯，如此其省出。」常何：唐初將領。李世民發動玄武門政變時，常何將玄武門關閉，使李建成和李元吉的精兵二千不得入内，助李世民政變成功。常何也因功升爲中郎將。貞觀五年，唐太宗詔百官言得失。常何武人出身，不涉學，馬周爲條二十餘事，皆當世所切。太宗怪問何，何曰：「此非臣所能，家客馬周教臣言之。客，忠孝人也。」帝即召之，與語，大悦，詔直門下省。明年，拜監察御史，奉使稱職。後累官至中書令。事見《新唐書》本傳。句言馬周之獲用有賴於太宗能識别好壞真假。

〔三〕新豐：漢縣名，在今陝西臨潼縣西北。本秦驪邑。漢高祖定都關中，太上皇思鄉心切，鬱鬱不樂。高祖乃依故鄉豐邑街里房舍格局改築驪邑，并遷來豐民，改稱新豐。馬周初不得志，落拓入關，舍新豐，逆旅主人不之顧。周命酒一斗八升，悠然獨酌，衆異之。事見《新唐書》本傳。

遠祖雁門武皇〔一〕

死心唐室正諸侯〔二〕，鐵馬南來隘九州〔三〕。當日三垂岡上意〔四〕，諸孫空抱腐儒羞〔五〕。

【注】

〔一〕遠祖雁門武皇：李克用，唐末任雁門節度使。李存勖建立後唐以後，尊其父李克用爲武皇。

〔二〕死心唐室：忠心唐朝。李克用驍勇善戰，屢爲朝廷平叛。黄巢陷長安，克用大破之，功稱第一，封晉王。朱温篡唐後，淮、蜀、燕、岐皆擬帝制，李克用仍獨守臣節，奉唐朝正朔。

〔三〕「鐵馬」句：指李克用率大軍南下救唐平叛事。

〔四〕三垂岡：地名，在今山西省屯留縣。李克用之子李存勖曾在此大破梁軍。《舊五代史》李存勖本紀載：李克用晚年曾在三垂崗上置酒，「樂作，伶人奏《百年歌》者，陳其衰老之狀，聲調淒苦。武皇引滿，捋須指帝曰：『老夫壯心未已，二十年後，此子必戰於此。』及是役也，果符其言焉。」

〔五〕諸孫：後裔。李汾自指。腐儒：迂腐之儒者。只知讀書，不通世事者。此指其學富五車，懷才不遇，一事無成。

擬張水部行路難〔一〕

洛陽行人心欲折，半年西州信音絶〔二〕。彈筆峽口兵塵高〔三〕，半夜心懸隴山月〔四〕。君不見嗷嗷失群鳥〔五〕，淚盡眼流血。潼關晝閉漢使稀〔六〕，安得慰我生離别。

【注】

〔一〕張水部：張籍（約七六七——約八三〇），字文昌，唐代和州烏江（今安徽省和縣烏江鎮）人，貞元十五年進士。受韓愈薦爲國子博士，遷水部員外郎。故世稱「張水部」。長於樂府，多警句。

新、舊唐書有傳。行路難：樂府雜曲歌辭名。内容多寫世路艱難和離情别意。原爲民間歌謡，後經文人擬作，采入樂府。南朝宋鮑照《擬行路難》十八首及唐李白所作《行路難》三首都較著名。張籍《行路難》曰：「湘東行人長歎息，十年離家歸未得。弊裘羸馬苦難行，僮僕饑寒少筋力。君不見牀頭黄金盡，壯士無顔色。龍蟠泥中未有雲，不能生彼升天翼。」

〔二〕西州：指陝西地區。《戰國策·韓策三》：「昔者秦穆公一勝於韓原而霸西州。」李汾在河南時，其家小留居陝西岐山。

〔三〕弾筆：峽谷名。宋梅堯臣《寄渭州經略王龍圖》：「西城槖駝來賀蘭，入貢美玉天可汗。蕭關夜開月團團，彈筆古峽鳴哀湍。」按此，其峽在陝西西部。

〔四〕隴山：六盤山南段的别稱。古時又稱隴阪、隴坻。北魏酈道元《水經注·斤江水》：「隴山、終南山、惇物山在扶風武功縣西南也。」《樂府詩集·横吹曲辭一·隴頭》郭茂倩題解引唐杜佑《通典》：「天水郡有大阪，名曰隴坻，亦曰隴山，即漢隴關也。」二句言關中正值兵亂之際，自己因擔心家小的安全夜不能寐。

〔五〕嗷嗷：哀鳴聲；哀號聲。《詩·小雅·鴻雁》：「鴻雁于飛，哀鳴嗸嗸。」高亨注：「嗸，同嗷。嗷嗷，雁哀鳴聲。」杜甫《孤雁》：「孤雁不飲啄，飛鳴聲念群。」

〔六〕潼關：關名。位於陝西省渭南市潼關縣北，北臨黄河，南踞山腰。《水經注》載：「河在關内南流潼激關山，因謂之潼關。」

雲溪曉泛圖

曉景澹明月，落影潭西丘。晴川掛煙樹，光拂雲河流。楓林入行色〔一〕，關山生白頭。羨羨畫中人，憶我秦川游〔二〕。君帆渺何許，儻下滄浪州〔三〕。滄浪吾有約，寄謝同盟鷗〔四〕。

【注】

〔一〕行色：猶行旅。

〔二〕秦川：古地區名。泛指今陝西、甘肅的秦嶺以北平原地帶。李汾早年曾入關。

〔三〕儻：或許，也許。滄浪洲：傳説中的海島名。「滄浪」句：《孟子・離婁》：「滄浪之水清兮，可以濯吾纓；滄浪之水濁兮，可以濯我足。」句謂有意隱居江湖。

〔四〕盟鷗：謂與鷗鳥訂盟同住水鄉。喻退隱。

古月一篇爲裕之賦〔一〕

古月天不收，敵君三萬秋〔二〕。天孫弄明鏡〔三〕，光湧雲間流。憶昔放逐江南州，金陵女兒歌櫂謳〔四〕。草裹烏紗巾，散着紫綺裘〔五〕。酒酣把玉笛，直欲捫參歷井騎斗牛〔六〕。醉中呼兒摇雙舟，吾欲乘流下石頭〔七〕。起來茫茫視八極〔八〕，萬里只有元丹丘〔九〕。丹丘子，游人間，風塵何爲往復還。玉華山人近招我〔一〇〕，九日朝帝蒼梧山〔一一〕。

【注】

〔一〕裕之：元好問，字裕之。

〔二〕「敵君」句：用唐賈島《不欺》詩句：「此語誠不謬，敵君三萬秋。」

〔三〕天孫：星名。即織女星。句言明月下有薄雲。

〔四〕「憶昔」二句，用李白詩事。李白晚年被流放夜郎，後遇赦歸至江夏，作詩贈友人南陵縣令韋冰，其《江夏贈韋南陵冰》：「不然鳴笳按鼓戲滄流，呼取江南女兒歌棹謳。我且爲君槌碎黄鶴樓，君亦爲吾倒卻鸚鵡洲。」二句以李白自擬，言其由陝西入河南干謁事。

〔五〕「草裹」二句：用李白詩句。其《日晚乘醉》：「昨玩西城月，青天垂玉鉤。朝沽金陵酒，歌吹孫楚樓。忽憶繡衣人，乘船往石頭。草裹烏紗巾，倒披紫綺裘。兩岸拍手笑，疑是王子猷。」烏紗巾：即烏紗帽。又稱唐巾。

〔六〕捫參歷井：指自秦入蜀途中，山勢高峻，可以摸到參、井兩星宿。形容山勢高峻，道路險阻。語出李白《蜀道難》：「捫參歷井仰脅息，以手撫膺坐長歎。」參、井：皆星宿名，分别爲蜀秦分野。斗牛：二十八宿中的斗宿和牛宿。

〔七〕石頭：古城名。又名石首城。故址在今江蘇省南京市清涼山。本楚金陵城，漢建安十七年孫權重築改名。李白《日晚乘醉》：「忽憶繡衣人，乘船往石頭。」

〔八〕八極：八方極遠之地。李白《大鵬賦》：「余昔於江陵見天臺司馬子微，謂余有仙風道骨，可與神遊八極之表。」

〔九〕元丹丘：李白《將進酒》：「岑夫子，丹丘生，將進酒，杯莫停。」王琦注：「岑夫子，即集中所稱岑徵君是；丹丘生，即集中所稱元丹丘是，皆太白好友也。」李白《西嶽雲臺歌送丹丘子》：「雲臺閣道連窈冥，中有不死丹丘生。」此處代元好問。

〔一〇〕玉華山：嵩山玉華峰。元好問時隱嵩山。

〔一一〕帝：舜帝。蒼梧山：舜所葬之九嶷山。

西歸〔一〕

擾擾王城足是非〔二〕，不堪多病决然歸〔三〕。只因有口談時事〔四〕，幾被無心觸禍機〔五〕。日暮豺狼當路立，天寒鵰鶚傍人飛〔六〕。終南山色明如畫〔七〕，何限春風筍蕨肥〔八〕。

【注】

〔一〕西歸：西歸關中。詩作於辭史館從事再度入關之時。

〔二〕擾擾：紛亂貌；煩亂貌。王城：都城。是非：指元光末，從事史館，與衆人紛爭被訟事。

〔三〕多病：李汾多病事，見其《感寓述史雜詩五十首并引》：「皂衣斗食，從事史館，以素非所好，愈鬱鬱不得志。臥病中，僻居蕭條。」劉祁《歸潛志》卷二李汾小傳：「時趙閑閑爲翰林，雷希顔、李欽叔皆在院，長源不下之。諸公怒，將逐去，亦不屑，後以病目免歸。」按此，「多病」兼指自己個性乖張，招致衆人指責不容事。決然：堅決果斷貌。

〔四〕談時事：李汾因論時事引紛爭事。劉祁《歸潛志》卷七：「南渡後，士風甚薄。一登仕籍，視布衣諸生遽爲兩途，至於徵逐遊從，輒相分別。故布衣有事，或數謁見在位者，在位者相報復甚希，甚者高居臺閣，舊交不得見。故李長源憤其如此，嘗曰：『以區區一第傲天下士耶？』已第者聞之，多怒，至逐長源出史院，又交訟於官。」

〔五〕禍機：指隱伏待發之禍患。《中州集》李汾小傳：「爲雷、李所切齒，乃以嫚駡官長，訟於有司。」

〔六〕「日暮」二句：言自己在汴京環境險惡，前景黯淡，心灰意冷。

〔七〕終南山：又名太乙山、南山，是秦嶺山脈的一段。《長安縣誌》：「終南橫亘關中南面，西起秦隴，東至藍田，相距八百里。昔人言山之大者，太行而外，莫如終南。」

〔八〕筍蕨：竹筍與蕨菜。

避亂西山作〔一〕

三月都門晝不開〔二〕，兵塵一夕捲風回。也知周室三川在〔三〕，誰復秦庭七日哀〔四〕。鴉啄腥風下陽翟〔五〕，草銜冤血上琴臺〔六〕。夷門一把平安火〔七〕，定逐恒山候騎來〔八〕。

【注】

〔一〕西山：指汴京以西諸山。金天興元年武仙屯兵南陽留山，時李汾爲其幕下講議官。

〔二〕都門：汴京城門。《金史·哀宗上》：「（正大八年十二月）大元兵分道趨汴京，京師戒嚴。」至次年四月始解。句言京城戒嚴已達三月。

〔三〕周室三川：三條河流的合稱。西周以涇、渭、洛爲三川。東周以河、洛、伊爲三川。《文選·鮑照·詠史》：「五都矜財雄，三川養聲利。」李善注引韋昭曰：「有河、洛、伊，故曰三川。」此處指後者。句言汴京周圍山川形勝，有金軍屯集，實力尚在。

〔四〕「誰復」句：用申包胥泣秦兵典故。《史記·伍子胥列傳》：「申包胥走秦告急，求救于秦。秦不許。包胥立于秦廷，晝夜哭，七日七夜不絕其聲。秦哀公憐之，曰：『楚雖無道，有臣若是，可無存乎！』乃遣車五百乘救楚擊吴。」此句感歎金朝缺乏申包胥那樣的救國者。與元好問《壬辰十二月車駕東狩後即事五首》其二：「精衛有冤填瀚海，包胥無淚哭秦庭」句意相近。天興元年三月，仙與參知政事完顔思烈被詔共救汴京，仙畏懼不前，屯軍密縣。李汾亦主張入援，句指此。

〔五〕陽翟：金縣名，屬南京路鈞州，今河南省禹州市。

〔六〕琴臺：在今河南省魯山縣城北，唐元德秀爲尹時築。唐顔真卿《顔魯公集》有《魯山縣琴臺碑記》。天興元年正月，金主力軍與蒙古拖雷軍大戰于鈞州三峰山，敗後守鈞州，城破，金健將精兵殆盡。武仙逃至南陽留山，收潰軍十萬人。二句指此。

〔七〕夷門：戰國魏都城大梁的東門。故址在今河南省開封城内東北隅。因在夷山之上，故名。平安火：唐代每三十里置一堠，每日初夜舉烽火報無事，謂之「平安火」。《資治通鑑·唐肅宗至德元載》：「及暮，平安火不至，上始懼。」胡三省注：「《六典》：『唐鎮戍烽候所至，大率相去三十里。』每日初夜，放煙一炬，謂之『平安火』。時守兵已潰，無人復舉火。」

〔八〕恒山：指恒山公武仙。候騎：騎馬的偵察兵，擔任偵察巡邏任務的騎兵。

李户部獻甫　一十三首

獻甫字欽用，欽叔從弟也〔一〕。兄欽止、欽若，皆中朝名勝〔二〕，家故將種，而同時四進士，人門之秀，照映一時。欽用博通書傳，於左氏及地理之學爲精〔三〕。爲人有幹局〔四〕，心所到則絶人遠甚。故時人有精神滿腹之目〔五〕。歷咸陽簿〔六〕，辟行臺掾屬。正大初，夏人請和〔七〕。朝廷以馮子駿往議〔八〕，欽用預行。夏使有口辯〔九〕。馮，善人〔一〇〕，無以折之。往復之際，至以歲幣爲言〔一一〕。欽用不能平，從旁進曰：「夏國與敝邑和好百年，今雖易君臣之名而爲兄弟之國，使兄而輸幣，寧有據耶？」曰：「兄弟且不論。宋日，曾與吾家二十五萬匹，典故具在〔一二〕，君獨不知耶？金朝必欲修舊好，非此例不可。」欽用作色曰〔一三〕：「使者尚忍言耶？宋以歲幣餌君家，而賜之姓，岸然以君父自居〔一四〕，夏國君臣無一悟者。誠謂使者當以爲諱，乃令公言之。使者果能主此議，以從賜姓之例，敝邑雖歲捐五十萬，某請以身任之。」夏使語塞〔一五〕，和議乃定。使還，朝廷録其功，授慶陽總帥府經歷官〔一六〕，尋辟長安令〔一七〕。京兆，行臺所在，供須之繁〔一八〕，急于星火〔一九〕。欽用所以處之者，常若有餘，縣民賴之以安。入爲尚書省掾。壬辰之兵〔二〇〕，奏充行六部員外郎，守備之策，時相倚任之〔二一〕。以功遷鎮南軍節度副使，兼右警巡使。車駕東巡〔二二〕，死于蔡州之難〔二三〕。時年四十。所著詩書文號《天倪集》者，留京師。欽用死，其家亦破，非同年華陰王元禮購得之〔二四〕，幾有人琴俱亡之恨〔二五〕。然則文字言語之傳與否，亦有數存於其間耶〔二六〕。

【注】

〔一〕欽叔：李獻能，字欽叔。從弟：堂弟。

〔二〕中朝：朝中。名勝：有名望的才俊之士。

〔三〕左氏：戰國初史官左丘明著《春秋左氏傳》，後用指史書。地理之學：研究地理的學科。

〔四〕幹局：謂辦事的才幹器局。

〔五〕精神滿腹：謂滿腹才學。

〔六〕咸陽：金縣名，屬京兆府路京兆府。今陝西省咸陽市。

〔七〕夏人：西夏人。

〔八〕馮子駿：馮延登（一一七五——一二三三），字子駿，吉州吉鄉（今山西省吉縣）人。承安二年進士。元光二年，兼翰林修撰，累官國子祭酒，禮部侍郎。元兵攻陷京城，投井而死。《金史》卷一二四有傳。《中州集》卷五有小傳。

〔九〕口辯：口才好，巧言善辯。

〔一〇〕善人：善良厚道之人。《論語·述而》：「善人，吾不得而見之矣，得見有恒者，斯可矣。」邢昺疏：「善人，即君子也。」

〔一一〕歲幣：舊指朝廷每年向外族輸納的錢物。

〔一二〕典故：典制和成例。故，故事，成例。

〔一三〕作色：臉上變色。指神情變嚴肅或發怒。

〔一四〕岸然：高傲貌。

〔一五〕語塞：因理虧而説不出話來，無話可説。

〔一六〕慶陽：金府名，屬慶原路（舊作陝西西路），治今甘肅省慶陽市。

〔一七〕長安：金縣名，屬京兆府路京兆府。今屬陝西省西安市。

〔一八〕供須：亦作「供需」。供給所需之物。

〔一九〕急於星火：形容非常急迫。

〔二〇〕壬辰之兵：金哀宗天興元年（一二三二）蒙古軍圍汴京。

〔二一〕倚任：倚重信任。

〔二二〕車駕東巡：《金史·哀宗下》載：天興元年十二月丙子朔，以事勢危急，遣近侍即白華問計。甲申，詔議親出。庚子，上發南京。辛丑，至開陽門外，有人來報「京西三百里之間無井竈，不可往。東行之議遂決」。壬寅，次杞縣。癸卯，次黃城。甲辰，次黃陵岡。

〔二三〕蔡州之難：天興二年六月，金哀宗自歸德往蔡州。天興三年正月，蒙宋聯軍攻破蔡州，金哀宗自殺，大臣、將士五百人從亡。

〔二四〕王元禮：元好問同年進士。

〔二五〕人琴俱亡：指李獻甫與其書都不存在。典出《晉書·王徽之傳》：「取獻之琴彈之，久而不調，歎曰：『嗚呼子敬，人琴俱亡。』」

〔二六〕數：冥冥之中天定的氣數命運。

夏夜

銀潢淡淡没疎星〔一〕，一陣凉從雨後生。仰看浮雲成獨卧，數圍蛛網絡中庭。

【注】

〔一〕銀潢：天河，銀河。

九龍池春望〔一〕

五年外地看清明，袖手低回過客亭〔二〕。謝絮楚萍無定着〔三〕，春光如我更飄零〔四〕。

【注】

〔一〕九龍池：唐代長安池名。故址在今陝西省西安市。明蔣一葵《長安客話·九龍池》：「九龍池接近昭陵，其北有粹澤亭，爲累朝駐蹕之地。」詩或作於其令長安之時。

〔二〕袖手低回：狀徘徊不前之情況。客亭：猶驛亭。古代迎送官員或賓客的處所。

〔三〕謝絮：即柳絮，因東晉謝安侄女謝道韞詠柳絮句而得名。楚萍：楚江浮萍。語自《孔子家語·致思》：楚王渡江，見物大如斗，圓而赤，取之，使人往魯問孔子。孔子曰：「此所謂萍實者也，可剖而食之。」無定着：無定處，漂泊不定。

〔四〕飄零：飄泊流落。

興慶池書所見〔一〕

短短菰蒲刺水青〔二〕，翠萍開處鑑波明〔三〕。畫船轉過垂楊外〔四〕，水面風來聞樂聲。

【注】

（一）興慶池：池名，在唐代皇宮内。《陝西通志》卷七二「景龍池」：「本爲隆慶池，以諱玄宗名改興慶池，立宮後謂之龍池。興慶池在隆慶坊，本是平地，垂拱後因雨水流潦成小池。」詩或作於其令長安之時。

（二）菰蒲：菰和蒲，皆水生植物。刺：插入；鑽進。

（三）鑑：比喻明潔如鏡的水面。

（四）畫船：裝飾華美的遊船。

題黄華幽居圖（一）

層層佛屋貼山腰，山下幽居勝午橋（二）。物外人家無税役（三），閑中生理足漁樵（四）。雁踰遠障凌虚迥（五），人與高秋共寂寥（六）。何處人間景如此，便應歸隱不須招（七）。

【注】

（一）黄華：王庭筠，字子端，大定十六年進士，歷官州縣，仕至翰林修撰。曾隱居黄華山（在今河南省林州市）。金中葉著名詩人，文詞淵雅，字畫精美。《金史》卷一二六有傳，《中州集》卷三有小傳。

〔二〕幽居：僻靜的居處。午橋：唐宰相裴度的别墅名。至宋爲張齊賢所有。其地在今河南省洛陽市。唐白居易《奉和裴令公·新成午橋莊緑野堂即事》：「只添丞相閣，不改午橋莊。」《宋史·張齊賢傳》：「歸洛，得裴度午橋莊，有池榭松竹之盛，日與親舊觴詠其間，其意曠適。」

〔三〕物外：世外。

〔四〕生理：生計。

〔五〕凌虚：升向高空或高在空中。

〔六〕寂寥：恬靜，淡泊。

〔七〕招：招徠。《楚辭》有招隱士詩。

長安行〔一〕

長安道，無人行，黄塵不起生榛荆〔二〕。高山有峰不復險，大河有浪亦已平。向來百二秦之形〔三〕，秖今百二秦之名。我聞人固物乃固，人不爲力物乃傾〔四〕。將軍誓守不誓戰，戰士避死不避生。殺人飽厭敵自去〔五〕，長安有道誰當行。黄塵漫漫愁殺人，但見蔽野雞群鳴。河東游子淚如雨〔六〕，眼花落日迷秦城。長安道，無人行，長安城中若爲情〔七〕。

【注】

〔一〕行：古詩的一種體裁。宋王灼《碧雞漫志》卷一：「古詩或名曰樂府，謂詩之可歌也。故樂府中有歌有謡，有吟有引，有行有曲。」宋姜夔《白石詩話》：「體如行書曰行，放情曰歌，兼之曰歌行。」宋施德操《北窗炙輠》卷上：「凡歌始發聲，謂之引……既引矣，其聲稍放焉，故謂之行。行者，其聲行也。」

〔二〕榛荆：猶荆棘。形容荒蕪。

〔三〕「向來」句：《史記・高祖本紀》：「秦，形勝之國，帶河山之險，縣隔千里，持戟百萬，秦得百二焉。」裴駰集解引蘇林曰：「得百中之二焉。秦地險固，二萬人足當諸侯百萬人也。」司馬貞索隱引虞喜曰：「言諸侯持戟百萬，秦地險固，一倍於天下，故云得百二焉，言倍之也，蓋言秦兵當二百萬也。」百二：以二敵百。一説百的一倍。後以喻山河險固之地。

〔四〕「我聞」二句：《孟子・公孫丑下》：「天時不如地利，地利不如人和。……城非不高也，池非不深也，兵革非不堅利也，米粟非不多也，委而去之，是地利不如人和也。」

〔五〕厭：滿足，盡情。

〔六〕河東遊子：獻甫河中府人，屬河東南路，故稱。

〔七〕若爲情：何以爲情，難以爲情。猶言心情痛苦不堪。

别春辭〔一〕

東皇按轡來何遲〔二〕，人間二月才芳菲〔三〕。六十日春能幾時，不如意事常相隨。一聲啼鴂花片飛〔四〕，把酒卻與春別離。春緩歸，聽我歌，滔滔歲月如流波〔五〕，貴憂孰與賤樂多〔六〕。吾寧不欲列華鼎〔七〕，馳鳴珂〔八〕，香屏倚妓薦綺羅〔九〕。人生賦分有定在〔一〇〕，誰能買愁費天和〔一一〕。長安市上酒如海，跨驢徑上胭脂坡〔一二〕。酒酣醉舞雙婆娑〔一三〕，春自來去如予何〔一四〕。

【注】

〔一〕辭：古代的一種文體。如漢武帝《秋風辭》、晉陶潛《歸去來辭》。

〔二〕東皇：指司春之神。按轡：謂扣緊馬韁使馬緩行或停止。

〔三〕芳菲：花草盛美。

〔四〕啼鴂：伯勞鳥鳴叫。古人認爲鴂鳴叫，春將歸。

〔五〕「滔滔」句：《論語·子罕》：「子在川上，曰：『逝者如斯夫，不舍晝夜。』」

〔六〕「貴憂」句：言身處貴位而憂懼不已，與身雖貧賤卻歡樂多多相比較，哪一種更好些呢？

〔七〕華鼎：華麗的鼎（食器）。

〔八〕鳴珂：顯貴者所乘的馬以玉爲飾，行則作響，因名。

〔九〕「香屏」句：五代王仁裕《開元天寶遺事》卷下《肉陣》：「楊國忠於冬月常選婢妾肥大者，行列於前，令遮風。蓋藉人之氣相暖，故謂之肉陣。」《晉書·石崇傳》：「（崇）與貴戚王愷、羊琇之徒以奢靡相尚。……愷作紫絲布步障四十里，崇作錦步障五十里以敵之。」

〔一〇〕賦分：天賦；資質。定在：定準。一定的規律；可以憑信的準確性。

〔二〕天和：人體之元氣。《文子·下德》：「目悦五色，口肥滋味，耳淫五聲，七竅交爭，以害一性。日引邪欲，竭其天和。」

〔三〕胭脂坡：唐代倡女所居之處。元駱天驤編《類編長安志》卷七「坡阪」：「煙脂坡：新説曰在宣平坊南，開元天寶間皆妓館倡女所居。商左山詩曰：『少陵野老吞聲哭，不到煙脂翡翠坡。』」

〔三〕婆娑：醉態蹣跚起舞貌。

〔四〕如予何：奈我何，能將我怎樣？

秋風怨〔一〕

疏星耿耿明天河〔二〕，夜凉翠幕生微波〔三〕。碧梧委葉傅金井〔四〕，一夕秋風將奈何。春風令人和，秋風感人悲。妾愁自與秋風期，秋風爭管人別離。燈灺垂紅粉泥暗〔五〕，龜甲屏風雲影亂〔六〕。絡緯弔月啼不斷〔七〕，蓮漏壓荷夜未半〔八〕。凉飈蕭蕭入疏竹〔九〕，枕底寒聲碎瓊玉。敲愁撼睡睡不明，花露盈盈泫魚目〔一〇〕。秋風且莫吹，念妾守空閨。嫁狗隨走雞隨飛〔一一〕，九死莫作蕩子妻〔一二〕。郎薄倖〔一三〕，妾薄命，花自無言絮無定。碧雲暮合郎未歸，幾度妝成掩明鏡。

【注】

〔一〕秋風怨：《樂府詩集》無此題。當屬因事名篇的樂府新題。金代作此題者還有元好問。怨：古詩體之一。唐元稹《樂府古題序》：「是後詩之流爲二十四名……怨、歎、章、篇。」宋嚴羽《滄浪詩話·詩體》：「以怨名者，古詞有《寒夜怨》、《玉階怨》。」

〔二〕耿耿：明亮貌。天河：即銀河。

〔三〕翠幕：翠色的帷幕。微波：細小的波紋。

〔四〕委葉：落葉。傅：通「敷」。分布。金井：井欄上有雕飾的井。多指宫庭園林中的井。

〔五〕燈灺：燈燭。粉泥：婦女塗飾的粉脂。

〔六〕龜甲屏風：用龜甲裝飾的屏風。雲影：比喻婦女的美髮。

〔七〕絡緯：蟲名。即莎雞，俗稱絡絲娘、紡織娘。夏秋夜間振羽作聲，聲如紡線，故名。弔月：謂蟲兒對月哀鳴。

〔八〕蓮漏：蓮花漏。古代的一種計時器。唐李肇《唐國史補》卷中：「初，惠遠以山中不知更漏，乃取銅葉製器，狀如蓮花，置盆水之上，底孔漏水，半之則沉。每晝夜十二沉，爲行道之節，雖冬夏短長，雲陰月黑，亦無差也。」

〔九〕飃：疾風。

〔一〇〕魚目：淚眼。唐李賀《題歸夢》：「勞勞一寸心，燈花照魚目。」董懋策注：「魚目，淚目也。」王琦匯解：「魚目有珠，故以喻含淚珠之目。」

〔二〕「嫁狗」句：猶俗語「嫁雞隨雞，嫁狗隨狗」。杜甫《新婚别》：「生女有所歸，雞狗亦得將。」

〔三〕蕩子：指辭家遠出、羈旅忘返的男子。《文選・古詩・青青河畔草》：「蕩子行不歸，空牀難獨守。」李善注：「《列子》曰：有人去鄉土游於四方而不歸者，世謂之爲狂蕩之人也。」

〔三〕薄倖：薄情；負心。對愛情不專一。

河上之役 三首

河堤一決豈天窮，失在當年固白公〔一〕。誰與麻岡開故道，暫教版籍見山東〔二〕。

【注】

〔一〕「河堤」二句：姚漢源《黄河水利史研究》：「（金貞祐二年遷都汴京）後十餘年，李獻甫作《河上之役》詩三首，第一首……惋惜當年未決河北去。白公即白公廟，在今長垣之西。麻岡即漚麻岡，在今長垣以東。詩意是不必固守這些地方的河堤，能決使北去，山東可以暫時恢復了。」《金史・哀宗下》「天興二年正月」下云：「辛亥，白撒引兵攻衛州，不克。乙卯，聞大元兵自河南渡河，至衛之西南，遂退師。丁巳，戰于白公廟，白撒敗績，棄軍東遁。」「白公」即指此。

〔二〕「誰與」二句：指貞祐二年南渡後朝臣建議讓東南入淮的黄河改行故道東北流，使河北、山東諸地合并於黄河以南，以免淪喪于蒙古事。《金史·河渠·黄河》：「(貞祐)三年四月，單州刺史顔盞天澤言：『守禦之道，當决大河使北流德、博、觀、滄之境。今其故堤宛然。……若失此計，則河南一路兵食不足，而河北、山東之民皆瓦解矣。』詔命議之。四年三月，延州刺史温撒可喜言：『近世河離故道，自衛東南而流，由徐、邳入海，以此，河南之地爲狹。臣竊見新鄉縣西河水可决使東北，其南有舊堤，水不能溢，行五十餘里與清河合則由濬州、大名、觀州、清州、柳口入海，此河之故道……如此則山東、大名等路，皆在河南，而河北諸郡亦得其半，退足以爲守禦之計，進足以壯恢復之基。』」元好問《閑閑公墓銘》：「貞祐初，公言時事三：一遷都，二導河，三封建。……宋有國時，河水常由曹、濮、開、滑、大名、東平、滄、景，會獨流入于海。今改而南由徐、邳。……可使行視故堤，稍脩築之，河復故道，則山東、河南合。敵兵雖入，可阻以爲固矣。」麻岡：地名，即漚麻岡，在今河南省長垣縣西北。暫：即。版籍：版圖，疆域。

又

新築河堤要策勳，萬人採淨北壖薪〔一〕。青青好借曹州柳〔二〕，舊是中原一段春〔三〕。曹陷没已久。

【注】

〔一〕「新築」二句：《金史·河渠·黄河》：「事下尚書省，宰臣謂：『河流東南舊矣。一旦决之，恐故道不容，衍溢而出，分爲數河，不復可收。水分則淺狹易渡，天寒輒凍，禦備愈難，此甚不可。』……五年夏四月，敕樞密院沿河要害之地，可壘石岸，仍置撒星樁、陷馬塹以備敵。」二句指否定黃河改行故道的建議後，朝廷動用人力修築黃河北堤及有關防禦工事。策勳：記功勳於策書之上。《後漢書·光武帝紀下》：「夏四月，大司馬吴漢自蜀還京師，於是大饗將士，班勞策勳。」李賢注：「其有功者，以策書紀其勳也。」壖：《史記·河渠書》：「五千頃故盡河壖棄地，民茭牧其中耳。」裴駰集解引韋昭曰：「謂緣河邊地也。」

〔二〕曹州：治今山東省菏澤市。《金史·河渠志》：「大定八年六月，河決李固渡，水潰曹州城，分流於單州之境。」

〔三〕「舊是」句：按詩末附注「曹陷没已久」，因黃河未改行故道，曹州屬黃河以北，久已淪陷於蒙古。句言黃河東北流時，曹州與河南一體，原屬中原一部分。

又

萬夫卷土障橫流〔一〕，負土成山水未收。明日落成真盛事〔二〕，誰能作賦擬黃樓〔三〕。

【注】

〔一〕橫流：河水不循道而泛濫。此指金遷都後十年黃河南岸決堤事。

〔二〕盛事：大事；美事。

〔三〕黄樓：樓名。故址在今江蘇徐州市。此句用蘇軾治河築樓、蘇轍作賦記事之典故。蘇轍《黄樓賦》載：熙寧十年七月，黄河决口，水及彭城下。蘇軾爲彭城守，以身帥之，與城存亡，水至而民不潰。水退，在城的東門築大樓，堊以黄土，是爲黄樓。後蘇轍、秦觀等都曾登黄樓，覽觀山川，吊水之遺跡，作黄樓之賦，以頌其功德。

圍城〔一〕

碧樹蒼煙起暮雲，長安陌上斷行人。百年王氣餘飛觀〔二〕，萬里神州隔戰塵。身與孤雲向雙闕〔三〕，愁隨落日到咸秦〔四〕。山河大地分明在，莫爲時危苦愴神〔五〕。

【注】

〔一〕圍城：《金史·哀宗上》「正大四年」下云：「秋七月，大元兵自鳳翔徇京兆。關中大震……壬辰，以中丞烏古孫卜吉、祭酒裴滿阿虎帶兼司農卿，簽民軍，勸率富民入保城聚，兼督秋税，令百姓知避遷之計。」時李欽用在長安。

〔二〕百年王氣：金代自建國至滅亡凡百二十年，此舉其整數。飛觀：高聳的宫闕。

〔三〕雙闕：借指金都汴京。

〔四〕咸秦：指秦都城咸陽。

〔五〕時危：時局危險、危難。

驟雨

龍戰雲鏖擁日囚〔一〕，鞭驅雷電走蛟虬〔二〕。望中雨脚横天落〔三〕，觸處湍聲卷地流。梁苑樓臺失炎暑〔四〕，漢家城闕動高秋〔五〕。若爲借得天瓢去〔六〕，倒瀉明河淨九州〔七〕。

【注】

〔一〕「龍戰」句：言龍爭相布雲遮日。

〔二〕蛟虬：二者均爲傳説中的一種龍。此喻雷電閃光。

〔三〕雨脚：密集落地的雨點。

〔四〕梁苑：西漢梁孝王所建東苑。故址在今河南省開封市東南。

〔五〕動高秋：使深秋的爽氣來臨。

〔六〕若爲：倘若。天瓢：神話傳説中天神行雨所用之瓢。

〔七〕明河：天河，銀河。

資聖閣登眺同麻杜諸人賦〔一〕

高閣淩雲眼界寬，野煙碧樹有無間。天邊孤鳥飛不盡，陌上行人殊未還。魏國幾回時事改〔二〕，汴堤千古夕陽閑〔三〕。愁來重倚欄干望，嵩少西頭是故山〔四〕。

【注】

〔一〕資聖閣：在汴京大相國寺，始建於唐代。明李濂《汴京遺蹟志》卷十「相國寺」：「玄宗天寶四載，建資聖閣，東塔曰普滿，西塔曰廣願。宋真宗咸平四年……迎取潁川郡銅羅漢五百尊置於閣上。」麻杜：指麻革和杜仁傑，皆李獻甫友人。

〔二〕魏國：戰國七雄之一，先都安邑（今山西省夏縣），後遷大梁（今河南省開封市）。北鄰趙國，西鄰秦國，東有淮、潁與齊國和宋國相鄰，西南與韓國、南面有鴻溝與楚國接壤。自魏惠王遷都大梁後，亦稱梁國。

〔三〕汴堤：隋堤。隋煬帝開運河所築的大堤。隋大業元年，開通濟渠，渠旁築御道，栽植緑柳成行，供煬帝楊廣乘龍舟遊江南時觀賞。北宋時稱汴河，故曰汴堤。

〔四〕故山：舊山，故鄉的山，喻家鄉。李獻甫河中府人，在嵩少之西，故云。

△南冠五人

司馬侍郎朴 一首

朴字文季，温公之猶子〔一〕。宋兵部侍郎，以奉使見留。居於祁陽〔二〕，授以官，託疾不拜，遨遊王公之門，以壽終。文季工書翰，有晉人筆意。興陵萬幾之暇〔三〕，嘗購其遺墨學之。有《雪霽同韓公度登圓福寺閣和李效之》詩〔四〕，今略載于此：「積雪日出杲〔五〕，雪飛梅已殘。朋游要及時，閣鄰有遐觀。乘此蕪穢平，快覽天宇寬。霽色混銀界，曠望連江干。山如白毫相〔六〕，滉瀁清揚端。一氣轉浩渺，萬里皆瀰漫。優哉賦梁苑〔七〕，想像排廣寒〔八〕。」此下不可讀，當俟善本考之〔九〕。

【注】

〔一〕温公：司馬光，字君實，陝州夏縣（今山西省夏縣）人，北宋政治家、文學家、史學家。歷仕仁宗、英宗、神宗、哲宗四朝，卒贈太師、温國公，謚文正。爲人温良謙恭、剛正不阿，歷來受人景仰。主持編纂《資治通鑑》。《宋史》卷三三六有傳。猶子：侄子。據宋徐夢莘《三朝北盟會編》司馬朴當爲温公孫輩，而非侄輩。《三朝北盟會編》卷九六：朴初至，金賊問其姓名。賊云：「得毋司馬相公之後乎？」朴曰：「乃朴之祖。」賊曰：「使司馬相公在朝，我亦不敢至城下。」及欲立朴，朴曰：「吾祖有大功德於前朝，朴不才，誤蒙朝廷任使，安可作此以累吾祖之德，有死而已。」遂立張邦昌。按《宋史·司馬朴傳》，朴父宏，祖旦。又《宋詩紀事》卷四二：「朴字文季，温公之姪孫。以外祖范純仁恩補官，欽宗時爲兵部侍郎，以奉使見留。」按此，司馬朴爲司馬光兄司馬旦之孫。

〔二〕祁陽：按《宋史·司馬朴傳》「後卒於真定」，此指河北正定縣附近之祁陽城。元好問《順天萬户張公（柔）勳德第二碑》載張柔軍滿城，牛顯、張甫等來攻，皆敗走，「由是祁陽、曲陽、鼓城諸將帥降者二十餘城」。《元史·太祖紀》：「十四年己卯春，張柔敗武仙，降祁陽、曲陽、中山等城。」即此地。

〔三〕興陵：金世宗完顔雍，死後葬於興陵（今北京市房山區）。萬幾：指帝王日常處理的紛繁政務。

〔四〕韓公度：韓汝嘉字公度，宛平（今屬北京市）人。（父韓昉，遼末狀元，仕國朝至宰相。汝嘉皇統二年進士，累遷真定路轉運使。坐公事遷清州防禦使，仕至翰林侍讀學士。《中州集》卷八有小傳。

〔五〕杲：光明，明亮。

〔六〕白毫相：如來三十二相之一。佛教傳説世尊眉間有白色毫毛，右旋宛轉，如日正中，放之則有光明，名「白毫相」。《佛藏經下·了戒品九》：「如來滅後，白毫相中百千億分，其中一分供養舍利及諸弟子……設使一切世間人皆共出家，隨順法行，於百毫相百千億分，不盡其一。」《法華經句解・序品》：「爾時，佛放眉間白毫相光。」

〔七〕梁苑：梁孝王所建的東苑，亦稱梁園、兔園。故址在今河南省開封市東南。園林規模宏大，方三百餘里，宫室相連屬，供遊賞馳獵。事見《史記・梁孝王世家》。賦梁苑：用「梁園賦雪」典。南朝宋謝惠連《雪賦》：「歲將暮，時既昏，寒風積，愁雲繁。梁王不悦，遊于兔園，迺置旨酒，命賓友，召鄒生，延枚叟，相如末至，居客之右。俄而微霰零，密雪下。……授簡於司馬大夫，曰：『抽子秘思，騁子妍辭，侔色揣稱，爲寡人賦之。』」此賦曲盡描繪梁苑大雪景色，傳爲妙文。後用爲賞雪、詠雪和讚美他人詩文的典故。

〔八〕廣寒：道家所謂北方仙宫。《黄庭内景經・口爲》：「審能修之登廣寒。」梁丘子注：「廣寒，北方仙宫之名。」又云山名，亦曰廣霞。《洞真經》云：冬至之日，月伏於廣寒之宫，其時育養月魄於廣寒之池，天人採青華之林條，以拂日月光也。」

〔九〕善本：訛缺較少、刻寫精良的古代圖書刻本或寫本。

無餘居士齋壁有沈傳師游道山岳麓詩石刻，穆仲等和之，因亦次韻〔一〕

湘西勝景豈易論，群山騰闖萬馬奔。鶴泉一麓騫鵬噣〔二〕，松風十里藏祇園〔三〕。當時侍御偶題寫〔四〕，筆力孰敢爭雄尊〔五〕。東京少年妙詞藻〔六〕，南陽舊族齊陰樊〔七〕。天心月脇出奇語〔八〕，使我展讀忘朝昏〔九〕。差差戈劍隱一畝，落落旗鼓嚴千屯〔一〇〕。無餘居士厲幽志

〔一一〕，細研六藝方專門〔一二〕。凍皯嬌兒慣腸莧，啼飢瘦婦餘淚痕〔一三〕。惟君德義允相愜，每窮道妙角與根〔一四〕。他人勸酒驚逐魂〔一五〕，二子頻酌勤空樽〔一六〕。醉中詩成渺江海，風外幡影徒飛翻。卷藏篋笥已戢戢〔一七〕，風生襟袖何軒軒〔一八〕。嗟乎我亦有餘腐〔一九〕，陋哉羊政囚華元〔二〇〕。

【注】

〔一〕無餘居士：其人不詳。沈傳師：字子言，吴縣（今江蘇省蘇州市）人。唐書法家。貞元進士，歷太子校書郎、翰林學士、中書舍人、湖南觀察使。入拜尚書右丞、吏部侍郎。工正、行、草，皆有楷法。道山：傳説中的仙山。亦泛指有著名寺觀的山。此指岳麓山。岳麓：在今湖南省長沙市湘江西。沈傳師詩題，《全唐詩》作《次潭州酬唐侍御姚員外游道林岳麓寺題示》。穆仲：高衎，字穆仲，遼陽渤海人。敏而好學，自少有能賦聲，同舍生欲試其才，使一日賦十題戲之，衎執筆怡然，未暮，十賦皆就，彬彬然有可觀。年二十六登進士第，調瀞陰丞。召爲尚書省令史，除右司都事。衎三爲吏部，大定五年，爲賀宋國生日使，中道得疾，去職。大定七年，卒。《金史》卷九〇有傳。次韻：也稱步韻，和韻的一種，按照原詩的韻脚及用韻次序來和。

〔二〕鶴泉：即白鶴泉，在湖南長沙市麓山寺後，泉從石罅中溢出，冬夏不涸，清洌甘甜，清澈透明。相傳因一對仙鶴常飛至此，因而取名白鶴泉。鵬喝：鵬鳥的嘴。

〔三〕祇園：祇園精舍是古時印度舍衛國的著名寺院。此處指岳麓寺。

〔四〕侍御：唐代稱殿中侍御史、監察御史爲侍御，後世因沿襲此稱。據《舊唐書》卷一四九本傳：沈傳師曾兼御史中丞，出爲潭州刺史、湖南觀察使。故稱。

〔五〕雄尊：名次靠前。

〔六〕東京：古都名，指汴州，即今河南省開封市。東京少年：當指座中唱和者之一。詞藻：文中的藻飾，即用作修辭的典故或華麗工巧有文采的詞語。

〔七〕南陽：郡名。秦置，包括今河南省南陽、湖北襄陽一帶。陰樊：陰識與樊宏。皆南陽人。陰識：字次伯，南陽新野人，光武帝光烈皇后異母兄。初爲騎都尉，封陰鄉侯。及顯宗立爲皇太子，以識守執金吾，輔導東宫。入雖極言正議，及與賓客語，未嘗及國事。帝敬重之，常指識以敕戒貴戚，激厲左右。顯宗即位，拜爲執金吾，位特進。樊宏，字靡卿，南陽湖陽人，光武帝之舅，以仁義厚道著稱。東漢建立後，被封爲壽張侯。《後漢書》卷六二《樊陰傳》贊曰：「樊氏世篤，陰亦戒侈。」南陽舊族：當指座中唱和者。

〔八〕天心：天之中央，喻人之天性。月脇：月之邊旁。比喻險奥的意境。唐皇甫湜《〈顧況詩集序〉》：「偏於逸歌長句，駿發踔厲，往往若穿天心，出月脇，意外驚人語，非尋常所能及。」

〔九〕朝昏：早晚。

〔一〇〕「差差」二句：言詩文中豐厚的内涵與昂揚的氣勢。差差：猶參差，不齊貌。隱一敵：語本《後漢書·吴漢傳》：「吴公差强人意，隱若一敵國矣。」李賢注：「隱，威重之貌。」落落：形容多而連續不斷的樣子。屯：古時軍伍編制單位。

〔一〕幽志：幽隱之志。

〔二〕六藝：古代稱《詩》、《書》、《禮》、《樂》、《易》和《春秋》六種經書。也泛指各種經書。專門：專門從事某業或研究某門學問。《舊唐書·賈耽傳》：「間以衆務，不遂專門，績用尚虧，憂愧彌切。」

〔三〕「涷骭」二句：狀少衣缺食、生活艱難貌。骭：小腿。莧：莧菜。一年生草本植物，莖細長，葉橢圓形，開緑白色或黄緑色小花，莖和葉可食。

〔四〕道妙：指儒學中爲人處世的深微處。角與根：謂窮極其根本。此句化用唐韓愈《記夢》詩句：「夜夢神官與我言，羅縷道妙角與根。」

〔五〕驚逐魂：意爲驚心動魄，奔走躲避。

〔六〕二子：應指座中唱和者。即前文所謂的東京少年與南陽舊族。

〔七〕篋笥：藏物的竹器，此處指書箱。戢戢：密集貌。言詩卷之多。

〔八〕軒軒：儀態軒昂貌。

〔九〕餘腐：腐朽廢棄之物。自我貶抑之辭，自嘲迂腐無用。

〔一〇〕羊政囚華元：典出《左傳·宣公二年》：二年春，鄭伐宋。宋以華元爲主帥禦之。將戰，華元殺羊食士，其御羊斟不與。及戰，曰：「疇昔之羊，子爲政；今日之事，我爲政。」遂駕戰車入鄭師，致華元被俘，宋國慘敗。此處用以謙稱自己的次韻作詩。

滕奉使茂實 八首

茂實字秀穎，姑蘇人〔一〕。初名裸，徽宗改賜焉。以太學正兼明堂司令與樞密路允迪、翰林修撰宋彦通奉使割三鎮，太原尋奉密詔，據城不下。國相怒，因使人於雲中〔二〕。欽宗北遷，秀穎謁見，涕泣請從行，主者不之許。放允迪、彦通南歸，茂實留雁門〔三〕。與兄宗正丞福字伯壽、淮南發運使裿共居〔四〕。久之，家人至自汴梁〔五〕，秀穎往來并代之間〔六〕，布衣終身。臨終，令黄幡裹尸而葬〔七〕，仍大刻九字云：「宋使者東陽滕茂實墓。」士大夫哀其忠，爲之起墳於雁門〔八〕，歲時致祭。好問兒時，先大夫教誦秀穎《臨終》詩，然亦僅能記末章數語而已。庚子春〔九〕，自山東還鄉里，值鄉先生雁門李鍾秀挺，求秀穎詩文，鍾秀云：「喪亂以來，家所藏書焚蕩都盡。避兵山中民家，偶於破箱中得秀穎詩一編，紙已敗爛。前序秀穎自作，可辨者百餘字。大略言能安於死生之分，而不能忘感慨不平之氣。又曰：『蘇屬國牧羊海上〔一〇〕，而五言之作自此始。予敢援以爲例。』後叙是筆吏林泉野老彦古〔一一〕彦古不著姓，年七十八，手録三滕始末，號東陽滕秀穎、鳳山、思遠記者詩數百首，可讀者什六七，《臨終》一詩缺三五字而已。非筆吏此集，則秀穎之事，無以見於世。」予意先生名節凛然，不媿古人，其文字言語宜有神物護持，雖埋没之久，而光明發見，決有不可揜焉者〔一二〕。

因備述于此，亦使彦古之名，託之而不腐云〔一三〕。祷字恐誤，當作裪，見南申高濟叔碑。

【注】

〔一〕姑蘇：蘇州。蘇州古稱平江，又稱姑蘇。《宋史·滕茂實傳》：「滕茂實字秀穎，杭州臨安人。」今浙江杭州。據滕茂實自謂稱「東陽滕茂實」，當爲東陽人，東陽屬浙江。

〔二〕割三鎮囚雲中事：靖康元年，金兵圍汴京，宋金議和。宋朝答應割讓太原、中山、河間三鎮給金朝。二月，派滕、路、宋三人出使金營，交割三鎮事宜。宋欽宗在朝臣的極力反對下，拒絕割地賠款，密詔河北固守三鎮。金帥完顔宗翰大怒，扣留滕茂實等人，因於雲中。雲中：金縣名，屬西京路大同府，今山西省大同市。

〔三〕雁門：金縣名，屬河東北路代州。今山西省代縣。

〔四〕宗正丞福：滕福，字伯壽，茂實兄，曾官宗正丞。淮南發運使祷：祷或爲裪，又作綯。滕裪，茂實兄。曾任淮南發運使。《宋史》本傳：「時茂實兄綯，通判代州，已先降金。尼堪素聞茂實名，乃遷之代州。」

〔五〕「家人」句：《宋史》本傳：「又自京師取其弟華實同居，以慰其意。」

〔六〕并代：并州和代州，今山西中北部。

〔七〕黄幡：黄色的長幅下垂的旗子。此指使節使用的旗子。宋周密《齊東野語·滕茂實》：「斂我不須衣，裹尸以黄旛，題作宋臣墓，篆字當深刊。」

〔八〕起墳於雁門：滕茂實墓在代州城東。《山西通志》卷六〇「代州」：「宋侍郎滕茂實墓碑，東七里，自刻碑記並篆墓額九字云：『宋工部侍郎滕茂實墓。』」又卷一七三：「工部侍郎滕茂實墓，在州東七里，有自撰碑，今不存。茂實遷代州，聞欽宗將至，即自爲哀詞，且自篆『宋工部侍郎滕茂實』九字，取奉使黄旛裹之，後卒雲中。」

〔九〕庚子：元太宗十二年（一二四〇）歲次庚子。

〔一〇〕蘇屬國：漢蘇武自匈奴歸國後，授官典屬國，故稱。

〔一一〕筆吏：指擔任書寫職務的低級官吏。

〔一二〕揜：遮没；遮蔽；掩蓋。

〔一三〕不腐：不朽。《新唐書·文藝傳序》：「若君子則不然，自能以功業行實光明於時，亦不一于立言而垂不腐。」

哀隆德守臣張確。確，浮休張舜民之弟，嘗爲烏延帥幕，獨不廷謁童貫，作詩弔之〔一〕

睢陽萬古一張巡〔二〕，忠義傳家有世臣〔三〕。顔子伏膺當入室〔四〕，潘郎望拜肯同塵〔五〕。圍城已陷天猶晦，仗劍臨危氣益振。餘子鄰邦盡曹李，偷生端作九泉人〔六〕。

【注】

〔一〕隆德：宋代府名，北宋崇寧三年升潞州置，治今山西省長治市。張確：字子固，邠州宜禄人。北宋元祐進士。徽宗即位，應詔上書言十事，乞誅大姦，退小人。知坊、汾二州。宣和七年，徙解州，又徙隆德府。金兵圍太原，忻、代降，平陽兵叛。明年二月，金兵至，知城中無備，諭使降。確乘城拒守，曰：「確守土臣，當以死報國，頭可斷，腰不可屈。」乃戰而死。《宋史》卷四四六有傳。張舜民：字芸叟，自號浮休居士，邠州（今陝西省彬縣）人。北宋文學家、畫家。英宗治平二年進士，爲襄樂令。元祐初任監察御史。爲人剛直敢言。徽宗時升任右諫議大夫，任職七天，言事達六十章。《宋史》卷三四七有傳。烏延：城名，在陝西省榆林市西南横山縣南。《唐書·地理志》載，長慶四年，節度使李祐築烏延城於蘆子關北，以護塞外。《宋史·夏國傳》載：元豐五年，「沈括請城古烏延城以包横山，使夏人不得絶沙漠」。童貫：字道夫（一作道輔），開封人。北宋權宦，爲西北監軍，領樞密院事，掌兵權二十年，權傾内外。欽宗即位，被處死。

〔二〕「睢陽」句：用唐張巡守睢陽事。張巡（七〇八——七五七）：蒲州河東（今山西省永濟市）人，一説鄧州南陽人。聰敏好學，氣節高尚，因不願阿附權貴，拒絶拜見楊國忠。安史之亂時，誓死守衛睢陽（今河南省商丘市），屢次擊敗叛軍，但終因寡不敵衆，戰死于睢陽，以身殉國。新、舊唐書有傳。張確戰死隆德府，宋欽宗稱其爲今之張巡。《宋史·張確傳》：「欽宗聞之悲悼，優贈述古殿直學士。召見其子宻，慰撫之曰：『卿父，今之巡、遠也，得其死所矣。』」巡遠：張巡、許遠的並稱。安史之亂中，二人協力死守睢陽而垂名後世。

〔三〕世臣：歷代有功勳的舊臣。《孟子·梁惠王下》：「所謂故國者，非謂有喬木之謂也，有世臣之謂也。」孫奭疏：「世臣，累世修德之舊臣也。」

〔四〕「顏子」句：《論語·先進》：「由也升堂矣，未入於室也。」邢昺疏：「言子路之學識深淺，譬如自外入內，得其門者。入室爲深，顏淵是也；升堂次之，子路是也。」顏回，字子淵，春秋時期魯國人。孔子最得意弟子，素以德行著稱。自漢代起，顏回被列爲七十二賢之首。伏膺：伏通「服」。謂傾心，欽慕。入室：比喻學問或技藝得到師傳，造詣高深。句謂張確深得「忠義傳家」之旨意。

〔五〕「潘郎」句：《晉書·潘岳傳》：「與石崇等諂事賈謐，每候其出，與崇輒望塵而拜。」望塵拜：指迎候有權勢的人，望車揚起的塵土下拜。形容卑躬屈膝的神態。肯：豈肯，不肯。同塵：同路；同行。句切詩題中張確不肯廷謁童貫事。

〔六〕「餘子」二句：用晉人庾龢語。庾龢，字道季，庾亮子。《世説新語·品藻》：「庾道季云：『廉頗、藺相如雖千載上，死人懍懍恒如有生氣。曹蜍、李志雖見在，厭厭如九泉下人。」曹李：即曹蜍與李志。曹茂之，小字蜍，彭城人，仕至尚書郎。李志，字温祖，江夏鍾武人，仕至員外常侍、南康相。鄰邦：指臨近的府州。金兵圍太原，忻、代降，平陽兵叛，唯張確堅守死國。端：全。

天寧節有感〔一〕

節臨重十慶天寧〔二〕，古殿焚香祝帝齡〔三〕。身在北方金佛刹，眼看南極老人星〔四〕。千官花覆常陪燕〔五〕，萬里雲遥阻在廷〔六〕。松柏滿山聊獻壽〔七〕，小臣孤操亦青青〔八〕。汴梁故老云：徽宗本以五月五日生，以俗忌，移之十月十日。故此詩有重十之句。

【注】

〔一〕天寧節：宋時定徽宗誕辰爲天寧節。徽宗本生於農曆五月初五，古時迷信稱此爲惡日，故改爲農曆十月初十。宋孟元老《東京夢華録·天寧節》：「（十月）初十日天寧節。」《宋史·徽宗紀一》：「丁酉，天寧節，群臣及遼使初上壽於垂拱殿。」

〔二〕重十：雙十，即十月初十。

〔三〕祝帝齡：祝福帝王長壽。

〔四〕南極老人星：南部天空一顆光度較亮的一等星。古人認爲它象徵長壽，故又名「壽星」。《史記·天官書》：「狼比地有大星，曰南極老人。」張守節正義：「老人一星，在弧南，一曰南極，爲人主占壽命延長之應。」

〔五〕「千官」句：本杜甫《紫宸殿退朝口號》：「香飄合殿春風轉，花覆千官淑景移。」趙彦材注云：「荀子云天子千官。」

〔六〕在廷：《論語·鄉黨》：「其在宗廟朝廷，便便言，唯謹爾。」又《禮記·經解》：「天子者……其在朝廷，則道仁聖禮義之序。」後以「在廷」指朝廷。

〔七〕獻壽：獻禮祝壽。

〔八〕孤操：高尚的節操。青青：形容久盛不衰。唐玄宗《賜新羅王》：「益重青青志，風霜恒不渝。」

雨後蔬盤可喜偶成

過雨盤蔬日日新，從今休歎庾郎貧〔一〕。寒虀安取咄嗟辦〔二〕，火食不憂生死隣〔三〕。野莧何施雖可鄙〔四〕，美芹欲獻去無因〔五〕。干戈萬里風塵晦，慚媿平生肉食人〔六〕。

【注】

〔一〕庾郎貧：指生活清貧。《南齊書·庾杲之傳》：庾杲之清貧自業，食唯有韭葅、蒲韭、生韭雜菜。或戲之曰：『誰謂庾郎貧，食鮭常有二十七種。』言三九也。」

〔二〕「寒虀」句：用石崇典故。《晉書·石崇傳》載，王愷每以三事不及石崇爲恨：崇爲客作豆粥，咄嗟便辦；每冬得韭蓱虀；嘗與愷出遊，爭入洛城，崇牛迅若飛禽，愷絶不能及。寒虀：醃菜。咄嗟辦：比喻馬上就辦到。安取：何需。咄嗟：一呼一諾之間，形容時間短。

〔三〕「火食」句：用孔子典故。《荀子·宥坐》：「孔子南適楚，戹於陳蔡之間，七日不火食，藜羹不糂，弟子皆有饑色。」火食：舉火煮飯。

〔四〕野莧：細莧。野生的莧菜，多作飼料，亦可食用。宋陸游《園蔬薦村酒戲作》：「葅有秋菰白，羹惟野莧紅。」

〔五〕「美芹」句：本謂農夫以水芹爲美味，欲獻於他人，後喻以微物獻給别人。典出《列子·楊朱》：「宋國田夫謂其妻曰：『負日之暄，人莫知者，以獻吾君，將有重賞。』里之富室告之曰：『昔人有美戎菽，甘枲莖芹萍子者，對鄉豪稱之。鄉豪取而嘗之，蜇於口，慘於腹，衆哂而怨之，其人大慚。』」

〔六〕肉食人：以肉爲食者。古代高官厚爵者以食肉爲常，故代指享有厚禄的官員。《左傳·莊公十年》：「十年春，齊師伐我。公將戰，曹劌請見。其鄉人曰：『肉食者謀之，又何間焉？』劌曰：『肉食者鄙，未能遠謀。』乃入見。」二句用此典，謂導致現在外敵入侵、天下大亂、民不聊生的惡果在於執政官員，自己作爲其中一員甚感慚愧。

五日〔一〕

節物驚心動遠思〔二〕，薰風又見浴蘭時〔三〕。空尋好句書紈扇〔四〕，無復佳人繫綵絲〔五〕。酒注菖蒲唯欲醉〔六〕，筒包菰黍不勝悲〔七〕。明年此日當何處，風裏孤蓬自不知〔八〕。

【注】

〔一〕五日：指五月初五，端午節。

〔二〕節物：各個季節的風物景色。遠思：指深遠的思慮。明高啟《晚晴遠眺》：「楚天無物不堪詩，登眺唯愁動遠思。」

〔三〕薰風：和暖的風。又特指初夏時的東南風。《吕氏春秋·有始》：「東南曰薰風。」唐白居易《首夏南池獨酌》：「薰風自南至，吹我池上林。」浴蘭：浴於蘭湯，即用蘭草水洗澡。古人認爲蘭草避不祥，故以蘭湯潔齋祭祀。《大戴禮記·夏小正》：「五月……蓄蘭，爲沐浴也。」《楚辭·九歌·雲中君》：「浴蘭湯兮沐芳，華采衣兮若英。」

〔四〕紈扇：圓扇，也叫「宫扇」。一種圓形有柄的扇子。

〔五〕綵絲：五彩絲。《風俗通》：「五月五日以五彩絲繫臂，一名長命縷，一名續命縷，一名辟兵繒，一名五色縷，一名朱索，辟兵及鬼，命人不病瘟。」

〔六〕菖蒲：植物名。多年生水生草本，有香氣。葉狹長，似劍形。民間在端午節常用來和艾葉紮束，掛在門前，驅邪避毒。故端午節也稱「菖蒲節」。

〔七〕筒包菰黍：包粽子，粽子，又叫「角黍」、「筒粽」。吃粽子是端午節傳統習俗。菰：菰米，一名雕胡米，古以爲六穀之一。明李時珍《本草綱目·穀二·菰米》集解引蘇頌曰：「菰生水中……至秋結實，乃雕胡米也，古人以爲美饌。」

〔八〕孤蓬：又名飛蓬。枯後根斷，隨風飛旋，常比喻飄泊無定的孤客。

喜雨

旱暵雨霑渥〔一〕，豐穰都不疑〔二〕。商羊應屢舞〔三〕，布穀强多知〔四〕。龍見寧非數〔五〕，雲行自有時。當年班夏令〔六〕，曾得近丹墀〔七〕。

【注】

〔一〕旱暵：不雨乾熱。霑渥：沾濕，潤澤。

〔二〕豐穰：猶豐熟。

〔三〕商羊：傳説的鳥名。常於大雨前屈一足起舞。謡曰：「天將大雨，商羊鼓舞。」漢王充《論衡·變動》：「商羊者，知雨之物也；天且雨，屈其一足起舞矣。」

〔四〕布穀：布穀鳥，以鳴聲似「布穀」，又鳴於播種時節，故相傳爲勸耕之鳥。杜甫《洗兵行》：「田家望望惜雨乾，布穀處處催春種。」

〔五〕龍見：夏四月，蒼龍七宿出現。《左傳·桓公五年》：「凡祀，啟蟄而郊，龍見而雩。」杜預注：「龍見，建巳之月。蒼龍宿之體，昏見東方，萬物始盛。待雨而大，故祭天。遠爲百穀祈膏雨也。」數：定數。

〔六〕夏令：夏代的月令之書。代指月令。滕茂實在宋時曾爲明堂司令，或於明堂參與頒布月令事宜。

〔七〕丹墀：指宫殿的赤色臺階或赤色地面。代宫殿。

偶成〔一〕

纖雲卷盡見秋容①〔二〕，古木交陰一掃空。雪壓群山曉來雨，葉侵缺甃幾番風〔三〕。欲歸未得人將老，屢送還來鬼亦窮〔四〕。賴得子卿佳傳在〔五〕，整冠時讀慰飄蓬〔六〕。

【校】

① 秋容：毛本作「愁雲」，李本作「愁容」。

【注】

〔一〕偶成：不期而得，偶然寫成。多用於詩詞題中。

〔二〕纖雲：微雲，輕雲。《文選·傅玄·雜詩》：「纖雲時髣髴，渥露霑我裳。」張銑注：「纖，輕也。」秋容：猶秋色。

〔三〕甃：以磚瓦砌成的井壁。

〔四〕「屢送」句：謂送窮，舊時驅送窮鬼的一種習俗。

〔五〕子卿：蘇武，字子卿，杜陵（今陝西省西安市東南）人。漢武帝天漢元年，奉命出使匈奴，被扣留。匈奴多次威脅利誘，欲使其投降；後將他遷到北海邊牧羊。蘇武歷盡艱辛，留居匈奴十九年，持節不屈，終還漢朝。漢宣帝爲彰顯其節操，圖繪麒麟閣。佳傳：指爲傳主宣揚功德的傳記，此處指《漢書・蘇武傳》。

〔六〕整冠：整理衣冠，表恭敬莊重。飄蓬：飄飛的蓬草。喻飄泊的人生。以上二句謂以蘇武之精神激勵自己。

立春〔一〕

東皇布政物皆春〔二〕，山色禽聲便可人〔三〕。滿谷和風消積雪，半窗晴日動游塵〔四〕。宫花插帽枝枝秀〔五〕，菜甲堆槃種種新〔六〕。拘窘經時成土俗〔七〕，聊從一醉適天真〔八〕。

【注】

〔一〕立春：《逸周書・時訓》：「立春之日，東風解凍；又五日，蟄蟲始振；又五日，魚上冰。」《史記・天官書》：「立春日，四時之始也。」司馬貞索隱：「謂立春日是去年四時之終卒，今年之始也。」

〔二〕東皇：司春之神。布政：施政。

〔三〕可人：稱人心意。

〔四〕遊塵：浮動的塵埃。

〔五〕宫花：宫中特製的花，供裝飾之用。宋張先《減字木蘭花》詞：「舞徹《伊州》，頭上宫花顫未休。」

〔六〕菜甲：菜初生的葉芽。

〔七〕拘窘：局促窘迫。指被扣留金朝後的生活狀態。經時：歷時，經過一段時間。土俗：當地的習俗。

〔八〕天真：指不受禮俗拘束的品性。《莊子·漁父》：「禮者，世俗之所爲也；真者，所以受於天也，自然不可易也。故聖人法天貴真，不拘於俗。」

臨終詩 並序

某奉使亡狀〔一〕，不復反父母之邦，猶當請從主行〔二〕，以全臣節〔三〕。或怒而與之死，幸以所仗節幡裹其尸〔四〕，及有篆字九〔五〕，爲刊之石，埋於臺山寺下〔六〕，不必封樹〔七〕。蓋昔年大病，夢遊清凉境界〔八〕，覺而失病所在，恐于此有緣。如死窮徼〔九〕，則乞骸骨歸〔一〇〕，悉如前禱〔一一〕。預作哀詞〔一二〕，幾于不達〔一三〕，方之淵明則不可〔一四〕，亦庶幾少游之遺風也〔一五〕。

韲鹽老書生〔一六〕，謬列王都官〔一七〕。索米了無補〔一八〕，從事敢辭難〔一九〕。殊隣復盟好〔二〇〕，仗節來榆關〔二一〕。城守久不下，川塗望漫漫〔二二〕。僉輩果不惜，一往何當還〔二三〕。牧羊困蘇武〔二四〕，假道拘張騫〔二五〕。流離念窘束〔二六〕，坐閱四序遷〔二七〕。同來悉言歸，我獨留塞垣〔二八〕。形影自相弔〔二九〕，國破家亦殘。呼天竟不聞，痛甚傷肺肝。相逢老兄弟〔三〇〕，悼歎安得驩〔三一〕。波瀾卷大厦，一木難求安。就不違我心，渠不汗我顔〔三二〕。昔燕破齊王，群臣望風奔〔三三〕。王蠋猶守節，燕人有甘言〔三四〕。經首自絶脰〔三五〕，感槩今昔聞。未嘗食齊禄〔三六〕，徒以世爲民。況我禄數世，一死何足論。遠或死江海，近或死朝昏〔三七〕。斂我不須衣，裹尸以黄幡〔三八〕。題作宋臣墓，篆字當深刊。我室尚少艾〔三九〕，兒女皆童頑〔四〇〕。四海無置錐〔四一〕，飄流倍悲酸。誰當給衣食，使不厄飢寒。歲時一酹我〔四二〕，猶足慰我魂。我魂亦悠悠，異鄉寄沉冤〔四三〕。他時風雨夜，草木號空山。

【注】

〔一〕亡狀：無狀。指没有功績，未見成效。

〔二〕從主行：即小傳所謂「欽宗北遷，秀穎謁見，涕泣請從行。主者不之許」。

〔三〕臣節：人臣的節操。南朝宋鮑照《出自薊北門行》：「時危見臣節，亂世識忠良。」

〔四〕節幡：麾節幡旌。

〔五〕篆字九：即「宋使者東陽滕茂實墓」九字。

〔六〕臺山：五臺山。在代州五臺縣，今山西省五臺縣。

〔七〕封樹：堆土爲墳，植樹爲飾。古代士以上的葬禮。《禮記·王制》：「庶人縣封，葬不爲雨止，不封不樹，喪不貳事。」孔穎達疏：「庶人既卑小，不須顯異，不積土爲封，不標墓以樹。」

〔八〕清涼境界：指五臺山佛教勝地。因山上氣候寒涼，盛夏仍不見炎暑，故又别稱清涼山。

〔九〕窮徼：荒遠的邊境。

〔一〇〕骸骨：尸骨。

〔一一〕悉如前禱：謂安葬的詳細遺囑如前面所説那樣。

〔一二〕哀詞：文體名，用來哀悼、紀念死者，多用韻語寫成。

〔一三〕不達：指對生死之事不夠通明豁達。

〔一四〕淵明：晉陶淵明曾作《自祭文》及《挽歌詩》三首，表達其對生死的豁達。

〔一五〕庶幾：差不多；近似。少遊：秦觀，字少遊，一字太虚，號淮海居士，宋代詞人。其編管横州（今廣西横縣）時曾作《挽辭》：「家鄉在萬里，妻子天一涯。孤魂不敢歸，惴惴猶如兹。」又云：「無人没薄奠，誰與飯黄緇！亦無挽歌者，空有挽歌辭。」宋胡仔對陶淵明及秦觀的自作挽辭有所比較，其《苕溪漁隱叢話後集·陶靖節》云：「淵明自作挽辭，秦太虚亦效之。余謂淵明之辭了達，太虚之辭哀怨。……東坡謂太虚『齊死生，了物我，戲出此語』，其言過矣。此言惟淵明可以當之；若太虚者，情鍾世味，意戀生理，一經遷謫，不能自釋，遂挾忿而作此辭。」

〔一六〕虀鹽：醃菜和鹽。指清貧生活。

〔一七〕王都：天子的都城。

〔一八〕索米：典自《漢書·東方朔傳》：「臣朔飢欲死。臣言可用，幸異其禮；不可用，罷之，無令但索長安米也。」後因指在朝任職，求取俸禄。

〔一九〕從事：辦事。《詩·小雅·十月之交》：「黽勉從事，不敢告勞。」

〔二〇〕「殊隣」句：指靖康宋金和議事。

〔二一〕榆關：《山西通志·平定州》：「漢韓信擊趙下井陘，築城爲寨，以榆寨門，因名榆關。即今上城也，有南北二門。宋太平興國四年改廣陽爲平定縣，徙治於此。……元初總帥聶珪修下城。」元徐世隆《四賢堂記》載：初，聶侯珪以土豪歸國，帥平定者最久。雅親文儒，輦迎李治。會元好問還太原，過之，爲數日留，因追憶閑閑、文獻二老，作詩云：「百年喬木鬱蒼蒼，耆舊風流趙與楊。爲向榆關使君道，郡中合有二賢堂。」宋徐夢莘《三朝北盟會編》卷三六載靖康元年二月「十日丙午，下割三鎮之詔，差路允迪宣諭（太原）守臣。」「簽書樞密院事路允迪、工部侍郎滕茂實使於粘罕河東軍前。粘罕將至高平，告割三關之地也。」按此，榆關在今山西平定。

〔二二〕「城守」二句：言奉詔許割三鎮，與粘罕簽盟後，太原守軍又接朝廷密詔堅守不予，詩人因而被拘。故有遥望歸途，歸期渺茫之悲。

〔二三〕「儉輩」二句：言朝廷撕毁盟約，讓自己無名小輩當替罪羊，被拘押在北地，歸期遥不可及。

〔二四〕「牧羊」句：蘇武出使被匈奴扣留事。漢武帝天漢元年，奉命出使匈奴，被扣留。匈奴多次威脅利誘，欲使其投降；後將他遷到北海邊牧羊，揚言要公羊生子方可放他回國。蘇武歷盡艱辛，十九年持節不屈，終還漢朝。事見《漢書·蘇武傳》。

〔二五〕「假道」句：張騫被匈奴拘留事。漢武帝爲了聯合大月氏共擊匈奴，建元三年，派張騫出使大月氏。途經匈奴時，張騫被俘，十年後逃脱，西行抵大月氏，可大月氏不想與匈奴對抗，聯合計劃失敗。張騫改從南道，欲從羌中歸，復爲匈奴所得。留歲餘，單于死。元朔三年，張騫乘匈奴内亂，才逃回漢朝。事見《史記·大宛列傳》。

〔二六〕窘束：指被羈管北地，窘迫不自由。

〔二七〕四序：指春、夏、秋、冬四季。

〔二八〕「同來」二句：金朝放同行的允迪、彦通南歸，獨留茂實於雁門。

〔二九〕形影自相弔：形容孤單無依。

〔三〇〕老兄弟：即小傳中所謂「與兄宗正丞福字伯壽、淮南發運使禕共居」。

〔三一〕悼歎：哀傷歎息。

〔三二〕汗顔：因羞愧而汗發於顔面，泛指慚愧。

〔三三〕「昔燕」二句：叙戰國時燕將攻破臨淄，齊湣王君臣望風逃奔莒州事。望風：聽到風聲，見到動静、氣勢。

〔三四〕「王蠋」二句：王蠋：畫邑（今山東省淄博市臨淄區）人，戰國時齊國賢人。燕將樂毅攻破臨淄，齊湣王逃奔莒州。樂毅敬慕王蠋，使人謂蠋曰：「齊人多高子之義，吾以子爲將，封子萬家。」蠋固謝。燕人曰：「子不聽，吾引三軍而屠畫邑。」蠋曰：「忠臣不事二君，貞女不更二夫。齊王不聽吾諫，故退而耕於野。國既破亡，吾不能存；今又劫之以兵爲君將，是助桀爲暴也。與其生而無義，固不如烹！」遂自縊死。事見《史記·田單列傳》。甘言：好聽的話，高的評價。

〔三五〕絶脰：斷頸。《史記·田單列傳》載：王蠋「遂經其頸於樹枝，自奮絶脰而死」。

〔三六〕食齊禄：領受齊國的俸禄，即未在齊爲官。

〔三七〕朝昏：早晚。

〔三八〕黄幡：使節的黄色幡旌。

〔三九〕室：妻子。《禮記·曲禮上》：「人生十年曰幼，學；二十曰弱，冠；三十曰壯，有室。」鄭玄注：「有室，有妻也。妻稱室。」孔穎達疏：「壯有妻，妻居室中，故呼妻爲室。」少艾：形容女子年輕美麗。

〔四〇〕童頑：年幼無知。

〔四一〕置錐：立錐之地，插立錐尖的地方。比喻極狹小的地方。亦比喻賴以安身立命之地。《莊子·盜蹠》：「堯舜有天下，子孫無置錐之地。」《荀子·非十二子》：「無置錐之地，而王公不能與之爭名。」

〔四二〕歲時：每年一定的季節或時間，每年的時節、節日。

〔四三〕沉冤：不白之冤。

通理何先生宏中　一首

宏中字定遠，先世居雁門〔一〕。叔祖青，出武弁〔二〕，任忻州兵馬使〔三〕，因家焉。祖行宣，西遊遇仙不返。行宣之子子奇、子霖，政和中中武舉高科〔四〕。子奇秉義郎，武州宣寧尉〔五〕；子霖忠翊郎，守豐州安豐砦〔六〕，皆没王事〔七〕。定遠，子奇子也。幼倜儻〔八〕，儀觀秀整〔九〕，雅以奇節自許。宣和末，方賊擾江浙〔一〇〕，定遠以太學武舉進士陳破賊三策〔一一〕。徽宗褒諭，謂「非近日言事者所可比」。已而破賊如定遠策，遂知名。宣和元年集英殿試策〔一二〕，中第二，調滑州韋城尉〔一三〕。汴京被圍，州郡多避走，獨韋不下。兵退，統制武漢英奏辟〔一四〕，欽宗御札召赴軍前〔一五〕，以路塞不果。因請兵真定宣撫司〔一六〕，時副帥种師中兵已潰，宣撫司檄定遠副漢英守銀冶路〔一七〕。既而太原破，西路無完城，定遠等提兵竝山而東，將赴援京師。俄漢英戰死，定遠收合散亡，立山棚七十四所，號令所及，千里而遠。艱食數月，人不敢相食。詔以爲武節大夫，河東河北兩路統制接應使。是後，國朝兵日盛，所守唯銀冶一城而已。帥府募人生致定遠〔一八〕，天會五年二月，糧盡被擒。大帥昭刺憐其忠，解縛，授以官。定遠投牒于地，曰：「我常以此物誘人出死力，若輩乃欲以此嚇我耶？」帥嘉其不降屈，又問欲還鄉否？定遠謀南奔，陽以願歸爲言。會監送使臣有先與定遠相攻劫者，愬之，囚西京府君廟二年〔一九〕。帥一日召之，授以官，又不拜。使之充軍，亦不從。取家屬填城黄龍府〔二〇〕，益偃蹇不行〔二一〕。帥怒，褫衣欲斬之〔二二〕。定遠忻然就戮，曰：「得死所矣。」擁之行已數十步，帥終不忍，召還問：「爾授官不願，充軍又不行，填城又不行，斬又不懼。「畢竟欲如何①？」定遠徐曰：「生死在公，奚問爲？」帥怒解，繫之西京獄，得州人保任者數十族〔二三〕，乃放歸，請爲黄冠〔二四〕。時神霄宫廢，道士舊以徽宗爲東華君，將毁其像，定遠爲起紫微殿，遷像事之。年六十三，正隆四年病殁。自號通理先生，所著《成真》、《通理》二集，藏于家。州將傅慎微幾先贈詩云：「故人何定遠，造物不虚生。骨骼稜稜瘦，詩篇字字清。世皆尊道藝②，我獨見忠誠。尊酒分攜後，何時蓋復傾。」其餘與朱少章輩唱酬甚多〔二五〕，皆爲所推重，載之墓碣之陰。

【校】

① 如何：毛本作「何如」。

② 藝：毛本作「義」。

【注】

〔一〕雁門：北宋縣名，屬河東路代州，今山西省代縣。

〔二〕武弁：武官。

〔三〕忻州：北宋州名，屬河東路，治今山西省忻州市忻府區。

〔四〕武舉：指科舉制度中的武科。《新唐書·選舉志上》：「（武后）長安二年，始制武舉。其制，有長垛、馬射、步射、平射、筒射，又有馬槍、翹關、負重、身材之選。」高科：科舉高第。

〔五〕武州：遼宋州名。治今山西省神池縣。金時轄縣一，名寧遠，無宣寧，待考。

〔六〕安豐砦：故址在陝西省府谷縣黄甫鄉北。北宋設置，後廢。宋曾公亮《豐州武經總要》前集卷一七「安豐砦」：「舊號石臺神砦，康定中陷豐州，特築城以安豐爲名，地接故豐州。」

〔七〕王事：王命差遣的公事。

〔八〕倜儻：卓異，不同尋常。《資治通鑑·晉惠帝永甯元年》：「（劉殷）博通經史，性倜儻，有大志。」胡三省注：「倜儻，卓異也。」

〔九〕儀觀：儀表。秀整：俊秀嚴整。

〔一〇〕「方賊」句：指宋末方臘起義。《宋史·童貫傳》：「時吴中困於朱勔花石之擾，比屋致怨。臘因民不忍，陰聚貧乏游手之徒。宣和二年十月，起爲亂，自號聖公，建元永樂……十一月陷青溪，十二月陷睦、歙二州，南陷衢，殺郡守彭汝方，北掠新城、桐廬、富陽諸縣，進逼杭州郡，守棄城走，州即陷。」

〔一一〕太學：國學。古代設於京城的最高學府。武舉：指科舉制度中的武科。

〔一二〕宣和元年：王慶生認爲應是宣和六年。宣和三年何宏中尚在太學，則元年自未及第。按《宋史·徽宗紀》載，宣和六年閏三月庚子，御集英殿策進士。與小傳中「集英殿試策」合。試策：古代考試取士的方法之一。有司就政事、經義等設問，令應試者作答。

〔一三〕韋城：縣名，隋開皇六年析白馬縣置，屬汴州，治今河南省滑縣東南。唐屬滑州，宋因之，金廢。

〔一四〕奏辟：向朝廷薦舉徵召爲官。

〔一五〕御札：帝王的書札，手詔。《宋史·職官志一》：「凡命令之體有七……曰御札，布告登封、郊祀、宗祀及大號令，則用之。」

〔一六〕真定：宋常山郡鎮州成德軍節度。治今河北省正定縣。

〔一七〕銀冶路：宋代無此路，按下文「所守唯銀冶一城而已」，知爲城名。當在太行山東側真定南北一帶。

〔一八〕生致：活擒。

〔一九〕西京：金陪都，今山西省大同市。

〔二〇〕填城：古代犯人家屬没入官府被羈押至其所在地。黄龍府：遼代黄龍府，金代稱利州。爲遼金兩代軍事重鎮。金兵俘宋朝徽、欽二帝北上後，曾囚禁於此。

〔二一〕偃蹇：驕傲，傲慢。

〔二二〕褫衣：剥掉衣服。

〔二三〕保任者：指擔保者。族：古代一種地方基層組織，以百家爲一族。《周禮·地官·大司徒》：「令五家爲比，使之相保；五比爲閭，使之相受；四閭爲族，使之相葬；五族爲黨，使之相救。」鄭玄注：「閭二十五家，族百家。」賈公彦疏：「百家立一上士爲族師，使百家之内有葬者使之相助益。」

〔二四〕黄冠：道士。

〔二五〕朱少章：朱弁，字少章，號觀如居士。婺源（今屬江西）人，朱熹叔祖。南宋建炎元年自薦爲通問副使赴金，爲金所拘，不肯屈服，拘留十六年始得放歸。有《曲洧舊聞》、《風月堂詩話》等傳世。《宋史》卷三七三有傳，《中州集》卷一〇有小傳。

述懷〔一〕

馬革盛尸每恨遲〔二〕，西山餓踣更何辭〔三〕。姓名不到中興曆〔四〕，付與皇天后土知〔五〕。

【注】

〔一〕述懷：陳述情懷，表達志向。

〔二〕「馬革」句：用馬援典故。《後漢書·馬援傳》：「男兒要當死於邊野，以馬革裹尸還葬耳，何能卧牀上在兒女子手中邪？」馬革盛尸：即馬革裹尸。指英勇犧牲在戰場。

〔三〕「西山」句：用伯夷與叔齊不食周粟餓死首陽山典故。事見《史記·伯夷列傳》。餓踣：餓死。踣：倒斃。

〔四〕曆：即曆子，宋代記述官員政跡功過以備考課升降之用的本子。

〔五〕皇天后土：謂天神地祇，古人對天地的尊稱。

醉軒姚先生孝錫 三十二首

孝錫字仲純，豐縣人〔一〕。政和四年登科〔二〕，調代州兵曹〔三〕。國朝兵入雁門〔四〕，州將議以城降，官屬恇怯〔五〕，投死無所，仲純投牀大鼾，略不以爲意。帥府就注五臺簿〔六〕，未幾，移疾去，因家五臺。善治生〔七〕，亭榭場圃，富於遊觀，賓客日盈其門。州境歲飢，出家所藏粟萬石賑貧乏，多所全濟，鄉人德之。中年之後，以家事付諸子，放浪山水間，詩酒自娱，醉軒其自號也。資稟簡重〔八〕，喜怒不形于色。棄官時年二十九，至八十三乃終，名士大夫爲詩以弔者數十人。先生長于尺牘〔九〕，所著《雞肋集》，喪亂以來止存律詩五卷而已。今略載於此。《次冠卿韻》云：「節物後先南北異，人情冷暖古今同。」《次趙獻之韻》云〔一〇〕：「紅纈退風花着子，緑鍼浮水稻抽秧。」《溪墅早春》云：「久客交情諳冷暖，衰年病骨識陰晴。」《春日和德充》云：「煙染緑絲迷別浦，雨催紅糝綴長條。」《新詩》云：「愁邊日晷偏疑短，夢裏江鄉未當歸①。盤無兼味慚留客，夢厭多岐不到鄉。」《賦雪》云：「酒敵餘威翻索莫〔一一〕，詩含幽思倍清新。」《雨》云：「岸漲魚吹沫，山空石轉雷。」《雪》云：「舞風初學絮，帶雨不成花。」《峰山寺》云：「谷虛繁地籟〔一二〕，境寂散天香〔一三〕。雲生古木千章秀〔一四〕，山抱晴川一掌平。」《懷士會》云：「詩忙疏酒醆，俸薄減廚煙。」《感懷》云：「玄晏暮年常抱病〔一五〕，子山終日苦思歸〔一六〕。」古詩尤有高趣，恨不復見之矣。挽詞今載于此。掌飲令胥持國云〔一七〕：「山東夫子老河東〔一八〕，誰與先生臭味同。早歲遽辭名宦裏，百年常樂聖賢中。醉軒風月千秋恨，蝸室樽罍一夢空。白玉樓成人不見〔一九〕，空餘鄉淚託東風。」司經劉迎云〔二〇〕：「百年陸陸變蒼茫〔二一〕，曉向山林得老蒼②。孤幹鬱生陳柏樹，故基巋立魯靈光〔二二〕。謀生有道田園樂，閱世無心壽命長。何日車聲過通德〔二三〕，拜公一炷影前香。」高平李仲略云〔二四〕：「早歲才猷著，崎嶇步世艱。非嫌食周粟〔二五〕，甘學抱吳關〔二六〕。高義追東漢〔二七〕，移文謝北山〔二八〕。孤風激貪懦〔二九〕，凛凛莫容攀。」平水毛麾云〔三〇〕：「盖世清芬五十年，直疑湖海水雲仙。不矜江夏無雙譽〔三一〕，便造南華第一篇〔三二〕。松菊就荒堪笑晚〔三三〕，尊罏託興果誰賢〔三四〕。佳城鬱鬱高名在〔三五〕，應與臺山萬古傳〔三六〕。」西京都轉運使丹元子田彦皋云：「淋浪風月三千首③〔三七〕，游戲塵凡八十秋。三徑尚存元亮菊〔三八〕，五湖空負子皮舟〔三九〕。」王元老云〔四〇〕：「夫子人之傑，魁然道最純④。鄉閭連沛邑〔四一〕，族系出虞賓〔四二〕。清節冰壺瑩〔四三〕，孤標玉樹新〔四四〕。妙齡探桂窟〔四五〕，雅志傲蒲輪〔四六〕。事業傳衣鉢〔四七〕，風流表搢紳〔四八〕。斗南惟此老〔四九〕，月旦復誰人〔五〇〕。忍死哭亡社，偷安笑具臣〔五一〕。斯文雖未喪〔五二〕，吾道竟難伸。彭澤不書宋〔五三〕，東陵無負秦〔五四〕。直從强健日，收得自由身。把臂言猶在，回頭跡已陳。發書占賈鵩〔五五〕，絶筆感商麟〔五六〕。去矣騎箕尾〔五七〕，嗟哉厄巳辰〔五八〕。終天從此别，窮壤向誰親。墮椁逢王果〔五九〕，留燈待沈彬〔六〇〕。彭殤俱逝水〔六一〕，丘跖共荒榛〔六二〕。書帶緣新壠〔六三〕，笛聲起舊鄰〔六四〕。絶絃雙墮淚〔六五〕，掛劍一傷神⑤〔六六〕。冢樹悲長夜，山花作好春。龜趺平木杪〔六七〕，誰爲寫光塵〔六八〕。」承旨党世傑云〔六九〕：「望西山以馳弔兮，其下維德人。抱明月以螭盤兮〔七〇〕，寧終屈而不伸。天昏廓以西闢兮⑥，群飛紛其上翥。將搏挐以竝征兮〔七一〕，惜衡風之落羽。蘭爲佩兮桂爲帷，誰招余者兮余從與歸？青雲豈難振跡兮〔七二〕，顧揵結之不素〔七三〕。玄豹自媚其文兮，亦何嫌於隱霧〔七四〕。詩書與友兮琴尊與游，適意自安兮樂閑自休。出吾餘以研桑兮〔七五〕，猶足以比素封之侯〔七六〕。惟清閑爲秘福兮，非有力能兼取。雖神仙猶可畏兮，曾莫樂于下土。數與數相乘除兮，常此奪而彼與。陋巖棲之下槩兮，心實往而跡藏。出非徼而處非隱兮，吾獨蹈古人之所常。隨時委順以終老兮〔七〕，噫，先生爲不亡。」

【校】

①鄉：毛本作「山」。

②曉：毛本作「晚」。

③淋浪：毛本作「琳琅」。

④然：原作「終」，據毛本改。

⑤掛：原作「撫」，據李本、毛本改。

⑥西：李本、毛本作「四」。

【注】

〔一〕豐縣：本秦沛縣之豐邑。漢置縣，今江蘇省豐縣。

〔二〕政和四年登科：元王寂《拙軒集》卷六《姚君哀詞》：「公諱孝錫，字仲純，安豐人也。宋宣和甲辰舉進士第。」宣和甲辰，即宣和六年。又宋周密《齊東野語》卷十一：「姚孝錫字仲純，豐縣人。登宣和六年第。」結合下文「棄官時年二十九」，姚孝錫登科當在宣和六年。

〔三〕代州：金州名，屬河東路，治今山西省代縣。

〔四〕「國朝」句：《金史·太宗本紀》：「（天會三年十二月）戊申，宗翰克代州。」國朝：指金朝。雁門：雁門關。在代州。

〔五〕恇怯：膽小怕事。

〔六〕五臺：金縣名，屬河東北路代州，今山西省五臺縣。

〔七〕治生：經營家業；謀生計。

〔八〕資禀：天資，禀賦。簡重：莊嚴持重。

〔九〕尺牘：書信。

〔一〇〕趙獻之：趙可，字獻之，高平（今山西省高平市）人。貞元二年進士，仕至翰林直學士。風流有文采，有《玉峯散人集》。《金史》卷一二五有傳，《中州集》卷二有小傳。

〔一一〕索莫：寂寞無聊；失意消沉。南唐馮延巳《鵲踏枝》詞：「休向尊前情索莫，手舉金罍，憑仗深深酌。」

〔一二〕地籟：風吹大地的孔穴而發出的聲響。《莊子・齊物論》：「地籟則衆竅是已，人籟則比竹是已。」成玄英疏：「地籟則竅穴之徒，人籟則簫管之類。」元好問《空山何巨川虚白庵二首》其一：「空谷自能生地籟，浮雲爭得翳天光。」

〔一三〕天香：祭神、禮佛的香。唐沈佺期《樂城白鶴寺》：「潮聲迎法鼓，雨氣濕天香。」

〔一四〕千章：千株大樹。

〔一五〕「玄晏」句：用晉皇甫謐典。謐沉静寡欲，有高尚之志，隱居不仕，自號玄晏先生。武帝頻下詔書，敦逼不已。謐上疏自稱：「臣以尫弊，迷於道趣。因疾抽簪，散髮林阜。人綱不閑，鳥獸爲羣。……久嬰篤疾，軀半不仁。右脚偏小，十有九載。又服寒食藥，違錯節度。辛苦荼毒，于今七年。隆冬裸袒食冰，當暑煩悶，加以咳逆。或若温瘧，或類傷寒。浮氣流腫，四肢酸重。」事見《晉書·皇甫謐傳》。

〔一六〕「子山」句：用北周庾信典。庾信（五一三——五八一），字子山，祖籍南陽新野（今屬河南），南北朝文學家。奉梁元帝命出使北朝被留，不得歸，作《哀江南賦》。仕北周，官至驃騎大將軍、開府儀同三司，故人稱「庾開府」。

〔一七〕胥持國：字秉鈞，代州繁畤（今山西省繁峙縣）人。經童出身，爲人柔佞有智術。官至參知政事，尚書右丞。與李妃結納干政，附其門下者有「胥門十哲」。《金史》卷一二九有傳。

〔一八〕山東夫子：華山以東道德學養名望隆重者之尊稱。姚氏籍豐縣（今江蘇省豐縣），故如此稱。河東：姚居代州五台縣，金屬河東北路。

〔一九〕「白玉樓」句：傳説唐詩人李賀晝見緋衣人，云「帝成白玉樓，立召君爲記。天上差樂，不苦也」，遂卒。見唐李商隱《李長吉小傳》。後因以爲文人逝世的典故。

〔二〇〕劉迎：字無黨，號無諍居士，東萊（今山東省萊州市）人。大定十三年進士。官至太子司經。以詩名世。其詩氣骨蒼勁健樸。《中州集》卷三有小傳。

〔二一〕陸陸：猶碌碌。無所作爲貌。《後漢書·馬援傳》：「季孟（隗囂字）嘗折愧子陽（公孙述字）而不受其爵，今更共陸陸，欲往附之，將難爲顔乎？」李賢注：「陸陸猶碌碌也。」句言姚氏一生官職低微，意趣高遠。

〔二二〕魯靈光：漢代魯恭王建有靈光殿，屢經戰亂而巋然獨存。後因以「魯殿靈光」稱碩果僅存的人或事物。

〔二三〕通德：即通德門。東漢時爲表彰鄭玄之德在其故鄉所造之門。故址在今山東省高密縣西北。《後漢書·鄭玄傳》：「昔東海于公僅有一節，猶或戒鄉人侈其門閭，矧乃鄭公之德，而無駟牡之路。可廣開門衢，令容高車，號爲『通德門』。」

〔二四〕李仲略：字簡之，號丹源釣徒，李晏子，高平（今山西省高平市）人。金大定二十二年進士。仕至山東路按察使。

〔二五〕食周粟：用伯夷叔齊不食周粟典故。指姚受金官任五台簿事。

〔二六〕抱吴關：《孟子·萬章下》：「辭尊居卑，辭富居貧，惡乎宜乎？抱關擊柝。」赵岐注：「抱關擊柝，監門之職也。」《荀子·榮辱》：「故或禄天下而不自以爲多，或監門御旅，抱關擊柝而不自以爲寡。」句言甘做卑微的小官吏。

〔二七〕高義：指高尚的品德或崇高的正義感。追東漢：或用東漢梁鴻典故。梁鴻：字伯鸞，扶風平陵人。家貧而尚節介，博覽無所不通。後攜妻孟光共入霸陵山中，以耕織爲業，詠詩書，彈琴自娱。《後漢書·梁鴻傳》：「（光）及嫁，始裝飾入門。七日，而鴻不答。光乃跪牀下，請曰：『竊聞夫子高義，簡斥數婦，妾亦偃蹇數夫矣。今而見責，不敢請罪。』鴻曰：『吾欲裘褐之人，可與俱隱深山者。汝今乃衣綺縞，傅粉墨，豈鴻所願。』妻曰：『以觀夫子之志，自有隱居之服。』即更作布衣操作而前。鴻大喜，曰：『此真梁鴻妻也，能奉我矣。』」

〔二八〕「移文」句：南朝齊孔稚珪的《北山移文》，揭露和諷刺那些僞裝隱居以求利禄的文人。

〔二九〕貪儒：貪婪庸儒。亦指貪婪庸懦者。

〔三〇〕毛麾：字牧達，號平水老人，平陽府臨汾縣（今山西省臨汾市堯都區）人。授太常博士兼教書郎。《中州集》卷七有小傳。

〔三一〕江夏無雙：《後漢書·文苑傳上·黄香傳》：「黄香字文强，江夏安陸人也。……遂博學經典，究精道術，能文章，京師號曰：『天下無雙，江夏黄童。』」後以「江夏無雙」或「江夏黄童」稱譽才學出衆的人。

〔三二〕南華：《南華真經》的省稱，《莊子》的别名。南華第一篇：《莊子》第一篇《逍遥遊》。

〔三三〕松菊就荒：用陶淵明歸田典故。陶淵明《歸去來兮辭》：「三逕就荒，松菊猶存。」

〔三四〕蓴鱸託興：用張翰蓴羹鱸魚、秋風思歸典故。《世説新語·識鑒》：張翰在洛，見秋風起，因思吴中菰菜羹、鱸魚膾，遂命駕便歸。

〔三五〕佳城鬱鬱：晉張華《博物志》卷七《異聞》：「漢滕公（夏侯嬰）薨，求葬東都門外。公卿送喪，駟馬不行，踻地悲鳴，跑蹄下地，得石室，有銘曰：『佳城鬱鬱，三千年見白日，吁嗟滕公居此室。』遂葬焉。」後稱墓地爲「佳城」。

〔三六〕臺山：五臺山，佛教名勝，在今山西省五臺縣。

〔三七〕淋浪：潑墨揮灑。蘇軾《和張子野見寄三絶句·見題壁》：「狂吟跌宕無風雅，醉墨淋浪不整齊。」風月：指詩文。宋歐陽修《贈王介甫》：「翰林風月三千首，吏部文章二百年。」

〔三八〕「三徑」句：用晉陶淵明歸田典故。陶淵明字元亮，其《歸去來兮辭》有「三逕就荒，松菊猶存」句。

〔三九〕「五湖」句：用范蠡遊五湖典故。《國語·越語下》：「遂滅吴，反（返），至五湖，范蠡辭於王曰：『君王勉之，臣不復入越國矣。』……遂乘輕舟以浮於五湖，莫知其所終極。」韋昭注：「五湖，今大湖。」指與太湖相通的五個湖泊。子皮：鴟夷子皮的省稱，范蠡之號。

〔四〇〕王元老：王寂字元老，薊州玉田（今河北省玉田縣）人。天德三年進士，金世宗朝以文章政事顯，官至中都路轉運使。《中州集》卷二有小傳。

〔四一〕「鄉閭」句：姚孝錫故里豐縣原爲沛縣屬邑。

〔四二〕虞賓：《史記·五帝本紀一·虞舜》張守節正義引《括地志》：「又越州餘姚縣，顧野王云舜後支庶所封之地。舜姚姓，故云餘姚。縣西七十里有漢上虞故縣，《會稽舊記》云舜上虞人，去虞三十里有姚丘，即舜所生也。周處《風土記》云舜東夷之人，生姚丘。」因「舜賓於四門」以賓禮衆賢，故稱舜賓。

〔四三〕冰壺：盛冰的玉壺。常用以比喻品德清白廉潔。語本《文選·鮑照·白頭吟》：「直如朱絲繩，清如玉壺冰。」李周翰注：「玉壺冰，取其絜淨也。」

〔四四〕孤標：原指山樹等特出的頂端，亦以形容人品行高潔。玉樹：比喻美少年。《世説新語・容止》：「魏明帝使后弟毛曾與夏侯玄共坐，時人謂蒹葭倚玉樹。」

〔四五〕桂窟：俗稱科舉爲折桂，因以「桂窟」喻科舉考場。

〔四六〕蒲輪：指用蒲草裹輪的車子，車輪轉動時震動較小。古時常用于封禪或迎接賢士，以示禮敬。多指皇帝徵召。

〔四七〕傳衣鉢：謂傳授佛法。後亦泛稱師徒傳授繼承。此指小序中所言「中年之後，以家事付諸子」事。

〔四八〕搢紳：插笏於紳。紳，古代仕宦者和儒者圍於腰際的大帶。《周禮・春官・典瑞》「王晉大圭」鄭玄注引漢鄭司農曰：「晉讀爲搢紳之搢，謂插於紳帶之間，若帶劍也。」後用爲官宦或儒者的代稱。

〔四九〕斗南：北斗星以南，猶言中國或海内。語出《新唐書・狄仁傑傳》：「狄公之賢，北斗以南，一人而已。」

〔五〇〕月旦：謂品評人物。典出《後漢書・許劭傳》：「初，劭與靖俱有高名，好共覈論鄉黨人物，每月輒更其品題，故汝南俗有『月旦評』焉。」

〔五一〕具臣：備位充數之臣。《論語・先進》：「今由與求也，可謂具臣矣。」朱熹集注：「具臣，謂備臣數而已。」

〔五二〕斯文：指禮樂教化、典章制度。《論語·子罕》：「天之將喪斯文也，後死者不得與於斯文也。」

〔五三〕「彭澤」句：晉亡以後，陶淵明詩文不書宋之年號。陶曾任彭澤縣令，故稱。

〔五四〕「東陵」句：用東陵侯召平典。《史記·蕭相國世家》：「召平者，故秦東陵侯，秦破，爲布衣，貧，種瓜於長安城東，瓜美，故世俗謂之東陵瓜，從召平以爲名也。」

〔五五〕賈鵩：西漢賈誼所作《鵩鳥賦》。其序云：「誼爲長沙王傅三年，有鵩鳥飛入誼舍，止於坐隅。鵩似鴞，不祥鳥也。誼既以謫居長沙，長沙卑溼，誼自傷悼，以爲壽不得長，迺爲賦以自廣。」賈誼見鵩鳥，以爲自己將不久于人世。此指姚之死訊。

〔五六〕「絶筆」句：用孔子作《春秋》止於魯哀公十四年獲麟事。《春秋·哀公十四年》：「春，西狩獲麟。」杜預注：「麟者仁獸，聖王之嘉瑞也。時無明王出而遇獲，仲尼傷周道之不興，感嘉瑞之無應，故因《魯春秋》而修中興之教，絶筆於獲麟之一句，所感而作，固所以爲終也。」不久，孔子去世。此謂姚孝錫絶筆去世。商：指西方。因「西狩獲麟」，故稱「商麟」。

〔五七〕騎箕尾：《莊子·大宗師》：「夫道……傅説得之，以相武丁，奄有天下，乘東維，騎箕尾，而比於列星。」《釋文》：「司馬彪曰：『傅説，殷相也……東維，箕斗間，天漢津之東維也……《星經》曰：傅説一星在尾上，言其乘東維，騎箕、尾之間也。』崔譔云：『傅説死，其精神乘東維，托龍尾，乃列宿。今尾上有傅説星。』」箕、尾皆星宿名，屬東方蒼龍七宿。後稱大臣之死爲「騎箕尾」。《宋史·趙鼎傳》：「身騎箕尾歸上天，氣作山河壯本朝。」

〔五八〕巳辰：即辰巳，巳年和辰年。古人以爲凶歲。《後漢書·鄭玄傳》「五年春，夢孔子告之曰：『起，起，今年歲在辰，來年歲在巳。』既寤，以讖合之，知命當終。有頃寢疾。……六月卒。」唐李賢注：「北齊劉晝《高才不遇傳》論玄曰：『辰爲龍，巳爲蛇，歲至龍蛇賢人嗟，玄以讖合之。』」厄巳辰：謂流年不利，駕鶴仙逝。

〔五九〕墮槨逢王果：用王果葬懸棺典故。唐白居易、宋孔傳《白孔六帖》卷六五引《廣記》曰：「唐左衛將軍王果被責，出爲雅州刺史，於江中泊船，仰見巖腹中有一棺臨空半出，乃緣崖而觀之，得銘曰：『欲墮不墮逢王果，五百年中重收我。』果歎曰：『吾今葬此。今被責雅州，固其命也。』乃收窆而去。」《全唐詩》卷八七五《巖腹棺銘》亦載此事。

〔六〇〕留燈待沈彬：用沈彬石墓典故。宋朱勝非《紺珠集》卷一〇：「郎官沈彬既葬，掘地得石墓，中有石蓮花燈三碗，無他物。傍有銘云：『開成一年開，雖開即不埋。漆燈猶不點，留待沈彬來。』因就葬之。」

〔六一〕彭殤：猶言壽夭。彭，彭祖，指高壽；殤，未成年而死。語本《莊子·齊物論》「莫壽於殤子，而彭祖爲夭」。

〔六二〕丘蹠：孔丘與盜蹠，即聖人與盜賊。杜甫《醉時歌》：「儒術於我何有哉，孔丘盜蹠俱塵埃。」

〔六三〕書帶：書帶草，草名。葉長而極其堅韌，相傳漢鄭玄門下取以束書，故名。

〔六四〕笛聲起舊鄰：用晉人向秀聞笛作《思舊賦》典故。向秀經過亡友嵇康、吕安舊居，聽見鄰人吹笛，因而寫《思舊賦》，懷念友人。

〔六五〕「絶絃」句：用俞伯牙失去知音典。《吕氏春秋·本味》：「鍾子期死，伯牙破琴絶絃，終身不復鼓琴，以爲世無復足爲鼓琴者。」

〔六六〕掛劍：用「季札掛劍」典故。《史記·吴太伯世家》載：春秋時，吴王少子季札出使路過徐國。徐國國君愛其劍，季札心知之，爲使上國，未獻。還至徐，徐君已死。季札解其寶劍掛于徐君冢樹而去。後用作懷念亡友之典。

〔六七〕龜趺：碑下的龜形石座。

〔六八〕光塵：敬詞。稱言對方的風采。

〔六九〕承旨党世傑：党懷英（一一三四——一二一一），字世傑，號竹溪，祖籍馮翊（今陝西省馮翊縣）人，後居奉符（今山東省泰安市）。大定十年進士，官至翰林學士承旨，世稱「党承旨」。工詩善文，兼工篆籀，著有《竹溪集》三十卷。《金史》卷一二五、《中州集》卷三有傳。

〔七〇〕螭盤：如螭龍盤據。

〔七一〕搏挐：相持。

〔七二〕青雲：喻卓爾不群的人才。《文選·顔延年·五君詠》：「仲容青雲器，實禀生民秀。」李善注：「青雲，言高遠也。」

〔七三〕揵結：堵塞不通。不素：不再像以往故常。句言朝代鼎革，仕途堵塞，不能再正常仕進。

〔七四〕「玄豹」二句：用「隱豹」典故，比喻愛惜其身，隱居伏處而有所不爲。典出漢劉向《列女傳·陶答子妻》：「答子治陶三年，名譽不興，家富三倍，其妻數諫不用……『妾聞南山有玄豹，霧雨七日而不下食者，何也？欲以澤其毛而成文章也，故藏而遠害。犬彘不擇食，以肥其身，坐而須死耳。』」

〔七五〕研桑：計研和桑弘羊的并稱。二人皆古之善計算者。《文選·班固·答賓戲》：「和鵲發精於鍼石，研桑心計於無垠。」李善注：「《史記》曰：『越王勾踐困於會稽之上，乃用范蠡計然。』韋昭曰：『研，范蠡之師計然之名也。』《漢書》曰：『桑弘羊，雒陽賈人子，以心計爲侍中也。』」句言姚氏無心仕途後以餘力精於計算謀劃而致富。

〔七六〕素封之侯：指没有官禄的富人。《史記·貨殖列傳》：「今有無秩禄之奉，爵邑之入，而樂與之比者，命曰『素封』。」張守節正義：「古不仕之人自有園田收養之給，其利比于封君，故曰『素封』也。」小傳云姚「善治生，亭榭聲圃，富於遊觀」，二句謂此。

〔七七〕委順：順應自然。

睡起

生涯甘分寄耕桑〔一〕，山色圍門水遶牆。困病久懲耽酒癖〔二〕，愛閑猶有和詩忙。檐冰滴砌春猶冷，野馬浮川日漸長〔三〕。舊事老年多記憶，故園歸夢正悠颺〔四〕。

【注】

〔一〕甘分：甘願。耕桑：種田與養蠶。亦泛指從事農業。

〔二〕懲：戒止。酒癖：嗜酒的癖習。

〔三〕野馬：指野外蒸騰的水氣。《莊子·逍遥遊》：「野馬也，塵埃也。生物之以息相吹也。」郭象注：「野馬者，遊氣也。」成玄英疏：「此言青春之時，陽氣發動，遥望藪澤之中，猶如奔馬，故謂之野馬也。」

〔四〕悠颺：指思緒起伏不定。

柳溪别墅

安車隨意飽甘肥〔一〕，晚食徐行理亦齊〔二〕。山市日高人未集，柴門客至鳥先啼。溪橋散望攜筇度〔三〕，野寺牽吟信筆題〔四〕。容膝易安聊自適〔五〕，甕天閑看舞醯雞〔六〕。

【注】

〔一〕安車：古代可以坐乘的小車，多供年老的高級官員及貴婦人乘用。多用一馬，禮尊者則用四馬。

〔二〕晚食徐行：《戰國策·齊策四》：「(顔)斶願得歸，晚食以當肉，安步以當車，無罪以當貴，清靜貞正以自娛。」謂饑而後食，其味比於食肉，慢步徐行毫不覺累，可以當作坐車。後用爲甘於淡泊之典。

〔三〕攜筇：攜帶竹杖。

〔四〕牽吟：引動詩興。

〔五〕容膝：僅能容納雙膝，多形容容身之地狹小，亦指狹小之地。此句化用晉陶潛《歸去來兮辭》：「倚南窗以寄傲，審容膝之易安。」

〔六〕甕天：甕中所觀的天。謂局促在極狹小的地方，識見短淺。醯鷄：即蠓，酒甕中生的一種小蟲。比喻見聞狹隘的人。典出《莊子·田子方》：「孔子出，以告顔回曰：『丘之於道也，其猶醯雞與！微夫子（老聃）之發吾覆也，吾不知天地之大也。』」宋黄庭堅《再次韻奉答子由》：「似逢海若談秋水，始覺醯鷄守甕天。」

歲晚懷二弟

少易成歡老易傷〔一〕，壯遊垂白未還鄉〔二〕。煙塵無復音書到〔三〕，魂夢猶疲道路長。爆竹又驚新薦歲〔四〕，屠蘇空憶舊傳觴〔五〕。年年此日遥相憶，鴻雁何時續斷行〔六〕。

【注】

〔一〕「少易」句：《世説新語·言語》：「謝太傅語王右軍曰：『中年傷於哀樂，與親友别，輒作數日惡。』

王曰：『年在桑榆，自然至此，正賴絲竹陶寫。恒恐兒輩覺，損欣樂之趣。』」

〔二〕壯遊：謂懷抱壯志而遠遊。垂白：白髮下垂。謂年老。《漢書·杜業傳》：「誠哀老姊垂白，隨無狀子出關。」顔師古注：「垂白者，言白髮下垂也。」

〔三〕煙塵：指戰爭。音書：音訊，書信。

〔四〕爆竹：古時在節日，用火燒竹，畢剥發聲，以驅除山鬼瘟神，謂之「爆竹」。南朝梁宗懔《荆楚歲時記》：「正月一日……雞鳴而起，先於庭前爆竹、燃草，以辟山臊惡鬼。」

〔五〕屠蘇：藥酒名。古代風俗，於農曆正月初一飲屠蘇酒。傳觴：宴飲中傳遞酒杯勸酒。

〔六〕「鴻雁」句：《禮記·王制》：「父之齒隨行，兄之齒雁行，朋友不相踰。」言兄弟出行，弟在兄後。後因以「鴻雁行」爲兄弟之稱。斷行：隔斷行列。句盼兄弟團聚。

睡起

睡起日侵牖〔一〕，開軒遥見山。曉風吹臘盡，芳草惹春還。煙暖鶯遷谷〔二〕，雲低雁渡關。衰年人事減〔三〕，遇酒得開顔。

【注】

〔一〕牖：窗户。《書·顧命》：「牖間南嚮，敷重篾席。」孔穎達疏：「牖，謂窗也。」

〔二〕鶯遷谷：《詩·小雅·伐木》：「伐木丁丁，鳥鳴嚶嚶。出自幽谷，遷于喬木。」嚶嚶爲鳥鳴聲。自唐以來，常以嚶鳴出谷之鳥爲黄鶯，故云。

〔三〕衰年：衰老之年。人事：指交際應酬。

次李平子登臺有感韻〔一〕

落日孤雲帶遠岡〔二〕，戍樓煙瘴舊邊場〔三〕。疲民卒歲方懷土〔四〕，遠客憑高自憶鄉。漢使一朝延四皓〔五〕，秦詩千古弔三良〔六〕。行藏此意無人解〔七〕，聊借青山送酒觴〔八〕。

【注】

〔一〕李平子：其人不詳。

〔二〕帶：映照；籠蓋。唐元稹《遭風二十韻》：「暝色已籠秋竹樹，夕陽猶帶舊樓臺。」

〔三〕戍樓：邊防駐軍的瞭望樓。邊場：邊疆。

〔四〕疲民：疲困之民。卒歲：到年終。懷土：懷戀故土。

〔五〕「漢使」句：用商山四皓典故。秦末隱居商山的東園公、甪里先生、綺里季、夏黄公，鬚眉皆白，故稱商山四皓。高祖召，不應。後高祖欲廢太子，吕后用張良計，派人迎四皓，使輔太子，高祖以太子羽翼已成，乃消除改立太子之意。事見《史記·留侯世家》、《漢書·張良傳》。

〔六〕「秦詩」句：《詩·秦風·黄鳥序》：「黄鳥，哀三良也。國人刺穆公以人從死，而作是詩也。」毛傳：「三良，三善臣也。謂奄息、仲行、鍼虎也。」

〔七〕行藏：指出處或行止。語本《論語·述而》：「用之則行，舍之則藏。」

〔八〕酒觴：猶酒杯。

九日題峰山〔一〕

不須歌吹上叢臺〔二〕，千里晴川入座來〔三〕。世事難憑休掛口〔四〕，生涯見在且銜杯〔五〕。無情趁暖花先老，有信迎寒雁已迴〔六〕。遥想故園親種菊，霜枝露蕊向誰開。

【注】

〔一〕九日：重陽節登高之作。峰山：又名文昌山、環城山，在山西省五臺縣城西北一公里，系五臺山中臺支脈，人稱小中臺。《廣清凉傳》卷中：「中臺西南百餘里有一小山名峰山，當臺邑之北。山半有生風穴、仙人掌、道人庵、説法臺。昔名九泉山，上有金華寺，下有澡浴池，世傳萬菩薩過夏之所。有時現像，猶若片雲飛騰峰頂，或如白鶴群翔山腹，欠而方歇。土俗備諳，咸云『萬聖出現，歲豐之兆』，其言頗驗。」

〔二〕歌吹上叢臺：古人有重陽節登高遊宴的習俗，故云。叢臺：此指高臺。

〔三〕晴川：晴天下的江河。峰山東面有虙虒河，故云。

〔四〕憑：預料，應驗。掛口：提及，談論。

〔五〕生涯：語本《莊子·養生主》：「吾生也有涯，而知也無涯。」原指生命有邊際、限度。後指生命，人生。見在：現今存在。

〔六〕有信：謂有規律，按時。

次韻王無競見寄〔一〕

客懷重倚仲宣樓〔二〕，白草黄雲塞上秋〔三〕。山色不隨塵世改，水聲還抱故城流。隙中畏景那堪玩〔四〕，鏡裏衰顔祇自羞。多愧詩人苦相憶〔五〕，遠傳佳句弔清愁。

【注】

〔一〕王無競：王競，字無競，彰德人。警敏好學，年十七以蔭補官。宋宣和中太學兩試合格，調屯留主簿。入金後官至禮部尚書，兼翰林學士承旨修國史。競博學而能文，善草隸書，工大字，兩都宫殿榜題皆競所書，士林推爲第一。《金史》卷一二五有傳，《中州集》卷八有小傳。元好問《遺山集》卷三十四《王無競題名記》：「南中王氏，國初以好客名河東；朱少章、姚仲純、滕秀穎、趙光道、宇文叔通皆游其門。」王競原詩《中州集》未收，已佚。

〔二〕仲宣樓：即當陽縣城樓，在今湖北省。漢末王粲，字仲宣，曾登此樓，并作《登樓賦》，寫客寄他方思念故鄉之情。後用爲典故，除客遊思歸外，多含失意之慨。

〔三〕白草黄雲：形容邊塞秋季的荒涼景象。此句化用唐權德輿《贈老將》：「白草黄雲塞上秋，曾隨驃騎出并州。」

〔四〕隙中畏景：過隙的陽光。喻易逝的時光。

〔五〕詩人：指寄詩的王兢。

閑居

無客訪衰殘〔一〕，柴門盡日關。躭書真是癖〔二〕，惜酒近成慳〔三〕。苔徑行搜句〔四〕，茅檐卧看山。卻嫌明鏡裏，偏照鬢毛斑。

【注】

〔一〕衰殘：指衰老的人。詩人自指。

〔二〕躭書：酷嗜書籍。

〔三〕慳：吝嗇。

〔四〕搜句：尋求詩思佳句。

和成冠卿見寄〔一〕

別恨頻添鬢雪深〔二〕，百年懷抱鬱沉沉〔三〕。標名不掛金銀牓〔四〕，涉世空堅鐵石心〔五〕。俗物何勞供一醉〔六〕，殘僧正欲伴孤吟〔七〕。朱絃三弄虛檐寂〔八〕，唯有清風是賞音〔九〕。

【注】

〔一〕成冠卿：其人不詳。

〔二〕鬢雪：形容鬢髮斑白如雪。

〔三〕沉沉：形容心事沉重。

〔四〕標名：題名，顯名。金銀牓：謂顯貴的行列。

〔五〕「涉世」句：謂飽經世事變故，自己仍徒勞地堅守着原有的志向。

〔六〕「俗物」句：《世説新語·排調》：「嵇、阮、山、劉在竹林酣飲，王戎後往。步兵曰：『俗物已復來敗人意！』」俗物：對世俗庸人的鄙稱。

〔七〕殘僧：老僧。二句言自己不願與世俗俯仰，獨自靜處，孤芳自賞。

〔八〕朱絃：用練絲即熟絲製作的琴絃。三弄：以泛聲演奏主調，并以同樣曲調在不同徽位上重複三次，故稱。朱絃三弄：泛指美妙的音樂。

〔九〕賞音：知音。

次韻秋興〔一〕

老畏年光速〔二〕，愁添旅夢多〔三〕。西風著梧竹，歸思入煙波。夜永憑詩遣〔四〕，顔衰得酒和〔五〕。故溪千樹柳，誰復曬漁蓑〔六〕。

【注】

〔一〕次韻：也稱步韻，和韻的一種，按照原詩的韻脚及用韻次序來和。

〔二〕年光：年華；歲月。

〔三〕旅夢：旅人思鄉之夢。

〔四〕夜永：夜長。憑：依靠。

〔五〕和：調和。延緩。

〔六〕漁蓑：漁人的蓑衣。

感白髮

彈鋏憑誰聽客歌〔一〕，震雷那復化魚梭〔二〕。梳頭白雪驚新有，障眼玄花比舊多〔三〕。鄉問阻兵猶斷絶〔四〕，羈懷憑酒暫消磨。不須更問今朝客，門外元無雀可羅〔五〕。

【注】

〔一〕「彈鋏」句：用馮諼客孟嘗君懷才不遇自抒憤懣彈鋏而歌典故。事見《戰國策·齊策四》。

〔二〕「震雷」句：用魚化龍之典。漢辛氏《三秦記》：「河津一名龍門，禹鑿山開門，闊一里餘，黄河自中流下，而岸不通車馬。每莫春之際，有黄鯉魚逆流而上，得過者便化爲龍。」喻舉業成功或地位高升。震雷：響雷。借指司雷布雨的龍。宋許綸《再酬梅南壽》：「看雲注日愛奇峰，撼壁魚梭欲化龍。」

〔三〕玄：通「眩」。玄花：指視覺中的模糊影像。

〔四〕鄉問：來自家鄉的書信。

〔五〕「門外」句：形容門庭冷落，來客絶少。語出《史記·汲鄭列傳論》：「始翟公爲廷尉，賓客闐門；及廢，門外可設雀羅。」

曉霽

一夜雲峰卷迅雷〔一〕，殘紅狼藉點蒼苔。鶯聲豈解留春住〔二〕，燕語虚勞唤夢迴。愁寂頓疑詩思減，衰殘偏感歲華催〔三〕。柳溪魚鳥應相識，乘興無嫌日日來。

【注】

〔一〕迅雷：猶疾雷。

〔二〕「鶯聲」句：古人多將春歸與鶯啼聯繫在一起。如唐白居易《春盡日》：「春歸似遺鶯留語，好住園林三兩聲。」宋王安國《清平樂》：「留春不住，費盡鶯兒語。」此處反用之，説鶯并不能留住春天。

〔三〕歲華：歲月，年華。

重九偶成〔一〕

天邊今日又重陽〔二〕，隴樹紅飛雁信霜〔三〕。且插茱萸慰衰鬢〔四〕，莫將詩句撓迴腸〔五〕。歌勤皓齒人俱醉，舞戀晴暉蝶也忙。來日預期扶宿酒〔六〕，未應籬菊減秋香。

【注】

〔一〕重九：指農曆九月初九日，又稱重陽。偶成：偶然寫成。多用於詩詞題中。如唐白居易有《分司洛中多暇數與諸客宴遊醉後狂吟偶成十韻》詩，宋曾覿有《木蘭花慢·長樂臺晚望偶成》詞。

〔二〕天邊：指離家極其遥遠的地方。

〔三〕雁信霜：宋沈括《夢溪筆談·雜誌一》：「北方有白雁，似雁而小，色白，秋深則來。白雁至則霜降，河北人謂之『霜信』，杜甫詩云：『故國霜前白雁來』，即此也。」

〔四〕茱萸：植物名。香氣辛烈，可入藥。古俗農曆九月九日重陽節，佩茱萸能袪邪辟惡。《西京雜記》卷三：「九月九日，佩茱萸，食蓬餌，飲菊華酒，令人長壽。」

〔五〕撓迴腸：攪動曲折不舒的內心。

〔六〕宿酒：猶宿醉。隔夜仍醉不醒。

溪橋早春

輕黃未染柳梢勻〔一〕，連日溪風卷塞塵〔二〕。乍暖乍寒花信晚〔三〕，相呼相應鳥聲頻。少勤漫挾經綸策〔四〕，老懶空餘病患身。追憶故園桃李樹，年年紅紫爲誰新。

【注】

〔一〕輕黃：鵝黃，淡黃。

〔二〕塞塵：塞外的風塵。

〔三〕花信：即花信風，指某種節氣時應花期而來的風。見《荆楚歲時記》。

〔四〕「經綸」句：言年輕時白白地讀了許多經國濟民的書籍。

東軒琴示兒子沂

古人無復見，但有東軒琴。一鼓高山操〔一〕，因窺古人心。正聲久沉埋〔二〕，俚耳喧哇淫〔三〕。正可自怡悦〔四〕，不須求賞音〔五〕。

【注】

〔一〕高山操：高山流水。古樂曲名，指高妙的樂曲。《列子·湯問》：「伯牙鼓琴，志在登高山，鍾子期曰：『善哉，峨峨兮若泰山。』志在流水，曰：『善哉，洋洋兮若江河。』」操：琴曲。《史記·宋微子世家》：「紂爲淫泆，箕子諫不聽。……遂隱而鼓琴以自悲，故傳之曰《箕子操》。」裴駰集解引應劭《風俗通》：「其道閉塞憂愁而作者，命其曲曰操。操者，言遇菑遭害，困厄窮迫，雖怨恨失意，猶守禮義，不懼不懾，樂道而不改其操也。」

〔二〕正聲：純正的樂聲。《荀子·樂論》：「正聲感人而順氣應之。」沉埋：埋没。

〔三〕俚耳：俗人之耳。指没有欣賞音樂能力的人。宋歐陽修《謝石秀才啟》：「然而奏磬俚耳，難矣賞音；抱石荆山，終爲至寶。」哇淫：鄙俗淫靡。

〔四〕怡悦：取悦，愉悦。

〔五〕賞音：知音。

花前獨酌二絶句

老將花酒作知音，起就花前酒自斟。莫便興來先酩酊〔一〕，卻妨真賞廢搜吟〔二〕。

【注】

〔一〕酩酊：大醉貌。

〔二〕真賞：指值得欣賞的景物。搜吟：尋覓詩句。

又

移得名花手自栽，花知不爲老人開。興來誰是尊前客，唯有提壺送酒杯〔一〕。

【注】

〔一〕提壺：亦作「提壺蘆」。鳥名。即鵜鶘。宋歐陽修《啼鳥》：「獨有花上提壺蘆，勸我沽酒花前醉。」宋梅堯臣《和永叔六篇·啼鳥》：「提胡蘆，提胡蘆，爾莫勸翁沽美酒。」

題柳溪别墅

雨霽風和不動塵，柳邊攜酒賞晴春。頻來溪鳥渾相識〔一〕，渡水穿花不避人。

【注】

〔一〕渾：全，都。

芍藥〔一〕

緑萼披風瘦，紅苞浥露肥〔二〕。只愁春夢斷〔三〕，化作綵雲飛〔四〕。

【注】

〔一〕芍藥：多年生草本植物。五月開花，花大而美麗，有紫紅、粉紅、白等多種顔色，根可入藥。《詩·鄭風·溱洧》：「維士與女，伊其相謔，贈之以勺藥。」勺藥即「芍藥」。後因以「芍藥」表示男女愛慕之情。

〔二〕浥：濕潤。《詩·召南·行露》：「厭浥行露，豈不夙夜？謂行多露。」毛傳：「厭浥，濕意也。」

〔三〕春夢：春天的夢多而短暫，故借指時間短促易逝無常。

〔四〕「化作」句：借李白《宫中行樂詞八首》詩句「只愁歌舞散，化作綵雲飛」指花葉凋零。

次韻李相公偶成〔一〕

簾鳥喚歸夢，竹風追夕凉。感時空有淚〔二〕，卻老分無方〔三〕。流水依山白，孤雲帶日黄。

無人共尊酒，散髮卧藜牀〔四〕。

【注】

〔一〕李相公：其人不詳。

〔二〕感時：感慨時序的變遷或時勢的變化。

〔三〕卻老：謂避免衰老。分：分明。無方：没有辦法。

〔四〕藜牀：藜莖編的牀榻。泛指簡陋的坐榻。

村居偶成〔一〕

静愛柴門野興幽〔二〕，杖藜徐步到巖丘〔三〕。深林有獸鳥先噪，廢圃無人泉自流。土瘠税租隨力辦〔四〕，年豐禾黍過時收。客來不慮無供給〔五〕，白酒黄雞亦易求〔六〕。

【注】

〔一〕偶成：偶然寫成。多用於詩詞題中。

〔二〕野興：對郊遊的興致或對自然景物的情趣。

〔三〕杖藜：謂拄着手杖行走。藜，野生植物，莖堅韌，可爲杖。

〔四〕税租：租税。田租和賦税。隨力辦：謂無一定數額，聽任租户的財力來交納。

〔五〕供給：以物資、錢財等給人而供其所需。

〔六〕白酒黄雞：待客之酒菜。

用峰山舊韻 二首〔一〕

信步西風寺，窮幽未覺賒〔二〕。松根纏石瘦，雲磴出巖斜〔三〕。思爽餘三唱〔四〕，詩成自一家。空餘幾兩屐〔五〕，不踏渡溪槎〔六〕。

【注】

〔一〕詩題：峰山當指五臺城西北之峰山，詳見前《九日題峰山》。然二者韻不同，疑詩人另有題峰山詩，此用其舊韻。

〔二〕窮幽：謂探尋幽深、僻靜之處。唐陸龜蒙《上真觀》：「窮幽不知倦，復息芝園舍。」賒：路途遠。唐吕岩《七言》：「常憂白日光陰促，每恨青天道路賒。」

〔三〕雲磴：高山上的石級。

〔四〕思爽：思緒明朗。三唱：多次吟詠。

〔五〕幾兩屐：典出《晉書·阮孚傳》：「孚性好屐……或有詣阮，正見自蠟屐，因自歎曰：『未知一生當着幾量屐！』」量通「兩」。蘇軾《岐亭五首》其四：「人生幾兩屐，莫厭頻來集。」

〔六〕槎：木筏。二句戲言因愛惜靴子，未能渡溪遊賞。

又

春水上堤沙，春晴散望賒。衰年花近眼〔一〕，久客夢還家。映日孤鴻没，迎風雙燕斜。平生江海意〔二〕，早晚送浮槎〔三〕。

【注】

〔一〕花近眼：老視，也稱老花眼。

〔二〕江海：《莊子·刻意》：「就藪澤，處閒曠，釣魚閒處，無爲而已矣。此江海之士，避世之人，閒暇者之所好也。」唐劉禹錫《禪智寺上方懷演和尚寺即和尚所創》：「平生江海意，惟共白鷗同。」

〔三〕浮槎：傳説中來往于海上和天河之間的木筏。晉張華《博物志》卷一〇：「舊説云：天河與海通，近世有人居海渚者，年年八月，有浮槎去來，不失期。」

題佛光寺〔一〕

臧穀雖殊竟兩亡〔二〕，倚欄終日念行藏〔三〕。已忻境寂洗塵慮〔四〕，更覺心清聞妙香〔五〕。孤鳥帶煙來遠樹，斷雲收雨下斜陽。人間未卜蝸牛舍〔六〕，遠目横秋益自傷。

【注】

〔一〕佛光寺：五臺山寺廟之一，位於山西省五臺縣城東北三十公里佛光山中。始建於北魏孝文帝時期，唐代重建，現存的唐代建築、雕塑、壁畫、題記，人稱「四絶」。

〔二〕「臧穀」句：典出《莊子·駢拇》：「臧與穀二人，相與牧羊而俱亡其羊。問臧奚事，則挾筴讀書；問穀奚事，則博塞以遊。二人者，事業不同，其於亡羊均也。」莊子本意喻世人的追求雖異，然其殘生損性則同。後亦用喻做事不專心而失誤。此指後者。此句用蘇軾《詠史和劉道原》：「仲尼憂世接輿狂，臧穀雖殊竟兩亡。」

〔三〕行藏：指出處或行止。語本《論語·述而》：「用之則行，舍之則藏。」

〔四〕忻：心喜。塵慮：猶俗念。

〔五〕妙香：佛教謂殊妙的香氣。《楞嚴經》卷五：「見諸比丘燒沉水香，香氣寂然來入鼻中……塵氣條滅，妙香密圓。」句襲杜甫《大雲寺贊公房》：「燈影照無睡，心清聞妙香。」

〔六〕蝸牛舍：比喻簡陋狹小的房舍。多用以謙稱自己的住所。晉崔豹《古今注·魚蟲》：「蝸牛……殼如小螺，熱則自懸於葉下。野人結圓舍，如蝸牛之殼，故曰蝸舍。」句用唐駱賓王《寒夜獨坐遊子多懷簡知己》「鶉服長悲碎，蝸廬未卜安」和蘇軾《和致仕張郎中春書》「蝸殼卜居心自放，蠅頭寫字眼能明」，言自己仍世俗情長，心靈尚未獲得安頓之所，淡泊世外。

芭蕉〔一〕

鳳翅搖寒碧〔二〕，虚庭暑不侵〔三〕。何因有恨事，常抱未舒心〔四〕。

【注】

〔一〕芭蕉：多年生草本植物。葉長而寬大，花白色，果實跟香蕉相似，可以吃。秦嶺、淮河以南常栽培供觀賞。

〔二〕鳳翅：此處指芭蕉葉。寒碧：給人以清冷感覺的碧色。指濃密的緑葉。

〔三〕「虚庭」句：謂芭蕉蔭滿庭院，使暑氣難以入侵。宋李清照《添字醜奴兒》詞：「窗前誰種芭蕉樹，陰滿中庭。」虚庭：空曠的庭院。

〔四〕未舒心：謂莖頭芭蕉葉捲曲不舒展。

蜀葵〔一〕

傾心知向日〔二〕，布葉解承陰。空側黄金盞〔三〕，誰人與對斟。

【注】

〔一〕蜀葵：多年生草本植物，葉大而粗糙，圓形。花有紅、紫、黄、白等色。《太平御覽》卷九九四引晉傅玄《蜀葵賦》序：「蜀葵，其苗如瓜瓠，嘗種之，一名引苗而生華，經二年春乃發。」

〔二〕「傾心」句：葵花向太陽。杜甫《赴奉先縣詠懷五百字》：「葵藿傾太陽，物性固難奪。」

〔三〕黃金盞：酒杯名。此處用以形容蜀葵花，形如金盞。

次韻公才對菊見懷〔一〕

髮蓬新感二毛侵〔二〕，尚阻清尊對菊斟。久擬芝蘭同臭味〔三〕，莫疑魚鳥自高深〔四〕。食貧豈復甘秦炙〔五〕，客病空懷奏楚音〔六〕。掛席無由上牛斗〔七〕，漫憑流水送歸心。

【注】

〔一〕次韻：也稱步韻，和韻的一種，按照原詩的韻脚及用韻次序來和。公才：其人不詳。

〔二〕髮蓬：蓬鬆、散亂的頭髮。二毛：斑白的頭髮。常用以指老年人。《左傳·僖公二十二年》：「君子不重傷，不禽二毛。」杜預注：「二毛，頭白有二色。」杜甫《送賈閣老出汝州》：「人生五馬貴，莫受二毛侵。」

〔三〕芝蘭：芷和蘭。皆香草。比喻君子德操之美。同臭味：比喻志趣相同。唐元稹《與吴端公崔院長五十韻》：「吾兄諳性靈，崔子同臭味。」

〔四〕魚鳥：魚和鳥。常泛指隱逸之景物。高深：高飛和深藏。

〔五〕甘：嗜好，愛好。《書·五子之歌》：「甘酒嗜音。」孔傳：「甘、嗜，無厭足。」甘秦炙：《孟子·告子上》：「耆秦人之炙，無以異於耆吾炙。」趙岐注：「耆與嗜同等，情出於中。」句反用其意，謂儘管食貧也不喜歡吃女真人的烤肉。

〔六〕楚音：又稱「楚奏」，謂楚地音樂，寓思鄉懷舊之意。典自《左傳·成公九年》：楚鍾儀被俘，囚于晉。晉侯命儀奏琴，儀操南音。晉大臣范文子説，鍾儀「樂操土風，不忘舊也」。

〔七〕掛席：猶掛帆。《文選·謝靈運·游赤石進帆海》：「揚帆采石華，掛席拾海月。」李善注：「揚帆、掛席，其義一也。」牛斗：指牛宿和斗宿。古人認爲斗宿是吴之分野，牛宿是越之分野，故以「牛斗」代指吴越。此指詩人的家鄉江蘇一帶。

寄田朝散善輔〔一〕

粉署標名舊〔二〕，山城識面新。青雲摧勁翮〔三〕，空谷滯幽人〔四〕。世路謀身拙〔五〕，心田育德醇〔六〕。久要知可卜〔七〕，傾蓋已情親〔八〕。

【注】

〔一〕田朝散善輔：其人不詳。朝散：文官品階名。從五品中曰朝散大夫。見《金史·百官一》。

〔二〕粉署：即粉省，尚書省的别稱。《太平御覽》卷二一五引漢應劭《漢官儀》：「省皆胡粉塗畫古賢人烈女，郎握蘭含香，趣走丹墀奏事。」世因稱尚書省爲「粉省」。

〔三〕勁翮：借指猛禽。《文選·張協·七命》：「剪剛豪，落勁翮。」張銑注：「剛豪，獸也；勁翮，鳥也。」

〔四〕幽人：被貶謫的幽居之士。蘇軾被貶黄州所作《定惠院寓居月夜偶出》：「幽人無事不出門，偶逐東風轉良夜。」上四句謂田氏由朝臣出貶山城，乃因才高被妒。

〔五〕世路：指官場仕途及人情世故。杜甫《春歸》：「世路雖多梗，吾生亦有涯。」

〔六〕心田：佛教語。謂心藏善惡種子，隨緣滋長，如田地生長五穀荑稗，故稱。育德：培養德性。《易·蠱》：「君子以振民育德。」

〔七〕久要：指時間長久的知心交友。《文選·曹植·箜篌引》：「久要不可忘，薄終義所尤。」劉良注：「久要，久交也。」

〔八〕傾蓋：車上的傘蓋靠在一起。《史記·魯仲連鄒陽列傳》：「諺曰：『白頭如新，傾蓋如故。』何則？知與不知也。」司馬貞索隱引《志林》曰：「傾蓋者，道行相遇，軿車對語，兩蓋相切，小欹之，故曰傾。」二句謂二人自初次相遇，已一見如故。

春日書懷

雲散交情薄〔一〕，棊翻世態新〔二〕。山容猶帶臘〔三〕，鳥語已回春。節物驚心遽〔四〕，丘園入夢頻〔五〕。東風如解語〔六〕，端笑未歸人〔七〕。

【注】

〔一〕雲散：比喻曾經在一起的人像天空的雲那樣四散而去。

〔二〕棊翻：謂朝代鼎革時世態如棋局翻覆變化。

〔三〕山容：山的姿容。臘：歲末。因臘祭而得名，通指農曆十二月或泛指冬月，常與「伏」相對。唐元稹《酬復言長慶四年元日郡齋感懷見寄》：「臘盡殘銷春又歸，逢新别故欲沾衣。」

〔四〕節物：各個季節的風物景色。遽：指變化急速。

〔五〕丘園：指家園。

〔六〕解語：會説話。

〔七〕端：應，須。張相《詩詞曲語辭匯釋·端》：「蘇軾《寒食游南塔寺》詩：『城南鐘鼓鬬清新，端爲投荒洗瘴塵。』端爲，應爲也。」

春日溪橋

留戀春光慰病顔，無情風雨卷春還。陰陰密緑籠溪暗，細細疏紅點徑斑。老去益憐詩思澀〔一〕，歡來聊破酒腸慳〔二〕。不嫌門外無車轍，得遂衰慵一味閑〔三〕。

【注】

〔一〕詩思澀：指作詩遲鈍艱難。

〔二〕酒腸慳：指酒量小。唐孟郊、韓愈《同宿聯句》：「爲君開酒腸，顛倒舞相飲。」

〔三〕衰慵：衰老慵懶。

登樓有懷

老愧凭闌目力昏，百年懷抱向誰論〔一〕。晴空雁起雲邊塞，夕照人歸郭外村。因記昔遊驚迅晷〔二〕，暫將離恨付清尊。誰人肯似邊居士〔三〕，遠駕朱輪過雀門〔四〕。

【注】

〔一〕懷抱：心懷，心意。引申爲抱負。

〔二〕迅晷：迅速消逝的時光。晷：觀測日影以定時刻的儀器。用喻時光。

〔三〕邊居士：其人不詳。

〔四〕朱輪：古代王侯顯貴所乘的車子。因用朱紅漆輪，故稱。雀門：用「門可羅雀」典。唐白居易《寄皇甫賓客》：「卧掩羅雀門，無人驚我睡。」當指隱者之居處。

題滕奉使祠〔一〕

本期蘇鄭共揚鑣〔二〕，不意芝蘭失後凋〔三〕。遺老祇今猶涕淚〔四〕，後生無復識風標〔五〕。西陘雁度霜前塞〔六〕，滹水樵爭日暮橋〔七〕。追想生平英偉魄，凌雲一笑豈能招〔八〕。

【注】

〔一〕滕奉使：滕茂實，字秀穎，姑蘇（今江蘇省蘇州市）人。使金被拘，以身殉節。士大夫哀其忠，爲之起墳於雁門。滕茂實墓在代州城東。《山西通志》卷六〇「代州」：「宋侍郎滕茂實墓碑，東七里，自刻碑記并篆墓額九字云：『宋工部侍郎滕茂實墓。』」又卷一百七十三：「工部侍郎滕茂實墓，在州東七里，有自撰碑，今不存。」

〔二〕蘇鄭：指蘇武與鄭衆。蘇武：字子卿，杜陵（今陝西省西安市東南）人。漢武帝天漢元年，奉命出使匈奴，被扣留。蘇武歷盡艱辛，留居匈奴十九年持節不屈，終還漢朝。事見《漢書·蘇武傳》。鄭衆（？——八三）：字仲師，河南開封人。官至大司農。漢明帝永平七年，北匈奴汗國單于求和親。次年明帝命鄭衆持節出使北匈奴。匈奴人要求鄭衆向單于下拜，鄭衆不肯。單于大怒，將他軟禁。鄭衆拔劍發誓，寧死不屈。單于威逼無果，遂派使者隨同鄭衆回洛陽。《後漢書》卷六六有傳。將蘇鄭并稱，見《南史·丘冠先傳》：「丘冠先，字道玄，吴興烏程人也。少有節義，齊永明中位給事中，時求使蠕蠕國。尚書令王儉言：『冠先雖名位未升而義行甚重，若爲行人，則蘇武鄭衆之流也。』」揚鑣：提起馬嚼子。指驅馬。句謂滕茂實本希望與蘇武、鄭衆并駕齊驅，完成使命而榮歸。

〔三〕芝蘭：芷和蘭。皆香草。古時比喻德行。後凋：即松柏後凋，比喻有志之士在艱險的環境中奮闞到最後。出自《論語·子罕》：「歲寒，然後知松柏之後凋也。」句謂滕茂實未能與二人一樣榮歸故里。

〔四〕遺老：指改朝換代後仍忠於前朝的老人。

〔五〕風標：風度，品格。

〔六〕西陘：《元和郡縣誌》謂句注山一名西陘山。即雁門山。在今山西省代縣北。《山海經·海内西經》：「雁門山，雁出其間。在高柳北。高柳在代北。」山上有關，曰雁門關，古稱天下九塞之一，爲北方天險。

〔七〕滹水：滹沱河，從代州穿境而過。

〔八〕凌雲：直上雲霄。二句言滕之英魂升入雲霄，難以招回。

朱奉使弁 三十九首

弁字少章，宋吉州團練使〔一〕。天會六年，以通問見留。命以官，託目疾固辭，猝然以錐刺之而不爲瞬〔二〕，用是得歸。凡居雲朔二十年〔三〕，自號觀如居士。有《曲洧風月堂詩話》行於世①。

【校】

① 此處李本、毛本另有「紹興十二年，皇子生，大赦。宋使洪皎（皓）、張邵、朱弁南歸」文字。

【注】

〔一〕吉州：宋代州名，治今江西省吉安市吉州區。《宋史·朱弁傳》載：建炎元年，高宗計議遣使金國，問候被羈金國的徽、欽二帝。朱弁奮身自薦，受詔爲候補修武郎、右武大夫、吉州團練使職，充當河東大金軍前通問副使，於次年正月偕同正使王倫前行。

〔二〕猝然：突然，出乎意外。瞬：眨眼。

〔三〕雲朔：雲中、朔州，今山西省大同、朔州一帶。二十年：非確指，朱弁建炎元年出使，至金熙宗皇統三年南歸，首尾凡十七年。

蘇子翼送黄精酒〔一〕

仙經何物堪卻老〔二〕，較功無如太陽草〔三〕。龍銜雞銜名雖異〔四〕，菟公羊公事可考〔五〕。蘇君真是神仙裔〔六〕，橘井陰功貫穹昊〔七〕。雲笈書成數萬言〔八〕，銀闕珠宫用心早〔九〕。獨知此物有奇效，福地名山爲儲寶〔一〇〕。不憚林泉新斸掘〔一一〕，斥去杵臼謝篩擣〔一二〕。況從高士論麯櫱〔一三〕，更課公田收秫稻〔一四〕。一朝靈液浮瓮盎〔一五〕，三冬浩氣生襟抱〔一六〕。且欣軟飽得澆腸〔一七〕，漫説逆流工補腦〔一八〕。眼碧那憂散黑花〔一九〕，髮白故應還翠葆〔二〇〕。賈傅只嫌松醪陋〔二一〕，劉墮敢誇桑落好〔二二〕。直須五斗論解酲〔二三〕，寧待三杯乃通道〔二四〕。誰知萬里落旄人〔二五〕，亦許匏尊自傾倒〔二六〕。爲君喚迴雪窖春〔二七〕，八載羈愁供一掃〔二八〕。曼倩宜分此日桃〔二九〕，安期莫詫他年棗〔三〇〕。何煩更採石斛花〔三一〕，已覺容顔不枯槁。根連石室喜入夢〔三二〕，句擬桐溪媿摛藻〔三三〕。平生我亦愛書札〔三四〕，朱髓緑腸勤探討〔三五〕。幸君汲引成此志〔三六〕，鶴駕騣騣望仙島〔三七〕。吞腥啄腐非夙心〔三八〕，歲晚兹言良可保。

【注】

〔一〕蘇子翼：其人不詳。黄精酒：藥酒名，以中藥黄精泡製而成，有養生保健功效。

〔二〕仙經：泛指道教經典。晉葛洪《抱朴子·辨問》：「仙經以爲，諸得仙者，皆其受命偶值神仙之氣，自然所稟。」南朝宋鮑照《代淮南王》：「淮南王，好長生，服食鍊氣讀仙經。」卻老：謂延緩衰老，返老還童。

〔三〕太陽草：草名，即黄精。晉張華《博物志》卷七：「太陽之草，名曰黄精。餌而食之，可以長生。」黄精以根莖入藥，具有補氣養陰、健脾潤肺等功能。

〔四〕龍銜雞銜：《廣雅》云，黄精，龍銜也。《抱朴子》云：黄精一名雞格。

〔五〕菟公羊公：《太平御覽》卷九八九「黄精」條下引《神仙傳》：「白菟公服黄精而得仙。」又引《列仙傳》：「修羊公，魏人也。在華陰山石室中。中有懸石榻，卧其上，榻盡穿陷。略不食，時取黄精服之。」

〔六〕蘇君：指送酒的蘇子翼。神仙裔：子翼姓蘇，與神仙蘇仙公同姓，故云。《水經注》卷三九《耒水》引《桂陽列仙傳》云，蘇眈受性應仙。晉葛洪《神仙傳》稱爲蘇仙公。

〔七〕「橘井」句：晉葛洪《神仙傳·蘇仙公》載：相傳蘇仙公修仙得道仙去之前，對母親説：「明年天下疾疫，庭中井水，檐邊橘樹，可以代養。井水一升，橘葉一枚，可療一人。」來年果有疾疫，遠近悉求其母治療。皆以得井水及橘葉而治愈。後因以「橘井」爲良藥之典。陰功：指在人世間所做而在陰間可以記功的好事。穹昊：即穹蒼，蒼天。《詩·大雅·桑柔》：「靡有旅力，以念穹蒼。」孔穎達疏：「穹蒼，蒼天，《釋天》云。李巡曰：『古時人質仰視天形，穹隆而高，色蒼蒼然，故曰穹蒼。』是也。」

〔八〕雲笈：宋張君房所撰道教著作《雲笈七籤》的省稱。亦泛指道教典籍。

〔九〕銀闕珠宫：道家謂天上有白玉京，爲仙人或天帝所居。宋劉克莊《清平樂》詞：「身游銀闕珠宫，俯看積氣濛濛，醉裏偶摇桂樹，人間唤作涼風。」二句言蘇子翼早年用心學道，且著書立説。

〔一〇〕福地：指神仙居住之處。道教有七十二福地之説。亦指幸福安樂的地方。舊時常以稱道觀寺院。句言黄精生長於名山福地。

〔一一〕劚掘：挖掘。

〔一二〕杵臼：杵與臼，舂擣糧食或藥物等的工具。謝篩擣：不用篩，不用擣。

〔一三〕麯糱：釀酒時發酵所用的酒麴。

〔一四〕秫稻：釀酒所用稻穀。用陶淵明典故。陶淵明爲彭澤令，公田悉令種秫稻。妻子固請種秔，乃使二頃五十畝種秫，五十畝種秔。曰：「令吾常醉於酒足矣。」事見《宋書·隱逸傳》、《晉書·隱逸傳》。

〔一五〕靈液：仙液。喻指美酒。《文選·郭璞·遊仙詩》：「圓丘有奇草，鍾山出靈液。」李善注：「靈液，謂玉膏之屬也。」

〔一六〕三冬：冬季三月，即冬季。

〔一七〕軟飽：謂飲酒。蘇軾《發廣州》：「三杯軟飽後，一枕黑甜餘。」自注：「浙人謂飲酒爲軟飽。」澆腸：澆灌潤澤腸胃，謂飲酒。

〔一八〕漫説：莫説，更不用説。逆流：泛指液體倒流。此指飲酒入肚經胃腸消化吸收後上補頭腦之過程。

〔一九〕黑花：眼生黑花。比喻年老或早衰。宋王禹偁《老態》：「白髮不相饒，秋水生鬢邊，黑花最相親，終日在眼前。」句謂常飲此酒，可防年老眼花。

〔二〇〕翠葆：形容草木青翠茂盛，此處指頭髮又黑又密。意謂此酒可延年益壽，將白髮變黑。

〔二一〕「賈傅」句：西漢賈誼被貶爲長沙王太傅。醥：清酒。三國魏曹植《酒賦》：「其味有宜城醪醴，蒼梧醥清。」相傳賈誼在長沙時常飲一種用松脂釀製的松醪酒。唐杜牧《送薛種遊湖南》：「賈傅松醪酒，秋來飲更香。」

〔二二〕劉墮：即劉白墮，南北朝時善於釀酒的人。北魏楊衒之《洛陽伽藍記·法雲寺》：「河東人劉白墮，善能釀酒。季夏六月，時暑赫晞，以甖貯酒，暴於日中，經一句，其酒不動，飲之香美而醉，經月不醒。」桑落：酒名。相傳爲河東郡劉白墮所造，因於桑落時釀成，故名。見《水經注·河水四》。

〔三〕「直須」句：用劉伶典故。《世説新語·任誕》：「天生劉伶，以酒爲名；一飲一斛，五斗解酲。」解酲：醒酒，消除酒病。

〔四〕三杯乃通道：李白《月下獨酌》：「聖賢既已飲，何必求神仙。三杯通大道，一斗合自然。」

〔五〕「谁知」句：《漢書·蘇武傳》：「武既至海上，廩食不至，掘野鼠去草實而食之。杖漢節牧羊，卧起操持，節旄盡落。」落旄人：本指蘇武，後用以指守節的使臣。天會六年，朱弁以通問副使被留金朝，守節不屈，以蘇武自比。

〔六〕匏尊：匏製的酒樽。亦泛指飲具。

〔七〕雪窖：借指酷寒和酷寒的地區。《宋史·朱弁傳》：「其後，倫復歸，又以弁奉送徽宗大行之文爲獻，其辭有曰：『歎馬角之未生，魂消雪窖；攀龍髯而莫逮，淚灑冰天。』」

〔八〕八載：朱弁自天會六年出使被留，八年後作此詩，當爲金熙宗天會十四年（一一三六）前後。

〔九〕曼倩：東方朔，字曼倩，西漢辭賦家。後被附會爲神仙，相傳曾三盗西王母蟠桃。晉張華《博物志》卷八：「時東方朔竊從殿南廂朱鳥牖中窺母（西王母），母顧之，謂帝（漢武帝）曰：『此窺牖小兒，嘗三來，盜吾此桃。』帝乃大怪之。由此世人謂東方朔神仙也。」

〔三〇〕「安期」句：《史記·封禪書》載，方士李少君對漢武帝説：「臣嘗遊海上，見安期生。安期生食臣棗，大如瓜。安期生，仙者，通蓬萊中，合則見人，不合則隱。」安期生，秦漢期間齊國方士，道教中稱其爲重視個人修煉的神仙。

〔三一〕石斛花：多年生草本植物。莖多節，緑褐色，開白花，花瓣的頂端呈淡紫色。莖可入藥。益胃生津，滋陰清熱。

〔三二〕石室：指傳説中的神仙洞府。

〔三三〕桐溪：與上句「石室」合觀，當指地名，今浙江省桐廬縣東北之桐溪。然按句意，應指某作者或作品名。考桐溪經桐君山下，相傳昔有異人采藥於此，結廬桐木下，因號桐君山。又梁陶弘景《本草序》：「又云有《桐君采藥録》，説其花葉形色。」又《藥總訣序》：「上古神農，作爲《本草》……其後雷公、桐君，更增演《本草》。」《隋書·經籍志》著録《桐君藥録》三卷。按此，疑「桐溪」作爲借對，指《桐君藥録》。摛藻：鋪陳辭藻。意謂施展文才。

〔三四〕書札：此指道家典籍。

〔三五〕朱髓緑腸：宋任廣《書叙指南》卷十二《道家流語》：「神仙真体曰朱髓緑腸。」唐皮日休《太湖詩·曉次神景宫》：「嘗聞擇骨録，仙志非可作。緑腸既朱髓，青肝復紫絡。」

〔三六〕汲引：引導，指引。

〔三七〕鶴駕：仙人的車駕。駸駸：馬行疾貌。

〔三八〕吞腥啄腐：比喻追求功名利禄。語本《莊子·秋水》：「夫鵷鶵，發於南海而飛於北海，非梧桐不止，非練實不食，非醴泉不飲。於是鴟得腐鼠，鵷鶵過之，仰而視之曰：『嚇！』今子欲以子之梁國而嚇我邪？」夙心：平素的心願。

初春以蔓菁作虀。因憶往年避難大隗山，采蘋澗中爲虀。虀成汁爲粉紅色，而香美特異，乃信鄭人所言爲不誣矣。今食新虀因成長韻〔一〕

藏蔬飽三冬〔二〕，媚盤無霍靡〔三〕。陳虀解束縛，冰雹散刀几〔四〕。春畦蕪菁苗，入眼漸可喜。青黄含風露，採摘從此始。持歸作新虀，一飽競鮮美。芬香溢肺肝，甘脆響牙齒。捫腹幽窗下〔五〕，芻豢詎能比〔六〕。憶昔避難初，竄身重崮裏〔七〕。雲煙昏具茨〔八〕，老稚且棲止。燕兵大搜索〔九〕，焚蕩石牛底。脱命擲虎山〔一〇〕，野哭紛四起。暮投山前店，茅棟例燒毁〔一一〕。潛伏窟室中，衣敝不蓋體。妻孥坐相對〔一二〕，生意薄於紙〔一三〕。晨朝行澗中，采芹澗邊洗〔一四〕。氤氲投瓦盎〔一五〕，觸鼻似蘭芷〔一六〕。一杯紅粉羹，析酲勝仙醴〔一七〕。乃知野人獻，凉薄未宜鄙〔一八〕。今來滯殊鄉〔一九〕，白首家萬里。猶能對葷羶〔二〇〕，咀嚼出宮徵〔二一〕。回思十年夢，爭奪殊未已〔二二〕。飽食但謀身〔二三〕，吾顙良有泚〔二四〕。

【注】

〔一〕蔓菁：蔬菜名。即「蕪菁」。一年生或二年生草本植物，塊根肉質。虀：細切後用鹽醬等浸漬的蔬果。大隗山：又名具茨山，處於禹州、新密、新鄭三縣交界，横亘東西，群峰疊嶂。《漢書·地理志》：「黄帝登具茨之山，升于洪堤上，受神芝于黄蓋童子，即是山也。」《元和郡縣誌》：「大隗山在縣（密縣）東南五十里，本具茨山，黄帝見大隗於具茨之山，故亦謂大隗山，潩水出於此。」蘋：水生植物，可食。長韻：指長詩。金王若虚《滹南詩話》卷上：「樂天之詩，情致曲盡，入人肝脾……至長韻大篇，動數百千言，而順適愜當，句句如一。」

〔二〕藏蔬：窖藏的蔬菜。三冬：冬季三月，即冬季。

〔三〕媚盤：喜愛的菜盤。靃靡：指初生可食的鮮菜。

〔四〕「陳虀」二句：言醃製的蔬菜從冰封的菜甕中取出切碎，冰碴濺滿菜刀與案板。

〔五〕捫腹：撫摸腹部。多形容飽食後怡然自得的樣子。蘇軾《寓居定惠院之東》：「先生食飽無一事，散步逍遥自捫腹。」

〔六〕芻豢：牛羊犬豕之類的家畜。此指做成的肉菜。

〔七〕「憶昔」二句：朱弁曾隨晁説之入新鄭，並成家於此。金人入河南，遂舉家避難於具茨山。《宋史·朱弁傳》：「既冠，入太學，晁説之見其詩，奇之，與歸新鄭，妻以兄女。新鄭介汴、洛間，多故家遺俗，弁遊其中，聞見日廣。靖康之亂，家碎於賊，弁南歸。」

〔八〕具茨：山名，在今河南省密縣。

〔九〕燕兵：代金兵。

〔一〇〕脱命：謂脱逃而保全命。

〔一一〕茅楝：茅屋。

〔一二〕妻孥：妻子和兒女。

〔一三〕生意：生機，生命力。

〔一四〕芹：水生植物，莖葉可食。

〔一五〕氤氳：濃烈的氣味。多指香氣。瓦盎：即瓦盆。

〔一六〕觸鼻：刺激嗅覺。蘭芷：蘭草與白芷。皆香草。

〔一七〕析酲：解酒，醒酒。仙醴：仙人飲用的汁液。

〔一八〕「乃知」二句：用「獻芹」典故。《列子・楊朱》：「昔人有美戎菽、甘枲莖芹萍子者，對鄉豪稱之。鄉豪取而嘗之，蜇於口，慘於腹，衆哂而怨之，其人大慚。」二句言如今才知道野人所獻芹菜并不淡薄，不應像鄉豪那樣鄙棄。

〔一九〕殊鄉：異域他鄉。

〔二〇〕葷羶：指肉食。句謂如今能吃上蔓菁菜，感覺味美如食肉。

〔二一〕宫徵：五音之二。句謂咀嚼時發出的聲音像音樂那樣優美動聽。

〔二〕爭奪：爭鬭奪取。指宋金之間的戰爭。

〔三〕謀身：爲自身打算。此指滿足口腹之欲。

〔四〕「吾顙」句：言我甚感慚愧。《孟子・滕文公上》：「其顙有泚，睨而不視。」趙岐注：「顙，額也。泚，汗出泚泚然也。見其親爲獸蟲所食，形體毀敗，中心慚，故汗泚泚然出於額。」

北人以松皮爲菜，予初不知味。虞侍郎分餉一小把，因飯素，授廚人與園蔬雜進，珍美可喜，因作一詩〔一〕

吾老似出家，晚悟媿根鈍〔二〕。滋旨卻羶葷〔三〕，禪悅要親近〔四〕。偉哉十八公〔五〕，兹道亦精
進〔六〕。舍身奉刀几，割體絶嗔恨〔七〕。鱗皴老龍皮〔八〕，嗚齒溢芳潤〔九〕。流膏爲伏龜〔一〇〕，
千歲未須問。便堪奴筍蕨〔一一〕，詎肯友芝菌〔一二〕。跏趺得一飽〔一三〕，萬事皆可擯。侍郎文懿
後〔一四〕，落落衆推俊。澹然世味薄〔一五〕，内典得所信〔一六〕。香廚留淨供〔一七〕，頻食不言頓。晏然
默不語〔一八〕，草木雷音震。得法於此公，骨髓傳心印〔一九〕。應憐持節人〔二〇〕，餉此爲問訊〔二一〕。
欲將無上味〔二二〕，爲我洗塵坌〔二三〕。食之不敢餘，感激在方寸〔二四〕。

【注】

〔一〕松皮：松樹皮。古時經製作，可爲菜，亦可入藥。明李時珍《本草綱目・木一・松》：「老松皮内

自然聚脂爲第一，勝於鑿取及煮成者。」朱弁《曲洧舊聞》卷五：「松之有利於世者甚博……其根皮食之膚革香，久則香聞下風數十步外。」虞侍郎：其人不詳。飯素：食素，不吃葷腥。廚人：廚師。珍美：珍奇美好。

〔二〕根鈍：佛教語。謂本性笨拙。

〔三〕滋旨：美好的滋味。

〔四〕禪悦：禪修的快樂。

〔五〕十八公：松的別稱。松字拆開則爲十、八、公三字，故稱。

〔六〕精進：佛教語。爲「六波羅蜜」之一。梵語意譯。謂堅持修善法，斷惡法，毫不懈怠。

〔七〕「舍身」二句：用歌利王割截忍辱仙人肢體的佛教典故。《大涅槃經》：佛爲忍辱仙人時，爲歌利王割截肢體。忍辱仙人説：「若我真無嗔恨心念，願我被支解的身體能恢復如故。」語畢，其身體即復原狀，一無所損。嗔恨：怨恨。二句謂以松皮爲菜。

〔八〕鱗皴：狀松樹皮。

〔九〕嗚齒：指咀嚼。

〔一〇〕流膏：流出油脂。伏龜：傳説中俯伏在松樹下的神龜，爲松樹之精所化。《淮南子·説山訓》：「千年之松，下有茯苓，上有兔絲；上有叢蓍，下有伏龜。」

〔一一〕筍蕨：竹筍與蕨菜。

〔一二〕芝菌：即靈芝。

〔一三〕跏趺：即結跏趺坐。佛教中修禪者的坐法。泛指靜坐，端坐。

〔一四〕侍郎：指贈松皮的虞侍郎。文懿：虞世南字伯施，餘姚（今屬浙江省餘姚市）人，唐初政治家，書法家，文學家。歷任秘書監、弘文館學士等。唐太宗稱其德行、忠直、博學、文詞、書翰爲五絶。死後，陪葬昭陵，贈禮都尚書，謚文懿。

〔一五〕澹然：恬淡貌。

〔一六〕内典：佛教徒稱佛經爲内典。宋王禹偁《左街僧録通惠大師文集序》：「釋子謂佛書爲内典，謂儒書爲外學。」

〔一七〕淨供：素潔的供品。

〔一八〕晏然：安適；安閒。

〔一九〕「骨髓」句：《祖庭指南》卷一載，禪宗初祖達摩謂門人曰：「時將至矣，汝等盍言所得乎？」有道副對曰：「如我所見，不執文字，不離文字，而爲道用。」祖曰：「汝得吾皮。」尼總持曰：「我今所解，如慶喜見阿閦佛國，一見更不再見。」祖曰：「汝得吾肉。」道育曰：「四大本空，五陰非有。而我見處，無一法可得。」祖曰：「汝得吾骨。」最後慧可禮拜，依位而立。祖曰：「汝得我髓。」心印：佛教禪宗語。謂不用語言文字，而直接以心相印證，以期頓悟。

〔二〇〕持節人：使節，朱弁自謂。

〔二〕 問訊：問候，慰問。

〔三〕 無上：至高，無出其上。

〔三〕 塵坌：塵俗。唐吕巖《七言》其四：「藥就功成身羽化，更抛塵坌出凡流。」

〔四〕 方寸：指心。

予以年事漸高，氣海不能熟生暖冷，旅中又無藥物，遂用火攻之策，灼艾凡二百壯，吟呻之際，得詩二十韻〔一〕

不作漳濱卧〔二〕，年侵血氣衰〔三〕。據鞍思少壯〔四〕，攬鏡歎清羸〔五〕。有病方求艾〔六〕，無營莫問蓍〔七〕。心知出下策〔八〕，理勝遇中醫〔九〕。陽燧神逾速〔一〇〕，銅仙術盡施〔一一〕。論功鄙炮製〔一二〕，取穴辨毫釐〔一三〕。火帝恩光異〔一四〕，炎官績用奇〔一五〕。書螢比差似〔一六〕，珠蟻迫方知〔一七〕。忖物嗟炰鼈〔一八〕，觀形笑灼龜〔一九〕。煙微初炙手〔二〇〕，氣烈漸鑽皮。閉目書徒展，支頭枕屢移。發狂還自哂〔二一〕，賈勇僅能支〔二二〕。宋鷁追風日〔二三〕，吴牛喘月時〔二四〕。忠言勞緩頰〔二五〕，善謔爲開眉〔二六〕。服氣工夫遠〔二七〕，燒丹歲月遲〔二八〕。衛生防後患〔二九〕，伐性釋前疑〔三〇〕。展轉那成夢〔三一〕，呻吟且當詩。因心念民瘼〔三二〕，出位歎身卑〔三三〕。欲已七年病，當從百世師〔三四〕。保身將保國，未可廢箴規〔三五〕。

【注】

〔一〕氣海：經絡穴位名。位於腹正中臍下一寸五分處，屬任脈經。中醫認爲，氣海穴爲生氣之海。《針灸資生經》：「氣海者，蓋人之元氣所生也。」爲針灸保健的重要穴位之一，寒則補之灸之，熱則瀉針出氣。灼艾：中醫療法之一。燃燒艾絨熏灸人體一定的穴位。壯：中醫艾灸法術語，一灼稱一「壯」。吟呻：因苦痛而發出哼聲。

〔二〕漳濱：漳水邊。漢劉楨《贈五官中郎將》其二：「余嬰沉痼疾，竄身清漳濱。」後因用爲卧病的典實。

〔三〕年侵：年紀漸老。杜甫《寄贊上人》：「年侵腰脚衰，未便陰崖秋。」

〔四〕「據鞍」句：《後漢書·馬援傳》：「援自請曰：『臣尚能被甲上馬。』帝令試之。援據鞍顧眄，以示可用。」據鞍：跨着馬鞍。

〔五〕攬鏡：拿鏡照面。清羸：清瘦羸弱。

〔六〕「有病」句：《孟子·離婁上》：「今之欲王者，猶七年之病，求三年之艾也。」趙岐注：「艾可以爲灸人病，乾久益善，故以爲喻。」求艾：泛指尋求治病之藥。

〔七〕無營：無所謀求。漢蔡邕《釋誨》：「安貧樂賤，與世無營。」問蓍：用蓍草占卜。

〔八〕下策：指用艾灸療病。

〔九〕中醫：指中等的醫術。

〔一〇〕陽燧：古代利用日光取火的凹面銅鏡。《周禮·秋官·司烜氏》「司烜氏掌以夫遂取明火於日。」賈公彦疏：「以其日者太陽之精，取火於日，故名陽遂。」唐蘇鶚《蘇氏演義》卷下：「陽燧以銅爲之，形如鏡，照物則影倒，向日則火生，以艾承之，則得火也。」句言燃艾薰灼的療效神速。

〔一一〕銅仙：指中醫針灸用具。臨牀常用的針刺工具，古代多用金、銀、銅、鐵等製成。

〔一二〕炮製：用中草藥原料製成藥物的過程。有火製、水製或水火共製等加工方法。目的主要是加强藥物效用，減除毒性或副作用，便於貯藏和便於服用等。句言艾炙的功效比湯劑大。

〔一三〕取穴：找尋穴位。毫釐：形容極短的距離。

〔一四〕火帝：古代所謂五方天帝之一的赤帝，掌南方，司火，司夏。

〔一五〕炎官：神話中的火神。上二句皆指灼艾時的炙熱。

〔一六〕「書螢」：用晉車胤囊螢典故。胤少時家貧，夏天以練囊裝螢火蟲照明讀書。差：甚；頗。句言螢火蟲之光與艾火相似。

〔一七〕「珠蟻」句：相傳古代有得九曲寶珠的人，穿之不得，孔子教以塗脂於線，使蟻通之。蘇軾《祥符寺九曲觀燈》：「紗籠擎燭迎門入，銀葉燒香見客邀。金鼎轉丹光吐夜，寶珠穿蟻鬧連朝。波翻焰裹元相激，魚舞湯中不畏焦。」按此，「珠蟻」指燈光，二句謂艾火似燈光，迫近它時方知灼熱。

〔一八〕炰鱉：《詩·大雅·韓奕》：「其殽維何？炰鱉鮮魚。」鄭玄箋：「炰鱉，以火熟之也。」詩人推己及物，想像鱉魚被烤煮時是多么難受可憐。

〔一九〕灼龜：古代用火燒灸龜甲，視其裂紋以測吉凶。句言觀看龜甲裂紋，覺得它因占卜靈驗而被燒烤，可謂引火焚身，實在可笑。

〔二〇〕灸手：燙手。

〔二一〕哂：微笑。

〔二二〕賈勇：鼓足勇氣的意思。語本《左傳·成公二年》：「齊高固入晉師，桀石以投人，禽之，而乘其車，繫桑本焉。以徇齊壘，曰：『欲勇者，賈余餘勇。』」杜預注：「賈，賣也。言己勇有餘，欲賣之。」二句言面臨針刺火烤，自應談笑自若，不以爲意，結果在其治療過程中鼓起勇氣才勉强忍耐。

〔二三〕「宋鷁」句：《左傳·僖公十六年》：「六鷁退飛，過宋都。」杜預注：「鷁，水鳥。高飛遇風而退，宋人以爲災。」句言對艾灸痛楚的膽怯。

〔二四〕吴牛喘月：《太平御覽》卷四引《風俗通》：「吴牛望見月則喘，彼之苦於日，見月怖喘矣。」句言對艾灸痛楚的畏惡。

〔二五〕緩頰：爲人求情或婉言勸解。句言思索古人所云「良藥苦口利于病，忠言逆耳利于行」之理，使自己忍痛治病。

〔二六〕善謔：謂善於戲言，亦指笑談的資料。開眉：開顔。亦喻舒心。句謂自我嘲謔，以期緩解痛苦。

〔二七〕服氣：吐納。道家養生延年之術。《晉書·隱逸傳·張忠》：「恬静寡欲，清虚服氣，餐芝餌石，修導養之法。」句言吐納延年之術工夫甚深，用這種煉内丹的方法以益壽延年對自己來説是遠水不解近渴。

〔二八〕燒丹：猶煉丹。指道教徒用朱砂煉藥。句言煉外丹亦久時難成，仙藥難期。

〔二九〕衛生：保護延長生命。《莊子·庚桑楚》：「老子曰：『衛生之經，能抱一乎？』」郭象注：「防衛其生，令合道也。」

〔三〇〕伐性：危害身心。漢枚乘《七發》：「皓齒蛾眉，命曰伐性之斧。」唐楊炯《晦日藥園詩序》：「玉帛子女，爲伐性之源。」句言對前人關於伐性之論的懷疑今已消除。

〔三一〕「展轉」句：言針炙中身體難受，翻來覆去，躺下難以入睡。

〔三二〕民瘼：民衆的疾苦。語本《詩·大雅·皇矣》：「監觀四方，求民之莫。」

〔三三〕出位：越位；超越本分。《易·艮》：「君子以思不出其位。」王弼注：「各止其所，不侵害也。」句言自己官小位卑，憂國憂民之念已超出職責之本分。

〔三四〕百世師：謂人的品德學問永遠爲後代的表率。語出《孟子·盡心下》：「聖人，百世之師也。」此指孟子。

〔三五〕箴規：勸戒規諫。上四句用《孟子·離婁上》：「今之欲王者，猶七年之病求三年之艾也。苟爲不畜，終身不得。苟不志於仁，終身憂辱，以陷於死亡。」謂故國已失去半壁河山，元氣大傷，君主應聽從先聖孟子的話，施行仁政，否則身死國滅。

元夕有感〔一〕

朔雪餘千里，東風徧九州。關河中土異〔二〕，燈火上元愁。緑蟻嘗新釀〔三〕，青貂戀故裘。紫姑無用卜〔四〕，世事正悠悠〔五〕。

【注】

〔一〕元夕：舊稱農曆正月十五日爲上元節，是夜稱元夕，與「元夜」、「元宵」同。

〔二〕中土：指中原地區。

〔三〕緑蟻：新釀製的酒面泛起的泡沫稱爲「緑蟻」。後用來代指新出的酒。

〔四〕紫姑：傳説中的女神名字。傳説其爲厠神，世人謂其能先知，多于正月十五迎祀於家，占卜諸事。南朝梁宗懍《荆楚歲時記》：「十五日，其夕迎紫姑以卜將來蠶桑，并占衆事。」宋沈括《夢溪筆談》卷二一：「舊俗，正月望夜迎厠神，謂之紫姑。」

〔五〕悠悠：動盪；飄忽不定。《孔叢子·對魏王》：「今天下悠悠，士亡定處，有德則往，無德則去。」

憶鍾離瀆〔一〕

浚都同聚讀書螢〔二〕，楚岸春風憶送行〔三〕。三十年前初識面，四千里外更關情〔四〕。出疆我亦徒勞爾〔五〕，入仕君今何似生〔六〕。旅雁相逢須一問〔七〕，要從郵上得新聲〔八〕。

【注】

〔一〕鍾離濬：詩人同窗，餘不詳。

〔二〕「浚都」句：謂與鍾離濬曾同窗苦讀。浚都：語出《詩·鄘風·幹旄》：「孑孑干旗，在浚之都。」浚，春秋衛邑名，後泛指衛地。讀書螢：喻勤學苦讀。典出《晉書·車胤傳》：車胤字武子，「恭勤不倦，博學多通。家貧不常得油，夏月則練囊盛數十螢火以照書，以夜繼日焉」。

〔三〕「楚岸」句：謂曾與鍾離濬於楚水邊分别。楚岸：楚地江河水邊的陸地。

〔四〕關情：牽動情懷。

〔五〕「出疆」句：指自己使金，一事無成，反被扣留北國。出疆：猶出境。徒勞：白費心力。

〔六〕何似生：張相《詩詞曲語辭匯釋》：「陸游《春晴》詩：『新春易失遽如許，薄宦忘懷何似生？』何似生亦略同怎生。」猶怎樣，如何。生：助詞。宋歐陽修《六一詩話》：「李白《戲杜甫》云：『借問别來太瘦生，總爲從前作詩苦。』『太瘦生』，唐人語也，至今猶以『生』爲語助，如『作麽生』、『何似生』之類是也。」

〔七〕「旅雁」句：暗用「鴻雁傳書」典，代指南來北歸的傳遞資訊者。

〔八〕郵：驛站。古時設在沿途，供出巡的官員、傳送文書的小吏和旅客歇宿的館舍。馬傳曰置，步傳曰郵。新聲：新的音訊。

炕寢三十韻〔一〕

風土南北殊〔二〕，習尚非一躅〔三〕。出疆雖仗節〔四〕，入國暫同俗〔五〕。淹留歲再殘〔六〕，朔雪滿崖谷〔七〕。禦冬貂裘敝，一炕且跧伏〔八〕。西山石爲薪〔九〕，黝色驚射目〔一〇〕。方熾絶可邇，將盡還自續〔一一〕。飛飛湧玄雲〔一二〕，燄燄積紅玉〔一三〕。稍疑雷出地〔一四〕，又似風薄木〔一五〕。誰容鼠棲冰〔一六〕，信是龍銜燭〔一七〕。陽曦助喘息〔一八〕，未害摇空腹〔一九〕。惠氣生袴襦〔二〇〕，仍工展拳足。豈惟脱膚皸〔二一〕，兼復平體粟〔二二〕。負暄那用訖〔二三〕，執熱定思沃〔二四〕。收功在歲寒〔二五〕，較德比時燠〔二六〕。雖餘炙手焰，寧有爛額酷〔二七〕。矧當凝沍晨〔二八〕，炎帝獨回轂〔二九〕。玄冥真退聽〔三〇〕，祝融端可録〔三一〕。嗟予亦何者，萬里歌黄鵠〔三二〕。偃仰對窗扉〔三三〕，妍暖謝衾褥〔三四〕。壯懷羞竈媚〔三五〕，晚悟笑突曲〔三六〕。因思隳指人〔三七〕，暴露苦皸瘃〔三八〕。頻年未解甲〔三九〕，蹈此鋒刃毒。遥知革輅中〔四〇〕，旰食安豆粥〔四一〕。陪臣將命來〔四二〕，意懇誠亦篤。有奇不能吐，何術止南牧〔四三〕。君心想更切，臣罪何由贖。此身雖自温，此志轉煩促〔四四〕。論武貴止戈〔四五〕，天必從人欲〔四六〕。安得四海春，永作蒼生福〔四七〕。聊擬少陵翁，秋風賦茅屋〔四八〕。

【注】

〔一〕炕：即土炕。北方人用土坯或磚砌成的睡覺用的長方臺。上面鋪席，下面有孔道，跟煙囱相通，可以燒火取暖。清顧炎武《日知録·土炕》：「北人以土爲牀，而空其下以發火，謂之炕……《舊唐書·東夷·高麗傳》：『冬月皆作長坑，下然煴火以取煖。』此即今之土炕也，但作『坑』字。」

〔二〕風土：泛指風俗習慣和地理環境氣候。此指後者。

〔三〕習尚：習俗，風尚。躅：足跡。一躅：言相距很近，差别不大。

〔四〕出疆：指出境使金。仗節：手執符節。古代大臣出使或大將出師，皇帝授予符節，作爲憑證及權力的象徵。

〔五〕入國：到了對方國家。同俗：謂入鄉隨俗。

〔六〕淹留：羈留。歲再殘：朱弁於建炎元年五月受命爲通問副使，十一月始往，被羈留雲中。此詩作於次年冬，故謂「歲再殘」。

〔七〕朔雪：北方的雪。南朝宋鮑照《學劉公幹體詩》：「胡風吹朔雪，千里度龍山。」

〔八〕跧伏：蜷伏。

〔九〕西山石：指大同西山出產的煤炭。

〔一〇〕黝：淡青黑色。射目：耀眼。

〔一一〕「方熾」二句：言炭火旺時絶不可靠近，將熄時其餘熱仍在。

〔一二〕玄雲：黑雲。此處指煤炭燃燒時冒出的黑煙。

〔一三〕紅玉：此處指燃燒得通紅的煤塊。

〔一四〕「雷出地」句：此句與下句皆擬狀煤炭燃燒時的聲響。

〔一五〕薄：搏擊，拍擊。風薄木：《文選・顏延年・夏夜呈從兄散騎車長沙》：「側聽風薄木。」李善注引孔安國《尚書傳》曰：「薄，迫也，亦激之意也。」

〔一六〕鼠棲冰：《珞琭子賦》：「不可一途而取軌，不可一理而推之。時有冬逢炎熱，夏草遭霜，類恐陰鼠棲冰，神龜宿火。」句言火炕暖熱，能够使陰鼠棲冰。

〔一七〕龍銜燭：《楚辭・天問》：「日安不到，燭龍何照？」漢王逸注：「言天之西北有幽冥無日之國，有龍銜燭而照之也。」此謂北地極冷，幸有火炕取暖。

〔一八〕陽曦：陽光。

〔一九〕「未害」句：言儘管饑腸轆轆，因肢體温暖也就不在意了。

〔二〇〕惠氣：和暖之氣。袴襦：衣褲。

〔二一〕膚鱗：皮屑，老化的角質皮。

〔二二〕體粟：由於寒冷皮膚上出現的類似雞皮的小疙瘩。

〔二三〕負暄：冬天受日光曝曬取暖。

〔二四〕執熱：謂苦熱。沃：洗濯，沃盥。《詩・大雅・桑柔》句：「誰能執熱，逝不以濯。」毛傳：「濯所以救熱也。」段玉裁曰：「執熱，言觸熱、苦熱。濯，謂浴也……此詩謂誰能苦熱，而不澡浴以潔其體，以求涼快者乎？」

〔二五〕收功：取得功效。歲寒：一年的嚴寒時節。

〔二六〕較德：顯著的功德。時燠：謂氣候和暖。

〔二七〕爛額：用「焦頭爛額」典。《淮南子·説山訓》：「淳于髡之告失火者，此其類。」高誘注：「淳于髡告其鄰，突將失火。鄰人不從，後竟失火。言者不爲功，救火者焦頭爛額爲上客。」以形容被火燒傷得很嚴重。

〔二八〕矧：况且。凝冱：結冰，凍結。

〔二九〕炎帝：神話傳説中主管夏令和南方的神。《淮南子·天文訓》：「南方火也，其帝炎帝。」回轂：回車，返回。

〔三〇〕玄冥：神名。冬神。《禮記·月令》：「（孟冬、仲冬、季冬之月）其帝顓頊，其神玄冥。」退聽：退讓。

〔三一〕祝融：神名。帝嚳時的火官，後尊爲火神。端：應當。録：録用，任用。

〔三二〕歌黄鵠：《漢書·西域傳下》載：漢武帝時，漢與烏孫和親。武帝以江都王建女劉細君爲公主，遠嫁烏孫，世稱烏孫公主。「公主悲愁，自爲作歌曰：『吾家嫁我兮天一方，遠託異國兮烏孫王。穹廬爲室兮旃爲牆，以肉爲食兮酪爲漿。居常土思兮心内傷，願爲黄鵠兮歸故鄉。』後用爲身處異國思念故鄉之典。

〔三三〕偃仰：俯仰。

〔三四〕妍暖：謂柔軟暖和。

〔三五〕竈媚：《論語·八佾》：「與其媚於奧，寧媚於竈。」何晏集解引孔安國曰：「奧，内也，以喻近臣也。竈，以喻執政也。」後用以喻阿附權貴。

〔三六〕突曲：《藝文類聚》卷八十引漢桓譚《新論》：「淳于髡至鄰家，見其竈突之直而積薪在傍，謂曰：『此且有火』，使爲曲突而徙薪，鄰家不聽。後果焚其屋，鄰家救火，乃滅。烹羊具酒謝救火者，不肯呼髠。智士譏之曰：『曲突徙薪無恩澤，燋頭爛額爲上客。』蓋傷其賤本而貴末也。」二句言自己年輕時志向高遠，羞于阿附權貴；晚年領悟到有才識的人往往不被看重的世道情理。

〔三七〕墮指人：因寒冷而凍掉手指、脚趾者。

〔三八〕皸瘃：手足受凍坼裂，生凍瘡。《漢書·趙充國傳》：「將軍士寒，手足皸瘃，寧有利哉？」顏師古注引文穎曰：「皸，坼裂也；瘃，寒創也。」

〔三九〕解甲：脱下戰衣。此指停止戰爭。

〔四〇〕革輅：亦作「革路」。五路之一。古代帝王所乘的一種兵車。覆之以革，無他飾，用於作戰或巡視諸侯國土。

〔四一〕旰食：晚食。指事務繁忙不能按時吃飯。豆粥：用豆煮成的熱粥，可解飢寒。《後漢書·馮異傳》：「時天寒烈，衆皆飢疲，異上豆粥。明旦，光武謂諸將曰：『昨得公孫豆粥，飢寒俱解。』」

〔四二〕陪臣：輔臣，亦指外交使臣。將命：奉命。句言自己奉命使金。

〔四三〕南牧：此處指金朝南侵。

〔四四〕煩促：迫促。《文選・張華・答何劭》：「恬曠苦不足，煩促每有餘。」張銑注：「煩促，急迫也。」

〔四五〕「論武」句：《漢書・武五子傳贊》：「是以倉頡作書，『止』『戈』爲『武』，聖人以武禁暴整亂，止息干戈，非以爲殘而興縱之也。」

〔四六〕「天必」句：本《尚書・泰誓》：「民之所欲，天必從之。」「天視自我民視，天聽自我民聽。」

〔四七〕蒼生：百姓。

〔四八〕「聊擬」二句：稱自己姑且仿效杜甫，也作《茅屋爲秋風所破歌》。杜甫此歌云：「安得廣厦千萬間，大庇天下寒士俱歡顔，風雨不動安如山。嗚呼，何時眼前突兀見此屋，吾廬獨破受凍死亦足。」

秋泉次韻〔一〕

新醅滃滃溢瓶盆〔二〕，漱石秋泉帶雨渾。翡翠杯深雲液凝〔三〕，鸕鷀杓滿月波翻〔四〕。照人光入尊罍瑩，流齒香隨語笑噴。已拚扶頭日三丈〔五〕，朝酲未解任昏昏〔六〕。

【注】

〔一〕次韻：也稱步韻，和韻的一種，按照原詩的韻脚及用韻次序來和。

〔二〕新醅：新釀的酒。唐白居易《問劉十九》：「緑蟻新醅酒，紅泥小火爐。晚來天欲雪，能飲一杯無？」瀹瀹：酒色混濁貌。

〔三〕雲液：泛指美酒。唐白居易《對酒閑吟》：「雲液灑六腑，陽和生四肢。」

〔四〕鸕鷀杓：鸕鷀形的酒杓。李白《襄陽歌》：「鸕鷀杓，鸚鵡杯，百年三萬六千日，一日須傾三百杯。」王琦注：「楊齊賢曰：鸕鷀，水鳥，其頸長，刻杓爲之形。」月波：指美酒。

〔五〕扶頭：謂酒醉醒後又飲少量淡酒用以解醒。

〔六〕朝酲：謂隔夜醉酒早晨酒醒後仍困憊如病。昏昏：指醉酒後神志昏沉。唐温庭筠《春江花月夜詞》：「蠻絃代寫曲如語，一醉昏昏天下迷。」

夜雨枕上

淅淅風聲止，凄凄雨氣凉。愁工縈客思〔一〕，夢故遶江鄉。書疏親朋少〔二〕，干戈歲月長〔三〕。平城弭節地〔四〕，可復見秋霜。

【注】

〔一〕客思：客中遊子的情思。

〔二〕書疏：書信稀疏。

〔三〕干戈：指戰爭。

〔四〕平城：北魏時都城，今山西省大同市。朱弁出使被羈，在大同、朔州一帶羈留。弭節：駐節，停車不進。

客懷〔一〕

兵氣常時見〔二〕，客懷何日開。形骸病自瘦，鬢髮老相催。已負秦庭哭〔三〕，終期漢節回〔四〕。風雷識我意，一雨洗氛埃〔五〕。

【注】

〔一〕客懷：身處異鄉的情懷。

〔二〕兵氣：戰爭的氣氛。唐王昌齡《宿灞上寄侍御璵弟》：「昨聞羽書飛，兵氣連朔塞。」

〔三〕「已負」句：謂自己未能實現出使的使命。秦庭哭：指向別國請求救兵。後也指哀求別人救助。典出《左傳·定公四年》：「申包胥如秦乞師，……立，依於庭牆而哭，日夜不絶聲，勺飲不入口七日。秦哀公爲之賦《無衣》，九頓首而坐。秦師乃出。」

〔四〕「終期」句：表達自己以蘇武爲榜樣，仗節不屈的決心。漢節回：蘇武持漢節使匈奴，仗節不屈，十九年終回漢朝。事見《漢書·蘇武傳》。

〔五〕「風雷」二句：漢劉向《説苑·權謀》：「武王伐紂，……風霽而乘以大雨，水準地而嗇。散宜生又諫曰：『此其妖與？』武王曰：『非也，天灑兵出。』」後以「洗兵雨」爲祝捷之詞。二句用此典，言上天如知我心，就該平息戰亂。

歲序〔一〕

歲序忽將晏〔二〕，節旄嗟未還〔三〕。低雲慘衆木，寒雨失群山。喪亂關詩思〔四〕，謳謡發病顔〔五〕。夢魂識舊隱〔六〕，時到碧溪灣。

【注】

〔一〕歲序：歲時季節的順序；歲月。

〔二〕晏：晚。

〔三〕節旄：指旄節，使者所持之物。句感慨被留久而不返。

〔四〕「喪亂」句：言宋金之戰，死亡禍亂的時事使自己揪心，其詩作於此有關。

〔五〕謳謡：歌唱；歌詠。《文選·王襃·洞簫賦》：「要復遮其蹊徑兮，與謳謡乎相龢。」張銑注：「謳謡，歌也。」

〔六〕舊隱：舊時的隱居處。

白髮

白髮使車前〔一〕，煙波思渺然〔二〕。霜清穫稻日〔三〕，風急授衣天〔四〕。客館但愁坐，釣舟誰醉眠。乘槎會有便，真到斗牛邊〔五〕。

【注】

〔一〕使車：使者所乘之車。

〔二〕「煙波」句：言其思念江南故國而歸期渺茫。

〔三〕穫稻：收割稻穀。《詩·豳風·七月》：「八月剥棗，十月穫稻。」

〔四〕授衣：謂製備寒衣。授衣天：古代以九月爲授衣之時。《詩·豳風·七月》：「七月流火，九月授衣。」

〔五〕「乘槎」二句：傳説天河與海通，有居海渚者，每年八月見有浮槎去來，不失期，遂乘槎浮海而至天河，遇織女、牽牛。事見晉張華《博物志》卷一〇。宋胡仔《苕溪漁隱叢話》前集卷十一引《荆楚歲時記》，以海客乘槎事歸屬於西漢出使西域的張騫。又古以吴越之地爲斗牛二宿的分野，二句言將來總有一天自己就像張騫乘槎那樣回歸故國。

有感

容貌與年改，鬢毛隨意斑。雁邊雲度塞，鳥外日銜山。仗節功奚在〔一〕，捐軀志未閑〔二〕。不知垂老眼，何日覩龍顏〔三〕。

【注】

〔一〕仗節：手執符節，指自己使金。奚在：何在。

〔二〕閑：懈怠。

〔三〕龍顏：此處指南宋高宗。

劉善長出示李伯時畫馬圖〔一〕

俯首舉尾拳一蹄，掣韁欲嗅驕不嘶〔二〕。奚官聳肩兩足垂〔三〕，意貌自與造父齊〔四〕。雞目麟鬐鳳凰臆〔五〕，玉山禾遠未容食〔六〕。簫雲追電有餘地〔七〕，置之畫圖人豈識。精神權奇孰可班〔八〕，當在白兔青龍間〔九〕。君知此馬從何來，龍眠胸中十二閑〔一〇〕。

【注】

〔一〕劉善長：北安（今屬黑龍江省黑河市）人。少聰慧，事親孝。與使金羈留的洪皓、朱弁交遊。洪皓《送劉善長歸北安省親》詩題下注：「其父守北安，九歲爲質子。」劉善長以貴族子入質于金上京（今黑龍江省哈爾濱市東南阿城），屬女真貴族官員。參見宇文虚中《古劍行·爲劉善長作》。李伯時：李公麟，字伯時，號龍眠居士。廬江舒州（今安徽省桐城市）人。北宋著名畫家。凡人物、釋道、鞍馬、山水、花鳥，無所不精，時推爲宋畫中第一人。

〔二〕「俯首」二句：狀畫中駿馬之姿態。拳：彎曲。嘶：馬鳴。《玉臺新詠·古詩爲焦仲卿妻作》：「其日馬牛嘶，新婦入青廬。」吴兆宜注引《正字通·口部》：「嘶，聲長而殺也。凡馬鳴、蟬鳴，聲多嘶。」

〔三〕奚官：官名。職司養馬。晉置，屬少府。蘇軾《韓幹馬十四匹》：「老髯奚官騎且顧，前身作馬通馬語。」句寫奚官騎馬姿態。

〔四〕造父：古之善御者，趙之先祖。因獻八駿幸于周穆王。穆王使之御，西巡狩，見西王母，樂而忘歸。時徐偃王反，穆王日馳千里馬，大破之，因賜造父以趙城，由此爲趙氏。事見《史記·趙世家》。

〔五〕「雞目」句：鸡的眼睛，麒麟的頸毛，鳳凰的胸脯，比喻駿馬的雄奇健美。雞目：《尚書大傳》卷二：「遂至犬戎氏取美馬，駮身、朱鬣、雞目者。」麟鬐鳳臆：杜甫《李鄠縣丈人胡馬行》：「鳳臆龍鬐未易識，側身注目長風生。」

〔六〕玉山禾：傳説中的生於昆侖山的禾稼。唐李白《天馬歌》：「雖有玉山禾，不能療苦飢。」

〔七〕「籋雲」句：《宋書·謝莊傳》：宋大明元年，河南獻舞馬，詔群臣爲賦，謝莊作《舞馬賦》，其中有句云：「藴籋雲之鋭景，戢追電之逸足。」用以形容駿馬騰躍奔跑時的雄姿。籋：踏。追電：追趕電光。形容迅疾。

〔八〕權奇：奇譎非凡。多形容良馬善行。《文選·顔延之·赭白馬賦》：「雄志倜儻，精權奇兮。」張銑注：「權奇，善行貌。」班：等同；並列。

〔九〕白兔：相傳爲秦始皇的駿馬名。晉崔豹《古今注·鳥獸》：「秦始皇有名馬七：一曰追風，二曰白兔……。」青龍：指駿馬。《吕氏春秋·本味》：「馬之美者，青龍之匹，遺風之乘。」高誘注：「匹，乘，皆馬名。」

〔一〇〕龍眠：李公麟，字伯時，號龍眠居士。十二閑：天子馬廄。《周禮·夏官·校人》：「天子十有二閑，馬六種。」鄭玄注：「每廄爲一閑。」

謝崔致君餉天花〔一〕

三年北饌飽羶葷〔二〕，佳蔬頗憶南州味〔三〕。地菜方爲九夏珍〔四〕，天花忽從五臺至〔五〕。崔侯胸中散千卷〔六〕，金甌名相傳雲裔〔七〕。愛山亦如謝康樂〔八〕，得此攜歸豈容易〔九〕。應憐使館久寂寥〔一〇〕，分餉明明見深意。堆盤初見瑶草瘦〔一一〕，鳴齒稍覺瓊枝脆〔一二〕。樹雞濕爛慚扣門〔一三〕，桑蛾青黄漫趨市〔一四〕。赤城菌子立萬釘〔一五〕，今日因君不知貴。乖龍耳僅免一割〔一六〕，沙門業已通三世〔一七〕。偃戈息民未有術〔一八〕，雖復加餐祇增媿〔一九〕。雲山去此縱不遠〔二〇〕，口腹何容更相累〔二一〕。報君此詩永爲好，捧腹一笑萬事置。

【注】

〔一〕崔致君：作者友人，餘不詳。餉：饋食于人。天花：亦名天花蕈，天花菜，天花草，大型食用菌類，五臺山特産。南宋陳仁玉《菌譜》：「五臺天花，亦甲群匯。」明李時珍《本草綱目·天花草」》引元吴瑞《日用本草》，稱其又名「天花菜」：「天花菜，出山西五臺山，形如松花而大，香氣如草，白色，食之甚美。」清董誥等《欽定清涼山志》卷二一「物産」：「天花，即菌也。狀如斗，色乾黄，生於柴木，爲臺山佳品，最不易得。」宋以後爲進獻皇室的貢品。今人考證謂平菇，或香杏口蘑。

〔二〕「三年」句：指生活在北方已有三年。朱弁自天會六年以通問副使羈留金朝，知此詩當作於天會八、九年間。北饌：北方的食物或菜肴。羶葷：指牛羊等肉類食物。

〔三〕南州：泛指南方地區。

〔四〕地菜：五臺山出産的一種菌類植物。清高士奇《扈從西巡日録》：「其（五臺山）石陰崖叢薄，落葉委積，蒸濕，怒生白莖，是謂地菜。」九夏：夏季，夏天。

〔五〕五臺：五臺山，在山西省五臺縣。

〔六〕崔侯：對崔致君的尊稱。

〔七〕金甌名相：指唐玄宗時宰相崔琳。《新唐書·崔琳傳》：「初，玄宗每命相，皆先書其名。一日書琳等名，覆以金甌，會太子入，帝謂曰：『此宰相名，若自意之，誰乎？即中，且賜酒。』太子曰：『非崔琳、盧從願乎？』帝曰：『然。』賜太子酒。」雲裔：時代相隔較遠的後代子孫。

〔八〕「愛山」句：謝靈運性喜山水之游，常放浪山水，探奇覽勝。謝康樂：謝靈運，會稽人（今浙江省紹興市），東晉名將謝玄之孫，以襲封康樂公，世稱謝康樂。

〔九〕此：指天花。

〔一〇〕使館：使節所居館舍。

〔一一〕瑶草：傳説中的香草。

〔一二〕鳴齒：咀嚼。瓊枝：傳説中的玉樹。

〔一三〕樹雞：木耳的别名，松、楓、櫪、椹等老樹生長的大菌類。濕爛：軟濕綿爛，狀木耳之質感。唐韓愈《答道士寄樹鷄》：「軟濕青黄狀可猜，欲烹還唤木盤迴。」句言木耳軟濕無法與天花的香脆相比。

〔一四〕桑蛾：桑耳，生於桑樹上的菌，可食，亦可入藥。明李時珍《本草綱目·菜之五·木耳》引陶弘景曰：「桑耳，桑檽，又呼爲桑上寄生，名同物異也。老桑樹生桑耳，有青黄赤白者。」

〔一五〕赤城菌子：指赤城山上盛産的青芝。《浙江通志》卷一百五：「《耳目記》：赤城山頂有青芝一根。

《天臺賦》：『五芝含秀而晨敷。』謂赤芝、黄芝、白芝、黑芝、紫芝也。」赤城：山名。在浙江省天臺縣北，爲天臺山南門。立萬釘：狀芝如萬釘聳立。語自宋汪彦章《食蕈詩》：「戢戢寸玉嫩，累累萬釘繁。」

〔六〕「乖龍」句：用韓愈《答道士寄樹雞》：「煩君自入華陽洞，直割乖龍左耳來。」宋曾季貍《艇齋詩話》稱：「韓退之《樹雞》詩云：『煩君自如華陽洞，割取乖龍左耳來。』予按割龍耳時兩出。柳子厚《龍城録》載：茅山處士吴綽因採藥于華陽洞，見小兒手把大珠三顆，戲於松下。綽見之，因詢誰氏子，兒奔忙入洞中。綽恐爲虎所害，遂連呼相從入，得不二十步，見兒化龍形，一手握三珠，填左耳中。綽以藥斧斸之，落左耳，而珠失所在。又馮贄《雲仙散録》載：崔奉國家一種李，肉厚而無核。識者曰：『天罰乖龍，必割其耳，血墮地，生此李。』未知退之所用果何事。然《龍城録》載華陽洞龍左耳事，而《雲仙散録》乃有乖龍割耳之説，二書各有所取也。」《五百家注昌黎文集》：「樊曰：乖龍左耳，取譬也。」

〔七〕沙門：佛門。三世：佛家以過去、現在、未來爲三世。佛家有所謂的「因果通三世」之説。二句言所贈臺蘑生長時久，非常珍貴。

〔八〕偃戈息民：停止戰爭，使人民得以安寧。

〔九〕增媿：增加愧疚感。

〔一〇〕雲山：指五臺山。

〔三〕口腹：指飲食。累：連累。指因爲飲食而受到牽累。

戰伐〔一〕

戰伐何年定，悲愁是處同〔二〕。黄雲縈晚塞〔三〕，白露下秋空。魚躍深波月〔四〕，烏啼落葉風〔五〕。誰知渡江夢〔六〕，一夜繞行宫〔七〕。

【注】

〔一〕戰伐：征戰，戰爭。

〔二〕是處：到處，處處。

〔三〕黄雲：邊塞之雲。塞外沙漠地區黄沙飛揚，天空常呈黄色，故稱。

〔四〕「魚躍」句：按杜甫《秋興八首》其四「魚龍寂寞秋江冷」仇兆鼇注下四句：「憂邊境之侵逼。」句隱喻有潛在危險之意。

〔五〕「烏啼」句：古代北方遊牧民族南侵多取秋高馬肥之季。句亦寓有金軍在秋季大兵南下之意，末二句即由此而來。

〔六〕渡江夢：指金朝渡江伐宋之企圖。

〔七〕行宫：古代京城以外供帝王出行時居住的宫室。《文選·左思·吴都賦》：「烏聞梁岷有陟方之館，行宫之基歟？」劉逵注：「天子行所立，名曰行宫。」二句言又到秋高馬肥金朝用兵之季節，宋高宗應是日有所思夜有所夢，徹夜驚心吧。

龍福寺煮東坡羹戲作〔一〕

山寺解塵鞅〔二〕，溪邊有微行〔三〕。手摘諸葛菜〔四〕，自煮東坡羹。雖無錦繡腸〔五〕，亦飽風露清。鈎簾坐捫腹〔六〕，落日千峰明。

【注】

〔一〕龍福寺：在朱弁《曲洧舊聞》凡四出，皆指陽翟（今河南省禹州市）北四十里大龜山腹前之龍福寺。並云：「具茨人雖採蕨爲蔬茹，然不知其名，但呼爲『小兒拳』。予游龍福寺，見於道旁，自邇歲遣人採焉。」東坡羹：蘇軾發明的蔬菜羹。用白菜、薺菜、蔓菁、蘿卜和粳米，不加調料做成的羹。其《東坡羹頌並引》：「居南山之下，服食器用，稱家之有無。水陸之味，貧不能致。煮蔓菁、蘆菔、苦薺而爲食之。」蘇軾自己感覺此羹「不用魚肉五味，有自然之甘」，「甘於五味」。

〔二〕塵鞅：世俗事務的束縛。鞅，套在馬頸上的皮帶。

〔三〕微行：小路。《詩·豳風·七月》：「女執懿筐，遵彼微行，爰求柔桑。」毛傳：「微行，牆下徑也。」

〔四〕諸葛菜：學名蕪菁，又名蔓菁，塊莖類植物。相傳諸葛亮率軍出征時曾采嫩梢爲菜，故得名。

〔五〕錦繡腸：亦作錦繡肝腸，錦繡心腸。謂滿腹詩文，善出佳句。語本李白《冬日于龍門送從弟京兆參軍令問之淮南覲省序》：「（紫雲仙季）常醉目吾曰：『兄心肝五藏，皆錦繡耶？不然，何開口成文，揮翰霧散？』」

〔六〕捫腹：撫摸腹部。多形容飽食後怡然自得的樣子。

丙申中秋不見月〔一〕

中秋萬里月，何處駕冰輪〔二〕。底事隔年會，不憐今夕人。兔疑停杵臼〔三〕，蟾豈避風塵〔四〕。默識嫦娥意，承平賞更新〔五〕。

【注】

〔一〕丙申：北宋政和六年（一一一六）歲次丙申。

〔二〕冰輪：指明月。

〔三〕兔：指神話中月亮裏的白兔。古代傳説月中有白兔搗藥。晉傅咸（一説傅玄）《擬〈天問〉》：「月中何有？玉兔擣藥。」李白《朗月行》：「白兔擣藥成，問言與誰餐？」杵臼：玉兔搗藥的工具。

〔四〕蟾：相傳月中蟾蜍。《淮南子・覽冥訓》：「羿請不死之藥於西王母，姮娥竊以奔月。」《後漢書・天文志上》「言其時星辰之變」南朝梁劉昭注：「羿請無死之藥於西王母，姮娥竊之以奔月……

姮娥遂託身於月，是爲蟾蜍。」風塵：雙關語，暗指戰爭。

〔五〕承平：治平相承；太平。

十七夜對月

病骨怯風露，愁懷厭甲兵〔一〕。人居絶域久〔二〕，月向此宵明〔三〕。輪仄初經漢〔四〕，光分半隱城〔五〕。遲遲不肯下，應識異鄉情。人謂少章此詩似「微升古塞外」〔六〕，而末章尤爲淒絶，必有能辨之者。

【注】

〔一〕甲兵：代戰爭。

〔二〕絶域：極遠之地。此指塞外之地。

〔三〕「月向」句：脱胎於杜甫《月夜憶舍弟》：「露從今夜白，月是故鄉明。」

〔四〕輪仄：月斜。漢：天河。

〔五〕「光分」句：言斜月西下，其半已被城牆擋住。

〔六〕「微升」句：出杜甫《初月》詩：「光細絃豈上，影斜輪未安。微升古塞外，已隱暮雲端。河漢不改色，關山空自寒。庭前有白露，暗滿菊花團。」

睡軒爲趙光道作〔一〕

深炷爐香睡息勻〔二〕，蕭然一覺得天真〔三〕。生涯聊示人間世〔四〕，緣境都忘藥裹身〔五〕。窺牖屢來從汝唤〔六〕，叩門空去任渠嗔〔七〕。更須滿壁圖雲水，卧想江湖渺莽春〔八〕。

【注】

〔一〕趙光道：趙晦，字光道，管城（今屬河南省鄭州市）人。宋代州法曹，秀容主簿。代州淪陷，不仕，往來於代州、雲中間，自號睡軒居士。《中州集》卷九有小傳。

〔二〕睡息：睡眠時的呼吸。蘇軾《石芝》：「空堂明月清且新，幽人睡息來初勻。」

〔三〕蕭然：蕭灑；悠閑。天真：《莊子・漁父》：「禮者，世俗之所爲也；真者，所以受於天也，自然不可易也。故聖人法天貴真，不拘於俗。」後因以「天真」指不受禮俗拘束的品性。二句言趙氏「無事人睡得安然覺」，此源於其順隨天性、淡泊世外、無拘無束的任真情懷。

〔四〕生涯：語本《莊子・養生主》：「吾生也有涯，而知也無涯。」原謂生命有邊際、限度。後指生命、人生。

〔五〕緣境：順隨境遇。藥裹身：本杜甫《寄從孫崇簡》：「與汝鄰居未相失，近身藥裹酒長攜。」藥裹，藥包。句言趙氏樂天安命，無憂無慮，連自己的病體亦不以爲懷。

〔六〕「窺牖」句：晋張華《博物志》卷八：「時東方朔竊從殿南廂朱鳥牖中窺母，母顧之，謂帝曰：『此窺牖小兒，嘗三來，盜吾此桃。』帝乃大怪之。由此世人謂東方朔神仙也。」

〔七〕「叩門」句：晋陶淵明《乞食》：「行行至斯里，叩門拙言辭。」渠：他。二句謂趙氏整天睡大覺，人呼不應，敲門不開，不管他們生氣責怪與否。

〔八〕「更須」二句：用南朝宋宗炳卧遊典。《宋書·宗炳傳》：「好山水，愛遠遊……有疾還江陵，歎曰：『老疾俱至，名山恐難遍睹，唯當澄懷觀道，卧以遊之。』凡所遊履，皆圖之於室。」渺莽：煙波遼闊無際貌。

南齋即事〔一〕

頻年行役夢庭闈〔二〕，陟岵常嗟脚力疲〔三〕。每訴酒巡嫌客惡〔四〕，力營官事笑兒癡〔五〕。雲山幸不持錢買〔六〕，花竹何妨帶雨移。此味貴人元未識①，恐緣詩好被渠知〔七〕。

【校】

①貴：底本原作「責」，誤。從李本、毛本。

【注】

〔一〕南齋：住室南面的書房。唐賈島《南齋》：「獨自南齋卧，神閒景亦空。」即事：以當前事物爲題材的詩。

〔二〕行役：因服兵役、勞役或公務而出外跋涉。庭闈：内舍。多指父母居住處。《文選・束皙・補亡》：「眷戀庭闈，心不遑安。」李善注：「庭闈，親之所居。」

〔三〕陟岵：登上多草木的山。《詩・魏風・陟岵》：「陟彼岵兮，瞻望父兮。」後因以「陟岵」爲登高望鄉思念父親之典。脚力：兩腿的力氣。

〔四〕酒巡：宴飲時依次斟酒。客惡：蘇軾《答王鞏》：「古來彭城守，未省怕惡客。」王十朋《東坡詩注》：「唐元結以不飲者爲惡客，後人以痛飲者爲惡客。」句言金人豪爽，飲酒海量，行酒時逼客豪飲之情形。

〔五〕「力營」句：《晉書・傅玄傳》載楊濟與傅咸書曰：「生子癡，了官事，官事未易了也。了事正作癡，復爲快耳！」句言金人處理官務雖竭盡全力，苦思冥想，仍思維遲鈍，魯莽無知之狀。

〔六〕「雲山」句：唐范攄《雲溪友議・襄陽傑》：「又有匡廬符載山人遣三尺童子賫數幅之書，乞買山錢百萬，公（襄陽司空于頔）遂與之。」

〔七〕「此味」二句：言自己喜歡雲山花木之高雅情趣，那些女真貴族是根本不懂的。他們只知我的詩好，而由此慕名相交。朱熹《奉使直秘閣朱公（弁）行狀》謂朱弁在金時「虜中名王貴人亦多遣其子弟就學，公以此又得時因文字往來説以和好之利。而碑版篇詠流行北方者亦甚衆，得之者相詩以爲榮焉。」

餞和父之并州〔一〕

有北何堪説〔二〕，如南未是歸〔三〕。并門子徑往〔四〕，漢節我方羈〔五〕。筆硯論心久〔六〕，干戈會面稀〔七〕。新程相憶處，路入嶺雲微。

【注】

〔一〕和父：與宇文虚中《生日和甫同諸公載酒袖詩爲禮感佩之餘以詩爲謝》之「和甫」爲一人，亦宋之留金者。并州，今山西省太原市。

〔二〕有：表存在，在。

〔三〕如：往，去。

〔四〕并門：即并州。

〔五〕漢節：指持節的使者。方羈：正被羈留，失去自由。

〔六〕筆硯：指寫作詩文。

〔七〕干戈：代戰爭。

獨坐

草涷慵抽碧，桃凝懶暈紅〔一〕。黃雲猶漢野〔二〕，紫塞漫春風〔三〕。使節空留滯〔四〕，侯圭未會同〔五〕。堦除雪不掃〔六〕，獨立數歸鴻〔七〕。

【注】

〔一〕暈紅：中心濃而四周漸淡的一團紅色。二句謂由於天氣寒冷，春草未長，桃花未放。

〔二〕黃雲：邊塞之雲。塞外沙漠地區黃沙飛揚，天空常呈黃色，故稱。

〔三〕紫塞：泛指邊塞。

〔四〕使節：持節的使者。詩人自謂。

〔五〕侯圭：即諸侯。圭：古代玉製的禮器，帝王諸侯舉行典禮時所用。大小名稱因爵位和用途不同而異。劉向《説苑·修文》：「諸侯以圭爲贄。」會同：聚會；會見。指天子會見臣。

〔六〕堦除：臺階。

〔七〕歸鴻：歸雁。多用以寄託歸思。

寒食〔一〕

絶域年華久〔二〕，衰顔淚點新。每逢寒食節，頻夢故鄉春。草緑唯供恨，花紅只笑人〔三〕。南轅定何日〔四〕，無地不風塵〔五〕。

【注】

〔一〕寒食：寒食節。在清明前一二日，民間有禁煙、寒食、插柳、踏青、詠詩等習俗。

〔二〕絶域：指北方金國。

〔三〕「草緑」二句：南朝梁丘遲《與陳伯之書》勸陳歸梁時，以鄉國之情打動對方。其曰：「暮春三月，江南草長。雜花生樹，群鶯亂飛。見故國之旗鼓，感生平於疇日。撫絃登陴，豈不愴悢。」二句暗用此典，承「故鄉春」遥想其美景而引發故國難歸之感慨。

〔四〕南轅：謂車向南行。指南歸宋朝。

〔五〕風塵：比喻戰亂。

上巳〔一〕

行行春向暮〔二〕，猶未見花枝。晦朔中原隔〔三〕，風煙上巳疑〔四〕。常令漢節在〔五〕，莫作楚囚悲〔六〕。早晚鸞旗發〔七〕，吾歸敢恨遲。

【注】

〔一〕上巳：舊時節日名。漢以前以農曆三月上旬巳日爲「上巳」。魏晉以後，定爲三月三日，不必取巳日。宋吴自牧《夢粱録・三月》：「三月三日上巳之辰，曲水流觴故事，起於晉時。唐朝賜宴曲江，傾都禊飲踏青，亦是此意。」

〔二〕行行：指時序漸漸運行。晉陶潛《飲酒》其十六：「行行向不惑，淹留遂無成。」逯欽立注：「行行，漸漸。」

〔三〕晦朔：農曆每月的最後一天曰「晦」，初一曰「朔」。句承首二句，言北地比中原的節候物色推遲一月。

〔四〕風煙：景象，風光。疑：怪異。

〔五〕「常令」句：《漢書・蘇武傳》：「乃徙武北海上無人處使牧羝，羝乳乃得歸……（武）杖漢節牧羊，卧起操持，節旄盡落。」漢節：漢天子所授予的符節。

〔六〕「莫作」句：《左傳・成公九年》：「晉侯觀於軍府，見鍾儀。問之曰：『南冠而縶者，誰也？』有司對曰：『鄭人所獻楚囚也。』」楚囚：本指被俘到晉國的楚國人鍾儀。後泛指處於困境，無計可施的人。

〔七〕早晚：遲早。總有一天。鸞旗：天子儀仗中的旗子，上繡鸞鳥，故稱。《漢書・賈捐之傳》：「鸞旗在前，屬車在後。」顔師古注：「鸞旗，編以羽毛，列繫橦旁，載於車上，大駕出，則陳於道而先行。」

送春

風煙節物眼中稀〔一〕，三月人猶戀褚衣〔二〕。結就客愁雲片段，唤回鄉夢雨霏微〔三〕。小桃山下花初見，弱柳沙頭絮未飛〔四〕。把酒送春無别語，羡君纔到便成歸〔五〕。

【注】

〔一〕節物：各個季節的風物景色。

〔二〕褚衣：棉衣。

〔三〕霏微：雨雪細小貌。唐李端《巫山高》：「回合雲藏日，霏微雨帶風。」

〔四〕弱柳：柳條柔弱，故稱弱柳。

〔五〕「羡君」句：羡慕北地春歸之速，表達久困金朝未能歸宋的痛苦。

天問絶句〔一〕

穴邊酣戰君臣蟻〔二〕，波上群嬉婢妾魚〔三〕。苦樂不同同一字，問天此理竟何如。

【注】

〔一〕天問：即問天。謂心有委屈而訴問於天。漢王逸《〈楚辭·天問〉序》：「《天問》者，屈原之所作也。何不言問天？天尊不可問，故曰天問也。」

〔二〕君臣蟻：在蟻族中，分工明確，地位不同。蟻后，也叫蟻皇，居穴中，爲一族之主，如世間的君王。工蟻和兵蟻專司覓食、雜勤及保衛工作，似臣子一般。穴：蟻穴。酣戰：激戰。

〔三〕婢妾魚：即妾魚，今名鰟魮鯽。《爾雅翼·釋魚二》：「鱖鯞，似鯽而小，黑色而揚赤，今人謂之旁皮鯽，又謂之婢妾魚。蓋其行以三爲率。一頭在前，兩頭從之，若媵妾之狀，故以爲名。」

客夜

城月四更上，窗風一室幽。纖雲縈雁塞〔一〕，重霧逼貂裘。兵革何年息〔二〕，乾坤此夜愁。殊鄉兩行淚〔三〕，騷屑灑清秋〔四〕。

【注】

〔一〕纖雲：微雲，輕雲。《文選·傅玄·雜詩》：「纖雲時髣髴，渥露霑我裳。」張銑注：「纖，輕也。」雁塞：泛指北方邊塞。

〔二〕兵革：指宋金間戰爭。

〔三〕殊鄉：異域他鄉。

〔四〕騷屑：紛擾的樣子。杜甫《自京赴奉先縣》：「撫跡猶酸辛，平人固騷屑。」

攄抱〔一〕

客滯殊方久〔二〕，山圍絶塞深〔三〕。秋風入横笛〔四〕，夜月傍沾襟。造膝他時語〔五〕，捐軀此日心〔六〕。飛霜滿明鏡〔七〕，髮短不勝簪〔八〕。

【注】

〔一〕攄抱：抒發懷抱。

〔二〕殊方：遠方，異域。

〔三〕絶塞：極遠的邊塞地區。

〔四〕横笛：笛子。即今七孔横吹之笛，與古笛之直吹者相對而言。宋李清照《滿庭芳》詞：「難堪雨藉，不耐風柔。更誰家横笛，吹動濃愁。」

〔五〕造膝：猶促膝。

〔六〕捐軀：爲國家爲正義而死。

〔七〕飛霜：頭上白髮。

〔八〕「髮短」句：杜甫《春望》：「白頭搔更短，渾欲不勝簪。」

重九〔一〕

九日今何地，寒深紫塞霜〔二〕。敢嫌蘆酒濁〔三〕，且對菊花嘗。歲月雙蓬鬢〔四〕，乾坤百戰場〔五〕。賜萸知未舉〔六〕，夢自識鴛行〔七〕。

【注】

〔一〕重九：指農曆九月初九日。古以九爲陽數之極。九月九日故稱「重九」或「重陽」。魏晉後，習俗於此日登高遊宴。

〔二〕紫塞：北方邊塞。晉崔豹《古今注·都邑》：「秦築長城，土色皆紫，漢塞亦然，故稱紫塞焉。」

〔三〕蘆酒：以蘆管插酒桶中吸而飲之。

〔四〕蓬鬢：鬢髮蓬亂。

〔五〕乾坤：天地之間。

〔六〕賜萸：古代君主在重陽節賜菊、賜萸於近臣。唐沈佺期《九日臨渭亭侍宴應制得長字》：「魏文頒菊蕊，漢武賜萸囊。」

〔七〕鴛行：即鴛鷺行，比喻朝官的行列。鵷和鷺止有班，立有序，故稱。杜甫《暮春題瀼西新賃草屋》

其五：「不息豺狼鬭，空慚鴛鷺行。」

次韻劉太師苦吟之什〔一〕

長城五字屹逶迤，可笑偏師敢出奇〔二〕。句補推敲未安處〔三〕，韻更瘀絮益難時〔四〕。癡迷竟作禽填海〔五〕，辛苦真成蟻度絲〔六〕。卻羨彌明攻具速，劉侯漫説也能詩〔七〕。

【注】

〔一〕劉太師：其人不詳。苦吟：反復吟詠，苦心推敲。言做詩極爲認真。唐馮贄《雲仙雜記·苦吟》：「孟浩然眉毫盡落，裴祐袖手，衣袖至穿，王維至走入醋甕，皆苦吟者也。」什：《詩經》中《雅》、《頌》部分多以十篇爲一組，稱之爲「什」。如《鹿鳴之什》、《清廟之什》等。後用以泛指詩篇、文卷，猶言篇什。

〔二〕「長城」二句：用劉長卿詩友秦系典故。《新唐書·隱逸傳·秦系》：「與劉長卿善，以詩相贈答。權德輿曰：『長卿自以爲五言長城，系用偏師攻之，雖老益壯。』」長城五字：五言長城，稱譽善於作五言詩的好手。後特指唐代詩人劉長卿。逶迤：曲折綿延貌。偏師：指主力軍以外的部分軍隊。出奇：出奇制勝。古代兵家在兵力懸殊時，往往采用偏師以奇兵奇計戰勝敵人。此用喻意料不到的詩思。

〔三〕「句補」句：用唐代苦吟詩人賈島典故。賈島忽一日於驢上吟得「鳥宿池中樹，僧敲月下門」，欲用「推」字，或欲用「敲」字，擇之未定，遂作推、敲手勢。在思索中衝撞了京兆尹韓愈車騎。韓愈問明情況後，立馬共同探討，終謂島曰：「『敲』字佳。」事見後蜀何光遠《鑒戒録·賈忤旨》。推敲：比喻寫詩作文反復琢磨、不斷斟酌。

〔四〕「韻更」句：唐白居易《和微之詩二十三首并序》：「微之又以近作四十三首寄來，命僕繼和。其間瘀絮四百字、車斜二十篇者流，皆韻劇辭殫，瑰奇怪譎。」

〔五〕「癡迷」句：用精衛填海故事。精衛，古代傳説中的神鳥。傳説炎帝之女在東海被淹死，靈魂化爲精衛，常銜西山之木石以填東海。事見《山海經·北山經》。後喻不畏艱難，奮鬬不息。

〔六〕蟻度絲：明楊慎《升庵集》卷六六「九曲珠」引《小説》云：「孔子得九曲珠，欲穿不得。遇二女教以塗脂於線，使蟻通焉。……東坡《祥符九曲觀燈》詩『金鼎轉丹光吐夜，寶珠穿蟻鬧連宵』，陳簡齋《瀑布泉》詩『九孔穿針可得過，冰蠶映日吐寒波』皆用此事。」後因以比喻善用智巧做好艱難複雜的工作。

〔七〕「卻羨」二句：唐韓愈《石鼎聯句詩序》載，元和七年，衡山道士軒轅彌明舊與劉師服相識，夜抵其居宿。有校書郎侯喜新夜與劉説詩，彌明在其側，貌極醜，喜視之若無人。彌明忽軒衣張眉，指鑪中石鼎謂喜曰：「子云能詩，能與我賦此乎？」劉與侯皆已賦十餘韻，彌明應之如響，皆穎脱，含譏諷。夜盡三更，二子思竭不能續，因起謝曰：「尊師非世人也。某等伏矣，願爲弟子，不敢更論詩。」漫説：莫説。

善長命作歲除日立春〔一〕

土牛已着勸農鞭〔二〕，葦索仍專捕鬼權〔三〕。且喜春盤兼守歲〔四〕，莫嗟臘酒易經年〔五〕。東風漸入江梅萼，朔雪猶迷塞柳天。元會明朝定何處〔六〕，羈臣揮淚節旄前〔七〕。

【注】

〔一〕善長：劉善長，北安（今屬黑龍江省黑河市）人。少聰慧，事親孝。與使金羈留的洪皓、朱弁交遊。洪皓《送劉善長歸北安省親》詩題下注：「其父守北安，九歲爲質子。」劉善長以貴族子入質於金上京（今黑龍江省哈爾濱市東南阿城），屬女真貴族官員。朱弁有《劉善長出示李伯時畫馬圖》二詩。歲除日立春：謂一年的最後一天恰值立春之日。立春：二十四節氣之一。在陽曆二月三、四或五日。《逸周書·時訓》：「立春之日，東風解凍；又五日，蟄蟲始振；又五日，魚上冰。」《史記·天官書》：「立春日，四時之始也。」司馬貞索隱：「謂立春日是去年四時之終卒，今年之始也。」

〔二〕「土牛」句：古代在農曆十二月出土牛以除陰氣。後來，立春時造土牛以勸農耕，象徵春耕開始。《禮記·月令》：「（季冬之月）命有司大難，旁磔，出土牛，以送寒氣。」《後漢書·禮儀志上》：「立春之日，夜漏未盡五刻，京師百官皆衣青衣，郡國縣道官下至斗食令史，皆服青幘，立青幡，施土牛耕人於門外，以示兆民。」土牛：用泥土製的牛。

〔三〕「葦索」句：古代民俗，年節時在門旁懸掛葦索，以祛除邪鬼。漢應劭《風俗通·祀典·桃梗葦茭畫虎》：「謹按《黄帝書》：『上古之時，有神荼與鬱壘昆弟二子，性能執鬼，度朔山上有桃樹，二人於樹下簡閲百鬼，無道理，妄爲人禍害，神荼與鬱壘縛以葦索，執以食虎。』於是縣官常以臘除夕飾桃人，垂葦茭，畫虎於門，皆追效於前事，冀以禦凶也。」葦索：用葦草編成的繩索。

〔四〕春盤：古代風俗，立春日以韭黄、果品、餅餌等簇盤爲食，或饋贈親友，稱春盤。帝王亦於立春前一天，以春盤並酒賜近臣。守歲：陰曆除夕終夜不睡，以迎候新年的到來，謂之守歲。晉周處《風土記》：「蜀之風俗，晚歲相與餽問，謂之餽歲；酒食相邀爲别歲；至除夕達旦不眠，謂之守歲。」

〔五〕臘酒：臘月釀成的酒。句言臘酒釀成時日不長就跨入下年。

〔六〕元會：皇帝於元旦朝會群臣稱正會，也稱元會，始於漢，魏晉以降因之。《宋書·禮志一》：「正旦元會，設白虎樽於殿庭，樽蓋上施白虎，若有能獻直言者，則發此樽飲酒。」

〔七〕羈臣：羈留之使臣，詩人自謂。節旄：旌節上所綴的犛牛尾飾物。《漢書·蘇武傳》：「杖漢節牧羊，卧起操持，節旄盡落。」

次韻子文秋興〔一〕

逸興常時有〔二〕，逢秋一倍多〔三〕。山長含楚雨，天遠接吴波。尋壑同元亮〔四〕，浮家伴志和〔五〕。釣竿行入手，還着向來蓑。

【注】

〔一〕子文：高士談（？——一一四六），字子文，一字季默，號蒙城居士，亳州蒙城（今屬安徽）人。宣和末曾任忻州（今山西省忻州市）户曹參軍，後仕金爲翰林直學士。皇統六年，因宇文虚中案牽連被殺。《金史》卷七九有傳，《中州集》卷一有小傳。據宇文虚中《和高子文秋興二首》可知，高士談《秋興》詩原爲二首，《中州集》只收其中一首，另一首已佚。朱弁此詩與宇文虚中《和高子文秋興二首》第一首韻脚相同，可知爲和高士談《秋興》詩其一。

〔二〕逸興：超逸不羈的意興。

〔三〕一：乃，竟然。

〔四〕「尋壑」句：晉陶潛《歸去來辭》：「既窈窕以尋壑，亦崎嶇而經丘。」尋壑：尋幽探勝，遊山玩水。元亮：陶潛，字元亮。

〔五〕「浮家」句：《新唐書·張志和傳》：「願爲浮家泛宅，往來苕、霅間。」浮家：形容以船爲家，在水上生活，漂泊不定。伴志和：與張志和相伴，往來江湖。

冬雨

冬雨不成雪，北風寒未深。山藏千疊秀〔一〕，雲結四垂陰〔二〕。迥灑凌朝閣〔三〕，殘聲入夜衾。端能洗兵甲〔四〕，足慰此時心。

【注】

〔一〕千疊：猶千重。蘇軾《書王定國所藏煙江疊嶂圖》：「江上愁心千疊山，浮空積翠如雲煙。」

〔二〕「雲結」句：言烏雲滿天垂布。三國魏曹丕《彈棋賦》：「滑石霧散，雲布四垂。」

〔三〕迥：指歷時久。朝閣：朝廷臺閣，宫殿。

〔四〕「端能」句：傳説周武王出師遇雨，認爲是老天洗刷兵器，後擒紂滅商，戰爭停息。事見漢劉向《説苑·權謀》。後遂以「洗兵」表示結束戰爭。

寒食感懷次韻吴英叔〔一〕

疾風甚雨老難禁〔二〕，嶺外無錫誰解吟〔三〕。雙鬢客塵諳世變〔四〕，兩眉鄉思儘愁侵。榆錢何處迎新火〔五〕，杏粥頻年繫此心〔六〕。落日高城魂易斷，天臨牛斗五湖深〔七〕。

【注】

〔一〕吴英叔：其人不詳。

〔二〕甚雨：驟雨，大雨。《莊子·天下》：「沐甚雨，櫛疾風。」禁：耐，經得起。

〔三〕「嶺外」句：化用唐沈佺期《嶺表逢寒食》詩句：「嶺外無寒食，春來不見餳。」謂習俗不同。

〔四〕世變：時代的變遷；世事的變化。《書·畢命》：「既歷三紀，世變風移，四方無虞。」宋陸游《月下小酌》：「世變浩無窮，成敗翻覆手。」

〔五〕榆錢：榆錢糕。以榆莢和面加糖或鹽等做成的蒸糕，寒食節節令食品之一。新火：舊時寒食斷火，次日宫中有鑽木取新火的儀式，民間也多以柳條互相乞取新火。

〔六〕杏粥：杏仁餳粥，寒食節節令食品之一。

〔七〕牛斗：指吴越地區。因其當斗、牛二宿之分野，故稱。五湖：古代吴越地區湖泊。一説指太湖及附近四湖。

春陰

關河迢遞繞黄沙〔一〕，慘慘陰風塞柳斜。花帶露寒無戲蝶，草連雲暗有藏鴉。詩窮莫寫愁如海〔二〕，酒薄難將夢到家。絶域東風竟何事〔三〕，祗應催我鬢邊華〔四〕。

【注】

〔一〕關河：山河，關，關山之地。迢遞：遥遠貌。

〔二〕詩窮：指詩人遭際坎坷，生活貧困。

〔三〕絶域：極遠之地。邊地。此處代雲朔。

〔四〕華：華髮，白髮。

寒食

清明六到客愁邊〔一〕，雙鬢星星只自憐〔二〕。兵氣尚纏巢鳳閣〔三〕，節旄已落牧羊天〔四〕。紙錢灰入松楸夢〔五〕，餳粥香隨榆柳煙〔六〕。北向雁來寒霧隔〔七〕，音書不比上林傳〔八〕。

【注】

〔一〕清明六到：六過清明。據此，知詩作於天會十一年（一一三三）。

〔二〕星星：頭髮花白貌。晉左思《白髮賦》：「星星白髮，生於鬢垂。」

〔三〕巢鳳閣：在汴京。明李廉《汴京遺跡志》卷四《夷山》：「西曰環山，有巢鳳閣、三秀堂。」

〔四〕節旄：旄節上所綴的犛牛尾飾物。此句用蘇武典故，言自己出使年久。《漢書·蘇武傳》：「杖漢節牧羊，卧起操持，節旄盡落。」

〔五〕紙錢：古人祭祀時焚化給鬼神當錢用的紙片，狀如銅錢。清明節掃墓祭祖用品之一。唐張籍《北邙行》：「寒食家家送紙錢，烏鳶作窠銜上樹。」松楸：松樹與楸樹。墓地多植，因以代稱墳墓。

〔六〕餳粥：甜粥，食粥是寒食節風俗之一。唐宋以後，杏仁餳粥成爲普遍的節令食品。榆柳煙：舊時寒食斷火，新火鑽榆柳之木以取之。《周禮・夏官・司爟》：「四時變國火。」鄭玄注：「春取榆柳之火。」

〔七〕北向：朝北、向北。寒霧：寒冷的霧氣。

〔八〕「音書」句：用蘇武「鴻雁傳書」典故。漢昭帝時匈奴與漢和親。漢求武等，匈奴詭言武死。後漢使復至匈奴，常惠「教使者謂單于，言天子射上林中，得雁，足有繫帛書，言武等在荒澤中」。蘇武才得以歸漢。事見《漢書・蘇武傳》。二句用此典言自己與南宋朝廷音書隔絶，歸宋無望。

李任道編録濟陽公文章〔一〕，與僕鄙製合爲一集，且以雲館二星名之〔二〕。僕何人也，乃使與公抗衡〔三〕，獨不慮公是非者紛紜於異日乎〔四〕？因作詩題於集後，俾知吾心者不吾過也〔五〕。

庚申六月丙辰江東朱弁書〔六〕

絶域山川飽所經〔七〕，客蓬歲晚任飄零。詞源未得窺三峽〔八〕，使節何容比二星〔九〕。蘿蔦施松慚弱質，兼葭倚玉怪殊形〔一〇〕。齊名李杜吾安敢〔一一〕，千載公言有汗青〔一二〕。濟陽公謂宇文叔通。叔通受官，而少章以死自守，恥用叔通見比，故此詩以不敢齊名自託。至於書年爲庚申與稱江東朱弁者，蓋亦有深意云。

【注】

〔一〕李任道：其人不詳。濟陽公：宇文虛中。《金史》本傳只載宇文虛中被封河内郡開國公，而未見封濟陽公。

〔二〕雲館：朱弁與宇文虛中久羈雲中（今山西省大同市）客館，故稱。

〔三〕抗衡：彼此匹敵，不相上下。詩末元好問按語：「叔通受官，而少章以死自守，恥用叔通見比，故此詩以不敢齊名自託。」朱弁恥與宇文虛中爲伍。同爲南冠的洪皓對宇文虛中也持鄙視態度。《金史·宇文虛中傳》：「朝廷方議禮制度，頗愛虛中有才藝，加以官爵，虛中即受之，與韓昉輩俱掌詞命。明年，洪皓至上京，見虛中，甚鄙之。」

〔四〕紛紜：指議論衆多而雜亂。異日：猶來日，日後。

〔五〕俾：使。《詩·邶風·緑衣》：「我思古人，俾無訧兮。」毛傳：「俾，使。」過：怪罪，責難。

〔六〕庚申：金熙宗天眷三年（一一四〇）歲次庚申。此時距天會六年被扣已十三年。只書庚申，不書金國紀年，元好問按語認爲别有深意，即有陶淵明晉亡不書宋之意。江東朱弁：意謂朱弁永爲江東人，誓不降金爲官。

〔七〕絶域：極遠之地。

〔八〕詞源：喻滔滔不絶的文詞。此句化用杜甫《醉歌行》詩句：「詞源倒流三峽水，筆陣獨掃千人軍。」

〔九〕使節：出使别國的使者。

〔一〇〕「蘿蔦」二句：重申自己與宇文絶非同類，猶如蘿蔦之與高松、蒹葭之與美玉，不敢比肩並立。蘿蔦：女蘿和蔦，兩種蔓生植物，常緣樹而生。蒹葭：猶蒹葭，蘆葦。比喻柔弱微賤者。弱質：衰弱的體質。殊形：異形。

〔一一〕齊名李杜：像李杜一樣齊名，並稱。指詩題中所謂「雲館二星」事。

〔一二〕公言：公論。公衆的言論。汗青：借指史册。

秋夜

秋夜雖漸永〔一〕，未抵客愁長。秋月雖已圓，不照寸心方〔二〕。將心貯此愁，真作萬斛量〔三〕。爲月憐此夜，誰共千里光〔四〕。空令還家夢，欲趁征鴻翔〔五〕。

【注】

〔一〕漸永：漸長。

〔二〕寸心：方寸心，指心。方：與「圓」相對，指品性正直而不圓通。

〔三〕萬斛：極言容量之多。古代以十斗爲一斛。

〔四〕「誰共」句：本南朝宋謝莊《月賦》：「美人邁兮音塵闊，隔千里兮共明月。」

〔五〕趁：追隨。征鴻：征雁。遷徙的雁，多指秋天南飛的雁。

△附見

蘧然子趙滋 一首〔一〕

滋字濟甫，本出馮翊〔二〕。其祖貞元間來爲南京漕司户籍判官，卒官下〔三〕，妻子不能歸，遂爲汴人〔四〕。濟甫少日出閭里間〔五〕，其曉音律，善談笑，得之宣政故家遺俗者爲多〔六〕。及長，厭於游蕩〔七〕，乃更折節取古人書讀之〔八〕。學書、學畫、學詩、學論文，立志既堅，力到便有所得。爲人强記默識，不遺微隱。唐以來名人詩文，往往成誦如目前。考論文義，解析脈絡，殆若夙昔在文字間者〔九〕。畫入能品〔一〇〕，詩學亦有功。如《黄石廟》等作，今代秉筆者〔一一〕，或亦未可輕議。閑閑趙公書法爲今代第一手〔一二〕，學者多倣之，但得其形似而已。濟甫筆勢飛動，頗得公不傳之妙。宗室胙公文采風流〔一三〕，照映一時，而濟甫以布衣從之游，商略法書名畫〔一四〕，肸公亦以真賞稱焉〔一五〕。隆德、太一故宫〔一六〕，樓觀臺沼，門户道路，花木水石，悉能歷數之，聽者曉然，如親到其處。至於宋名賢所居第宅坊曲〔一七〕，與其家行輩群從〔一八〕，孫息姻婭〔一九〕，排比前後，雖生長鄰里者不加詳也。嘗過長清一禪寺，與僧談〔二〇〕，僧言五派傳授圖大不易作〔二一〕。濟甫笑曰：「易與耳。」因索筆作圖坐中。他日以舊本證之，不毫末差也。丁酉歲殁於東平〔二二〕，時年五十九。

【注】

〔一〕蘧然：驚喜，驚覺。《莊子·大宗師》：「成然寐，蘧然覺。」成玄英疏：「蘧然是驚喜之貌。」蘧然子：趙滋之號，取莊子此意。

〔二〕馮翊：郡縣名，唐宋爲馮翊郡，金爲馮翊縣，屬京兆府路同州，治今陝西省大荔縣。

〔三〕官下：做官的處所或地方。

〔四〕汴：州名。北周宣帝改梁州置，治所在浚儀縣（今河南省開封市西北）。五代梁建都於此，開平元年改爲開封府。五代晉、漢、周以及北宋、金也以爲都。常稱汴梁，又稱汴京。即今河南省開封市。

〔五〕閭里：里巷，平民聚居之處。《周禮·天官·小宰》：「聽閭里以版圖。」賈公彦疏：「在六鄉則二十五家爲閭，在六遂則二十五家爲里。閭里之中有爭訟，則以户籍之版、土地之圖聽决之。」

〔六〕宣政：宋徽宗年號政和、宣和的並稱。故家：世家大族；世代仕宦之家。

〔七〕遊蕩：閑遊放蕩。

〔八〕折節：强自克制，改變平素志行。

〔九〕夙昔：泛指昔時、往日。

〔一〇〕入能品：列入「能」的等級。品：等級，等第。

〔一一〕秉筆者：秉筆之臣。泛指主持文壇者。

〔一二〕閑閑趙公：趙秉文，號閑閑。

〔一三〕宗室胙公：宗室完顔璹，嘗封胙國公。《金史》卷八五本傳：「貞祐中，封胙國公。」

〔一四〕商略：品評，評論。

〔一五〕真賞：確能賞識。也指真能賞識的人。

〔一六〕隆德宫：即龍德宫。劉祁《歸潛志》卷七：「南京同樂園，故宋龍德宫，徽宗所修。其間樓觀花石甚盛，每春三月花發及五六月荷花開，官縱百姓觀。雖未嘗再增葺，然景物如舊。……正大末，北兵入河南，京城作防守計，官盡毁之。其樓亭材大者，則爲樓櫓用；其湖石，皆鑿爲砲矣。」太一宫：亦作「太乙宫」。祭祀太一神的宫殿。北宋的太乙宫，建於太宗太平興國八年，《宋史·太宗本紀》：「八年五月丁卯，詔作太一宫於都城南。……（十一月）己未，太一宫成。」宋朝皇帝禱雨祭祀之所。

〔一七〕坊曲：泛指街巷。

〔一八〕群從：指堂兄弟及諸子侄。

〔一九〕姻婭：亦作「姻亞」。有婚姻關係的親戚。《左傳·昭公二十五年》：「爲父子、兄弟、姑姊、甥舅、昏媾、姻亞，以象天明。」杜預注：「婿父曰姻，兩婿相謂曰亞。」

〔二〇〕長清：縣名，今山東長清縣。

〔二一〕五派傳授圖：指禪宗五派臨濟宗、潙仰宗、曹洞宗、雲門宗、法眼宗的傳授譜系圖。

〔二二〕丁酉：蒙古太宗九年（一二三七）歲次丁酉。東平：金府名，屬山東西路，治今山東省東平縣。

黄石廟〔一〕

狂豪擊車代無人〔二〕，神石一砭志乃信〔三〕。吹噓風雲遮楚秦〔四〕，炎精熾然四百春〔五〕。一編尚愔續後塵①〔六〕，江山有待終此身〔七〕，望望久愁横目民〔八〕。朝陽淒淒霜未休，江燕竟來江北游，山回鼎移海横流〔九〕。天風何時清九州，草泥自古跧王侯〔一〇〕。神棄不恤誰當羞〔一一〕，割牲釃酒空千秋〔一二〕。

【校】

① 編：底本原作「縮」，形似而誤，從李本。

【注】

〔一〕黄公廟：黄石公廟，在今山東省東阿縣之穀城山。《史記·留侯世家》載：「圯上老人」三試張良後，授一編書，曰：「讀此則爲王者師矣。後十年興。十三年孺子見我濟北，穀城山下黄石即我矣。」張良遂助漢高祖奪得天下，從高祖過濟北，在穀城山果見黄石，遂爲之立廟祀之，即黄石公祠。

〔二〕「狂豪」句：指張良在博浪沙狙擊秦始皇事。《史記·留侯世家》：「（張良）得力士，爲鐵椎重百二十斤。秦皇帝東游，良與客狙擊秦皇帝博浪沙中，誤中副車。」

〔三〕神石：黄公石。砭：針砭，喻指出人的過錯，勸人改正。句指黄石公故意掉鞋橋下讓張良揀穿且三試以驗其忍辱、堅韌事。謂此乃成大事者所需之品性。信，通「伸」。《易·系辭下》：「天蠖之屈，以求信也。」《禮記·儒行》：「雖危，起居竟信其志。」鄭玄注：「信，讀如屈伸之伸，假借字也。」

〔四〕吹噓：比喻用力極小而成大事。南朝陳徐陵《檄周文》：「叱咤而平宿豫，吹噓而定壽陽。」句言張良輔佐劉邦亡秦滅楚統一天下事。

〔五〕炎精：指應火運而興的王朝。此處指漢朝。《東觀漢記·馮衍傳》：「繼高祖之休烈，修文武之絶業，社稷復存，炎精更輝。」四百春：漢朝四百年基業。

〔六〕一編：指黄石公授予的《（姜）太公兵法》一書。句言黄石公授書張良後，不再輕易授予步其後塵欲平定大亂者。蘇軾《與劉宜翁書》：「古之至人，本不吝惜道術，但以人無受道之質，故不敢輕付之。」句意近此。

〔七〕「江山」句：言江山社稷有待張良那樣的能人來扭轉乾坤，自己終此身急切期盼平定戰亂。

〔八〕横目民：横目之民。指人民，百姓。語出《莊子・天地》：「夫子無意於横目之民乎？願聞聖治。」成玄英疏：「五行之内，唯民横目。」

〔九〕鼎移：即移鼎，遷移九鼎。比喻政權的改易。海横流：滄海横流，海水到處氾濫。比喻時世動亂不安。三句言朝代鼎革之際陰陽乖戾，事物違常，天災人禍泛濫。

〔一〇〕跧：踡伏。句言自古以來王侯踡藏于草野之中，當天下大亂之際，也正是英雄輩出之時。

〔一一〕神棄不恤：得不到神靈的護佑，保佑。

〔一二〕釃酒：斟酒。割牲釃酒：指祭祀儀式。

先大夫詩　四十三首〔一〕

鄉先生權參知政事代郡楊公叔玉譔先人墓銘〔二〕，今略載於此：先生姓元氏，字德明，秀容人〔三〕，唐禮部侍郎次山之後〔四〕。自幼讀書，世俗鄙事，終其身不掛口。爲人誠實樂易，洞見肺腑〔五〕，雖童子以言欺之，亦以爲誠然也。先大夫殁，遺産無幾。先生布衣蔬食，處之自若，家人不敢以生理累之〔六〕。僮奴有竊拾東家之棗者，立命還之。貧人負債，則往往令折券以貸之也〔七〕。累舉不第，放浪山水間，未嘗一日不飲酒賦詩。春秋四十有八，終于家。先生作詩，不事彫飾，清美圓熟〔八〕，無山林枯槁之氣〔九〕。居東山福田精舍，首尾十五年〔一〇〕，東嵒其自號也。有集三卷藏於家。銘曰：「貪夫徇財，智士死名。宇宙古今，萬輸混並。我機弗張〔一一〕，我户弗扃〔一二〕。天宇泰然〔一三〕，物莫敢攖。飲芳食菲，嵒岫杳冥。玉佩瓊琚，御風泠泠。魯山之醇〔一四〕，次山之清。閲世幾傳，猶有典刑〔一五〕。邈哉先生。」明昌承安間，科舉之學盛，大夫士非賦不談，人知先人有聲場屋間〔一六〕，其以詩文爲業則不知也。先人捐館後十年〔一七〕，好問避兵南渡〔一八〕。游道日廣，世始知有元東巖之詩。楊尚書之美云〔一九〕：「彼美元夫子，學道知觀瀾。孔孟澤有餘，曾顔膏未殘〔二〇〕。」林觀察顯卿云〔二一〕：「文章變古名新體，孝弟傳家守舊規。」雷内翰希顔云〔二二〕：「詩句妙九州，孝友化一川。」王右司仲澤云〔二三〕：「讀書楓樹林，曳杖白石灣。至今文彩餘，虎子仍斑斑〔二四〕。」李長源云〔二五〕：「衣冠巢許自高雅〔二六〕，嵒壑夔龍非棄捐〔二七〕。」餘人不能悉記。家集亂離以來，凡三失之。今所存者，特吾益之兄及門生輩所記憶者耳〔二八〕。小子不肖〔二九〕，暗於事機〔三〇〕，不能高蹈遠引〔三一〕，戀嫪升斗〔三二〕，徼倖萬一，以取縶維之禍〔三三〕。殘息奄奄，朝夕待盡，誠懼微言將絶，謹以古律詩四十首附之《中州集》之癸册，庶幾來者知百餘年間作詩如先人〔三四〕，而人或未之見，其餘抱一槩之操，泯泯默默〔三五〕，終老而無聞者，豈勝計哉！是又可感歎也。

【注】

〔一〕先大夫：猶先父，即已去世的父親。《後漢書·逸民傳論》：「先大夫宣侯嘗以講道餘隙，寓乎逸士之篇。」李賢注：「沈約《宋書》曰：『范泰字伯倫……薨謚宣侯。』即曄之父也。」

〔二〕楊公叔玉：楊慥，字叔玉，代州五臺（今山西省五臺縣）人。承安五年進士。入爲尚書省令史，拜監察御史，侍御史，京西大農司丞，京南司農卿，户部侍郎，權尚書。有相望，資雅重，事無巨細，處之皆有法。工於詩文。《中州集》卷九有小傳。先人：亡父。《史記·仲尼弟子列傳》：「孤不幸，少失先人，内不自量。」

〔三〕秀容：金縣名，屬河東北路忻州，今山西省忻州市忻府區。

〔四〕次山：元結，字次山，號漫叟、聱叟。魯山（今屬河南）人。天寶十二年進士。乾元二年，任山南東道節度使史翽幕參謀，招募義兵，抗擊史思明叛軍，保全十五城。代宗時，任道州刺史，調容州，政績頗豐。新、舊唐書有傳。

〔五〕洞見肺腑：形容襟懷坦白，待人誠懇。

〔六〕生理：生計。

〔七〕折券：毀棄債券，不再索取。

〔八〕圓熟：暢達純熟。

〔九〕枯槁：憔悴枯澀。

〔一〇〕福田精舍：福山寺。在忻州東南的讀書山山腰處。

〔一一〕機：指機巧功利之心。

〔一二〕户：喻心扉。

〔一三〕天宇泰然：指心境安寧，神閑氣定。

〔一四〕魯山：魯山令元德秀，字紫芝。唐開元進士。爲人寬厚，道德高尚，學識淵博，爲政清廉，以德行高潔而著稱。房琯每見德秀，歎息曰：「見紫芝眉宇，使人名利之心都盡！」事見《新唐書·元德秀傳》。

〔一五〕猶有典刑：《詩·大雅·蕩》：「雖無老成人，尚有典刑。」鄭玄注：「老成人謂若伊尹、伊涉、臣扈之屬。雖無此臣，猶有常事故法，可案用也。」句謂元德明仍有先祖醇厚清介之風範。

〔一六〕場屋：科舉考試的地方，又稱科場。宋王禹偁《謫居感事》：「空拳入場屋，拭目看京師。」句言元德明在科考中以能賦聞名於世。

〔一七〕捐館：抛棄館舍。死亡的婉辭。

〔一八〕避兵南渡：貞祐四年，元好問舉家避兵亂於河南，寓居三鄉。

〔一九〕楊尚書之美：楊雲翼，字之美。貞祐二年拜禮部尚書，四年改吏部尚書。

〔二〇〕曾顔：曾參和顔回的並稱。皆孔子弟子，以德行著稱。上四句見楊雲翼《李平甫爲裕之畫繫舟山圖閑閑公有詩某亦繼作》。

〔二二〕林觀察顯卿：其人不詳。

〔二三〕雷内翰希顔：雷淵，字希顔。

〔二三〕王右司仲澤：王渥，字仲澤。

〔二四〕虎子：指元好問。斑斑：色彩鮮明，此處指文彩斐然。

〔二五〕李長源：李汾，字長源。

〔二六〕巢許：古代隱者巢父和許由的並稱。

〔二七〕夔龍：相傳舜的二臣名。夔爲樂官，龍爲諫官。《書·舜典》：「伯拜稽首，讓于夔龍。」孔傳：「夔龍，二臣名。」後用以喻指輔弼良臣。杜甫《奉贈蕭十二使君》：「巢許山林志，夔龍廊廟珍。」

〔二八〕益之：元好謙，字益之，元好問長兄。

〔二九〕小子：舊時自稱謙詞。

〔三〇〕事機：指金末局勢。

〔三一〕高蹈遠引：指遠離官場，隱居起來。

〔三二〕戀嫪升斗：對微官留戀不舍。升斗，喻俸禄微薄的小官。

〔三三〕縶維：拴馬的繩索。引申指束縛。句指汴京淪陷作爲亡金官員被羈管山東事。

〔三四〕庶幾：希望。

〔三五〕「其餘」二句：語本晉程本《子華子》卷下：「今世之士，其無幸歟……是以萌意於方寸，未有毫分也，而觸機穽；展布其四體，未有以爲容也，而得拱梏；懷抱其一槩之操，泯泯默默，而願有以試也。」一概之操：一方面的道德標準。概，爲古代量糧食時刮平斗斛之木，引申爲同一種標準。

桃源行〔一〕

山中三月山桃開，紅霞爛漫無邊涯。山家藏春藏不得，落花流水人間來。憶昔攜家竄巖谷〔二〕，秦人半向長城哭〔三〕。回頭塵土失咸陽〔四〕，矰弋徒勞羨鴻鵠〔五〕。冬裘夏葛存大樸〔六〕，小國寡民皆樂俗〔七〕。晝永垣籬雞犬閑，春晴門巷桑榆緑。漁郎偶到本無心，仙境何緣得重尋〔八〕。今日武陵圖上看，唯見雲林深復深。

【注】

〔一〕桃源行：樂府詩題，宋郭茂倩《樂府詩集》録唐王維《桃源行》，寫陶淵明《桃花源記》中之桃花源之事。

〔二〕竄：逃避，躲藏。

〔三〕長城哭：因修築長城徭役的繁重而哭泣。

〔四〕咸陽：秦都城，宫殿在項羽的大火中灰飛煙滅。

〔五〕矰弋：繫有生絲繩以射飛鳥的短箭。《莊子·應帝王》：「且鳥高飛，以避矰弋之害。」以上四句敘寫秦末人們爲了躲避徭役和戰亂來到桃花源中。

〔六〕大樸：謂原始質樸之大道。《文選·桓温·薦譙元彦表》：「大樸既虧，則高尚之標顯。」劉良注：「大樸，大道也。」

〔七〕小國寡民：指國家小，人民少。《老子》：「小國寡民，使有什伯之器而不用，使民重死而不遠徙。」

〔八〕「漁郎」二句：陶淵明《桃花源記》中的武陵捕魚人誤入桃花源中，受到人們款待。「既出，得其船，便扶向路，處處誌之。及郡，下詣太守，説如此，太守即遣人隨其往尋向所誌，遂迷不復得路。」仙境：指桃花源。

送德温同舍赴簾試〔一〕

太常侍祠水蒼珮〔二〕，内相夜下金蓮燭〔三〕。皇家結網未曾疏〔四〕，亦有佳人在空谷〔五〕。一從唐賦變遼律，仰視折楊猶雅曲〔六〕。雲臺勳業一青衫〔七〕，被髮操戈踵相屬。筋疲力涸僅乃得，墨水一升凡幾辱。英雄俛首入彀中〔八〕，舉世悉然非子獨。子家口衆親又老，歲月旨甘須寸禄〔九〕。薦書聞説過南宫〔一〇〕，冷暖人情到僮僕。我初與子偕計吏〔一一〕，人後人前隨碌碌〔一二〕。不慚齊客售鼓瑟〔一三〕，頗爲荆人悲獻玉〔一四〕。一詩今日送君行，萬里秋風看鴻鴞〔一五〕。功名前路知不免，雞黍後期良未卜〔一六〕。錦標無用咤龍頭〔一七〕，帛書且當傳雁足〔一八〕。

【注】

〔一〕德温：其人不詳。同舍：同舍生，猶同學。舍：學舍。簾試：指御試。

〔二〕太常：官名。秦置奉常，漢景帝六年更名太常，掌宗廟禮儀，兼掌選試博士。歷代因之，則爲專掌祭祀禮樂之官。侍祠：陪從祭祀。水蒼：雜有斑紋的深青色的玉石，古時用作官員的佩玉。《禮記·玉藻》：「公侯佩山玄玉而朱組綬；大夫佩水蒼玉而純組綬。」

〔三〕内相：唐代改翰林供奉爲學士，專掌内命，參裁朝廷大議，人稱「内相」。金蓮燭：金飾蓮花形燈燭。金蓮燭送臣子歸院，是古代天子對臣子的特殊禮遇。

〔四〕「皇家」句：反用南唐陳陶《閑居雜興》詩句：「中原莫道無麟鳳，自是皇家結網疏。」

〔五〕「亦有」句：化用杜甫《佳人》詩句：「絶代有佳人，幽居在空谷。」

〔六〕「一從」二句：謂金代科考進士完全聽任由唐辭賦變爲遼代律賦的衰頽趨勢，將低俗視爲高雅。元好問《閑閑公墓銘》：「遼則以科舉爲儒學之極致，假貸剽竊，牽合補綴，視五季又下衰。唐文奄奄如敗北之氣，没世不復，亦無以議爲也。國初，因遼、宋之舊，以詞賦經義取士……傳注則金陵之餘波，聲律則劉、鄭之末光。……至於經爲通儒，文爲名家，良未暇也。」《金史·選舉志》：「金設科皆因遼、宋制，有詞賦、經義、策試、律科、經童之制……其試詞賦、經義、策論中選者謂之進士，律科經童中選者曰舉人。」劉祁《歸潛志》卷八：「金朝取士，止以詞賦爲重，故士人往往不暇讀書爲他文。……故學子止工于律賦，問之他文則懵然不知。……止力爲律賦，至于詩、策、論俱不留心，其弊基于爲有司者止考賦而不究詩、策、論也。」折楊：古俗曲名。

〔七〕雲臺：漢宫中高臺名。漢明帝時因追念前世功臣，圖畫鄧禹等二十八將於南宫雲臺，後用以泛指紀念功臣名將之所。勳業：功業。青衫：古時學子所穿之服。借指學子、書生。句言學子將考中進士視爲榮登「雲臺勳業」之捷徑。元好問《閑閑公墓銘》：「國初，因遼、宋之舊，以詞賦經義取士。預此選者，選曹以爲貴科，榮路所在，人爭走之。」

〔八〕「英雄」句：五代王定保《唐摭言》卷一五《雜記》：「貞觀初放牓日，上（唐太宗）私幸端門，見進士于牓下綴行而出，喜謂侍臣曰：『天下英雄入吾彀中矣。』」彀：把弓拉滿。彀中：箭能射及的範圍。入彀中，進入弓箭射程之内，比喻就範，上圈套。

〔九〕旨甘：美好的食物。常指養親的食品。寸禄：微薄的俸禄。

〔一〇〕薦書：推薦人的文書或信件。南宫：指禮部會試，即進士考試。

〔一一〕偕計吏：本謂應徵召之人與計吏同行，代指舉子赴試。

〔一二〕碌碌：繁忙勞苦貌。

〔一三〕「不慚」句：即「抱瑟不吹竽」，喻不知投人所好。唐韓愈《答陳商書》：「齊王好竽，有求仕於齊者，操瑟而往，立王之門，三年不得入，叱曰：『吾瑟鼓之能使鬼神上下，吾鼓瑟合軒轅氏之律吕。』客罵之曰：『王好竽而子鼓瑟，雖工，如王不好何！』是所謂工於瑟而不工於求齊也。」

〔一四〕「頗爲」句：春秋時楚人卞和在山中得一塊璞玉，獻給楚厲王、武王，王不識玉，反斷其左足和右足。文王即位，和乃抱其璞而哭於楚山之下，三日三夜，泣盡而繼之以血。王聞之，使人問其故，曰：「天下之刖者多矣，子奚哭之悲也？」和曰：「吾非悲刖也，悲夫寶玉而題之以『石』，貞士而名之以『誑』，此吾所以悲也。」王乃使玉人理其璞而得寶焉，遂命曰「和氏之璧」。事見《韓非子·和氏》。

〔一五〕鴻鵠：因鴻鵠善高飛，常比喻志向遠大的人。

〔一六〕「雞黍」句：用范張雞黍典故。東漢范式在他鄉與其至友張劭約定，兩年後當赴劭家相會。至其日，式果至。二人對飲，盡歡而别。事見《後漢書·獨行傳·范式》。後以「雞黍約」爲友誼深長、聚會守信之典。

〔一七〕「錦標」句：用狀元及第典故。唐盧肇與同郡黄頗齊名，頗富肇貧。兩人同赴舉，郡牧輕肇，於離亭唯獨餞頗。明年，肇狀元及第而歸，刺史慚恚，延請肇看競渡，肇于席上賦詩曰：「向道是龍剛不信，果然銜得錦標歸。」事見五代王定保《唐摭言·慈恩寺題名遊賞賦詠雜紀》。

〔一八〕「帛書」：用蘇武「鴻雁傳書」典故。句謂友人金榜掛名時一定要儘早傳來捷報。

雨後

十日山中雨，今朝見夕陽。乾坤覺清曠〔一〕，草棘有輝光。竹影摇殘滴，松聲送晚涼。南窗聊自適〔二〕，無用説羲皇〔三〕。

【注】

〔一〕清曠：清朗開闊。

〔二〕南窗：向南的窗子。因窗多朝南，故亦泛指窗子。晉陶潛《問來使》：「我屋南窗下，今生幾叢菊。」

〔三〕羲皇：上古伏羲氏。二句用晉陶潛《與子儼等疏》句：「五六月中，北窗下卧，遇涼風暫至，自謂是羲皇上人。」羲皇上人：伏羲氏之前的人，即上古之人。指無憂無慮，生活閑適的人。

覽鏡〔一〕

四十宜未老，年年添鬢絲〔二〕。直教隨牒去〔三〕，也是掛冠時〔四〕。臺閣多新賦〔五〕，山林有逸詩〔六〕。悠然一尊酒，滿酌不須辭。

【注】

〔一〕覽鏡：照鏡子。

〔二〕鬢絲：兩鬢的白髮。

〔三〕直：假定之辭。猶「即」。隨牒：據以授官的委任狀。《漢書·匡衡傳》：「平原文學匡衡材智有餘，經學絶倫，但以無階朝廷，故隨牒在遠方。」顏師古注：「隨牒，謂隨選補之恒牒，不被超擢者。」

〔四〕掛冠：指辭官、棄官。

〔五〕臺閣：漢時指尚書臺。後亦泛指中央政府機構。句言上層官僚多應時而作歌功頌德、粉飾太平之詩賦。

〔六〕逸詩：指不爲世所重未經收輯的詩。

室人生朝〔一〕

新酒清渾共〔二〕，糟牀洗盞嘗〔三〕。平時唯欲醉，此日重難忘。容服慚王霸〔四〕，山林得孟光〔五〕。白頭翁與媪，萬事聽諸郎〔六〕。

【注】

〔一〕室人：古時稱妻妾。生朝：生日。

〔二〕清渾：清澈和渾濁。

〔三〕糟牀：榨酒的器具。杜甫《羌村三首》其二：「賴知禾黍收，已覺糟牀注。」

〔四〕「容服」句：用東漢王霸妻典故。《後漢書·列女傳·王霸妻》載：太原王霸少立高節，光武時連徵不仕。其妻美志行。「初，霸與同郡令狐子伯爲友，後子伯爲楚相，而其子爲郡功曹。子伯乃令子奉書於霸，車馬服從，雍容如也。霸子時方耕於野，聞賓至，投耒而歸。見令狐子，沮怍不能仰視。霸目之，有愧容。客去而久卧不起。妻怪問其故，始不肯告。妻請罪而後言曰：『吾與子伯素不相若，向見其子，容服甚光，舉措有適，而我兒曹，蓬髮歷齒，未知禮則，見客而有慚色。父子恩深，不覺自失耳。』妻曰：『君少脩清節，不顧榮禄。今子伯之貴，孰與君之高？奈何忘宿志，而慚兒女子乎？』霸屈起而笑曰：『有是哉。』遂共終身隱遁。」容服：儀容服飾。

〔五〕「山林」句：用東漢梁鴻妻典故。孟光：東漢隱士梁鴻之妻，字德曜。夫妻隱居於霸陵山中，以耕織爲生。與孟光舉案齊眉，以示敬愛。見《後漢書·逸民傳·梁鴻》。後作爲古代賢妻的典型。

〔六〕諸郎：諸兒郎，指元好問諸兄弟。

太原古城惠明寺塔秋望〔一〕

西山萬古壯陪京〔二〕，一日汾流入廢城〔三〕。浩浩市聲爭曉集〔四〕，畇畇原隰但秋耕〔五〕。晉公老去詩仍在，晉公《晉陽官舍春日詩》云：「白頭官舍裏，今日又春風。」〔六〕越石亡來恨未平〔七〕。千尺浮圖暮煙底〔八〕，瓦盆濁酒爲誰傾〔九〕。

【注】

〔一〕太原古城：晉陽故城。遺址在今山西省太原市西南晉祠附近。晉陽城始建於春秋末，歷經北齊、隋、唐的擴建，成爲北方的軍事重鎮。五代時後唐、後晉、後漢、北漢皆於此勃興。宋太平興國四年，宋軍圍攻晉陽，滅掉北漢。宋太宗以此地久爲龍興之地，火燒水淹，將這座千年古城徹底廢棄。惠明寺：佛寺，在晉陽故城。據《元一統志》，北宋太平興國年間晉陽城毁，惠明寺及佛塔亦同時傾圮。其後該處顯現靈光，宋真宗命重建惠明寺及高九十米之木塔。咸平二年塔遭地震雷電毁。後重建磚塔，塔身累甕九級，高約五十二米，皇帝降詔以汾州僧啟爲住持，並欽賜金書。元豐八年，資政殿學士河東路經略安撫使吕惠卿撰《惠明寺舍利塔碑》。

〔二〕西山：太原盆地西緣山脈，亦名懸甕山。陪京：陪都，在首都以外另設的首都。晉陽曾爲北齊和唐之陪都。

〔三〕汾流：汾河，黄河支流，流經晉陽故城。廢城：晉陽故城。宋太祖開寶二年三月引汾水灌城，閏五月水注城中。

〔四〕市聲：街市或市場的喧鬧聲。

〔五〕畇畇：田地平整貌。原隰：泛指原野。二句暗用黍離、麥秀典故，言昔日繁華之都如今變爲農田。

〔六〕「晉公」句：用裴度典。裴度：字中立，河東聞喜（今山西省聞喜縣）人。唐代後期傑出的政治家。貞元五年進士，元和時拜中書侍郎，同中書門下平章事，封晉國公。新、舊唐書有傳。其《晉陽官舍春日詩》（又名《太原題廳壁》）：「危事經非一，浮榮得是空。白頭官舍裏，今日又春風。」

〔七〕「越石」句：《晉書·劉琨傳》載：劉琨，字越石。中山魏昌（今河北省無極縣）人。西晉文學家、軍事家。曾與祖逖聞雞起舞，後任「并州刺史」，據太原孤城抵禦匈奴、羯人十餘年，對百姓懷柔安撫，深得民衆擁戴。後因誤聽讒言錯殺令狐盛，其子投奔劉聰，乘劉琨討伐上黨、雁門叛亂之際，偷襲晉陽，太原太守出城投降，劉琨父母遇害。建元元年，劉琨與段匹磾約定討伐石勒，後王敦密令段匹磾殺劉琨。「琨聞敦使至，謂其子曰：『處仲使來而不我告，是殺我也。死生有命，但恨讐恥不雪，無以下見二親耳。』因歔欷不能自勝。匹磾遂縊之，年四十八，子姪四人俱被害。」

〔八〕浮圖：佛塔。指惠明寺舍利白塔。

〔九〕瓦盆：陶瓦製的敞口盛器。杜甫《少年行》其一：「莫笑田家老瓦盆，自從盛酒長兒孫。」

薄游同郝漕子玉賦〔一〕

全晉山河百戰場，登臨歷歷見興亡。夷居狁雜尤堪歎〔二〕，霸氣沉雄亦未量〔三〕。石甕煙霞詩秀潤〔四〕，駘祠風月酒淋浪〔五〕。書生不是功名具〔六〕，慚媿山翁問葛彊〔七〕。

【注】

〔一〕薄遊：漫遊，隨意遊覽。郝漕子玉：郝俣，字子玉，崞縣人。正隆二年進士，仕至河東北路轉運使。漕：漕運司及漕司的簡稱。管理催徵税賦，出納錢糧，辦理上供以及漕運等事的官署或官員。北宋及金稱轉運司，首領官稱轉運使。時郝俣任河東北路轉運使，故稱。郝俣有《故城道中同元東巖賦》，見《中州集》卷二，就詩歌内容，或是同時之作。

〔二〕夷居狵雜：指多民族共居雜處。狵：毛多色雜的狗。

〔三〕「霸氣」句：晉陽城被稱爲龍興之地，五代時後唐、後晉、後漢、北漢皆於晉陽城勃興，故稱。霸氣：霸王氣象。指王氣，國運。沉雄：沉毅雄健。未量：不可估量。

〔四〕石甕：懸甕山。在太原市晉祠西。《山海經》：「懸甕之山，其上多玉，其下多銅，其獸多閭麋，晉水出焉。」嘉靖《太原縣誌》：「山腹有巨石如甕形，因以爲名。宋仁宗時地震山拆，巨石摧毁，今無復甕形矣。」

〔五〕駘祠：臺駘祠。在晉祠聖母殿南。臺駘是傳説中古帝王少昊之後裔，世爲水官之長，被顓頊帝封於汾川，後來被當作汾水之神。事見《左傳·昭公元年》。

〔六〕「書生」句：言自己是一介書生，性喜飲酒賦詩，無爲官追求功名之願。

〔七〕葛彊：山簡手下愛將。山簡，字季倫，山濤第五子。永嘉三年，山簡鎮襄陽。時四方寇亂，朝野危懼，而簡優遊卒歲，唯酒是耽。時有兒歌曰：「山公出何許，往至高陽池。日夕倒載歸，茗艼無所知。時時能騎馬，倒着白接羅。舉鞭向葛疆，何如并州兒？」疆家在并州，簡愛將也。事見《晉書·山簡傳》。句以山簡比郝俣，以葛疆自比，言自己無心仕進，對郝的關心甚感慚愧。

山中秋夕

黄卷有餘習①〔一〕，青燈共晚凉〔二〕。只知書味永〔三〕，不覺鬢絲長〔四〕。老檜千年物〔五〕，幽蘭一國香〔六〕。平生陶靖節〔七〕，此夕邈相望〔八〕。

【校】

① 有：毛本作「存」。

【注】

〔一〕黄卷：書籍。晉葛洪《抱朴子·疾謬》：「雜碎故事，蓋是窮巷諸生，章句之士，吟詠而向枯簡，匍匐以守黄卷者所宜識。」楊明照校箋：「古人寫書用紙，以黄蘗汁染之防蠹，故稱書爲黄卷。」

〔二〕青燈：光線青熒的油燈。宋陸游《秋夜讀書每以二鼓盡爲節》：「白髮無情侵老境，青燈有味似兒時。」二句言自己性喜讀書，積習已久。

〔三〕書味：書中的意味。宋陸游《晚興》：「客散茶甘留舌本，睡餘書味在胸中。」永：長。

〔四〕鬢絲：鬢間像素絲一樣的白髮。

〔五〕檜：木名。柏科，常緑喬木。莖直立，幼樹的葉子象針，大樹的葉子象鱗片，雌雄異株，春天開花。木材桃紅色，有香味，細緻堅實。壽命可長達數百年。

〔六〕幽蘭：蘭花。《楚辭·離騷》：「户服艾以盈要兮，謂幽蘭其不可佩。」

〔七〕陶靖節：陶淵明，世稱靖節先生。句言平生仰慕陶淵明的隱逸志節。

〔八〕邈：遥遠。指空間距離大，時間久。

寄宗人彥達 交城人〔一〕

杯酒無緣接舊歡〔二〕，空將書尺問平安〔三〕。要君知我詩成處，落日西風正倚闌。

【注】

〔一〕宗人：同族或同姓之人。彥達：其人不詳。交城：金縣名，屬河東北路太原府。今山西省交城縣。

〔二〕舊歡：昔日的歡樂。晉潘岳《哀永逝文》：「昔同塗兮今異世，憶舊歡兮增新悲。」

〔三〕書尺：尺牘，書信。

榴花〔一〕

山茶赤黄桃絳白〔二〕，戎葵米囊不入格〔三〕。庭中忽見安石榴〔四〕，歎息花中有真色。生紅一撮掌中看〔五〕，模寫雖工更覺難。詩到黄州隔千里〔六〕，畫家辛苦費鉛丹。

【注】

〔一〕榴花：石榴花。石榴，别名安石榴、海榴，落葉灌木或小喬木。花期爲五、六月，花多爲朱紅色，亦有黄色和白色。

〔二〕山茶：常緑灌木或喬木。葉革質，有光亮。冬春開花，花形大，有紅白等色，品種繁多。花可入藥，籽可榨油。俗名茶花。也叫耐冬花、曼陀羅樹。絳：深紅色。

〔三〕戎葵：即蜀葵。兩年生草本植物。花瓣五枚，有紅、紫、黄、白等顔色。供觀賞。米囊：瑒花的别名。宋洪邁《容齋隨筆·玉蕊杜鵑》：「物以希見爲珍，不必異種也。長安唐昌觀玉蕊，乃今瑒花，又名米囊，黄魯直易爲山礬者。」入格：在規定的品級以内。

〔四〕安石榴：即石榴。因産自古安息國，故稱。

〔五〕生紅：大紅。

〔六〕詩到黄州：指蘇軾《石榴》詩：「風流意不盡，獨自送殘芳。色作裙腰染，名隨酒盞狂。」

過鳳皇山　在雁門〔一〕

鳳皇聞説似天壇〔二〕，北去南來馬上看。想得松聲滿巖谷，秋風無際海波寒。

【注】

〔一〕鳳皇山：在今山西省代縣南三十里，相傳有鳳見於此山，故名。元好問《兩山行記》：「先東巖君生平愛鳳山，然竟不一到，故詩有……之句。」即指此山。

〔二〕天壇：山名。王屋山的絶頂，相傳爲黄帝禮天處。宋陳師道《談叢》卷一八：「王屋天壇，道書云黄帝禮天處也。」清嘉慶《大清一統志》載，王屋山在濟源縣西八十里。天壇山即王屋山絶頂。

瓶形嶺早發 在繁峙界〔一〕

海雲蕭瑟雪花乾〔二〕，人在羊腸百八盤〔三〕。閑客不知名利苦〔四〕，見時應作畫中看。

【注】

〔一〕瓶形嶺：山名，在山西省繁峙縣東北，鄰接靈丘縣。嶺上有關，爲長城要口之一。古稱「瓶形關」、「瓶形寨」，金時稱「瓶形鎮」，後改稱平型關。因關前谷地形狀如「瓶」而得名。作爲雄關險隘，平型關自古是兵家必爭之地。

〔二〕海雲：人在山上高處俯視所見的如海之雲。蕭瑟：蕭條稀疏。

〔三〕羊腸：喻指狹窄曲折的小路。

〔四〕閑客：清閑的人。

寒食再遊福田寺〔一〕

春山寂寂掩禪扉〔二〕，複嶺盤盤入翠微〔三〕。布韈青鞵供勝踐〔四〕，粥魚齋鼓薦玄機〔五〕。日烘幽徑緑煙暖，風定曉枝紅雨稀。曾是西堂讀書客〔六〕，不應啼鳥也催歸〔七〕。

【注】

〔一〕寒食：即寒食節，清明節前一天。舊俗要禁煙火，吃冷食，故稱。福田寺：在忻州東南的讀書山山腰處。

〔二〕寂寂：寂靜無聲貌。禪扉：指佛寺之門。

〔三〕複嶺：重疊的山嶺。盤盤：曲折回繞的山間小道。翠微：青翠掩映的山色幽深之處。

〔四〕布襪青鞵：隱者或平民的裝束。杜甫《奉先劉少府新畫山水障歌》：「若耶溪，雲門寺，吾獨胡爲在泥滓，青鞋布襪從此始。」勝踐：即勝遊。快意的遊覽。

〔五〕粥魚齋鼓：僧人在齋飯時敲擊的木魚和鼓。泛指寺院生活。玄機：佛家深奥微妙的義理。

〔六〕西堂：泛指西邊的堂屋。多用於接待賓客。讀書客：元德明曾於福田寺東巖讀書首尾十五年，故云。

〔七〕啼鳥也催歸：指杜鵑鳥鳴叫似「不如歸去」之聲。

家園假山

八尺飛來峰〔一〕，蒼然立於獨。細看甲乙字〔二〕，疑是平泉族〔三〕。山非一草石，見石山亦足。便恐東岫雲〔四〕，來我檐下宿。今朝鑿盆池〔五〕，明朝種松菊。自笑住山人，何時返巖谷〔六〕。

【注】

〔一〕飛來峰：山峰名，也稱靈鷲峰。在浙江省杭州市西湖西北，與靈隱寺隔溪相對。因山形與印度靈鷲峰相似，人以爲自印度飛來，故稱。後宋徽宗時，於東京汴梁景龍山側築一土山，名艮嶽，其中一峰名飛來峰。此處用以稱園中假山。

〔二〕甲乙：指刻於奇石上的品評分等文字。唐白居易《太湖石記》記述唐朝宰相牛僧孺愛石藏石賞石事，其曰：「今丞相奇章公嗜石……石有大小，其數四等，以甲乙丙丁品之。每品有上中下，各刻於石陰，曰牛氏石甲之上，丙之中，乙之下。」奇章公即牛僧孺。

〔三〕平泉：平泉莊。唐李德裕遊息的别莊。宋張洎《賈氏談録》：「平泉莊臺榭百餘所，天下奇花異草，珍松怪石，靡不畢具，自製《平泉山居草木記》。」李德裕與牛僧孺一樣，也酷愛收藏奇石。宋邵博《邵氏聞後》卷二七載：「牛僧孺、李德裕相仇，不同國也，其所好則每同。今洛陽公卿園圃中石，刻奇章者，僧孺故物；刻平泉者，德裕故物，相半也。」

〔四〕東岫：指元德明家園東面之繫舟山。

〔五〕盆池：埋盆於地，引水灌注而成的小池。用以種植供觀賞的水生花草。唐韓愈《盆池》其二：「莫道盆池作不成，藕梢初種已齊生。」

〔六〕巖谷：山谷。

同侯子晉賦雁〔一〕

沉沉江浦雲〔二〕，浩浩朔漠雪〔三〕。微生幾寒暑〔四〕，翅老飛欲折。樓中見新過，夕照送明滅〔五〕。欹枕數聲來，疏窗耿殘月〔六〕。悲鳴或天性，南北隨所愜。誰念孤旅人〔七〕，年年爲愁絶。

【注】

〔一〕侯子晉：其人不詳。賦：吟誦或創作詩歌。此指咏物詩體之「咏」。

〔二〕江浦：江濱。長江之濱。

〔三〕朔漠：原指北方沙漠地帶，也泛指北方。

〔四〕微生：細小的生命。

〔五〕明滅：忽隱忽現。

〔六〕耿：照耀。

〔七〕孤旅：離家獨自在外的人。

寒林圖爲侯子晉賦

川光茫茫風景暮，一雪無情天地素。長安閉門千萬家，亦有行人踏長路。新豐煙火灞橋水〔一〕，畫史工作荒寒趣〔二〕。雪中故事知幾何，偏識詩翁忍寒處〔三〕。君不見，淮西城下鵝鸛鳴，官軍夜斫吴家營〔四〕。只如党家粗俗亦不惡，銀燭金荷天未明〔五〕。拈出雪詩三十韻〔六〕，蹇驢席帽可憐生〔七〕。雪詩三十韻見坡集。

【注】

〔一〕新豐：漢縣名，在今陝西臨潼縣西北。漢高祖定都關中，太上皇思鄉心切，鬱鬱不樂。高祖乃依故鄉豐邑街里房舍格局改築驪邑，並遷來豐民，改稱新豐。灞橋：橋名，在長安東。明張岱《夜航船》：「孟浩然情懷曠達，常冒雪騎驢尋梅，曰：『吾詩思在灞橋風雪中驢背上。』」宋孫光憲《北夢瑣言》載有人問鄭綮：「相國近有新詩否？」對曰：「詩思在灞橋風雪中驢子上，此處何以得之？」

〔二〕畫史：猶畫師。工：擅長，善於。

〔三〕詩翁：對詩人的尊稱。

〔四〕「淮西」二句：用李愬雪夜入蔡州活捉吴元濟事。吴家營：指吴元濟軍營。李愬襲蔡州，時大風雪，旌旗裂，人馬凍死者相望。天陰黑，官軍人人自以爲必死，然畏愬，莫敢違。夜半雪愈甚，行七十里，至濟州城。近城有鵝鴨池，愬令擊之以混軍聲。至城下，無一人知者。盡殺守城士卒。雞鳴雪止，活捉吴元濟。事見《資治通鑑·唐紀》。

〔五〕「只如」二句：用党進粗俗典故。党進，朔州馬邑（今山西省朔州市）人。宋初名將。後周時爲鐵騎都虞侯。開寶中，從征太原有功，受太祖賞識。太宗時出爲忠武軍節度使。《宋史》卷二六〇有傳。党進粗豪不識字。名士陶穀曾得党太尉進家姬，遇雪天，命掬雪水烹茶，並戲之曰：「党家應不識此？」姬曰：「彼粗人，安知此，但能于銷金帳中，淺斟低唱，飲羊羔美酒耳。」事見蘇軾《趙成伯家有麗人，僕忝鄉人，不肯開樽，徒吟春雪美句，次韻一笑》自注。亦見於《緑窗新話·党家妓不識雪》。

〔六〕雪詩三十韻：用蘇軾詩事。蘇軾《趙成伯家有麗人，僕忝鄉人，不肯開樽，徒吟春雪美句，次韻一笑》：「試問高吟三十韻，何如低唱兩三杯。」自注云：「世言檢死秀才衣帶上，有雪詩三十韻。」

〔七〕席帽：古帽名。以藤席爲骨架，形似氈笠，四緣垂下，可蔽日遮顔。宋吴處厚《青箱雜記》卷二：「蓋國初猶襲唐風，士子皆曳袍重戴，出則以席帽自隨。」蹇驢席帽：貧寒書生裝束。

贈答彦文相過之什 程，太原人〔一〕。

剥啄誰叩門〔二〕，開門得吾友。握手一大笑，慰我離群久〔三〕。之子富才具〔四〕，事業可力取。瞻望青松姿，衰遲愧蒲柳〔五〕。金閨滿鴛鷺〔六〕，什伯自爲偶〔七〕。寂寞林野人，過從但鄰叟〔八〕。盤飡無兼味〔九〕，筍蕨才適口〔一〇〕。窮達俱偶然〔一一〕，相逢且杯酒。

【注】

〔一〕什：《詩經》中《雅》、《頌》部分多以十篇爲一組，稱之爲「什」。如《鹿鳴之什》、《清廟之什》等。後用以泛指詩篇、文卷，猶言篇什。

〔二〕剥啄：象聲詞。敲門聲。

〔三〕離群：指離開同伴。

〔四〕之子：這個人。才具：才能。

〔五〕衰遲：衰年遲暮。謂年老。蒲柳：即水楊。一種入秋就凋零的樹木。《世説新語·言語》：「蒲柳之姿，望秋而落；松柏之質，經霜彌茂。」後因以比喻未老先衰，或體質衰弱。

〔六〕金閨：南朝宋鮑照《侍郎滿辭閣疏》：「金閨雲路，從兹自遠。」錢振倫注引李善《江淹〈别賦〉》注：「金閨，金馬門也。」蘇軾《秧馬歌》：「錦韉公子朝金閨，笑我一生蹋牛犂。」金馬門，漢代宮門名，學士待詔之處。鴛鷺：鵷鷺。比喻朝臣。宋龔鼎臣《東原録》：「吕蒙正自僕射乞出，得判河中府。太宗曰：『卿狀元及第，朕用卿作宰相，今日可謂榮歸鄉里。』因有詩曰：『滿朝鴛鷺醉中别，萬里煙霄遊子歸。』」

〔七〕什伯：謂超過十倍、百倍。《孟子·滕文公上》：「夫物之不齊，物之情也。或相倍蓰，或相什伯，或相千萬。」此處指才華超群出衆者。偶：伙伴，同伴。

〔八〕過從：相交往的朋友。

〔九〕盤飡：盤盛的食物。兼味：兩種以上菜肴。

〔一〇〕筍蕨：竹筍與蕨菜。

〔一一〕窮達：困頓與顯達。《墨子·非儒下》：「窮達、賞罰、幸否，有極，人之知力，不能爲焉。」

枕上

往時見白髮，談笑輕歲月。誰謂明鏡裏，蕭蕭不勝鑷〔一〕。山林蹉跎久〔二〕，世慮初未絶〔三〕。觸物重興懷，忽忽不自愜。遭逢有奇耦〔四〕，才用隨巧拙。如何杜陵叟，自比稷與契〔五〕。茫茫拊塵編〔六〕，何時卒吾業。

【注】

〔一〕蕭蕭：稀疏。宋李綱《摘鬢間白髮有感》：「蕭蕭不勝梳，擾擾僅盈掬。」鑷：用鑷子拔。

〔二〕蹉跎：失意，虚度光陰。

〔三〕世慮：俗念。初：全，始終。

〔四〕奇耦：比喻命運的坎坷與順利。

〔五〕「如何」二句：杜甫《自京赴奉先縣詠懷五百字》：「杜陵有布衣，老大意轉拙。許身一何愚，竊比稷與契。」稷與契：稷、契二人，爲唐虞時代的賢臣。杜陵叟：杜甫自稱杜陵野老。

〔六〕塵編：指古舊之書。

秋暮王氏園亭

細徑雲林底，危亭澗水湄〔一〕。秋先殞黄葉，寒未老紅葵。嚼句幽禽答〔二〕，尋花晚蝶隨。無人共幽興〔三〕，思與野僧期〔四〕。

【注】

〔一〕湄：岸邊。

〔二〕幽禽：鳴聲幽雅的禽鳥。

〔三〕幽興：幽雅的興味。

〔四〕野僧：山野僧人。

六言〔一〕

北闕三臺五省〔二〕，東山萬壑千巖〔三〕。琴書中有真味〔四〕，風月外無多談〔五〕。

【注】

〔一〕六言：謂六言詩。每句均爲六字的詩。南朝梁劉勰《文心雕龍·章句》：「六言七言，雜出《詩》《騷》。」

〔二〕北闕：用爲宫禁或朝廷的别稱。李白《憶舊遊寄淮郡元參軍》：「北闕青雲不可期，東山白首還歸去。」三臺：漢因秦制，以尚書爲中臺，御史爲憲臺，謁者爲外臺，合稱三臺。五省：古代中央政府五官署。即尚書省，中書省、門下省、秘書省、集書省。

〔三〕東山：指繫舟山。在忻州城東。萬壑千巖：形容峰巒、山谷極多。

〔四〕真味：真實的意旨或意味。

〔五〕「風月」句：楊慥所作元德明墓銘曰：「自幼讀書，世俗鄙事終其身不掛口……未嘗一日不飲酒賦詩。」風月：詩文。宋歐陽修《贈王介甫》：「翰林風月三千首，吏部文章二百年。」

山園梨葉有青紅相半者，戲作一詩

霜輕霜重偶然中，一葉雖殊萬葉同。不信世間閑草木，解隨兒女作青紅〔一〕。

【注】

〔一〕解：懂得。青紅：青色和紅色。此以指代胭脂粉黛。

詩

少有吟詩癖，吟來欲白頭。科名不肯换〔一〕，家事幾曾憂。含咀將誰語〔二〕，研摩若自讎〔三〕。百年閑伎倆〔四〕，直到死時休。

【注】

〔一〕科名：科舉功名。句言不願犧牲吟詩之愛好以换取功名。

〔二〕含咀：銜在口中咀嚼。比喻品味。誰：何，什么。

〔三〕研摩：研究揣摩。自讎：謂作詩反復推敲修改，尋找不足，如自己跟自己過不去。

〔四〕伎倆：技能，本領。

尊酒

土灰論遠計〔一〕，木石笑浮生〔二〕。但有一尊酒，何須千載名〔三〕。

【注】

〔一〕土灰：土和灰。化爲土灰，是人生的最終歸宿。漢王充《論衡·自紀》：「惟人性命，長短有期。人亦蟲物，生死一時……猶入黄泉，消爲土灰。」遠計：考慮深遠的長遠之計。作者對身後之「遠計」持否定態度。

〔二〕木石：指山林。《孟子·盡心上》：「舜之居深山之中，與木石居，與鹿豕遊。」浮生：人生，古代老莊學派認爲人生在世空虚無定，故稱人生爲浮生。《莊子·外篇·刻意》：「其生若浮，其死若休。」晉陶淵明《形影神·形贈影》：「天地長不没，山川無改時。草木得常理，霜露榮悴之。謂人最靈智，獨復不如兹。」言山石長久不改，草木雖有華榮，但亦能一年一度，周而復始。而人爲萬物之靈，卻不能得此常理。句當本此意，言木石以其生命之長久笑人生之短促。

〔三〕「但有」二句：化用李白《行路難》詩句：「且樂生前一杯酒，何須身後千載名。」

憶山中二絶句〔一〕

東寺留連飲〔二〕，張園爛漫遊〔三〕。兒童望歸路，一日幾登樓〔四〕。

【注】

〔一〕絶句：詩體名。每首四句，每句五字者稱五絶，七字者稱七絶。亦有每句六字者。或用平韻，或用仄韻。近體絶句始於唐，産生於律詩之後，蓋截律詩之半而成，故又名「截句」。

〔二〕東寺：應指繫舟山福田寺，詩人常居於此。留連：留戀不舍，不想離開。

〔三〕爛漫：引申爲盡情地，不受拘束地。

〔四〕「兒童」二句：言孩子們盼望久在山中的父親回家，一日數次登樓眺望。

又

秋色山中好，山翁醉不迴〔一〕。不知籬下菊，霜後幾叢開。

【注】

〔一〕山翁：詩人自指。

山中雨後

遶屋湍聲轉，臨崖老樹摧。雷轟一雨去，雲擘兩山開〔一〕。

【注】

〔一〕擘：分開。

遣興〔一〕

張翰一杯酒〔二〕，林逋千首詩〔三〕。性唯便自適〔四〕，材敢論時施。狡兔從三窟〔五〕，鷦鷯分一枝〔六〕。青山有佳色，只似往年時。

【注】

〔一〕遣興：抒發情懷。杜甫《可惜》：「寬心應是酒，遣興莫過詩。」

〔二〕「張翰」句：《世説新語·任誕篇》：「張季鷹縱任不拘，時人號爲江東步兵。或謂之曰：『卿乃可縱適一時，獨不爲身後名邪？』答曰：『使我有身後名，不如即時一杯酒。』」張翰：字季鷹，吴郡吴縣（今江蘇省蘇州市）人。

〔三〕「林逋」句：林逋，字君復，杭州錢塘人。性恬淡，不趨榮利。初游江淮間，後結廬西湖之孤山，二十年足不及城市。卒，仁宗賜謚和靖先生。逋喜爲詩，澄浹峭特，多奇句。作詩隨就隨棄，從不留存。有人問：「何不録以示後世？」答曰：「吾方晦跡林壑，且不欲以詩名一時，况後世乎？」然好事者往往竊記之，今所傳尚三百餘篇。事見《宋史·隱逸傳》。

〔四〕便：適宜。自適：悠然閒適而自得其樂。《莊子·駢拇》：「夫適人之適，而不自適其適，雖盜跖與伯夷，是同爲淫僻也。」

〔五〕「狡兔」句：喻藏身處多，便於避禍。典出《戰國策·齊策四》：「狡兔有三窟，僅得免其死耳；今君有一窟，未得高枕而卧也，請爲君復鑿二窟。」

〔六〕「鷦鷯」句：鷦鷯做窩，只占用一根樹枝。比喻只要一個安身之處，或只占用很有限的資源。典出《莊子·逍遥遊》：「鷦鷯巢于深林，不過一枝；偃鼠飲河，不過滿腹。」二句言自己不屑於那些有深謀遠慮如狡兔三窟者，願像鷦鷯一樣，有一枝可以安身就别無他求了。

發冀州留别恩禪師〔一〕

詩拙非同社〔二〕，情親本故鄉。共知成遠别，且復暫相將〔三〕。池古蓮花淨，窗深檜葉香。
何時重攜酒，來宿贊公房〔四〕。

【注】

〔一〕冀州：金州名，屬河北東路河間府，治所在信都（今河北省冀州市）。元郝經《遺山先生墓銘》：「年十一，從其叔父官於冀州，學士路宣叔賞其俊爽，教之爲文。」按此，元德明之弟即元好問嗣父元格於承安五年官冀州。詩人來冀州當在此時。恩禪師：其人不詳。

〔二〕同社：志趣相同者結社，互稱同社。

〔三〕相將：相隨，相伴。

〔四〕贊公：唐代僧人。曾與杜甫相過從。杜甫《别贊上人》：「贊公釋門老，放逐來上國。」蘇軾《雪齋》：「紛紛市人爭奪中，誰信言公似贊公。」王文誥輯注：「唐大雲寺主，謫在秦州，老杜與之往還，所謂『與子成二老，來往亦風流』者此也。」此處用以稱恩禪師。

貴公子詠

高堂紅燭鼓聲齊，舞遍纖腰月未西。一曲纏頭一雙錦〔一〕，驊騮空自惜障泥〔二〕。

【注】

〔一〕纏頭：古代歌舞藝人表演完畢，客以羅錦爲贈，稱「纏頭」。《太平御覽》卷八一五引《唐書》：「舊俗，賞歌舞人，以錦彩置之頭上，謂之『纏頭』。」一雙錦：兩幅有彩繡的綢緞。

〔二〕驊騮：赤色的駿馬，周穆王八駿之一，泛指駿馬。障泥：馬韉，亦稱蔽泥。因墊在馬鞍下，垂於馬背兩旁以擋泥土，故名。馬惜障泥：典出《世説新語·術解》：「王武子（濟）善解馬性。嘗乘一馬，着連錢障泥，前有水，終日不肯渡。王云：『此必是惜障泥。』使人解去，便徑渡。」蘇軾《與周長官李秀才游徑山二首》其一：「癡馬惜障泥，臨流不肯渡。」

蓮葉觀音，恩禪師所藏，同路宣叔賦〔一〕

瑞相分明一葉中〔二〕，華嚴性海共圓通〔三〕。補陀自有丹青變〔四〕，畫史區區可得工〔五〕。

【注】

〔一〕蓮葉觀音：又作一葉觀音、南溟觀音。乘一片蓮葉漂浮水上，故名。恩禪師：冀州僧人，見上《發冀州留别恩禪師》詩。路宣叔：路鐸，字宣叔。冀州信都（今河北省冀州市）人。歷官右拾遺、監察御史、翰林待制等職。貞祐二年，調孟州防禦使，城陷，投沁水死。爲人剛正，有直臣風。長於詩文，有《虚舟居士集》。曾教元好問爲文。《金史》卷一〇〇有傳，《中州集》卷四有小傳。

〔二〕瑞相：佛教語。謂象徵吉瑞之兆的相貌。《涅槃經》卷二：「如來今現如此瑞相，不久必當入於涅槃。」

〔三〕華嚴：指華嚴宗所説的大乘境界。性海：佛教語。指真如之理性深廣如海。《敦煌變文集·維摩詰經講經文》：「問我心，歸性海；性海直應非内外。」圓通：佛教語。圓，不偏倚；通，無障礙。謂悟覺法性。《楞嚴經》卷二二：「阿難及諸大衆，蒙佛開示，慧覺圓通，得無疑惑。」

〔四〕補陀：又稱補陁落迦，即普陀山。傳説爲觀音菩薩的道場。《普陀洛迦新志》卷二：「普陀洛迦山，在浙江定海縣治東百里許海中，爲《華嚴經》善財第二十八參觀世音菩薩説法處。」此處代觀音菩薩。句言觀音在普陀山自然會變現各種靈光法身。

〔五〕畫史：猶畫師。區區：拘泥，局限。可：表示反詰。猶豈，難道。

謝張使君夢弼餽春肉〔一〕

牙豬肋厚一尺玉〔二〕，鹽花入深蒸脱骨。韭芽蓼甲春滿盤〔三〕，走送茅齋慰幽獨〔四〕。山人食貧才一粥，幾被艾生嘲苜蓿〔五〕。食前方丈非素懷〔六〕，頗憶懸貆繞高屋〔七〕。呼來鄰叟共一飽，爲説使君方繼肉〔八〕。飢民待哺今幾家，無策贊君慚此腹〔九〕。區區一肉見歌詠〔一〇〕，説食書生良未足〔一一〕。卻愁今夕夢寐間，有物踏破園蔬緑〔一二〕。

【注】

〔一〕張使君夢弼：張巖叟，字夢弼，張大節子，五臺人。明昌初，張大節請老，朝廷特授巖叟爲忻州刺史。後歷嵐、潞、懷三州節度，終於集慶軍，以長厚見稱。詳見《中州集》卷八張大節小傳。使君：漢時稱刺史爲使君，後亦用以稱州郡長官。此詩當作於巖叟爲忻州刺史時。

〔二〕牙豬：公豬。玉：喻指豬的白肉，極言其肥美。

〔三〕韭芽：韭黄，韭菜嫩芽。蓼甲：蓼菜初生的葉芽。

〔四〕幽獨：靜寂孤獨的人。詩人自謂。

〔五〕艾生：養生。《詩·小雅·南山有臺》：「樂只君子，保艾爾後。」朱熹集傳：「艾，養也。」嘲苜蓿：五代王定保《唐摭言》卷十五《閩中進士》：「薛令之……累遷左庶子。時開元東宮官僚清淡，令之以詩自悼。復紀於公署，曰：『朝旭上團團，照見先生盤。盤中何所有？苜蓿長闌干。飯澀匙難綰，羹稀筯易寬。無以謀朝夕，何由保歲寒。』苜蓿：植物名。豆科，一年生或多年生。原産西域各國，漢武帝時，張騫使西域，始從大宛傳入。可供飼料或作肥料，嫩葉可食用。

〔六〕「食前」句：《孟子·盡心下》：「食前方丈，侍妾數百人，我得志弗爲也。」食前方丈：吃飯時面前一丈見方的地方擺滿了食物。形容吃的闊氣。素懷：平素的懷抱、願望。

〔七〕「懸貆」：語出《詩·魏風·伐檀》：「不狩不獵，胡瞻爾庭有縣貆兮。彼君子兮，不素餐兮。」貆：豬貆，動物名，形略似豬，又似狸。句言因常年食素，很想要那些「庭有懸貆」者的肉食生活。

〔八〕繼：接濟。

〔九〕「饑民」二句：言當今廣大饑民嗷嗷待哺，自己無策輔佐張使君改變現狀，自愧獨食所贈之肉。

〔一〇〕區區：少，微不足道。歌詠：歌頌。

〔一一〕説食：因敬重而饋贈食物。《戰國策·秦策一》：「弊邑之王所説甚者，無大大王。」姚宏注：「説，敬也。」

〔一二〕「有物」句：言有人因饑餓夜間來園中偷菜。

仙雞詩 並序

繁時義興鎮酒家韓氏子畜一雞〔一〕，以善鬭雄其鄉。一日，敵家以藥飼雞，使不知痛，求與韓雞對。韓雞鬭久，果被傷，口下頷不收，垂死矣。一賣藥道人過其門，曰：「我能活此。」韓欣然使療之。里中諸兒隨看者一二十輩，皆使向壁立。道人以雞置籠中，探手良久，若摩拊然者〔二〕。已而〔三〕，取瓢水噀之〔四〕，置瓢籠上，即出門。兒曹怪其久不還〔五〕，竊視之，雞喙已復生矣。道人布袍草冠，腋下懸青囊〔六〕，落魄嗜酒，夜宿寺閣上。韓氏子與里中人奔走求之，并所卧草薦不在矣〔七〕。是時明昌七年。仲規弟爲此鎮酒官〔八〕，予亦在焉。作《仙雞詩》以記之。

老雄健鬭夸擅場〔九〕，韓郎抱歸神色揚〔一〇〕。豈知黠兒出儌倖〔一一〕，毒手一發不得妨〔一二〕。毿毛散灑尚可養〔一三〕，利嘴一哆何由張〔一四〕。青囊道人何許來，自言捄藥吾有方〔一五〕。垂髯噀水濯殘血〔一六〕，半喙隨手生新黄〔一七〕。笱籠半開聞膈膊〔一八〕，草冠已往徒驚忙〔一九〕。神仙世有寧虛荒〔二〇〕，惜哉詭激不可量〔二一〕。世人鷙勇天且劓〔二二〕，况於物也資强梁〔二三〕。敷榮枯枿變金石〔二四〕，未若與世鍼膏肓〔二五〕。何須變化示狡獪〔二六〕，知君辦作淮南王〔二七〕。蓬萊東望雲茫茫〔二八〕，愛而不見心爲狂。刀圭不願換凡骨〔二九〕，且欲共醉無何鄉〔三〇〕。

【注】

〔一〕繁時：金縣名，屬河東北路代州，今山西省繁峙縣。

〔二〕摩拊：撫摩；安撫。

〔三〕已而：然後。

〔四〕噀：含在口中而噴出。

〔五〕兒曹：兒輩。

〔六〕青囊：古代醫家存放醫書的布袋。

〔七〕草薦：草墊子；草席。

〔八〕仲規：元好問《族祖處士墓銘》：「公諱滋新……乃敕其子之規、之矩。」按此，仲規爲元滋新長子。酒官：執掌造酒及有關政令的官員。金代在鄉鎮一級設置專門負責醖酒的低級官吏。

〔九〕擅場：謂技藝超群，壓倒全場。《文選·張衡·東京賦》：「秦政利觜長距，終得擅場。」薛綜注：「言秦以天下爲大場，喻七雄爲鬭雞，利喙長距者終擅一場也。」謂强者勝過弱者，專據一場。

〔一〇〕韓郎：指繁峙義興鎮酒家韓氏子。

〔一一〕黠兒：狡猾、詭詐的小兒。指與韓氏兒鬭雞的對手。徼倖：徼，通「儌」。希望獲得意外成功。

〔一二〕妨：防範，防備。唐韓愈《岳陽樓别竇司直》：「軒然大波起，宇宙隘而妨。」

〔一三〕毴毛：鳥獸所生細密之毛。句言鬭雞被對方叮啄得皮毛散灑，這些皮毛之傷尚可療養。

〔一四〕哆：張口。指韓雞「口下頷不收」事。

〔一五〕捄：指挽救。宋洪邁《夷堅丙志·趙士遏》：「疾深矣，稍復遷延，當生黑毛，則不能捄療，今猶可爲也。」

〔一六〕「垂髯」句：指道人爲雞療傷事。

〔一七〕「半喙」句：言雞嘴之下頜經道人療治，又泛生出新的黄色。

〔一八〕膃膊：象聲詞。唐韓愈孟郊《鬭雞聯句》：「膃膊戰聲喧，繽翻落羽皠。」此指雞復蘇而動作之聲。

〔一九〕「草冠」句：言道人治好雞傷離開後衆人因驚奇而四處尋找事。

〔二〇〕虚荒：虚妄荒誕。

〔二一〕詭激：怪異偏激，異於常情。不可量：不可思量。

〔二二〕驁勇：猶勇猛。天且劓：語出《易・睽》：「見輿曳，其牛掣，其人天且劓，無初有終。」王弼注：「其人天且劓者……執志不回，初雖受困，終獲剛助。」劓：割劓。

〔二三〕强梁：强健有力；勇武。《老子》：「强梁者不得其死。」魏源本義：「焦氏竑曰：『木絶水曰梁，負棟曰梁，皆取其力之强。』」二句謂上天對强勇之人及强勢之物都予以眷顧。

〔二四〕枯枿：枯枝，枯株。

〔二五〕膏肓：古代醫學以心尖脂肪爲膏，心臟與膈膜之間爲肓。《左傳・成公十年》：「疾不可爲也，在肓之上，膏之下，攻之不可，達之不及，藥不至焉，不可爲也。」杜預注：「肓，鬲也。心下爲膏。」後遂用以稱病之難治者。二句謂上天與其施榮於枯木使之變得堅强珍貴，倒不如施予世人拯救其難以治癒者。上四句言道人之良術與其施救强者，不如施救弱者。

〔二六〕狡獪：兒戲；遊戲。

〔二七〕淮南王：西漢劉安封淮南王，信神仙，修煉得道。

〔二八〕蓬萊：神話中渤海中仙人居住的三神山之一。

〔二九〕刀圭：中藥的量器名，後指藥物。句言不願像道士那樣服食仙藥以期長生不老。

〔三〇〕無何鄉：語出《莊子·逍遥遊》：「今子有大樹，患其無用，何不樹之於無何有之鄉。」本指什麽都没有，後多用以指空洞而虚幻的境界或夢境。蘇軾《樂全先生文集叙》：「公今年八十一，杜門卻掃，終日危坐，將與造物者遊於無何有之鄉。」

燈下讀林和靖詩〔一〕

落葉落復落，清霜今幾番。疏燈照茅屋，山月入頽垣〔二〕。老愛寒花淡，幽嫌宿鳥喧。卷中林處士〔三〕，相對兩忘言〔四〕。

【注】

〔一〕林和靖：林逋，字君復，杭州錢塘人。性恬淡好古，不趨榮利。初游江淮間，後結廬西湖之孤山，二十年足不及城市。卒，仁宗賜謚和靖先生。逋喜爲詩，澄浹峭特，多奇句。事見《宋史·隱逸傳》。

〔二〕頽垣：傾塌的牆。

〔三〕處士：有才德而隱居不仕的人。林處士：指林逋。

〔四〕忘言：謂心中領會其意，不須用言語來説明。語本《莊子·外物》：「言者所以在意，得意而忘言。」

觀西巖張永淳畫雁〔一〕

慘淡經營下筆難〔二〕，畫成不似卷中看〔三〕。知君連夜江湖夢，折葦蕭蕭沙水寒〔四〕。

【注】

〔一〕張永淳：其人不詳。

〔二〕慘淡經營：費盡心思辛辛苦苦地經營籌畫。杜甫《丹青引贈曹將軍霸》：「詔謂將軍指絹素，意匠慘澹經營中。」

〔三〕「畫成」句：言張氏所畫之雁栩栩如生，給人以親臨其境之感。

〔四〕蕭蕭：象聲詞。形容草木摇落聲。二句由張氏畫之成就推測其師法自然，晝思夜想，沉浸其中之情形，亦表明了自己的畫藝觀。

從趙敷道覓石榴〔一〕

仙人囊中五色露〔二〕，得種昔與蒲桃俱〔三〕。猩猩染花開五月〔四〕，已覺秋實懸庭除〔五〕。張園一酸齒欲裂，君家兩株蜜不如。竹馬兒童厭梨栗〔六〕，緑囊聊爲剥紅珠〔七〕。

【注】

〔一〕趙敷道：其人不詳。石榴：樹木名。亦指其所開的花和所結的果實。

〔二〕「仙人」句：《洞冥紀》載，東方朔至西極吉雲國，得神馬、吉雲草，謂武帝其國雲氣起，五色照人，著於草樹，皆成五色露珠，甚甘。武帝令取以賜群臣，老者皆少，疾者皆愈。

〔三〕蒲桃：葡萄。《漢書·西域傳上·大宛國》：「漢使采蒲陶、目宿種歸。」種：植物的種子。北魏賈思勰《齊民要術》卷四「安石榴」條下注：「陸機曰：張騫爲漢使外國十八年，得塗林。塗林，安石榴也。」此句謂石榴與葡萄一樣，皆由張騫由西域帶回，傳入中原。

〔四〕猩猩：指猩猩血。借指鮮紅色。唐皮日休《重題薔薇》：「濃似猩猩初染素，輕如燕燕欲凌空。」

〔五〕庭除：庭院。

〔六〕竹馬：兒童遊戲時當馬騎的竹竿。梨栗：指梨子與栗子。

〔七〕緑囊：指石榴果實的外皮。紅珠：指石榴可食的紅色籽粒。二句暗用晋陶淵明《責子》：「通子垂九齡，但覓梨與栗。」謂兒子們早已吃厭梨栗了，所以姑且摘取石榴給孩子們剥食其籽。

雪行

五更驢背滿靴霜，殘雪離離草樹荒〔一〕。身在景中無句寫，錯教人比孟襄陽〔二〕。

【注】

〔一〕離離：盛多貌。

〔二〕孟襄陽：唐代詩人孟浩然，襄陽人，故稱。常騎蹇驢於風雪中覓詩。明張岱《夜航船》：「孟浩然情懷曠達，常冒雪騎驢尋梅，曰：『吾詩思在灞橋風雪中驢背上。』」

龍眠畫馬〔一〕

驪黄求馬世皆然，滅没存亡自一天〔二〕。當日鹽車人不識〔三〕，只今空向畫中傳。

【注】

〔一〕龍眠：宋代畫家李公麟，號龍眠居士。凡人物、釋道、鞍馬、山水、花鳥，無所不精，時推爲宋畫中第一人。

〔二〕「驪黄」二句：伯樂薦九方皋爲秦穆公訪求駿馬。九方皋向穆公報告説找到一匹「牝而黄」的好馬，派人去看，卻是「牡而驪」。秦穆公召伯樂責備説：「敗矣，子之所使求馬者！色物牝牡尚弗能知，又何馬之能知也？」伯樂對此卻大加贊賞：「若皋之所觀，天機也。得其精而忘其粗，在其内而忘其外。……視其所視，而遺其所不視，若皋之相馬，乃有貴乎馬者也。」事見《列子·説符》。意思是説九方皋所注意的是馬的風骨品性，那些外表他已不去留心。後以「牝牡驪黄」喻指非反映事物本質的表面現象。滅没存亡：本《列子·説符》：「天下之馬者，若滅若没，若亡若失。」二句謂世人相馬皆着眼於馬的公母毛色等外表，而駿馬内在的稟賦氣質則屬天機奥秘，不易被識。

〔三〕「當日」句：用千里馬典故。典出《戰國策·楚策四》：「夫驥之齒至矣，服鹽車而上太行。蹄申膝折，尾湛胕潰，漉汁灑地，白汗交流，中阪遷延，負轅不能上。伯樂遭之，下車攀而哭之，解紵衣以冪之。」

歲暮

蕨蕨霜力勁〔一〕，沉沉山氣冥。北風半夜起，吹動一天星。

【注】

〔一〕蕨蕨：風勁烈貌。《文選·鮑照·蕪城賦》：「稜稜霜氣，蕨蕨風威。」李善注：「蕨蕨，風聲勁疾之貌。」

送張冀州致政還都 狀元行簡之父〔一〕

一札恩書下紫宸〔二〕，東門祖道畫圖新〔三〕。路人也解賢疏傅〔四〕，河内猶思借寇恂〔五〕。父子文章千載事〔六〕，田園松菊自由身〔七〕。玉京才過梨花節〔八〕，靈沼行春莫厭頻〔九〕。用宋退傳張公閑遊靈沼探春回故事。

【注】

〔一〕張冀州：張暐，官至御史大夫，太子太保張行簡、左丞張行中之父，以安武軍節度致仕。冀州下置武安軍，故稱。致政：猶致仕。指官吏將執政的權柄歸還給君主。《禮記·王制》：「五十而爵，六十不親學，七十致政。」鄭玄注：「還君事。」《國語·晉語五》：「范武子退自朝，曰：『……余將致政焉。』」韋昭注：「致，歸也。」詩亦元德明在元格官冀州間過從時作。

〔二〕恩書：謂帝王頒發的升官、赦罪之類的詔書。此指皇帝準許歸休的詔書。紫宸：宫殿名，天子所居。

〔三〕「東門」句：《漢書·疏廣傳》載，漢宣帝時疏廣爲太子太傅，其侄疏受爲太子少傅。廣謂受曰：「吾聞知足不辱，知止不殆。功遂身退，天之道也。豈如父子相隨出關，歸老故鄉，以壽命終，不亦善乎？」辭歸之日，公卿大夫、故人邑子設祖道，供張東都門外。後用爲功成身退的典故。後世將此繪圖歌詠。元王惲有《跋東門祖道圖二首》即詠此事。清王鳴盛《蛾術編》卷四十：「漢唐時州郡多在京師之東，士大夫游宦於京者，出入皆取道東門。」祖道：爲出行者祭祀路神並飲宴送行。

〔四〕「路人」句：《漢書·疏廣傳》載，疏廣、疏受以年老乞致仕。歸日，帝與太子皆賜金，公卿大夫故人邑子設祖道，送者車數百輛，供張東都門外，辭決而去。及道路觀者皆曰：「賢哉二大夫！」或歎息爲之下泣。

〔五〕「河内」句：用東漢名將寇恂事。寇恂，字子翼，上谷昌平人。光武帝南定河内，難其守，問鄧禹曰：「諸將誰可使守河内者？」禹曰：「昔高祖任蕭何於關中，終成大業。今河内帶河爲固，户口殷實，北通上黨，南迫洛陽。寇恂文武備足，有牧人御衆之才，非此子莫可使也。」乃拜恂河内太守，行大將軍事。後恂任潁川太守，離任後從光武帝至潁川，盜賊悉降，而竟不拜郡。百姓遮道曰：「願從陛下復借寇一年。」乃留恂長社，鎮撫吏人，受納餘降。事見《後漢書·寇恂傳》。

〔六〕父子文章：指張暐與張行簡、張行中父子三人皆能文。千載事：即千古事。杜甫《偶題》：「文章千古事，得失寸心知。」

〔七〕田園松菊：代歸隱之處。

〔八〕玉京：指帝都。

〔九〕「靈沼」句：《宋史·張士遜傳》載，張士遜，陽城人。仁宗時入相。累遷殿中侍御史、漳州刺史。上章請老，就拜太傅，封鄧國公。歸老，自號退傅。宋僧文瑩《湘山野録》卷中載：「退傅張鄧公士遜晚春乘安輿出南薰，繚繞都城，游金明，抵暮指宜秋而入。閽兵捧門牌請官位，退傅止書一闋於牌，云：『閒遊靈沼送春回，關吏何須苦見猜。八十衰翁無品秩，昔曾三到鳳池來。』」靈沼：帝都苑囿，在汴京。

春雪

幾日韶華雪更侵〔一〕，龍公試手本無心〔二〕。寒留整整斜斜態〔三〕，暖入融融洩洩陰〔四〕。著柳直疑香絮重，擁堦還似落花深。前頭桃李應無恙，剩破相如買賦金〔五〕。

【注】

〔一〕韶華：美好的時光。常指春光。

〔二〕龍公：稱龍王。用蘇軾《聚星堂雪》詩意：「窗前暗響鳴枯葉，龍公試手初行雪。」

〔三〕整整斜斜：有豎有斜，形容雪落態勢。

〔四〕融融洩洩：形容和樂舒暢。語出《左傳·隱公元年》：「公入而賦：『大隧之中，其樂也融融。』姜出而賦：『大隧之外，其樂也洩洩。』」二句言春雪下落時，開始還保留冬雪之狀，接近地面時漸消融於和暖之氣中。

〔五〕「剩破」句：用西漢辭賦家司馬相如典故。司馬相如嘗爲陳皇后作《長門賦》，其序云：「孝武皇帝陳皇后時得幸，頗妒。別在長門宫，愁悶悲思。聞蜀郡成都司馬相如天下工爲文，奉黄金百斤爲相如、文君取酒，因于解悲愁之辭。而相如爲文以悟上，陳皇后復得親幸。」剩破：剩同「賸」，盡。破：猶云安排。張相《詩詞典語辭匯釋》「破四」條：「黄庭堅《次韻游景叔聞洮河捷報寄諸將》詩：『中原日月九夷知，不用禽胡釁鼓旗。更向天階舞干羽，降書賸破一年遲。』賸有盡義……言盡不妨安排遲一年進降表也。」

楸樹〔一〕

道邊楸樹老龍形，社酒澆來漸有靈〔二〕。只恐等閑風雨夜，怒隨雷電上青冥〔三〕。

【注】

〔一〕楸樹：一種落葉喬木，葉子三角狀卵形或長橢圓形，花冠白色，有紫色斑點，木材質地細密。

〔二〕社酒：舊時於春秋社日祭祀土神，飲酒慶賀，稱所備之酒爲社酒。宋孟元老《東京夢華録·秋社》：「八月秋社，各以社糕、社酒相賫送貴戚。」

〔三〕「只恐」二句：承「老龍形」、「漸有靈」，暗用張僧繇點睛破壁典。唐張彦遠《歷代名畫記》卷七：「（梁）武帝崇飾佛寺，多命僧繇畫之。……金陵安樂寺四白龍不點眼睛，每云『點睛飛去』。人以爲妄誕，固請點之。須臾，雷電破壁，兩龍乘雲騰去上天，二龍未點睛者見在。」怒：奮發；奮起。

七夕〔一〕

天河唯有鵲橋通〔二〕，萬劫歡緣一瞬中〔三〕。惆悵五更仙馭遠〔四〕，寂寥雲幄掩秋風〔五〕。

【注】

〔一〕七夕：農曆七月初七之夕。民間傳説，牛郎織女每年此夜在天河相會。杜甫《牽牛織女》：「牽牛在河西，織女處其東。萬古永相望，七夕誰見同。」

〔二〕「天河」句：民間傳説天上的織女於七夕與牛郎相會。喜鵲飛來，於銀河上搭橋，讓二人相會。唐韓鄂《歲華紀麗·七夕》：「七夕鵲橋已成，織女將渡。」原注引《風俗通》：「織女七夕當渡河，使鵲爲橋。」

〔三〕萬劫：佛經稱世界從生成到毁滅的過程爲一劫，萬劫猶萬世，形容時間極長。一瞬：一眨眼。佛書中以二十念爲一瞬，二十瞬爲一彈指。喻指極短的時間。晉陸機《文賦》：「觀古今於須臾，撫四海於一瞬。」句極言牛郎織女苦望之時長及歡聚之時短。

〔四〕「惆悵」句：言織女在五更與牛郎離别時漸行漸遠，惆悵不堪之情形。

〔五〕雲幄：其狀如雲的帳幔。二句化用南朝宋謝惠連《七月七日夜詠牛女》詩句：「沃若靈駕旋，寂寥雲幄空。」

觀柘枝伎〔一〕

腰鼓聲乾揭畫梁〔二〕，綵雲擎出柘枝娘〔三〕。簾間飛燕時窺影〔四〕，鑑裏驚鸞易斷腸〔五〕。輕細不妨重暈錦〔六〕，迴旋還恐碎明璫〔七〕。杖頭白雨催花急，拂散春風兩袖香〔八〕。

【注】

（一）柘枝：柘枝舞的省稱。唐章孝標《柘枝》：「柘枝初出鼓聲招，花鈿羅衫聳細腰。」柘枝伎：以跳柘枝舞爲業的女藝人。范文瀾等《中國通史》：「胡騰、胡旋和柘枝都由女伎歌舞。」唐白居易有《柘枝妓》詩。

（二）乾：形容聲音清脆響亮。宋柳開《塞上》：「鳴骹直上一千尺，天静無風聲更乾。」揭畫梁：形容聲響宏大有力。揭：掀起。

（三）擎：舉起，向上托。柘枝娘：跳柘枝舞的女藝人。

（四）「簾間」句：用飛燕善舞典。漢劉歆《西京雜記》卷一：「趙后體輕腰弱，善行步進退。」白居易等《白孔六帖》卷六一：「趙飛燕體輕，能爲掌上舞。」

（五）「鑑裏」句：《白孔六帖》卷九四：「孤鸞見鏡，睹其影謂爲雌，必悲鳴而舞。」

（六）暈錦：又稱八答暈錦，蜀錦的一種。錦中上品，宋代多用作貢品。

（七）明璫：用珠玉串成的耳飾。二句狀柘枝伎體態的輕盈和急速旋轉的舞姿。

（八）「杖頭」二句：《太平廣記》卷二百五「宋璟」條下引《羯鼓録》：「（璟）尤善羯鼓。……又謂上（唐玄宗）曰：『頭如青山峰，手如白雨點。』按此即羯鼓之能事。山峰取不動，雨點取其急。」注：「第二鼓者，左以杖，右以手指。」末二句言用鼓槌敲擊腰鼓像白雨下落一般急速，催促柘枝伎急速旋舞，長袖隨風飄拂，散發出一股股香氣。

敏之兄詩 五首

敏之諱好古〔一〕。性識穎悟〔二〕，讀書能强記〔三〕，務爲無所不窺。年二十就科舉，時先東巖君已捐館〔四〕，太夫人年在喜懼〔五〕，望其立門户爲甚切。及再上不中，意殊不自聊。又娶婦不諧，日致惡語，遂以狷介得疾〔六〕。嘗作《望月》詩，有「莫怪更深仍坐待，密雲或有暫開時」之句，人或言詩境不開廣，非佳語也，歎曰：「吾得年不永，境趣能開廣否？」〔七〕未幾，没于北兵之禍〔八〕，年三十一。

【注】

〔一〕好古：《論語·述而》：「我非生而知之者，好古，敏以求之者也。」元好問兄之名字皆出於此。

〔二〕性識：天分，悟性。

〔三〕强記：記憶力强。《大戴禮記·保傅》：「博聞而强記，接給而善對者，謂之丞。丞者，丞天子之遺忘者也。」

〔四〕東巖君：元好古之父元德明，號東巖。捐館：拋棄館舍。死亡的婉辭。

〔五〕年在喜懼：喜懼之年，謂年事已高。《論語·里仁》：「父母之年，不可不知也。一則以喜，一則以懼。」朱子集注：「知猶記憶也。常知父母之年，則既喜其壽，又懼其衰。」

〔六〕狷介：拘泥，執著。

〔七〕「嘗作」諸句：元好問《續夷堅志》卷一《敏之兄詩賦》：「敏之兄貞祐元年癸酉中秋日，約王元卿、田德秀、田獻卿諸輩燕集，而其夜陰晦，罷。敏之兄有詩云……王、田戲曰：『詩境不開廓，君才盡耶？』敏之兄歎曰：『吾得年僅三十，境趣得開廓乎？』」

〔八〕北兵之禍：《中州集》卷七王萬鍾小傳載，貞祐二年三月三日，忻州城被攻破，蒙古軍屠城，死者十餘萬人。元好問《敏之兄墓銘》謂其「殁於貞祐二年三月北兵屠城之禍」。

中秋無月

佳辰無物慰相思〔一〕，先賞空吟昨夜詩。莫怪更深仍坐待〔二〕，密雲或有暫開時。

【注】

〔一〕無物：指没有月亮。

〔二〕更深：夜深。杜甫《火》：「流汗卧江亭，更深氣如縷。」

讀裕之弟詩藁，有鶯聲柳巷深之句，漫題三詩其後〔一〕

阿翁醉語戲兒癡〔二〕，説着蟬詩也道奇〔三〕。吴下阿蒙非向日〔四〕，新篇爭遣九泉知〔五〕。

【注】

〔一〕裕之：元好問，字裕之。漫題：信手書寫的文字。

〔二〕阿翁：指元好問生父元德明。戲兒癡：暗用《晉書·傅咸傳》典：「江海之流混混，故能成其深廣也。天下大器，非可稍了，而相觀每事欲了。生子癡，了官事，官事未易了也，了事正作癡，復爲快耳。」謂元好問癡迷於作詩。

〔三〕蟬詩：連續相承的互對詩句。

〔四〕「吴下」句：《資治通鑑》卷六六載：吕蒙在孫權勸説下篤學不倦。及魯肅過尋陽，與蒙論議，大驚曰：「卿今者才略，非復吴下阿蒙！」蒙曰：「士别三日，即更刮目相待，大兄何見事之晚乎！」指文采大增，學識大進。阿蒙：指三國時吴國名將吕蒙，此處代指三弟元好問。向日：往日，從前。

〔五〕新篇：指「鶯聲柳巷深」等近作。九泉：猶黄泉，指人死後的葬處。代指其父元德明。

又

鶯藏深樹只聞聲，不着詩家畫不成。慚愧阿兄無好語〔一〕，五言城下把降旌〔二〕。

【注】

〔一〕無好語：謂寫不出好詩。

〔二〕五言城：謂五言佳作。宋趙蕃《送劉伯瑞》其一：「長懷遠齋老，贈我五言城。」降旌：倒下旌旗，以示投降。表達技不如人、甘拜下風之意。

又

傳家詩學在諸郎〔一〕，剖腹留書死敢忘〔二〕。先人臨終有剖腹留書之語。背上錦囊三箭在〔三〕，直須千古説穿楊〔四〕。

【注】

〔一〕諸郎：指元好問兄弟三人。

〔二〕剖腹留書：猶「剖腹藏珠」。《資治通鑑·唐太宗貞觀元年》：「上謂侍臣曰：『吾聞西域賈胡得美珠，剖身以藏之，有諸？』侍臣曰：『有之。』」清李漁《閑情偶記·詞曲·結構》：「以詞曲相傳者，猶不及什一，蓋千百個人一見者也。凡有能此者，悉皆剖腹藏珠，務求自秘。」句言先父對詩學十分重視，終生爲此獻身，文業子傳，兒輩對此永不敢忘。

〔三〕「背上」句：用「錦囊三矢」典，李克用臨終遺三箭激勵兒子李存勖事。見《新五代史·伶官傳序》。

〔四〕「直須」句：用楚人養由基「百步穿楊」典故，形容射術非常高明。《史記·周本紀》：「楚有養由基者，善射者也。去柳葉百步而射之，百發而百中之。左右觀者數千人，皆曰善射。」直須：應當。唐杜秋娘《金縷衣》：「有花堪折直須折，莫待無花空折枝。」句謂元好問的詩藝已達到高超境地。

題江村風雨圖

渡口舟横水拍空，墨雲傾雨樹號風。江山不到紅塵眼〔一〕，半幅煙綃想像中。

【注】

〔一〕「江山」句：世俗凡人只關注功名利禄，對超越功利的山水風景欣賞不了，亦就不屑一顧。

中州集附録

自題中州集後〔一〕

鄴下曹劉氣儘豪〔二〕，江東諸謝韻尤高〔三〕。若從華實評詩品〔四〕，未便吴儂得錦袍〔五〕。

【注】

〔一〕詩題：元好問自金天興三年甲午（一二三四）始采編《中州集》，至蒙古海迷失后元年己酉（一二四九）在真定提學趙振玉資助下付梓，凡十六年。組詩當作於成書後付梓時。

〔二〕鄴下曹劉：泛指漢獻帝建安時期以「三曹」和「七子」爲中心的鄴下文人集團。鄴：古都邑名。曹操爲魏王，定都於此。舊址在今河北省臨漳縣。曹劉：建安詩人曹植、劉楨的並稱。南朝梁劉勰《文心雕龍·比興》：「至於揚班之倫，曹劉以下，圖狀山川，影寫雲物。」唐杜牧《酬張祜處士見寄長句四韻》：「七子論詩誰似公？曹劉須在指揮中。」氣儘豪：可合觀元好問《論詩三十首》其二：「曹劉坐嘯虎生風，四海無人角兩雄。可惜并州劉越石，不教横槊建安中。」其三：「鄴下風流在晉多，壯懷猶見鐵壺歌。風雲若恨張華少，温李新聲奈爾何。」其七：「慷慨歌謡絶不傳，穹廬一曲本天然。中州萬古英雄氣，也到陰山敕勒川。」句言建安詩人慷慨悲歌，充滿豪氣。

〔三〕江東諸謝：指東晉及南朝謝氏家族詩人群體，代表人物有謝鯤、謝尚、謝奕、謝安、謝道韞、謝混、謝靈運、謝惠連、謝朓、謝莊等。韻：即詩的對偶、平仄、韻步及語辭典雅、言近旨遠、餘味無窮等美學因素。唐魏徵《隋書·文學傳序》：「江左宮商發越，貴於清綺；河朔詞義貞剛，重乎氣質。氣質則理勝其詞，清綺則文過其意。理深者便於時用，文華者宜於詠歌，此其南北詞人得失之大較也。」二句大致本此。

〔四〕華實：華美的形式和充實的内容。詩品：詩的等級。

〔五〕吴儂：指南方詩人。得錦袍：用武則天賜錦袍事。《隋唐嘉話》：「武后游龍門，命群臣賦詩，先成者賜錦袍。東方虯受賜未安，宋子問隨就，文理兼美，乃就奪錦袍賜之。」二句言若將氣韻華實綜合評價，南方詩人不應得到那樣高的榮譽。

又

陶謝風流到百家〔一〕，半山老眼淨無花〔二〕。北人不拾江西唾〔三〕，未要曾郎借齒牙〔四〕。

【注】

〔一〕陶謝：陶潛、謝靈運的並稱。陶之田園詩，謝之山水詩，都擅長描寫自然景物。蘇軾《書黄子思詩集後》：「至於詩亦然，蘇李之天成，曹劉之自得，陶謝之超然，蓋亦至矣。」陶謝風流：陶淵明和謝靈運詩歌的流風餘韻。

〔二〕半山：宋王安石之號。句謂王安石編《唐百家詩選》有眼光。

〔三〕江西：江西詩派。拾唾：即拾人餘唾。比喻蹈襲他人的意見、言論，没有自己的見解和主張。

〔四〕曾郎：南宋曾慥，字端伯，自號至游居士，晉江人。曾官尚書郎。《宋史·藝文八》載曾慥編《宋百家詩選》五十卷。《玉海》卷五九《宋百家詩選》謂曾慥在紹興中編撰，又續二十卷。齒牙：稱譽，説好話。蘇軾《與王荆公書》：「願公少借齒牙，使增重於世。」以上二句謂北方詩人不繼承江西派的詩風，無需借助曾慥編選的《宋百家詩選》來博取贊譽。

又

萬古騷人嘔肺肝〔一〕，乾坤清氣得來難〔二〕。詩家亦有長沙帖〔三〕，莫作宣和閣本看〔四〕。

【注】

〔一〕騷人：詩人。屈原作《離騷》，後世詩人多仿效，故稱。嘔肺肝：唐李商隱《李賀小傳》：「恒從小奚奴，騎距驢，背一古破錦囊，遇有所得，即書投囊中。及暮歸，太夫人使婢受囊出之，見所書多，輒曰：『是兒要當嘔出心始已耳。』」後用作嘔心瀝血作詩的典故。

〔二〕「乾坤」句：《全唐詩話》卷六貫休《古意》：「乾坤有清氣，散入詩人脾……千人萬人中，一人兩人知。」清氣：與「濁氣」相對。古人認爲人之禀賦的優劣，與其出生時所受的陰陽清濁之氣有關。元好問《通仙觀記》：「予嘗究于神仙之説，蓋人禀天地之氣，氣之清者爲賢，至於仙，則又人之賢而清者也。」

〔三〕長沙帖：宋曾宏父《石刻鋪叙》卷下：「「長沙帖」十卷，實秘閣前帖翻本……慶曆間慧昭師錢希白摹鐫……（蘇軾）云：『希白作字，自有江左風味，故「長沙法帖」比淳化待詔所摹爲勝。世俗不察，爭訪閣本，誤矣。』」按《宋史·錢易傳》，錢易字希白，其父倧曾嗣吴越王。歸宋後，易官至翰林學士。雖「又善尋尺大書行草及喜觀佛書」，但無爲僧之行。宋黄庭堅有《評釋長沙法帖》，清卞永譽《式古堂書畫匯考》卷二：「楊（楊慎）又引東坡跋『希白作字，自有江左風味，故長沙法帖比淳化爲勝。世俗不察，爭訪閣本，誤矣。』乃知潭帖勝淳化多矣。希白，錢易也。按希白乃潭州僧希白耳。書家謂其有筆意而多率直無縈迴縹緲之勢，楊以幼安爲管寧，以希白爲錢易，其孟浪殊可對也。」按此，希白指潭州僧希白而非錢希白。曾氏有誤。又清王澍《淳化秘閣法帖考證》「潭帖」曰：「曹士冕云，淳化閣帖既頒行，潭州既横刻二本，謂之「潭帖」。余嘗見其初本，當與舊「絳帖」雁行。至慶曆八年，石已殘闕，永州僧希白重模。東坡猶嘉其有晉人風度。建炎中長沙守城者以爲砲石，無一存者。……按此，則「潭帖」與「長沙帖」當爲二帖，舊以「長沙帖」爲即「潭帖」，誤矣。」按此，希白乃永州僧，曾氏亦誤。「長沙帖」指釋希白所摹，刻石於長沙者，故稱。

〔四〕宣和：宋殿閣名。宣和閣本：指淳化待詔所摹秘閣前帖。清王澍《淳化秘閣法帖考正·叙》：「宋太宗淳化中出内府所藏古帖，詔侍書王著釐定，勒成十卷，名曰《淳化秘閣法帖》。真僞雜出，錯亂失序，識者病焉。」二句謂《中州集》的詩作雖學唐宋，但已具有金代文學的風格特色。

又

文章得失寸心知〔一〕，千古朱絃屬子期〔二〕。愛殺溪南辛老子〔三〕，相從何止十年遲〔四〕。

【注】

〔一〕「文章」句：化用杜甫《偶題》詩句：「文章千古事，得失寸心知。」

〔二〕「千古」句：《列子·湯問》：「伯牙善鼓琴，鍾子期善聽。伯牙鼓琴，志在登高山，鍾子期曰：『善哉！峨峨兮若泰山！』志在流水，鍾子期曰：『善哉！洋洋兮若江河！』伯牙所念，鍾子期必得之。」後人以子期代表知音者。

〔三〕愛殺：喜愛至極。溪南辛老子：辛愿字敬之，號溪南詩老。《中州集》卷一〇辛愿小傳：「敬之業專而心通，敢以是非黑白自任。每讀劉、趙、雷、李、張、杜、王、麻諸人之詩，必爲之探原委，發凡例，解絡脈，審音節，辨清濁，權輕重……至論朋輩中，有公鑒而無姑息者，必以敬之爲稱首。」

〔四〕「相從」句：化用蘇軾《次荆公韻四絶》詩句：「勸我試求三畝宅，從公已覺十年遲。」

又

平世何曾有稗官〔一〕，亂來史筆亦摧殘①〔二〕。百年遺稿天留在〔三〕，抱向空山掩淚看。

【校】

①摧：元好問《遺山集》作「燒」。

【注】

〔一〕稗官：小官。小説家出於稗官，後因稱野史小説爲稗官。《漢書·藝文志》：「小説家者流，蓋出於稗官。街談巷語，道聽途説者之所造也。」顔師古注：「稗官，小官。如淳曰：『細米爲稗，街談巷説，其細碎之言也。王者欲知閭巷風俗，故立稗官使稱説之。』」《中州集》之編纂目的爲「以詩存史」，其詩前小傳亦是元好問所著野史之一。

〔二〕史筆：歷史記載的代稱。多指官方史官所著的史册。

〔三〕百年遺稿：《中州集》。金享國一百二十年，此舉整數而言之。

中州樂府

吴内翰彦高〔一〕

人月圓〔二〕①

南朝千古傷心事〔三〕，猶唱後庭花〔四〕。舊時王謝，堂前燕子，飛向誰家〔五〕。恍然一夢〔六〕，仙肌勝雪〔七〕，宫髻堆鴉〔八〕。江州司馬，青衫淚濕，同是天涯〔九〕。

彦高北遷後〔一〇〕，爲故宫人賦此〔一一〕。時宇文叔通亦賦《念奴嬌》先成〔一二〕，而頗近鄙俚〔一三〕。及見彦高此作，茫然自失〔一四〕。是後人有求作樂府者，叔通即批云：「吴郎近以樂府名天下〔一五〕，可往求之。」

【校】

①毛本有題「宴張侍御家有感」。

【注】

〔一〕吴内翰彦高：吴激，字彦高，號東山，建州（今福建省建甌縣）人。仕金爲翰林待制。能詩文書畫，詞與蔡松年齊名，時號「吴蔡體」。《金史》卷一二六有傳，《中州集》卷一有小傳。

〔二〕人月圓：詞牌名。以吴激詞「青衫淚濕」句，又名《青衫濕》。雙調，四十八字，上片五句兩平韻，下片六句兩平韻。

〔三〕南朝：公元四二〇——五八九年間，建都於建康（今江蘇省南京市）的宋、齊、梁、陳四代，史稱南朝。此隱指北宋。

〔四〕後庭花：曲調名。唐教坊曲名。本名《玉樹後庭花》，南朝陳後主製。其辭輕蕩而其音甚哀，後多用以稱亡國之音。唐杜牧《泊秦淮》：「商女不知亡國恨，隔江猶唱後庭花。」

〔五〕「舊時」三句：化用唐劉禹錫《烏衣巷》詩句：「舊時王謝堂前燕，飛入尋常百姓家。」王謝：六朝望族王氏、謝氏的並稱。《南史·侯景傳》：「景請娶於王謝，帝曰：『王謝門高非偶，可於朱張以下訪之。』」後以「王謝」爲高門世族的代稱。

〔六〕恍然：仿佛。

〔七〕仙肌勝雪：莊子《逍遥遊》：「藐姑射之山，有神人居焉，肌膚若冰雪，綽約若處子，不食五穀，吸風飲露。」

〔八〕宫髻堆鴉：指宫女的髮髻。古樂府《西州曲》：「雙鬢鴉雛色。」清褚人穫《堅瓠四集·鴉卜》：「《潛居録》：又元旦梳頭，先以櫛理其毛羽。祝曰：『願我婦女，黰髮髟髟，惟百斯年，似其羽毛。』故楚人謂女髻爲鴉髻。」

〔九〕「江州」三句：化用唐白居易《琵琶行》句：「同是天涯淪落人，相逢何必曾相識。」「座中泣下誰最多，江州司馬青衫濕。」江州司馬：唐代詩人白居易曾被貶爲江州司馬。後借指失意文人。

〔一〇〕彦高北遷：宋欽宗靖康二年，吴激奉命使金。金人慕其名，强留不遣，命爲翰林待制。

〔一〕故宫人：北宋宫人。金滅北宋，擄宋二帝及宫人北上。陳廷焯《白雨齋詞話》卷三：「余獨愛彦高《人月圓・宴張侍御家有感》。……洪景盧云：『先公在燕山，赴北人張總侍御家集，出侍兒佐酒。中有一人，意狀摧抑可憐，叩其故，乃宣和殿小宫姬也。』按此，故宫人即宣和殿小宫姬。

〔二〕宇文叔通：宇文虚中（一〇七九——一一四六），字叔通，别號龍溪居士。成都廣都（今四川省成都市雙流縣）人。宋徽宗大觀三年進士，官至資政殿大學士。出使金國被扣，官禮部尚書、翰林學士承旨，封河内郡開國公。後被殺。工詩文，有文集行世，今佚。《宋史》卷三七一、《金史》卷七九有傳，《中州集》卷一有小傳。宇文虚中賦詞事，見劉祁《歸潛志》卷八：「先翰林嘗談國初宇文太學叔通主文盟時，吴深州彦高視宇文爲後進，宇文止呼爲小吴。因會飲，酒間有一婦人，宋宗室子，流落，諸公感歎，皆作樂章一闋。宇文作《念奴嬌》，有『宗室家姬，陳王幼女，曾嫁欽慈族。干戈浩蕩，事隨天地翻覆』之語。次及彦高，作《人月圓》詞云……宇文覽之，大驚，自是人乞詞，輒曰：『當詣彦高也。』彦高詞集篇數雖不多，皆精微盡善，雖多用前人詩句，其剪裁點綴若天成，真奇作也。」

〔三〕鄙俚：粗野；庸俗。

〔四〕茫然自失：若有所失而又不知所以的樣子。

〔五〕吴郎：稱吴激。

訴衷情〔一〕

夜寒茅店不成眠〔二〕。殘月照吟鞭〔三〕。黄花細雨時候〔四〕，催上渡頭船。　鷗似雪，水如天。憶當年。到家應是，童稚牽衣〔五〕，笑我華顛〔六〕。

【注】

〔一〕訴衷情：唐教坊曲名，温庭筠取屈原《離騷》「衆不可户説兮，孰云察余之中情」之意，創此詞調。雙調，四十四字，上下片各三平韻。

〔二〕茅店：用茅草蓋成的旅舍。言其簡陋。

〔三〕吟鞭：詩人的馬鞭。多以形容行吟的詩人。二句化用唐温庭筠《商山早行》：「雞聲茅店月，人跡板橋霜。」

〔四〕黄花：菊花。

〔五〕童稚：指小孩。唐劉商《胡笳十八拍》：「童稚牽衣雙在側，將來不可留又憶。」

〔六〕華顛：白頭。指年老。

春從天上來〔一〕

海角飄零〔二〕，歎漢苑秦宮〔三〕，墜露飛螢。夢回天上①〔四〕，金屋銀屏〔五〕。歌吹競舉青冥〔六〕。問當時遺譜〔七〕，有絶藝、鼓瑟湘靈〔八〕。促哀彈〔九〕，似林鶯嚦嚦〔一〇〕，山溜泠泠〔一一〕。

梨園太平樂府〔一二〕，醉幾度春風，鬢變星星②〔一三〕。舞破中原〔一四〕，塵飛滄海〔一五〕，風雪萬里龍庭〔一六〕。寫胡笳幽怨〔一七〕，人憔悴、不似丹青〔一八〕。酒微醒，對一窗涼月，燈火青熒〔一九〕。

好問曾見王防禦公玉説彦高此詞〔二〇〕，句句用琵琶故實，引據甚明。今忘之矣。

【校】

① 夢回：日本景元本作「夢裏」。

② 鬢：日本景元本作「鬒」。

【注】

〔一〕春從天上來：詞牌名。雙調，一百四字，上片十一句六平韻，下片十一句五平韻。

〔二〕海角：形容極遠僻的地方。此指金上京會寧府，治今黑龍江省阿城市南白城。飄零：飄泊流落。

〔三〕漢苑：即漢之上林苑，舊址在今陝西省西安市西。本爲秦代舊苑，漢武帝時擴建而成。秦宮：

指秦之阿房宫，舊址在今陝西省西安市西北。漢苑秦宫：此處代宋朝宫殿。

〔四〕夢回天上：言詞人聽老姬鼓瑟，思緒飛回汴梁故宫。

〔五〕金屋：形容極其華麗的住宅。用漢武帝「金屋藏嬌」典故。《漢武故事》：「武帝爲太子時，長公主欲以女配帝。問曰：『得阿嬌好否？』帝曰：『若得阿嬌，當以金屋貯之。』」銀屏：銀色屏風。唐白居易《長恨歌》：「金屋妝成嬌侍夜，玉樓宴罷醉和春……珠箔銀屏迤邐開。」

〔六〕歌吹：歌唱聲與吹奏聲。唐杜牧《題智禪寺》：「誰知竹西路，歌吹是揚州。」青冥：形容青蒼幽遠。指天空。《楚辭·九章·悲回風》：「據青冥而攄虹兮，遂儵忽而捫天。」王逸注：「上至玄冥，舒光耀也。所至高眇不可逮也。」句言汴宫歌奏聲響徹雲霄。

〔七〕當時遺譜：按宋有《宣和石譜》、《宣和書譜》、《宣和畫譜》等，此當指徽宗等撰寫宫詞所用的曲譜。

〔八〕絶藝：絶技，極高超的技藝。鼓瑟湘靈：謂湘水之神彈奏古瑟。《楚辭·遠遊》：「使湘靈鼓瑟兮，令海若舞馮夷。」洪興祖補注：「此湘靈乃湘水之神。」

〔九〕促哀彈：指彈奏出哀怨的聲調。句用晉傅玄《琵琶賦》「飛纖指以促柱兮，創發越以哀傷」意。

〔一〇〕嚦嚦：形容黄鶯清脆的叫聲。此處用以形容絃音的清脆動聽。

〔一一〕山溜：山間向下傾注的細小水流。泠泠：形容水聲清越、悠揚。晉陸機《招隱詩》其二：「山溜何泠泠，飛泉漱鳴玉。」

〔二〕梨園：《新唐書·禮樂志》：「玄宗既知音律，又酷愛法曲，選坐部伎子弟三百，教於梨園。聲有誤者，帝必覺而正之，號皇帝梨園弟子。宫女數百亦爲梨園弟子。」程大昌《雍録》卷九：「開元二年，置教坊於蓬萊宫，上自教法曲，謂之梨園子弟。……梨園者，按樂之地。」後以「梨園」泛指戲班或演戲之所。句言宋徽宗在天下太平時置教坊於宫中，歌舞昇平。

〔三〕星星：頭髮花白貌。代指白髮。晉左思《白髮賦》：「星星白髮，生於鬢垂。」

〔四〕舞破中原：化用唐杜牧《過華清宫》詩句：「霓裳一曲千峰上，舞破中原始下來。」謂宋徽宗縱情聲色，荒淫誤國。

〔五〕塵飛滄海：即滄海桑田，喻時世變遷。典出晉葛洪《神仙傳·麻姑》：「麻姑自説：『接侍以來，已見東海三爲桑田。向到蓬萊，水又淺于往者，會時略半也。豈將復還爲陵陸乎？』方平笑曰：『聖人皆言，海中復揚塵也。』」

〔六〕龍庭：匈奴俗信龍神，故稱單于王庭爲龍庭。此指金上京會寧府。三句意近白居易《長恨歌》：「漁陽鼙鼓動地來，驚破《霓裳羽衣曲》。九重城闕煙塵生，千乘萬乘西南來。」言宋主縱情聲色，導致金人入侵，朝代鼎革，老姬被擄至上京。

〔七〕寫胡笳幽怨：暗用蔡琰典故。《樂府詩集·胡笳十八拍》引唐劉商《胡笳曲序》曰，蔡琰善琴，後没于南匈奴，曹操遣使者贖歸，再嫁董祀。蔡琰嘗作《胡笳十八拍》抒發「亡家失身」之「憤怨」，董祀以琴聲寫胡笳聲爲十八拍。胡笳：北方民族的管樂器，相傳由漢張騫從西域傳入，漢魏鼓吹樂中常用之。幽怨：鬱結於心的愁怨。

〔一八〕丹青：圖畫。《西京雜記》卷二：「元帝後宮既多，不得常見，乃使畫工圖形，按圖召幸之。諸宮人皆賂畫工，多者十萬，少者亦不減五萬。獨王嬙不肯，遂不得見。後匈奴入朝，求美人爲閼氏，於是上案圖，以昭君行。」句謂流落北地的梨園老姬形容憔悴，無昔日之嬌妍。

〔一九〕青熒：燈火微明貌。

〔二〇〕王防禦公玉：名不詳，字公玉，臨潢人。少擢第，入仕以能稱。大安末，爲左司員外郎，累遷青州防禦使。與宰相穆延盡忠不協，左遷刺州。南渡以病免，居蔡州。喜易、佛、老、莊書。見金劉祁《歸潛志》卷四。

滿庭芳〔一〕

誰挽銀河，青冥都洗〔二〕，故教獨步蒼蟾〔三〕。露華仙掌〔四〕，清淚向人霑〔五〕。畫棟秋風嫋嫋〔六〕，飄桂子、時入疏簾〔七〕。冰壺裏〔八〕，雲衣霧鬢〔九〕，掬水弄春纖〔一〇〕。厭厭〔一一〕，成勝賞〔一二〕，銀槃潑汞①〔一三〕，寶鑑披奩〔一四〕。待不放楸梧，影轉西檐。坐上淋漓醉墨〔一五〕，人人看、老子掀髯〔一六〕。明年會，清光未減，白髮也休添。

【校】

① 潑：毛本作「撥」。

【注】

〔一〕滿庭芳：詞牌名。有平韻、仄韻二體。平韻者，雙調，九十五字。仄韻者，雙調，自九十三字至九十六字。共有七體。

〔二〕青冥：形容青蒼幽遠，指青天。

〔三〕蒼蟾：代月亮。《淮南子·精神訓》：「日中有踆烏，而月中有蟾蜍。」

〔四〕露華仙掌：漢武帝爲求仙，在建章宮神明臺上造銅仙人，舒掌捧銅盤玉杯，以承接天上的仙露。《史記·封禪書》：「其後則又作柏梁銅柱承露仙人掌之屬。」《三輔黄圖》卷五引《漢武故事》：「通天臺上有承露盤、仙人掌。擎玉杯以承雲表之露。」後稱承露金人爲仙掌。唐杜牧《早雁》：「仙掌月明孤影過，長門燈暗數聲來。」

〔五〕清淚：唐李賀《金銅仙人辭漢歌》：「空將漢月出宮門，憶君清淚如鉛水。」

〔六〕嫋嫋：吹拂貌。《楚辭·九歌·湘夫人》：「嫋嫋兮秋風，洞庭波兮木葉下。」

〔七〕飄桂子：取桂花飄香意。唐宋之問《靈隱寺》：「桂子月中落，天香雲外飄。」

〔八〕冰壺：盛冰的玉壺。喻月。唐朱華《海上升明月》：「影開金鏡滿，輪抱玉壺清。」

〔九〕雲衣霧鬢：狀衣衫鬢髮如雲霧般輕柔。蘇軾《題毛女真》：「霧鬢風鬟木葉衣，山州良是昔人非。」此代月中仙女。

〔一〇〕春纖：形容女子的手指。

〔一一〕厭厭：安靜，安逸。《詩・秦風・小戎》：「厭厭良人，秩秩德音。」毛傳：「厭厭，安靜也。」晉陶潛《詠二疏》：「厭厭閭里歡，所營非近務。」逯欽立校注：「厭厭，安逸貌。」

〔一二〕勝賞：快意的觀賞。

〔一三〕銀盤潑汞：形容月灑銀輝。汞，即水銀。

〔一四〕寶鑑披奩：喻明月光彩照人。鑒：鏡子。喻月。披奩：打開鏡匣。

〔一五〕淋漓醉墨：乘着酒興揮毫潑墨。唐李肇《唐國史補》卷上：「（張）旭飲酒輒草書，揮筆而大叫，以頭揾水墨中而書之，天下呼爲張顛。」後常用以形容行文作畫揮灑自如，筆意酣暢。淋漓，充盛、酣暢的樣子。

〔一六〕老子：老年男子的自稱。即老夫。掀髯：笑時啟口張須貌，激動貌。

風流子①〔一〕

書劍憶游梁〔二〕，當時事，底處不堪傷〔三〕。蘭楫嫩漪〔四〕，向吳南浦〔五〕，杏花微雨〔六〕，窺宋東牆〔七〕。鳳城外、燕隨青步障〔八〕，絲惹紫遊韁〔九〕。曲水古今〔一〇〕，禁煙前後〔一一〕，暮雲樓閣，春草池塘〔一二〕。　回首斷回腸〔一三〕，年芳但如霧、鏡髮成霜〔一四〕。獨有蟻尊陶寫〔一五〕，蝶夢悠颺〔一六〕。聽出塞琵琶〔一七〕，風沙淅瀝〔一八〕，寄書鴻雁〔一九〕，煙月微茫。不似海門潮信〔二〇〕，能到潯陽〔五〕。

【校】

① 毛本有詞題「感舊」。

【注】

〔一〕風流子：原唐教坊曲名，後用爲詞牌。分單調、雙調兩體。單調三十四字，仄韻。雙調一百一十字，上、下片各四平韻。

〔二〕書劍：指帶着書劍。唐許渾《别劉秀才》：「三獻無功玉有瑕，更攜書劍客天涯。」梁：即大梁，戰國魏都，在今河南開封，北宋建都於此。句言早年赴京求取功名事。

〔三〕底處：何處。

〔四〕蘭楫：用木蘭樹木材所造之舟。梁任昉《述異記》卷下：「木蘭川在潯陽江中，多木蘭樹。昔吴王闔閭植木蘭於此，用構宫殿也。七里洲中有魯班刻木蘭爲舟，舟至今在洲中。詩家云木蘭舟，出於此。」楫：船上的短槳，指代船。唐賈島《送董正字常州覲省》：「輕楫浮吴國，繁霜下楚空。」嫩漪：微波。

〔五〕南浦：南面的水濱。《楚辭·河伯》：「送美人兮南浦。」江淹《别賦》：「送君南浦，傷如之何！」後常用稱送别之地。

〔六〕杏花微雨：宋陳元靚《歲時廣記》卷一「杏花雨」引《提要録》：「杏花開時正值清明前後，必有雨也，謂之杏花雨。古詩云：『沾衣欲濕杏花雨，吹面不寒楊柳風。』」

〔七〕窺宋東牆：用戰國楚宋玉典故，其《登徒子好色賦》：「天下之佳人，莫若楚國，楚國之麗者，莫若臣里，臣里之美者，莫若臣東家之子……然此女登牆窺臣三年，至今未許也。」此處用以形容得到美女的傾心與愛慕。

〔八〕鳳城：指京城。杜甫《夜》：「步蟾倚杖看牛斗，銀漢遥應接鳳城。」仇兆鼇注引趙次公語：「秦穆公女吹簫，鳳降城，因號丹鳳城，其後言京城曰鳳城。」步障：古人立竹張幕爲屏障，用以遮蔽風塵。青步障：即青綾步障。《晉書·石崇傳》：「崇作錦步障五十里。」

〔九〕遊韁：馬韁繩。紫遊繮：紫色的馬韁。唐温庭筠《江南曲》：「停岸騎馬郎，烏帽紫遊韁。」亦借指出遊的車馬。

〔一〇〕曲水：曲水流觴。古代風俗以三月上旬的巳日，在水濱聚會宴飲，以祓除不祥。晉王羲之《蘭亭集序》：「又有清流激湍，映帶左右，引以爲流觴曲水。」後泛指在水邊宴集。

〔一一〕禁煙：猶禁火。指寒食節，在清明節前一、二日。南朝梁宗懔《荆楚歲時記》：「介子推三月五日爲火所焚，國人哀之。每歲春暮，不舉火，謂之禁煙。」宋王禹偁《寒食》：「郊原曉緑初經雨，巷陌春陰乍禁煙。」

〔一二〕春草池塘：本謝靈運《登池上樓》：「池塘生春草，園柳變鳴禽。」

〔一三〕回腸：比喻愁苦、悲痛之情鬱結於内，輾轉不解。

〔一四〕年芳：指美好的春色。南朝梁沈約《三月三日率爾成篇》：「麗日屬元巳，年芳具在斯。」鏡髮成霜：指鏡中鬢髮全白。句言繁花如霧的春色依舊，而人已白髮如霜，物是而人非。

〔一五〕蟻尊：酒杯。亦借指酒。蟻，原指酒滓。《文選·張衡·南都賦》：「醪敷徑寸，浮蟻若萍。」此處代酒。陶寫：謂怡悦情性，消愁解悶。《世説新語·言語》：「謝太傅語王右軍曰：『中年傷於哀樂，與親友别，輒作數日惡。』王曰：『年在桑榆，自然至此，正賴絲竹陶寫。恒恐兒輩覺，損欣樂之趣。』」寫，通「瀉」。謂宣洩。

〔一六〕蝶夢：《莊子·齊物論》：「昔者莊周夢爲蝴蝶，栩栩然蝴蝶也。……俄然覺，則蘧蘧然周也。不知周之夢爲蝴蝶與，蝴蝶之夢爲周與？」後因稱夢爲蝶夢。句言隔世之感恍如夢境。

〔一七〕出塞琵琶：用漢王昭君出塞典故。晉石崇《王明君詞並序》：「王明君者，本是王昭君，以觸文帝諱改之。匈奴盛，請婚於漢，元帝以後宫良家子昭君配焉。昔公主嫁烏孫，令琵琶馬上作樂，以慰其道路之思。其送昭君，亦必爾也。其造新曲，多哀怨之聲。」杜甫《詠懷古跡》：「千載琵琶作胡語，分明怨恨曲中論。」金滅北宋，擄徽、欽二宗及宗室男女等至北地，多數宫女流落燕京、上京等地，淪爲歌妓。參見《人月圓》、《春從天上來》諸詞。此指她們的鼓樂聲。

〔一八〕淅瀝：象聲詞，形容輕微的風沙聲。李白《昭君怨》：「燕支長寒雪作花，蛾眉憔悴没胡沙。」

〔一九〕寄書鴻雁：用蘇武鴻雁傳書典故。《漢書·蘇武傳》載：蘇武以中郎將使匈奴，被留不遣十九年。「後漢使復至匈奴，常惠……教使者謂單于，言天子射上林中，得雁，足有係帛書。言武等在某澤中。」故放還。

〔二〇〕海門：海口。長江入海之處。潮信：海洋的潮水漲落有時，故稱「潮信」。

〔二一〕潯陽：長江在江西九江一段名潯陽江。古人以潮達潯陽而返。唐劉長卿《奉送裴員外赴上都》：「獨過潯陽去，空憐潮信回。」唐張繼《奉寄皇甫補闕》：「潮至潯陽回去，相思無處通書。」末六句言自己使金被扣之遭際似蘇武，但歸期渺茫，没有蘇武因鴻雁傳書而放歸之命運。

蔡丞相伯堅〔一〕

大江東去二首①〔二〕

離騷痛飲〔三〕，問人生②、佳處能消何物〔四〕。江左諸人成底事〔五〕，空想巖巖青壁③〔六〕。五畝蒼煙〔七〕，一丘寒玉④〔八〕，歲晚憂風雪〔九〕。西州扶病〔一〇〕，至今悲感前傑〔一一〕。我夢卜築蕭閑〔一二〕，覺來巖桂〔一三〕，十里幽香發。胸中冰與炭⑤〔一四〕，一酌春風都滅〔一五〕。勝日神交〔一六〕，悠然得意，遺恨無毫髮⑥〔一七〕。古今同致，永和徒記年月〔一八〕。

【校】

①蔡松年《明秀集》詞前有小序：「還都後，諸公見追和赤壁詞，用韻者凡六人，亦復重賦。」知爲追和蘇軾《念奴嬌·赤壁懷古》詞。詞末有後序：「王夷甫神姿高秀，宅心物外，爲天下稱首。復自言少無宦情，使其雅詠虚玄，不論世事，超然遂終其身，何必減嵇阮輩。而當衰世頹俗，力不可爲，不能遠引辭世，黽俛高位，顛危之禍，卒與晉俱，爲千古名士之恨。又嘗讀《山陰詩叙》，考其論古今，感慨事物之變，既言『修短隨化，終期於盡，而世殊事異，興懷一致』，則死生終始，物理之常，正當乘化以歸盡，何足深歎。而區區列叙一時之述作，刊紀歲月，豈逸少之清真簡裁，亦未盡能忘情於此耶？故因此詞併及之。」

②問：《明秀集》作「笑」。

③青：《明秀集》作「玉」。

④玉：《明秀集》作「碧」。

⑤胸中：《明秀集》作「嵬隗胸中」。

⑥遺恨：原本作「離恨」，句本杜甫詩，據《明秀集》改。

【注】

〔一〕蔡丞相伯堅：蔡松年，字伯堅。官至尚書右丞相。《金史》卷一二五有傳，《中州集》卷一有小傳。

〔二〕大江東去：詞牌名，本名念奴嬌。雙調，一百字，又名「百字令」、「百字謡」。因蘇軾《念奴嬌·赤壁懷古》詞，其首句爲「大江東去」，末句爲「一尊還酹江月」，故又名《大江東去》、《酹江月》。有平仄兩體。仄韻格，上下片各十句四仄韻，宜於抒寫豪邁感情。另有平韻格，用者較少。

〔三〕離騷痛飲：《世説新語·任誕》：「王孝伯言：『名士不必須奇才，但使常得無事，痛飲酒，熟讀《離騷》，便可稱名士。』」離騷：戰國時屈原所作，借以抒發政治憂憤。

〔四〕消：須。蘇軾《永和清都觀謝道士……求詩》：「自笑餘生消底物，半篙清漲百灘空。」二句言兩晉名士除痛飲酒、讀《離騷》之外，其風流人生無須他物。

〔五〕「江左」句：晉室南渡，東晉及宋、齊、梁、陳相繼建都金陵，占領江左一帶。江左諸人：指東晉謝安、王導、王羲之諸人。底事：何事。

〔六〕巖巖青壁：指西晉王衍之玄虚清談。《世説新語》劉孝標注：「顧愷之《王夷甫畫贊》曰：『夷甫天形瓌特，識者以爲巖巖秀峙，壁立萬仞。』」王位居宰相，崇尚清淡，不理國政，導致西晉覆滅。其兵敗臨終曾曰：「向若不祖尚浮虚，戮力以匡天下，猶可不至今日。」事見《晉書·王衍傳》。《世説新語·輕詆》：「桓公入洛，過淮泗，踐北境，與諸僚屬登平乘樓，眺矚中原，慨然曰：『遂使神州陸沉，百年丘墟，王夷甫諸人不得不任其責。』」

〔七〕「五畝」句：代歸隱之處。五畝：即五畝之宅。《晉書·謝混傳》：「桓玄嘗欲以安宅爲營，混曰：『召伯之仁，猶惠及甘棠；文靖之德，更不保五畝之宅邪？』」蘇軾《六年正月二十日復出東門仍用前韻》：「五畝漸成終老計，九重新掃舊巢痕。」蒼煙：青煙。借指卜居之地。蔡松年《明秀集·一剪梅》詞：「老子初無遊宦情，三徑蒼煙歸未成。」又《水龍吟》詞前小序：「雙清道人田唐卿，清真簡秀，有林壑癖，與余作蒼煙寂寞之友。」

〔八〕一丘：謂一丘一壑，代歸隱之處。《漢書・叙傳上》：「漁釣於一壑，則萬物不奸其志；棲遲於一丘，則天下不易其樂。」寒玉：翠竹。蔡松年《明秀集・雨中花》詞序曰：「聞山陽間，魏晉諸賢故居，風氣清和，水竹蔥蒨。方今天壤間，蓋第一勝絶之境，有意卜居於斯。……故自丙辰、丁酉以來，三求官河内，經營三徑，遂將終焉。」

〔九〕歲晚憂風雪：金魏道明《明秀集》注曰：「風雪以比憂患，是時公方自憂，恐不爲時所容。」

〔一〇〕西州扶病：用東晉謝安典故。謝安求隱退未果，被迫出鎮廣陵（今江蘇省揚州市），後還都，扶病入西州門，未幾病卒。《江寧府志》：「西州城，即古揚州城。漢揚州治曲阿，晉永嘉中遷于建康，即立州城於此。太元末，會稽王道子領揚州東府，故號此城爲西州城。晉時謝安爲時人所愛重，及鎮新城，以病，輿入西州門。」《晉書・謝安傳》載：謝安死後，羊曇輟樂彌年，行不由西州路。嘗因大醉，不覺至州門。左右白曰：「此西州門。」曇悲感不已，以馬策扣扉，誦曹子建詩曰：「生存華屋處，零落歸山丘。」慟哭而去。

〔一一〕前傑：指謝安。

〔一二〕卜築：擇地建築住宅，即定居之意。蕭閑：蔡松年別業，在真定（今河北省正定縣），其堂曰「蕭閑堂」，自號「蕭閑老人」。

〔一三〕巖桂：木犀，通稱桂花。金魏道明注《明秀集》曰：「公《木犀詩》自注云：『木犀，湖湘之間謂之「九里香」，江東乃號「巖桂」，唯錢塘人最重之，直呼「桂花」。』」

〔一四〕冰與炭：冰塊和炭火。比喻性質相反，不能相容。指煩惱熬煎。唐韓愈《聽穎師彈琴》：「穎乎爾誠能，無以冰炭置我腸。」

〔一五〕春風：指酒。宋黄庭堅《次韻楊君全送酒》：「醡頭夜雨排檐滴，杯面春風繞鼻香。」金魏明道《明秀集》注云：「公意欲忘懷憂患，一寓之酒而與晉賢神交，庶得意而無愁恨也。」

〔一六〕勝日：風光明媚之日。《晉書·衛玠傳》：「遇有勝日，親友時請一言，無不咨嗟以爲入微。」神交：以道義爲重的精神之交。

〔一七〕「遺恨」句：化用杜甫《敬贈鄭諫議十韻》詩句：「毫髮無遺恨，波瀾獨老成。」

〔一八〕「古今」二句：用王羲之《蘭亭集序》典故。《蘭亭集序》：「永和九年，歲在癸丑。暮春之初，會於會稽山陰之蘭亭，修禊事也。」又云：「後之視今，亦猶今之視昔。」又云：「雖世殊事異，所以興懷，其致一也。」永和：晉穆帝年號(三四五——三五六)。

又①

倦游老眼〔一〕，放閑身、管領黄華三日〔二〕。客子秋高茅舍外②〔三〕，滿眼秋嵐欲滴〔四〕。澤國清霜〔五〕，澄江爽氣〔六〕，染出千林赤〔七〕。感時懷古，酒前一笑都釋〔八〕。　千古栗里高情〔九〕，雄豪割據〔一〇〕，戲馬空陳跡〔一一〕。醉裏誰能知許事，俯仰人間今昔〔一二〕。三弄胡牀〔一三〕，九層飛觀〔一四〕，喚取穿雲笛〔一五〕。涼蟾有意〔一六〕，爲人點破空碧〔一七〕。

【校】

① 蔡松年《明秀集》有題「九日作」。

② 高：《明秀集》作「多」。

【注】

〔一〕倦游：厭倦仕宦而思退。《史記·司馬相如傳》：「長卿故倦游。」集解：「厭游宦也。」

〔二〕「放閑身」句：舊制重九放假三日，故有閑身三日，管領黄華之説。放：任，任由。管領：領受。唐白居易《題小橋前新竹招客》：「管領好風煙，輕欺凡草木。」黄華：即菊花。

〔三〕客子：旅居異鄉的人。

〔四〕「滿眼」句：化用宋僧寶謇《題逆旅壁》詩句：「滿院秋光濃欲滴。」

〔五〕澤國：多水之地，水鄉。

〔六〕澄江：水色清澈的江面。爽氣：謂秋日高爽之氣。

〔七〕染出千林赤：因秋高氣爽，楓樹等葉變紅，故云。蘇軾《暮宿淮南村》句：「已度千山赤。」

〔八〕「酒前」句：化用宋歐陽修《折刑部海棠戲贈聖俞二首》其一：「人生浪自苦，得酒且開釋。」

〔九〕栗里：地名。即柴桑，在今江西省九江市西南。晉陶潛曾居於此。南朝梁蕭統《陶靖節傳》：「淵明嘗往廬山，弘命淵明故人龐通之齎酒具於半道栗里之間。」唐白居易《訪陶公》：「柴桑古村落，栗里舊山川。」

〔一〇〕雄豪割據：指劉邦、項羽割鴻溝爲漢楚之界，在今河南省河陰縣。杜甫《夔州歌十絶句》其二：「英雄割據非天意，霸主併吞在物情。」

〔一一〕戲馬：指戲馬臺，古跡名。《徐州府志》：「戲馬臺，在（徐州）城南一里，項羽因山爲臺，以觀戲馬，故名。宋武爲宋公，在彭城，九日大會賓僚賦詩於此。」後遂成詠重陽典故。

〔一二〕「俯仰」句：化用蘇軾《西江月·重九》：「酒闌不必看茱萸，俯仰人間今古。」俯仰：低頭抬頭，比喻時間短暫。

〔一三〕三弄胡牀：用「桓伊三弄」典故。《晉書·桓伊傳》載：桓伊善音樂，盡一時之妙。王徽之便令人謂伊曰：「聞君善吹笛，試爲我一奏。」伊是時已貴顯，素聞徽之名，便下車，踞胡牀，爲作三調，弄畢，便上車去。賓主不交一談。胡牀：一種可以折疊的坐具。

〔一四〕九層飛觀：高聳的宮闕。《文選·曹植·雜詩其六》：「飛觀百餘尺，臨牖御櫺軒。」李善注引《爾雅》：「觀，謂之闕。」李周翰注：「觀，樓也。」

〔一五〕穿雲笛：形容笛聲高亢嘹亮穿越雲層。宋陸游《黄鶴樓》：「平生最喜聽長笛，裂石穿雲何處吹。」

〔一六〕涼蟾：指秋月。唐李商隱《燕臺詩·秋》：「月浪衡天天宇濕，涼蟾落盡疏星入。」

〔一七〕點破：改變原來的狀況。空碧：指清澈蔚藍的天空和水色。二句言秋月善解人意，照亮天空。

水調歌頭①〔一〕

雲間貴公子〔二〕，玉骨秀横秋〔三〕。十年流落冰雪，香靄紫貂裘〔四〕。燈火春城咫尺，曉夢梅花消息〔五〕，繭紙寫銀鉤〔六〕。老矣黄塵眼〔七〕，如對白蘋洲〔八〕。世間物，惟有酒，可忘憂。蕭閑一段、歸計佳處着君侯〔九〕。翠竹江村月上，但要綸巾鶴氅〔一〇〕，來往亦風流。醉墨薔薇露〔一一〕，灑遍酒家樓。

【校】

① 蔡松年《明秀集》此詞前有小序曰：「曹侯浩然，人品高秀，玉立而冠，其學問文章，落盡貴驕之氣，藹然在寒士右。惜乎流離頓挫，無以見於事業，身閑勝日，獨對名酒，悠然得意，引滿徑醉。醉中出豪爽語，往往冰雪逼人，翰墨淋漓，殆與海岳并驅爭先。雖其平生風味可以想見，然流離頓挫之助乃不爲不多。東坡先生云：『士踐憂患，焉知非福。』浩然有焉。老子於此所謂興復不淺者，聞其風而悦之。念方問舍於蕭閑，陰求老伴，若加以數年，得相從乎林影水光之間，信足了此一生，猶恐君之嫌俗客也。作水調歌頭曲以訪之。」

【注】

〔一〕水調歌頭：詞牌名。相傳隋煬帝開汴河時曾作《水調歌》，唐人演爲大曲。大曲有散序、中序、入破三部分，「歌頭」當爲中序的第一章。雙調，九十四字至九十七字，上下片各四平韻，也有平仄互叶者。

〔二〕雲間貴公子：《世説新語·排調》：「荀鳴鶴、陸士龍二人未相識，俱會張茂先坐。張令共語。以其並有大才，可勿作常語。陸舉手曰：『雲間陸士龍。』荀答曰：『日下荀鳴鶴。』」西晉文學家陸雲，字士龍，華亭（今上海市松江縣）人。雲間，松江府的别稱。今上海松江縣一帶。此處借指曹浩然。

〔三〕「玉骨」句：取杜甫《徐卿二子歌》「秋水爲神玉爲骨」意。玉骨：清瘦秀麗的身架。横秋：形容人的氣勢之盛。蘇軾《次韻王定國得晉卿酒相留夜飲》：「短衫壓手氣横秋，更着仙人紫綺裘。」

〔四〕「十年」二句：謂曹浩然經長期流離頓挫，「落盡貴驕之氣」，雖然衣著依舊珍貴，但爲人和藹可親。

〔五〕梅花消息：南朝宋陸凱與范曄友善，自江南寄梅花一枝至長安贈曄，並與詩曰：「折梅逢驛使，寄與隴頭人。江南無所有，聊贈一枝春。」

〔六〕繭紙：用繭絲製作的紙，古代書畫用紙之一。宋黄庭堅《次韻錢穆父贈松扇》：「銀鉤玉唾明蠒紙，松箑輕涼并送似。」銀鉤：比喻遒媚剛勁的書法。《晉書·索靖傳》：「蓋草書之爲狀也，婉若銀鉤，飄若驚鸞。」三句言友人雖近在咫尺，卻如遠隔天涯，希望他如陸凱一樣，給自己捎封信來。

〔七〕黄塵：比喻俗世，塵世。

〔八〕白蘋洲：長滿白色蘋花的沙洲，古代泛指水邊送别之地。唐温庭筠《夢江南》：「斜暉脈脈水悠悠，腸斷白蘋洲。」二句言自己年紀已老，久經塵世俗務折磨，心靈孤寂，終日苦苦盼望友人。

〔九〕歸計：歸隱的打算。句言自己擬在真定的蕭閑别業安度晚年，並爲曹氏也安排好住所，「相從乎林影水光之間」。

〔一〇〕綸巾：古代用青色絲帶做的頭巾。一説配有青色絲帶的頭巾。相傳三國蜀諸葛亮在軍中服用，故又稱諸葛巾。鶴氅：鳥羽製成的裘，用作外套。《世説新語·企羨》：「孟昶未達時，家在京口，嘗見王恭乘高輿，被鶴氅裘。于時微雪，昶於籬間窺之，歎曰：『此真神仙中人。』」古人多以「綸巾鶴氅」代表風姿瀟灑。

〔一一〕醉墨：謂乘着酒興揮毫潑墨。唐李肇《唐國史補》卷上：「（張）旭飲酒輒草書，揮筆而大叫，以頭揾水墨中而書之，天下呼爲張顛。醒後自視，以爲神異，不可復得。」薔薇露：薔薇水，花露香水。唐張泌《妝樓記》：「周顯德五年，昆明國獻薔薇水十五瓶，云得自西域，以灑衣，衣敝而香不滅。」此處用以喻墨香。明方以智《通雅》卷三九：「汶人竇蘋《酒譜》稱，唐名酒有瓊花露、薔薇露。」宋陸游《老學庵筆記》卷七：「壽皇時，禁中供御酒名薔薇露。」按此，薔薇露指名酒亦通。

月華清〔一〕

樓倚明河〔二〕，山蟠喬木〔三〕，故國秋光如水〔四〕。常記别時，月冷半山環珮〔五〕。到而今、桂影尋人〔六〕，端好在、竹西歌吹〔七〕。如醉。望白蘋風裏，關山無際。可惜瓊瑤千里〔八〕，有少年玉人〔九〕，吟嘯天外〔一〇〕。脂粉清輝〔一一〕，冷射藕花冰蕊。念老去、鏡裏流年〔一二〕，空解道、人生適意〔一三〕。誰會。更微雲疏雨〔一四〕，空庭鶴唳〔一五〕。

【注】

〔一〕月華清：詞牌名，雙調，九十九字，上片十句五仄韻，下片十句六仄韻。

〔二〕明河：天河，銀河。唐宋之問《明河篇》：「明河可望不可親，願得乘槎一問津。」

〔三〕蟠：盤曲環繞。喬木：木之高大而上曲者。《詩·周南·漢廣》：「南有喬木，不可休息。」

〔四〕故國：家鄉。唐曹松《送鄭谷歸宜春》：「無成歸故國，上馬亦高歌。」

〔五〕環珮：喻絃月。

〔六〕桂影：謂月光。神話傳説月中有桂樹。

〔七〕竹西歌吹：唐杜牧《題揚州禪智寺》：「誰知竹西路，歌吹是揚州。」用以形容揚州城市生活的繁華，後泛指繁華生活。

〔八〕瓊瑤：美玉。此喻指月光。

〔九〕玉人：容貌美潔如玉之人。《世説新語·容止》：「（裴楷）有俊容儀，脱冠冕，粗服亂頭皆好。時人以爲玉人。」

〔一〇〕吟嘯：長聲悲歎。

〔二〕脂粉清輝：狀玉人之玉體光澤。

〔三〕流年：如水般流逝的光陰、年華。

〔三〕人生適意：《晉書·張翰傳》載其官洛陽時思鄉，曰：「人生貴適意耳，何能羈宦數千里以要名爵乎？」遂慨然而歸。句用此典，言其官上京，思鄉卻難以如願。於百般糾結之中，只會吟詠張翰「人生貴適意」的名句而已。

〔四〕微雲疏雨：用唐孟浩然聯句「微雲淡河漢，疏雨滴梧桐」及唐温庭筠《更漏子》「梧桐樹，三更雨，不道離情正苦」，喻淒涼愁苦之意境。

〔五〕空庭鶴唳：用陸機「華亭鶴唳」典故。表現思念、懷舊之意。亦爲慨歎仕途險惡、人生無常之詞。《世説新語·尤悔》：「陸平原河橋敗，爲盧志所讒，被誅。臨刑歎曰：『欲聞華亭鶴唳，可復得乎！』」

江神子慢　賦瑞香〔一〕

紫雲點楓葉〔二〕。叢樹小、婆娑歲寒節〔三〕。占高潔。纖苞暖，釀出梅魂蘭魄〔四〕。照濃碧〔五〕。茗盌添春花氣重，芸窗曉、濛濛浮霽月〔六〕。小眠鼻觀先通〔七〕，廬山夢舊清絶〔八〕。蕭閑平生淡泊〔九〕。獨芳温一念〔一〇〕，猶未衰歇。種陳跡〔一一〕。而今老、但覓茶煙禪榻〔一二〕，寄閑寂〔一三〕。風外天花無夢也〔一四〕，鴛鴦債、從渠千萬劫〔一五〕。夜寒回施幽香，與春愁客①〔一六〕。

【校】

① 與春：毛本作「與」。

【注】

〔一〕江城子慢：雙調，一百九字，上片九句七仄韻，下片九句六仄韻。瑞香：亦稱睡香。常緑灌木，葉爲長橢圓形。春季開花，花集生頂端，有紅紫色或白色等，有濃香。

〔二〕紫雲：指瑞香的紫色花朵。

〔三〕「巖樹」句：言瑞香生長於山巖中，樹幹矮小，在寒冷季節枝葉紛披。

〔四〕梅魂蘭魄：指梅花、蘭花的清遠香氣和綽約動人的風致。

〔五〕照濃碧：言觀看用瑞香浸泡的茶水，香濃色緑。

〔六〕芸窗：書窗。古人藏書多用芸香驅蠹，故稱。濛濛浮霽月：用宋林逋《山園小梅》「暗香浮動月黄昏」詩意。

〔七〕鼻觀：鼻孔。指嗅覺。宋黄庭堅《題海首座壁》：「香寒明鼻觀，日永稱頭陀。」

〔八〕廬山夢舊：宋陶穀《清異録・睡香》：「廬山瑞香花，始緣一比丘晝寢磐石上，夢中聞花香烈酷不可名，既覺，尋香求之，因名睡香。四方奇之，謂乃花中祥瑞，遂以『瑞』易『睡』。」

〔九〕蕭閑：蔡松年自號。

〔一〇〕芳温：芳香温通。指花香可以芳香透竅，温經散寒。

〔一一〕種陳跡：言昔年芳温之好根深蒂固。

〔一二〕茶煙禪榻：用唐杜牧《題禪院》「今日鬢絲禪榻畔，茶煙輕颺落花風」意。

〔一三〕閑寂：閑暇寂寞。

〔一四〕「風外」句：言自己没有廬山比丘夢中聞奇特不凡花香之好運。

〔一五〕鴛鴦債：比喻情侣間未了卻的夙願。此指對瑞香花的嗜好。劫：佛經稱世界從生成到毀滅的過程爲一劫。千萬劫：猶千萬世，形容時間極長。

〔一六〕愁客：旅人多鄉愁，故稱。唐孟郊《春愁》：「春物與愁客，遇時各有違。」二句叮囑瑞香花在夜寒之時再次將濃香施予自己。

聲聲慢　涼陘寄内〔一〕

青蕪平野〔二〕，小雨千峰，還成暮陘寒色。裁剪芸窗〔三〕，憶得伴人良夕。遥憐幾重眉黛〔四〕，恨相逢、少於行役〔五〕。梨花淚〔六〕，正宫衣春瘦，曉紅無力。應怪浮雲夫婿〔七〕，不解趁新醅〔八〕，醉眠涼月。怨入關河，西去又傳音息〔九〕。誰知倦游心事，向年來、苦思泉石〔一〇〕。人未老，約間峰，多占秀碧〔一一〕。

【注】

〔一〕聲聲慢：詞牌名，雙調，字數自九十五字至九十九字，上下片各押四韻，分平韻，仄韻兩體，仄韻例用入聲。涼陘：在金蓮川，今内蒙古、河北灤河上源閃電河。遼、金皇帝避暑之處。内：内人。指妻子。蔡松年娶王安中小女爲妻，早卒，繼室某氏，并封吴國夫人。此詩爲蔡松年扈從涼陘時作，考蔡松年隨車駕至涼陘，僅在天德四年海陵王遷都燕京之時。此時蔡松年四十六歲，王氏夫人早亡，詞當爲寄給繼室吴國夫人。

〔二〕青蕪：雜草叢生的地面。

〔三〕芸窗：指書齋。

〔四〕眉黛：古代婦女以黛畫眉，故稱。唐李商隱《代贈》：「總把春山掃眉黛，不知供得幾多愁。」

〔五〕行役：因公務而出外跋涉。也指行旅之事。《詩·魏風·陟岵》：「予子行役，夙夜無已。」

〔六〕梨花淚：語本唐白居易《長恨歌》：「玉容寂寞淚闌干，梨花一枝春帶雨。」

〔七〕浮雲：比喻飄忽不定，未有定處。

〔八〕新醅：新釀的酒。二句言内人應怪自己游宦四方。

〔九〕「怨入」二句：指詞人扈從入關又至金蓮川事。

〔一〇〕泉石：指山水。代歸隱。

〔一〕閭峰：即遼寧省醫無閭山。

石州慢　高麗使還日作〔一〕

雲海蓬萊〔二〕，風霧鬟鬟〔三〕，不假梳掠。仙衣捲盡雲霓〔四〕，方見宫腰纖弱〔五〕。心期得處〔六〕，世間言語非真，海犀一點通寥廓〔七〕。無物比情濃〔八〕，覓無情相博〔九〕。離索〔一〇〕。曉來一枕餘香，酒病賴花醫卻〔一一〕。灎灎金尊〔一二〕，收拾新愁重酌〔一三〕。片帆雲影，載將無際關山，夢魂應被楊花覺〔一四〕。梅子雨絲絲〔一五〕，滿江干樓閣〔一六〕。

【注】

〔一〕石州慢：詞牌名，一作《石州引》，又名《柳色黄》。雙調，一百零二字，上片四仄韻，下片五仄韻。蔡松年使高麗在天德年間，其作《石州慢》事，見劉祁《歸潛志》卷一〇：「高麗故事，上國使來，館中有侍姬……蔡丞相伯堅亦嘗奉使高麗，爲館妓贈《石州慢》。」又被編入金院本和元雜劇，元陶宗儀《南村輟耕録》卷二五「院本名目」中有《蔡蕭閑》，元鍾嗣成《録鬼簿》著録有李文蔚《蔡蕭閑醉寫石州慢》，其故事在金元時期已廣爲流傳。據元陶宗儀《南村輟耕録》卷二七，此詞被後人列入「宋金十大名曲」。

〔二〕雲海蓬萊：《山海經·海内北經》：「蓬萊山在海中。」郭璞注：「上有仙人宫室，皆以金石爲之。

鳥獸盡白，望之如雲，在渤海中也。」此處代地處海東的高麗。

〔三〕風霧鬢鬟：即「風鬟霧鬢」。宋李清照《永遇樂》：「如今憔悴，風鬟霧鬢，怕見夜間出去。」形容女子頭髮的蓬鬆之狀。

〔四〕仙衣雲霓：用雲霓製成的衣服，狀其絢麗輕薄。李白《夢遊天姥吟留別》：「霓爲衣兮風爲馬，雲之君兮紛紛而來下。」霓：雲霞。

〔五〕宫腰：泛指女子的細腰。典出《韓非子·二柄》：「楚靈王好細腰，而國中多餓人。」又《後漢書·馬廖傳》：「楚王好細腰，宫中多餓死。」「仙衣」二句描寫直露，爲人所詬病。劉祁《歸潛志》卷一〇：「然蔡之『仙衣卷盡霓裳，方見宫腰纖弱。』……不免爲人疵議之矣。」

〔六〕心期：謂兩心相期許。

〔七〕「海犀」句：取唐李商隱《無題》「身無彩鳳雙飛翼，心有靈犀一點通」意。舊説犀牛是靈獸，其角中有白紋如線，貫通兩端，感應靈異。三句言兩人相愛，雖語言不通，但彼此心領神會，心靈默契之感非言語所能表達。

〔八〕無物比情濃：取宋張先《一叢花令》詞「傷高懷遠幾時窮，無物似情濃」句意。

〔九〕覓無情相博：言心愛難舍，心如刀絞，故尋借鐵石無情之心以相敵，使難受心情減弱。金王若虚《滹南詩話》卷三：「蕭閑自鎮陽還兵府，贈離筵乞言者云：『待人間覓箇無情心緒，著多情換。』此篇有恨别之意，故以情爲苦，而還羡無情，終章言之，宜矣。《使高麗》詞亦云：『無物比情濃，覓無情相博。』」

〔一〇〕離索：離群索居。杜甫《夜聽許十一誦詩愛而有作》：「離索晚相逢，包蒙欣有擊。」仇兆鼇注：「離索，離群索居，見《禮記》子夏語。」

〔一一〕「病酒」句：金王若虛《滹南詩話》卷三：「蕭閑《使高麗》詞云：『酒病賴花醫卻』，世皆以花爲婦人，非也。此詞過處既有『離索』、『餘香』、『收拾新愁』之語，豈復有婦人在乎？以文勢觀之，亦不應爾。其所謂花，蓋真花也。言其人已去，賴以解醒者，獨有此物而已，必當時之實事。李後主詩云『酒惡時拈花蕊嗅』，公詠花詞亦喜用醒心香字，蓋取其清徹之氣，以滌除惡味耳。」酒病，因飲酒過量而生病。

〔一二〕灩灩：酒盈溢貌。唐李群玉《長沙陪裴大夫夜宴》：「泠泠玉漏初三滴，灩灩金觴已半酡。」金尊：亦作「金樽」，酒杯的美稱。

〔一三〕收拾：消除，解脱，排除。

〔一四〕「夢魂」句：當用蘇軾《水龍吟·次韻章質夫楊花詞》：「似花還似非花，也無人惜從教墜。抛家傍路，思量卻是，無情有思。……夢隨風萬裏，尋郎去處，又還被鶯呼起。」以楊花喻柔情纏綿的侍姬。楊花：指柳絮。

〔一五〕梅子雨：梅子黄時雨。用以喻愁。宋賀鑄《青玉案》：「一川煙雨，滿城風絮，梅子黄時雨。」

〔一六〕江干：江邊，江畔。梁元帝《烏棲曲》：「復值西施新浣紗，共泛江干瞻月華。」

尉遲杯〔一〕

紫雲暖〔二〕。恨翠雛、珠樹雙棲晚〔三〕。小花靜院相逢，的的風流心眼〔四〕。紅潮照玉盌〔五〕。午香重、草緑宮羅淡〔六〕。喜銀屏、小語私分〔七〕，麝月春心一點〔八〕。華年共有好願〔九〕。何時定妝鬟、暮雨零亂〔一〇〕。夢似花飛〔一一〕，人歸月冷，一夜小山新怨〔一二〕。劉郎興、尋常不淺。況不似、桃花春溪遠〔一三〕。覺情隨、曉馬東風，病酒餘香相半①〔一四〕。

【校】

① 半：彊村本作「伴」。

【注】

〔一〕尉遲杯：詞牌名，雙調，常格一百零五字，上片八句六仄韻，下片九句六仄韻。此詞一百零六字，上片第五句添一字作五字句，與宋人萬俟詠「碎雲薄」同爲又一體。

〔二〕紫雲：本指祥瑞的雲氣。此處狀春日氣象。唐李商隱《野菊》：「紫雲新苑移花處。」

〔三〕翠雛：翠羽小鳥。珠樹：神化傳説中結珠的樹。按詞意及「草緑宮羅」諸語，「翠雛」和「珠樹」喻指一對青年男女。

〔四〕的的：深切貌，濃鬱貌。唐蘇頲《陳倉別隴州司户李維深》：「情言正的的，春物宛遲遲。」

〔五〕紅潮：因害羞、醉酒或感情激動而兩頰泛起的紅暈。蘇軾《西江月》詞：「雲鬟風前緑卷，玉顏醉裏紅潮。」玉盌：泛指精美的碗。

〔六〕宫羅：一種質地較薄的絲織品。草緑宫羅淡：形容宫羅淡緑如草色。

〔七〕銀屏：鑲銀的屏風。唐白居易《長恨歌》：「攬衣推枕起徘徊，珠箔銀屏邐迤開。」小語：細語。唐裴思謙《及第後宿平康里》：「銀缸斜背解鳴璫，小語偷聲賀玉郎。」

〔八〕麝月：茶名。明楊慎《詞品・麝月》：「蔡松年小詞『銀屏小語，私分麝月，春心一點』，麝月，茶名。麝，言香也；月，言圓也。或説麝月是畫眉香煤，亦通。但下不得『分』字。」春心：男女間之相愛情懷。句言二男女私分茶餅時表現出的多情。

〔九〕華年：盛年，指風華正茂的青年時代。

〔一〇〕定妝鬟：古代女子婚後始盤頭髻。此指結婚。暮雨：用楚襄王夢高唐神女事。戰國楚宋玉《高唐賦》：「昔先王嘗游高唐，夢見一婦人，王因幸之。去而辭曰：『妾在巫山之陽，高丘之岨，朝爲行雲，暮爲行雨。朝朝暮暮，陽臺之下。』」

〔一一〕夢似花飛：言二男女幽會好景不長。

〔一二〕小山：小山眉，古代婦女的眉型之一，指彎彎的眉毛。明楊慎《丹鉛續録・十眉圖》：「唐明皇令畫工畫十眉圖。一曰鴛鴦眉，又名八字眉；二曰小山眉，又名遠山眉……」句言女子歡會别後之淒怨。

〔一三〕「劉郎」四句：用劉阮遇仙女典。相傳漢永平年間，劉晨與阮肇去天臺山采藥，迷不得返，見峰巔桃樹，乃攀緣而上，采桃而食。又緣溪而行，與二仙女相遇於桃溪之下，被邀至家中，食胡麻飯，行夫婦禮。半年後返家，已過七代。後又重入天臺山訪女，蹤跡渺然。事見南朝宋劉義慶《幽明録》。二句言該男子有劉阮遇仙女之豔福，而且與女子所居之地鄰近，還有再見的機會。

〔一四〕病酒：飲酒沉醉如病。餘香：指女子殘留的香氣。

驀山溪〔一〕

清明緑野〔二〕，玉色明春酒〔三〕。燕地雪如沙，爲喚起、斗南温秀〔四〕。鬢絲禪榻〔五〕，夢覺古揚州〔六〕，瑶臺路〔七〕。返魂香〔八〕，好在啼妝瘦〔九〕。　春前入眼，似是章臺柳〔一〇〕。欲典鷫鸘裘〔一一〕。悞金車、香迎馬首〔一二〕。緑陰青子〔一三〕，後日便東風〔一四〕，秋千散〔一五〕，暮寒生，月到西厢後〔一六〕。

【注】

〔一〕驀山溪：詞牌名。又名《上陽春》、《驀溪山》。雙調，八十二字，上片五仄韻，下片四仄韻，亦有上片四仄韻，下片三仄韻者，還有上、下片各四仄韻者。

〔二〕清明：農曆二十四節氣之一。

〔三〕「玉色」句：言美好的春色碧緑如酒。

〔四〕「燕地」二句：杜甫《獨坐二首》其一：「暖老須燕玉，充饑憶楚萍。」宋黄鶴《補注杜詩》：「趙曰：『燕玉，婦人也。古詩云：燕趙多佳人，美者顔如玉。得燕玉而暖，則孟子所謂七十非人不暖也。』」二句謂因燕地雪之色白氣寒，導致人特想用燕趙美女來暖老秀愛。

〔五〕鬢絲禪榻：唐杜牧《題禪院》：「今日鬢絲禪榻畔，茶煙輕颺落花風。」

〔六〕夢覺古揚州：唐杜牧《遣懷》：「十年一覺揚州夢，贏得青樓薄倖名。」二句言如今年老孤寂，對舊日風流韻事回味不已。

〔七〕瑶臺：傳説中的神仙居處。舊題晉王嘉《拾遺記·昆侖山》：「昆崙山者，西方曰須彌，山對七星之下，出碧海之中，上有九層……第九層山形漸小狹，下有芝田蕙圃，皆數百頃，群仙種耨焉。傍有瑶臺十二，各廣千步，皆五色玉爲臺基。」

〔八〕返魂香：即返生香，傳説中能令死人復活的一種香。《太平御覽》卷九五二引《十洲記》：「聚窟洲中，申未地上，有大樹，與楓木相似，而華葉香聞數百里，名爲返魂樹。於玉釜中煮取汁，如黑粘，名之爲返生香。香氣聞數百里，死尸在地，聞氣乃活。」

〔九〕啼妝：古代婦女的一種妝式，流行於東漢。薄施脂粉於眼角下，視若啼痕，故名。《後漢書·五行志一》：「桓帝元嘉中，京都婦女作愁眉、啼妝……啼妝者，薄拭目下若啼處。」

〔一〇〕章臺柳：形容窈窕美麗的女子。唐韓翃姬柳氏，以豔麗稱。韓獲選上第歸家省親，柳留居長安，安史亂起，出家爲尼。後韓爲平盧節度使侯希逸書記，使人寄柳詩曰：「章臺柳，章臺柳，昔日青青今在否？縱使長條似舊垂，亦應攀折他人手。」柳爲蕃將沙吒利所劫，侯希逸部將以計奪還歸韓。事見唐許堯佐《柳氏傳》。此喻舊日情人。

〔一一〕「欲典」句：用司馬相如卓文君典鷫鸘裘事。《西京雜記》卷二：「司馬相如初與卓文君還成都，居貧，愁懣，以所着鷫鸘裘就市人陽昌貰酒，與文君爲歡。既而文君抱頸而泣曰：『我平生富足，今乃以衣裘貰酒。』」二句言爲與所遇之美女歡會，不惜寶物。

〔一二〕金車：用銅作裝飾的車子。《易·困》：「來徐徐，困於金車。」高亨注：「金車，以黄銅鑲其車轅衡等處，車之華貴者也。」

〔一三〕緑陰青子：杜牧《悵詩》題下叙云：「牧佐宣城幕，遊湖州。刺史崔君張水戲，使州人畢觀，令杜牧閑行閲奇麗，得垂髫者十餘歲。後十四年牧刺湖州，其人已嫁，生子矣。乃悵而爲詩：『自是尋芳去較遲，無須惆悵怨芳時。狂風落盡深紅色，緑葉成陰子滿枝。』」

〔一四〕後日便東風：用唐崔護《題都城南莊》：「去年今日此門中，人面桃花相映紅。人面不知何處去，桃花依舊笑春風。」二句言舊日情人已他屬，雖一年一度春風依舊，而所愛之人卻不得重見。

〔一五〕秋千散：用蘇軾《蝶戀花》：「牆裏秋千牆外道，牆外行人，牆裏佳人笑。笑漸不聞聲漸悄，多情卻被無情惱。」言其因單相思而凄傷。

〔一六〕月到西廂後：用「待月西廂」典故。唐元稹《會真記》所載崔鶯鶯《月明三五夜》詩：「待月西廂下，迎風户半開。拂牆花影動，疑是玉人來。」

鷓鴣天〔一〕

解語宫花出畫檐〔二〕。酒尊風味爲花甜。誰憐夢好春如水〔三〕，可奈香餘月入簾〔四〕。

春漫漫〔五〕，酒厭厭〔六〕。曲終新恨到眉尖。此生願化雙瓊柱〔七〕，得近春風暖玉纖〔八〕。

【注】

〔一〕鷓鴣天：詞牌名。又名《思佳客》、《醉梅花》等。雙調，五十五字，上下片各三平韻。

〔二〕解語宫花：五代王仁裕《開元天寶遺事》卷三「解語花」：「明皇秋八月，太液池有千葉白蓮數枝盛開，帝與貴戚宴賞焉。左右皆歎羨。久之，帝指貴妃示於左右曰：『爭如我解語花？』」

〔三〕夢好春如水：言佳人美酒之良辰樂事如春水東流，一逝不返。

〔四〕可奈：無奈。引申作「可恨」。句言與美人别後徹夜苦思之情狀。

〔五〕漫漫：形容時間之長。

〔六〕厭厭：酒後精神不振貌。

〔七〕瓊柱：琴、絃柱的美稱。宋晏殊《拂霓裳》詞：「銀簧調脆管，瓊柱撥清絃。」

〔八〕春風：喻美女的容貌。杜甫《詠懷古跡》其三：「畫圖省識春風面，環珮空歸月夜魂。」玉纖：纖細如玉的手指。多指美人的手。唐温庭筠《菩薩蠻》詞：「玉纖彈處珍珠落，流多暗濕鉛華薄。」二句言願變成美人所彈之琴，以緊隨其身。

又

秀樾横塘十里香〔一〕，水花晚色静年芳〔二〕。胭脂雪瘦薰沉水〔三〕，翡翠盤高走夜光〔四〕。山黛遠，月波長，暮雲秋影蘸瀟湘〔五〕。醉魂應逐凌波夢〔六〕，分付西風此夜凉〔七〕。

【注】

〔一〕樾：樹蔭。《玉篇》：「楚謂兩樹交陰之下曰樾。」横塘：地名，在今江蘇省江寧和吴江二地皆有横塘。唐温庭筠《惜春詞》：「百舌問花花不語，低回似恨横塘雨。」此處泛指水塘。

〔二〕水花：荷花。此句化用杜甫《曲江對雨》詩句：「城上春雲覆苑牆，江亭晚色静年芳。」年芳：指美好的時光。

〔三〕胭脂雪：形容荷花紅白相間的顔色。蘇軾《寒食帖》其一：「卧聞海棠花，泥汙燕脂雪。」沉水：沉香。用以形容荷花香氣襲人。

〔四〕翡翠盤：用以形容緑色的荷葉。夜光：夜光珠，寶珠名。借指荷葉上滾動的水珠。金王若虚《滹南詩話》：「蕭閑《樂善堂賞荷花》詞云『胭脂膚瘦薰沉水，翡翠盤高走夜光』，世多稱之。此句誠佳，然蓮體實肥，不宜言瘦。予友彭子升易『膩』字，此似差勝。」

〔五〕「山黛遠」三句：化用宋黄庭堅《西江月》：「遠山横黛蘸秋波。」蘸：謂將物體浸入水中。此喻水中的倒影。瀟湘：指湘江。因湘江水清深，故名。此泛指河水。屈原《九歌·湘夫人》寫湘君思念湘夫人，望而不見，遇而無因之心情，合觀下句，句暗含此意。

〔六〕凌波夢：三國魏曹植寫《洛神賦》，叙述夢中與洛水神女宓妃相遇互生愛慕事。稱洛神「凌波微步，羅襪生塵」。合觀首句，此句當本宋賀鑄《青玉案》：「凌波不過横塘路，但目送，芳塵去。」指對心儀女子的夢想。

〔七〕分付：交付。

江城子〔一〕

半年無夢到春温〔二〕。可憐人。幾黄昏〔三〕。想見玉徽〔四〕，風度更清新。翠射娉婷雲八尺〔五〕，誰爲寫，五湖真〔六〕。　好風歸路軟紅塵〔七〕。暖冰魂。縷金裙〔八〕。唤起一天①，星月入金尊。留取木樨花上露〔九〕，揮醉墨，灑行雲〔一〇〕。公有詩：「八尺五湖明秀峰。」又云：「十丈琅玕倒冰玉，明年爲寫五湖真。」正用此詞意。魏道明作注，義有不通，故表出之。

【校】

①起：《明秀集》作「取」。

【注】

〔一〕江城子：又名《江神子》。唐五代詞多爲單調，自三十五字至三十七字，七句五平韻。宋人始作雙調，七十字，上下片各七句五平韻。

〔二〕春温：味詞意，當指男女愛戀之春情的温暖。

〔三〕「可憐」二句：用《詩·王風·君子于役》：「日之夕矣，羊牛下來。君子于役，如之何勿思。」言可愛的妻子在家鄉黄昏時每每翹首期盼思念自己。

〔四〕玉徽：玉製的琴徽。亦爲琴的美稱。唐岑參《秋夕聽羅山人彈三峽流泉》：「衫袖拂玉徽，爲彈三峽泉。」此以物代人，指妻彈琴抒情之情狀。

〔五〕翠射：按詞尾元好問注，此指蔡松年家之奇石明秀峰。

〔六〕五湖真：太湖石之真容。《國語·越語下》：「果興師而伐吴，戰於五湖。」韋昭注：「五湖，今太湖。」太湖石以玲瓏剔透馳名，詞人家之明秀峰當來自於此。

〔七〕軟紅塵：語本蘇軾《次韻蔣穎叔錢穆父從駕景靈宫》：「半白不羞垂領髮，軟紅猶戀屬車塵。」自注：「前輩戲語，有西湖風月，不如東華軟紅香土。」句寫詞人想像中一路順風歸家後陪妻子游歡之情形。

〔八〕「暖冰」二句：寫想像中自己歸家後與嬌妻温存。

〔九〕木樨花：通稱桂花。其芳香濃鬱。

〔一〇〕行雲：行雲流水。比喻詩文純任自然，毫無拘執。蘇軾《與謝民師推官書》自謂爲文「大略如行雲流水，初無定質」。三句言用桂花露磨墨賦詩，抒寫其欣喜若狂之情。

蔡太常正甫〔一〕

江城子　王温季自北都歸，過予三河，坐中賦此〔二〕。

鵲聲迎客到庭除〔三〕。問誰歟，故人車。千里歸來，塵色半征裾〔四〕。珍重主人留客意，奴白飯，馬青芻〔五〕。　東城入眼杏千株。雪模糊〔六〕，俯平湖。與子花間，隨分倒金壺〔七〕。歸報東垣詩社友〔八〕，曾念我，醉狂無。

【注】

〔一〕蔡太常正甫：蔡珪（？——一一七四），字正甫，號無可居士，真定（今河北省正定縣）人，松年長子。天德三年進士，官翰林修撰、户部員外郎兼太常丞、禮部郎中等。珪以文名世，辯博號稱天下第一。有書名。《金史》卷一二五有傳，《中州集》卷一有小傳。

〔二〕江城子：詞牌名，詳見蔡松年《江城子》注〔一〕。王温季：其人不詳。按蔡珪詩《簡王温父昆仲》

疑即王温父之弟。北都：即大定（今内蒙古昭烏達盟喀喇沁旗）。《金史・地理志》：「大定府，中，北京留守司。遼中京……海陵貞元元年更爲北京。」三河：金縣名，屬中都路通州，今河北省三河市。據《金史》本傳，蔡珪正隆年間調三河主簿。

〔三〕鵲聲迎客：《西京雜記》卷三：「乾鵲噪而行人至，蜘蛛集而百事喜。」五代王仁裕《開元天寶遺事・靈鵲報喜》：「時人之家，聞鵲聲，以爲喜兆，故謂靈鵲報喜。」庭除：庭前階下，庭院。除，階。

〔四〕塵色：風塵僕僕的樣子。征裾：出行者身上的衣服。裾：本指衣服的前襟，此處指衣服。

〔五〕「奴白飯」二句：化用杜甫《入奏行贈西山檢察使竇侍御》詩句：「爲君酣酒滿眼酤，與奴白飯馬青芻。」言蒸白米飯給僕人吃，用青芻喂客人的馬。青芻：喂牲畜的青草。

〔六〕雪模糊：形容盛開的杏花，遠望似白雪一般。

〔七〕隨分：隨意、隨緣。金壺：酒壺之美稱。

〔八〕東垣：縣名，秦置，漢改真定。故城在今河北省正定縣南。此指詞人家鄉真定縣。

高内翰士談〔一〕

玉樓春 爲伯永作①〔二〕

少年人物江山秀，流落天涯今白首〔三〕。形容憔悴不如初，文彩風流仍似舊。　百花元是仙家酒〔四〕，千歲靈根能益壽〔五〕。都將萬事付天公，且伴老人開笑口〔六〕。

【校】

①永：四部叢刊本作「求」。

【注】

〔一〕高士談：字子文，一字季默，號蒙城居士，亳州蒙城（今屬安徽）人。宣和末曾任忻州（今山西省忻州市）户曹參軍。後仕金爲翰林直學士。皇統六年，因宇文虚中案牽連被殺。《金史》卷七九有傳，《中州集》卷二有小傳。

〔二〕玉樓春：詞牌名。又名《玉樓春令》、《西湖曲》、《春曉曲》。雙調，五十六字，上下片各三仄韻。

伯永：其人不詳。

〔三〕「少年」二句：謂友人年輕時得江山之助，地靈人傑，而今流落天涯，白髮蒼蒼。按此，友人當爲宋人，今流落至金國北地。

〔四〕「百花」句：唐王昌齡《題朱煉師山房》：「百花仙醖能留客，一飯胡麻度幾春。」

〔五〕靈根：靈木之根。此處應指東北人參。

〔六〕老人：詞人自指。

減字木蘭花〔一〕

西湖睡起。飛絮游絲春老矣〔二〕。漲緑涵空〔三〕。十頃玻璃四面風〔四〕。平時事少。天與湖山供坐嘯〔五〕。他日西州。卻怕羊曇感舊游〔六〕。

【注】

〔一〕減字木蘭花：詞牌名，唐教坊曲。雙調，四十四字，與《木蘭花》相比，上下片第一、三句各減三字，各兩仄韻，兩平韻。

〔二〕飛絮遊絲：飄動的柳絮和蛛絲。宋晏殊《蝶戀花》詞：「滿眼遊絲兼落絮，紅杏開時，一霎清明雨。」春老：謂晚春。唐岑參《喜韓樽相過》：「三月灞陵春已老，故人相逢耐醉倒。」

〔三〕漲緑涵空：指春水漲滿，涵映天空。

〔四〕玻璃：比喻平靜澄澈的水面。宋毛滂《清平樂》詞：「天連翠瀲，九折玻璃軟。」

〔五〕坐嘯：閑坐吟嘯。指爲官清閒，不親自理政。典出《後漢書·黨錮傳序》：東漢成瑨任南陽太守，用岑晊（字公孝）爲功曹，公事悉委岑辦理。民間謡曰：「南陽太守岑公孝，弘農成瑨但坐嘯。」

〔六〕「他日」二句：用晉謝安外甥羊曇哭西州典故。《晉書·謝安傳》載：謝安素愛重羊曇。安扶病乘輿入西州門，尋薨。羊曇輟樂彌年，行不由西州路。嘗因大醉，不覺至州門。左右白曰：「此西州門。」曇悲感不已，以馬策扣扉，誦曹子建詩曰：「生存華屋處，零落歸山丘。」慟哭而去。後用爲感舊興悲之典。

朝中措〔一〕

瑯琊山色最清雄〔二〕。心賞待衰翁〔三〕。路轉峰回如畫，新亭半濕青紅〔四〕。　風流賓從〔五〕，清閑歲月，且共從容〔六〕。莫笑尊前老大〔七〕，猶堪管領春風〔八〕。

【注】

〔一〕朝中措：詞牌名。雙調，四十八字，上片三平韻，下片兩平韻。

〔二〕瑯琊：山名，在今安徽滁州。東晉元帝司馬睿爲琅琊王，曾避地此山，故名。宋歐陽修曾於此作《醉翁亭記》，名聞天下。山有醉翁亭、豐樂亭。全詞由歐陽修此文化出。清雄：清峻雄渾。

〔三〕心賞：有契于心，欣然自得。宋歐陽修《醉翁亭記》：「山水之樂，得之心而寓之酒也。」衰翁：指歐陽修。其《朝中措·平山堂》：「文章太守，揮毫萬字，一飲千鍾。行樂直須年少，尊前看取衰翁。」

〔四〕新亭半濕青紅：用蘇軾《水調歌頭·快哉亭作》詞句：「落日繡簾卷，亭下水連空。知君爲我，新作窗户濕青紅。」

〔五〕賓從：賓客和隨從的合稱。語本《醉翁亭記》：「夕陽在山，人影散亂，太守歸而賓客從也。」

〔六〕「清閑」二句：《醉翁亭記》：「朝而往，暮而歸，四時之景不同，而樂亦無窮也。」語取其意。從容：舒緩，時間充足。

〔七〕老大：年老。

〔八〕管領春風：王建《寄蜀中薛濤校書》：「掃眉才子知多少，管領春風總不如。」管領：領受。

劉内翰鵬南〔一〕

鷓鴣天〔二〕

雪照山城玉指寒〔三〕。一聲羌管怨樓間①〔四〕。江南幾度梅花發，人在天涯鬢已斑〔五〕。星點點，月團團〔六〕。倒流河漢入杯盤〔七〕。翰林風月三千首〔八〕，寄與吴姬忍淚看②〔九〕。

【校】

① 間：彊村本作「閒」。

② 下片：韓玉《東浦詞·鷓鴣天》作：「星點點，月團團，倒流河漢入杯盤。飽吟風月三千首，寄與吴姬忍淚看。」韓亦

金初人，嘗與被羈北地司馬朴之子議舉事，不果，紹興初歸南宋。難定韓、劉二作孰先。

【注】

〔一〕劉内翰鵬南：劉著，字鵬南，舒州皖城人。宣政末登進士第。仕金入翰林，充修撰。出守武、遂，終於忻州刺史。《中州集》卷二有小傳。

〔二〕鷓鴣天：詞牌名，詳見蔡松年《鷓鴣天》詞注〔一〕。

〔三〕玉指：美人的手指。梁元帝《子夜吴歌》：「朱口發麗歌，玉指弄嬌絃。」

〔四〕羌管：即羌笛。因其出自羌地，故名。漢馬融《長笛賦》：「近世雙笛從羌起，羌人伐竹未及已。龍鳴水中不見已，截竹吹之聲相似。」宋范仲淹《漁家傲》詞：「羌管悠悠霜滿地。」

〔五〕天涯：指金國之北地。

〔六〕月團團：漢班婕妤《怨歌行》：「裁爲合歡扇，團團似明月。」

〔七〕河漢：指銀河。

〔八〕「翰林」句：用宋歐陽修《贈王介甫》詩句：「翰林風月三千首，吏部文章二百年。」風月：指詩文。此處以詩人李白自況。

〔九〕吴姬：江南一帶的美女。此指流落金地的宋地女子。參見吴激諸詞作。

鄧千江 臨洮人〔一〕

望海潮 上蘭州守，一作獻張六太尉〔二〕。

雲雷天塹〔三〕，金湯地險〔四〕。名藩自古皋蘭〔五〕。營屯繡錯〔六〕，山形米聚〔七〕，襟喉百二秦關〔八〕。塵戰血猶殷〔九〕，見陣雲冷落〔一〇〕，時有雕盤〔一一〕。靜塞樓頭〔一二〕，曉月依舊，玉弓彎〔一三〕。　看看定遠西還〔一四〕。有元戎閫命〔一五〕，上將齋壇〔一六〕。區脱晝空〔一七〕，兜鍪夕解①〔一八〕，甘泉又報平安〔一九〕。吹笛虎牙閑〔二〇〕。且宴陪珠履〔二一〕，歌按雲鬟〔二二〕。招取英靈毅魄〔二三〕，長繞賀蘭山〔二四〕。

【校】

① 兜鍪夕解：毛本、彊村本作「兜零夕舉」。

【注】

〔一〕鄧千江：臨洮（今屬甘肅）人，金初士子，生平事跡不詳。存詞一首。據劉祁《歸潛志》卷四載，「金初，有張六太尉鎮守西邊。士人鄧千江獻一樂章《望海潮》，太尉贈與白金百星，其人猶不愜意而去。詞至今傳之。」臨洮：金府名，屬臨洮路，治今甘肅省臨洮縣。

〔二〕望海潮：詞牌名。始見宋柳永《樂章集》。雙調，一百七字，上片五平韻，下片六平韻。亦有於過片二字增一韻者。元陶宗儀《輟耕録》：「鄧千江《望海潮》，可與蘇子瞻《百字令》，辛幼安《摸魚兒》相頡。」明楊慎《詞品》：「金人樂府，稱鄧千江《望海潮》爲第一。」張六太尉：即張中孚。《中州樂府》張太尉信甫小傳謂其先安定（今甘肅涇川縣）人。初仕宋，後降金，爲鎮洮軍節度使兼涇原路經略安撫使。《三朝北盟會編》卷二三一謂張彦忠（即張中彦，中孚之弟）排行第七，中孚當排第六。故謂其「張六太尉」。

〔三〕雲雷：指軍隊聲威之盛。南朝梁庾信《三月三日華林園馬射賦》：「千乘雷動，萬騎雲屯。」天塹：天然的壕溝，言其險要可以隔斷交通，此處指流經蘭州的黄河。

〔四〕金湯：即「金城湯池」。金屬造的城，沸水流淌的護城河。形容城池險固。《漢書・蒯通傳》：「必將嬰城固守，皆爲金城湯池，不可攻也。」顔師古注：「金以喻堅，湯喻沸熱不可近。」此處指蘭州城防固若金湯。

〔五〕名藩：著名的地方重鎮。皋蘭：甘肅蘭州的舊稱。因蘭州南的皋蘭山而得名。

〔六〕營屯繡錯：謂駐軍營寨排列錯落有致。

〔七〕山形米聚：《後漢書・馬援傳》：「援因説隗囂將帥有土崩之勢，兵進有必破之狀。又於帝前聚米爲山谷，指畫形勢，開示衆軍所從道徑往來，分析曲折，昭然可曉。」此處用來形容地形複雜，山勢險要。

〔八〕襟喉：衣領和咽喉，比喻要害之地。百二秦關：陝西古稱秦。百二：以二敵百。一説是百的一倍。《史記・高祖本紀》：「秦形勝之國，帶山河之險，懸隔千里，持戟百萬，秦得百二焉。」謂秦關險要，二萬人足以抵擋諸侯百萬之兵。

〔九〕鏖戰：激戰，苦戰。《漢書・霍去病傳》：「合短兵鏖皋蘭下。」顔師古注：「鏖，謂苦擊而多殺也。」殷：黑紅色。

〔一〇〕陣雲：濃重厚積形似戰陣的雲。古人以爲戰爭之兆。

〔一一〕雕盤：雕在盤旋。雕：鷹鷲之大者。

〔一二〕靜塞：寂靜的邊地要塞。

〔一三〕玉弓：喻彎月。唐李賀《南園》：「曉月當簾掛玉弓。」

〔一四〕定遠西還：《後漢書・班超列傳》：「超自以久在絶域，年老思土。十二年，上疏曰：『……臣不敢望到酒泉郡，但願生入玉門關。』」後被封爲定遠侯，邑千户。此處以班超比蘭州守張六太尉。

〔一五〕元戎閫命：用馮唐典故。《史記・馮唐列傳》載，漢文帝問馮唐：「公何以知吾不能用廉頗、李牧也？」馮唐對曰：「臣聞上古王者之遺將也，跪而推轂，曰閫以内者，寡人制之；閫以外者，將軍制之。軍功爵賞皆決於外，歸而奏之。此非虚言也。」元戎：軍事統帥。閫：本指城郭門。

〔一六〕上將齋壇：用劉邦拜韓信大將典故。《史記・淮陰侯列傳》：蕭何薦韓信於劉邦，將拜爲大將。

蕭何曰：「王素慢無禮，今拜大將如呼小兒耳，此乃信所以去也。王必欲拜之，擇良日，齋戒，設壇場，具禮，乃可耳。」王許之。

〔一七〕甌脱：匈奴語稱邊境屯戍或守望之處。《史記·匈奴列傳》：「（東胡）與匈奴間，中有棄地，莫居，千餘里。各居其邊爲甌脱。」張守節正義：「境上斥候之室爲甌脱也。」

〔一八〕兜鍪：古代戰士戴的頭盔。

〔一九〕甘泉：甘泉宫，秦漢宫名。舊址在今陝西淳化西北甘泉山上。漢文帝時，匈奴十四萬騎入蕭關，至彭陽，使騎兵入燒回中宫。烽火及甘泉宫。事見《漢書·匈奴傳》。

〔二〇〕「吹笛」句：化用唐杜牧《道一大尹存之庭美二學士……》詩句：「星座通霄狼鬣暗，戍樓吹笛虎牙閑。」虎牙：指將士，喻其猛鋭。

〔二一〕珠履：珠飾之履。《史記·春申君列傳》：「春申君客三千餘人，其上客皆躡珠履。」借指有謀略的門客。此處指參佐軍事的幕僚。

〔二二〕雲鬟：高聳的環形髮髻。指歌女。

〔二三〕毅魄：猶英靈。語出《楚辭·九歌·國殤》：「身既死兮神以靈，魂魄毅兮爲鬼雄。」

〔二四〕賀蘭山：一名阿拉善山，在寧夏中部，當時是金與西夏相爭奪之地域。

趙内翰獻之〔一〕

望海潮①代州南樓〔二〕

雲朔南陲〔三〕，全趙寶符②〔四〕，河山襟帶名藩〔五〕。有朱樓縹緲〔六〕，千雉回旋〔七〕。雲度飛狐絶險〔八〕，天圍紫塞高寒〔九〕。弔興亡遺跡，咫尺西陵〔一〇〕，煙樹蒼然。時移事改，極目春心〔一一〕，不堪獨倚危欄。惟是年年飛雁〔一二〕，霜雪知還。樓上四時長好，人生一世誰閑。故人有酒，一尊高興〔一三〕，不減東山〔一四〕。

【校】

① 望海潮：唐圭璋《全金元詞》作「雨中花慢」。

② 寶符：毛本、彊村本作「幕府」。

【注】

〔一〕趙内翰獻之：趙可，字獻之，高平（今山西省高平市）人。金貞元二年進士，仕至翰林直學士。風流有文采，有《玉峰散人集》。《金史》卷一二五有傳，《中州集》卷二有小傳。

〔二〕望海潮：與《詞律》所言《望海潮》格律不合，唐圭璋《全金元詞》作「雨中花慢」。代州：宋稱雁門郡，金稱代州，治所在雁門（今山西省代縣）。

〔三〕雲朔南陲：因代州在雲朔南邊，故稱。雲：雲中郡；朔：朔方郡。陲：邊境。

〔四〕「全趙」句：用趙簡子恒山藏符典故。《史記·趙世家》：「簡子乃告諸子曰：『吾藏寶符於常山上，先得者賞。』諸子馳之常山上，求，無所得。毋恤還，曰：『已得符矣。』簡子曰：『奏之。』毋恤曰：『從常山上臨代，代可取也。』簡子於是知毋恤果賢，乃廢太子伯魯，而以毋恤爲太子。」代州戰國時屬趙，故云。寶符：古代朝廷用作信物的憑證，也指上天所賜的符命。

〔五〕襟帶：謂山川屏障環繞，如襟似帶。比喻險要的地理形勢。漢張衡《東京賦》：「苟民志之不諒，何云巖險與襟帶。」名藩：指著名的地方重鎮。

〔六〕朱樓：指代州南樓。縹緲：高遠隱約貌。

〔七〕千雉：形容代州城牆四圍之長。雉，計算城牆面積的單位。《左傳·魯公元年》：「都城過百雉，國之害也。」注：「方丈曰堵，三堵曰雉，一雉之牆長三丈，高一丈。」引申爲城牆。

〔八〕飛狐：要隘名。在今河北省淶源縣北蔚縣南。因縣北有飛狐口而得名。漢爲廣昌縣地，屬代郡。隋仁壽元年改名飛狐。古代河北平原與北方邊郡間的交通咽喉。

〔九〕紫塞：北方邊塞。晉崔豹《古今注·都邑》：「秦築長城，土色皆紫，漢塞亦然，故稱紫塞焉。」南朝宋鮑照《蕪城賦》：「南馳蒼梧漲海，北走紫塞雁門。」

〔一〇〕西陵：西面之山陵。此指西陘山，又曰陘嶺，亦稱雁門山，上有雁門關，古稱天下九塞之一，爲北方天險。

〔一一〕極目春心：《楚辭・招魂》：「目極千里兮傷春心。」

〔一二〕年年飛雁：雁門關東臨隆嶺、雁門山，西靠隆山，兩山對峙，相傳每年春，南雁北飛，口銜蘆葉，飛到雁門盤旋半晌，直到葉落方可過關。《山海經・海內西經》：「雁門山，雁出其間。」

〔一三〕高興：高雅的興致。《文選・殷仲文・南州桓公九井作》：「獨有清秋日，能使高興盡。」

〔一四〕東山：東晉謝安曾隱居於浙江上虞之東山，故用作隱逸旨趣的代稱。

驀山溪　賦崇福荷花。崇福，在太原晉溪〔一〕。

雲房西下〔二〕，天共滄波遠。走馬記狂游〔三〕，正芙蓉①、平鋪鏡面。浮空欄檻，招我倒芳尊〔四〕，看花醉。把花歸，扶路清香滿〔五〕。　水楓舊曲〔六〕，應逐歌塵散〔七〕。時節又新涼，料開偏、横湖清淺。冰姿好在〔八〕，莫道總無情。殘月下，曉風前，有恨何人見〔九〕。

【校】

①蓉：彊村本作「蕖」。

【注】

〔一〕驀山溪：詞牌名，又名《上陽春》。詳見蔡松年《驀山溪》詞注〔一〕。崇福：即崇福寺，初名太原寺，唐太宗下詔敕造。晉溪：水名，源出山西太原市西南的懸甕山，分北、中、南三渠，流入汾河。

〔二〕雲房：僧人或道士的居所。

〔三〕狂游：縱情游逛。唐薛能《牡丹》其二：「萬朵照初筵，狂游憶少年。」

〔四〕芳尊：精緻的酒器。借指美酒。

〔五〕扶路：沿途。宋張孝祥《水調歌頭·桂林中秋》詞：「千里江山如畫，萬井笙歌不夜，扶路看遨頭。」

〔六〕水楓舊曲：按詞詠佛寺荷花，疑指高妙的《水仙操》。唐吴兢《樂府古題要解》卷下《水仙操》：「舊説伯牙學鼓琴於成連先生。……至蓬萊山，留伯牙曰：『吾將迎吾師。』刺船而去，旬日不返。但聞海上水汩汲崩澌之聲，山林窅寞，群鳥悲號，愴然而歎曰：『先生將移我情。』乃援琴而歌之。……遂爲天下妙手。」

〔七〕歌塵：形容歌聲動聽。典出《藝文類聚》卷四三引漢劉向《别録》：「漢興以來，善雅歌者魯人虞公，發聲清哀，蓋動梁塵。」唐劉兼《春宴河亭》：「舞袖逐風翻繡浪，歌塵隨燕下雕梁。」

〔八〕冰姿：淡雅的姿態。好在：依舊。

〔九〕「殘月」三句：化用唐陸龜蒙《白蓮》：「無情有恨何人覺，月曉風清欲墮時。」

好事近〔一〕

密雪聽窗知，午醉晚來初覺。人與膽瓶梅蕊〔二〕，共此時蕭索〔三〕。倚窗閑看六花飛〔四〕，風輕止還作。箇裏有詩誰會〔五〕，滿疏籬寒雀〔六〕。

【注】

〔一〕好事近：詞牌名。又名《釣船笛》。雙調，四十五字，上下片各兩仄韻，以入聲韻爲宜。兩結句皆上一、下四句法。

〔二〕膽瓶：長頸大腹的花瓶，因形如懸膽而名。

〔三〕蕭索：形容景物蕭條冷落。

〔四〕六花：指雪花。雪花結晶六瓣，故名。唐賈島《寄令狐綯相公》：「自著衣偏暖，誰憂雪六花。」

〔五〕箇裏：此中。唐王維《同比部楊員外夜遊》：「香車寶馬共喧闐，箇裏多情俠少年。」

〔六〕「滿疏」句：蘇軾《南鄉子》（梅花詞和楊元素）：「寒雀滿疏籬。爭抱寒柯看玉蕤。」

浣溪沙 二首〔一〕

擡轉爐薰自换香〔二〕。錦衾收拾卻遮藏〔三〕。一年塵暗小鴛鴦〔四〕。落木蕭蕭風似雨〔五〕，疏林皎皎月如霜①〔六〕。此時此夜最淒凉。

【校】

① 林：彊村本作「欞」。

【注】

〔一〕浣溪沙：唐教坊曲，後用作詞牌名。四十二字，上片三平韻，下片兩平韻，過片二句多用對偶。

〔二〕爐薰：即薰爐，用於熏香的爐子。漢劉向《薰爐銘》：「嘉此正器，嶄巖若山。上貫太華，承以銅盤。中有蘭綺，朱火青煙。」

〔三〕遮藏：遮蔽掩藏，使不外露。

〔四〕鴛鴦：指繡有鴛鴦鳥的錦被。二句暗喻主人翁獨處思人的孤寂之情。

〔五〕落木蕭蕭：指落葉被風吹下，狀秋天之景色。杜甫《登高》：「無邊落木蕭蕭下，不盡長江滚滚來。」落木：落葉。蕭蕭：象聲詞，形容風聲。

〔六〕皎皎：潔白明亮貌。

又

火冷薰爐香漸消。更闌撥火更重燒〔一〕。愁心心字兩俱焦〔二〕。半世清狂無限事〔三〕，一窗風月可憐宵〔四〕。燈殘花落夢無聊。

【注】

〔一〕更闌：更深夜殘。

〔二〕心字：即心字香。明楊慎《詞品·心字香》：「范石湖《驂鸞録》云：『番禺人作心字香，用素馨茉莉半開者著淨器中，以沉香薄劈層層相間，密封之，日一易，不待花蔫，花過香成。』所謂心字香者，以香末縈篆成心字也。」

〔三〕清狂：放逸不羈貌。杜甫《壯遊》：「放蕩齊趙間，裘馬頗清狂。」

〔四〕風月：清風明月。

望海潮 發高麗作，一作贈妓〔一〕。

雲垂餘髮，霞拖廣袂〔二〕，人間自有飛瓊〔三〕。三館俊游〔四〕，百銜高選〔五〕，翩翩老阮才名〔六〕。銀漢會雙星〔七〕，尚相看脈脈，似隔盈盈〔八〕。醉玉添春〔九〕。夢雲同夜惜卿卿〔一〇〕。

離觴草草同傾〔一一〕。記靈犀舊曲〔一二〕，曉枕餘酲〔一三〕。海外九州，郵亭一別，此生未卜他生〔一四〕。江上數峰青〔一五〕。悵斷雲殘雨〔一六〕，不見高城。二月遼陽〔一七〕，芳草千里路傍情①〔一八〕。

【校】

①傍：彊村本作「旁」。

【注】

〔一〕望海潮：詞牌名，詳見鄧千江《望海潮》詞注〔一〕。趙可在大定二十七年冬使高麗，二十八年春歸。《金史·交聘表》：「大定二十七年十二月庚午，以翰林待制趙可爲高麗生日使。」趙可作《望海潮》贈妓事，見劉祁《歸潛志》卷一〇：「獻之（趙可字）少輕俊，文章健捷，尤工樂章，有《玉峰閑情集》行於世。晚年奉使高麗。高麗故事，上國使來，館中有侍妓，獻之作《望海潮》以贈，爲世所傳。」

〔二〕袂：衣袖。《易·歸妹》：「帝乙歸妹，其君之袂，不如其娣之袂良。」王弼注：「袂，衣袖，所以爲禮容者也。」

〔三〕飛瓊：仙女名，即許飛瓊，相傳爲西王母侍女。《漢武帝内傳》：「王母乃命諸侍女……許飛瓊鼓震靈之簧。」唐孟棨《本事詩》：「詩人許渾嘗夢登山，有宫室淩雲，人云此崑崙也。既入，見數人方飲酒，招之，至暮而罷。賦詩云：『曉入瑶臺露氣清，坐中唯有許飛瓊。塵心未斷俗緣在，十里下山空月明。』」此處指高麗館妓。

〔四〕三館俊游：漢武帝時，丞相公孫弘開欽賢、翹材、接士三館，收羅人才。《西京雜記》卷四：「平津侯自以布衣爲宰相，乃開東閣，營客館，以招天下之士。其一曰欽賢館，以待大賢；次曰翹材館，以待大才；次曰接士館，以待國士。」又唐有弘文、集賢、史館三館，負責藏書、校書、修史事宜。宋以昭文館、集賢院、史館爲三館。另有廣文、太學、律學三館，爲中央教育機構，亦稱三館。此借以指稱翰林院。俊游：才智傑出的過從之友。宋秦觀《望海潮》詞：「金谷俊游，銅駝巷陌，新晴細履平沙。」

〔五〕百衙：百官。高選：謂用高標準選拔官吏。

〔六〕翩翩老阮：三國魏曹丕《與吳質書》：「元瑜書記翩翩，致足樂也。」阮瑀，字元瑜，三國魏陳留人，「建安七子」之一。少受學於蔡邕，後事曹操，爲司空軍謀祭酒，管記室，軍國書檄，多出瑀之手。事見《三國志·魏書·王粲傳》。翩翩：形容風度或文采優美。老阮：阮瑀。才名：才華與名望。此處借老阮自況。

〔七〕銀漢：天河，銀河。雙星：指牽牛星和織女星。

〔八〕「尚相」二句：語本《古詩十九首·迢迢牽牛星》詩句：「盈盈一水間，脈脈不得語。」盈盈：清澈貌，晶瑩貌。指代天河。脈脈：凝視貌。

〔九〕醉玉：唐韓愈《醉中留别襄州李相公》：「銀燭未銷窗送曙，金釵半醉坐添春。」玉，玉人，美女。春，美酒。此指美女飲酒後臉上泛起的紅光。

〔一〇〕夢雲：指男女歡會之事。典出戰國楚宋玉《高唐賦》。卿卿：《世説新語·惑溺》：「王安豐（王戎）婦常卿安豐。安豐曰：『婦人卿婿，於禮爲不敬，後勿復爾。』婦曰：『親卿愛卿，是以卿卿；我不卿卿，誰當卿卿？』遂恒聽之。」上「卿」字爲動詞，謂以卿稱之；下「卿」字爲代詞，猶言你。後兩「卿」字連用，作爲夫妻或情人間的昵稱。此句以繪寫直露，爲人詬病。劉祁《歸潛志》卷一〇：「先是蔡丞相伯堅以嘗奉使高麗，爲館妓賦《石州慢》……二詞至今人不能優劣。余謂蕭閑之渾厚、玉峰之峭拔皆可人。然蔡之『仙衣卷盡霓裳，方見宮腰纖弱』與趙之『惜卿卿』，皆不免爲人疵議之矣。」

〔一一〕離觴：離杯。指餞別之酒。

〔一二〕靈犀：舊説犀角中有白紋如線直通兩頭，感應靈敏。因用以比喻兩心相通。唐李商隱《無題》其一：「身無彩鳳雙飛翼，心有靈犀一點通。」靈犀舊曲：金初蔡松年使高麗別侍姬所作《石州慢》有「海犀一點通寥廓」，故稱。

〔一三〕曉枕餘酲：指蔡松年《石州慢》「曉來一枕餘香，酒病賴花醫卻」所言之情事。餘酲：猶宿醉。

〔一四〕「海外」三句：語本唐李商隱《馬嵬》：「海外徒聞更九州，他生未卜此生休。」海外九州：《史記·孟子荀卿列傳》載，鄒衍分天下爲九州，「中國名曰赤縣神州。赤縣神州内自有九州，禹之序九州是也，不得爲州數。中國外如赤縣神州者九，乃所謂九州也。」郵亭：驛館。

〔一五〕江上數峰青：化用唐錢起《省試湘靈鼓瑟》：「曲終人不見，江上數峰青」。

〔一六〕斷雲殘雨：宋玉《高唐賦序》言巫山神女與楚王歡會後去而辭曰：「妾在巫山之陽，高丘之阻。旦爲朝雲，暮爲行雨。」句暗用此典。

〔一七〕遼陽：金之遼陽府，治今遼寧省遼陽市，使高麗必經之處。

〔一八〕「芳草」句：唐牛希濟《生查子》：「記得緑羅裙，處處憐芳草。」白居易《賦得古原草送别》：「遠芳侵古道，晴翠接荒城。又送王孫去，萋萋滿别情。」

卜算子　譜太白詩語〔一〕

明月在青天，借問今時幾〔二〕。但見宵從海上來，不覺雲間墜〔三〕。流水古今人，共看皆如此〔四〕。唯願當歌對酒時，長照金尊裏〔五〕。

【注】

〔一〕卜算子：詞牌名。雙調，四十四字，上下片各兩仄韻。兩結句可酌增襯字，化五言句爲六言句，於第三字逗。宋教坊復演爲慢曲，八十九字，上片四仄韻，下片五仄韻。太白：唐代詩人李白，字太白。此詞摘録化用李白《把酒問月》詩句而成。

〔二〕「明月」二句：化用李白詩句：「青天有月來幾時，我今停杯一問之。」

〔三〕「但見」二句：化用李白詩句：「但見宵從海上來，寧知曉向雲間没。」

〔四〕「流水」二句：化用李白詩句：「古人今人若流水，共看明月皆如此。」

〔五〕「唯願」二句：化用李白詩句：「唯願當歌對酒時，月光長照金尊裏。」

鷓鴣天 二首〔一〕

金絡閑穿御路楊〔二〕。青旗遥認醉中鄉①〔三〕。可人自有迎門笑〔四〕，下馬何妨索酒嘗。春正好，日初長。一尊容我駐風光〔五〕。歸來想像行雲處〔六〕，薄雨霏霏灑面凉〔七〕。

【校】

① 鄉：彊村本作「香」。

【注】

〔一〕鷓鴣天：詞牌名，詳見蔡松年《鷓鴣天》詞注〔一〕。

〔二〕金絡：本指馬籠頭，後借指良馬、騎馬的人。御路：即御道。供帝王車駕通行的道路。

〔三〕青旗：指酒旗。古時酒店掛的幌子，猶酒簾。醉中鄉：醉鄉。指醉中境界。

〔四〕可人：可愛的人。

〔五〕駐風光：停馬觀賞風景。亦兼指「可人」的容光風采。

〔六〕行雲：飄浮流動的雲。

〔七〕霏霏：雨盛貌。宋范仲淹《岳陽樓記》：「若夫淫雨霏霏，連月不開。」

又

十頃平波溢岸清〔一〕。草香沙暖水雲晴〔二〕。輕衫短帽垂楊裏〔三〕，楚潤相看別有情〔四〕。揮彩筆〔五〕，倒銀瓶〔六〕。花枝照眼句還成〔七〕。老來旋減金釵興①〔八〕，回施春光與後生〔九〕。集句〔一〇〕

【校】

① 旋減：毛本、彊村本作「漸減」。

【注】

〔一〕「十頃」句：用唐李商隱《病中早訪招國李十將軍遇挈家遊曲江》詩句：「十頃平波溢岸清，病來唯夢此中行。」

〔二〕「草香」：用唐白居易《寒食江畔》詩句：「草香沙暖水雲晴，風景令人憶帝京。」

〔三〕「輕衫」：用宋王安石《菩薩蠻》詞句：「數間茆屋閒臨水，窄衫短帽垂楊裏。」

〔四〕「楚潤」：用唐人鄭谷《及第後宿平康里》詩句：「春來無處不閒行，楚潤相看別有情。」楚潤：指唐名妓楚兒。因其字潤娘，故稱。後亦借指名妓。

〔五〕揮彩筆：用李白《當塗趙炎少府粉圖山水歌》詩句：「峨眉高出西極天，羅浮直與南溟連。名工繹思揮綵筆，驅山走海置眼前。」

〔六〕倒銀瓶：宋梅堯臣《挾彈篇》：「醉倒銀瓶方肯去，去卧紅樓歌吹中。」又蘇軾《人呼爲韻軾得鳥字》：「馬上倒銀瓶，得兔不暇燎。」

〔七〕「花枝」句：杜甫《酬郭十五判官》詩句：「藥裹關心詩總廢，花枝照眼句還成。」花枝：喻美女。

〔八〕「老來」句：蘇軾《夜飲次韻畢推官》詩句：「老來漸減金釵興，醉後空驚玉筯工。」金釵興：指酒宴間狎妓佐歡之興致。

〔九〕「回施」句：化用宋黄庭堅《病來十日不舉酒二首》其二：「病來十日不舉酒，回施青春與後生。」春光：喻狎妓之情事。

〔一〇〕集句：輯前人詩句以成篇什。宋嚴羽《滄浪詩話·詩體》：「有擬古，有連句，有集句，有分題。」宋沈括《夢溪筆談·藝文一》：「荆公始爲集句詩，多者至百韻，皆集合前人之句。」

鳳棲梧〔一〕

霜樹重重青嶂小〔二〕。高棟飛雲〔三〕，正在霜林杪〔四〕。九日黄花才過了〔五〕。一尊聊慰秋容老〔六〕。　翠色有無眉黛掃①〔七〕。身在西山，卻愛東山好。流水極天横晚照〔八〕。酒闌望斷西河道。

【校】

①黛：毛本、彊村本作「淡」。

【注】

〔一〕鳳棲梧：詞牌名。又名《蝶戀花》、《鵲踏枝》，唐教坊曲名，取梁簡文帝樂府「翻階蛺蝶戀花情」爲名。雙調，六十字，上下片各四仄韻。以抒寫纏綿悱惻之情爲多。

〔二〕青嶂：如屏障的青山。《文選·沈約·鍾山詩應西陽王教》：「鬱律構丹巘，崚嶒起青嶂。」吕向注：「山横曰嶂。」

〔三〕「高棟」句：語本唐王勃《滕王閣詩》：「畫棟朝飛南浦雲。」高棟：高大的屋梁。借指廣厦。

〔四〕杪：樹梢。

〔五〕九日：指農曆九月九日重陽節。黄花：菊花。南朝梁宗懔《荆楚歲時記》載，每逢重陽節，人皆「縫囊盛茱萸繫臂上，登山飲菊花酒」，藉以消災避難。

〔六〕秋容：猶秋色。宋陸游《秋陰》：「陂澤秋容淡，郊原曉氣清。」

〔七〕「翠色」句：語本唐王維《江漢臨泛》：「江流天地外，山色有無中。」眉黛掃：形容小山之形色如婦女青黑色的秀眉。

〔八〕極天：至天邊極遠處。晚照：夕陽。

任南麓君謨〔一〕

永遇樂〔二〕

月已中秋，菊還重九〔三〕，夜久凉重。滿地清霜，半天白曉〔四〕，孤唱聞耕壠〔五〕。蕭蕭窗几〔六〕，依然琴硯，但覺鼠窺風動。悔生平、趨前猛甚〔七〕，晚退卻成無勇。興衰更换，妍媸淆混〔八〕，造物大相愚弄〔九〕。三釁羞人〔一〇〕，五交賈釁〔一一〕，侯伯寧無種〔一二〕。而今此念，消除都盡，惟有故山歸夢〔一三〕。吾廬更〔一四〕、雙溪清遶，萬峰翠擁。

【注】

〔一〕任南麓君謨：任詢，字君謨，易州（今河北省易縣）人。正隆二年進士。爲人慷慨多大節。書法爲當時第一，畫亦入妙品。《金史》卷一二五有傳，《中州集》卷二有小傳。

〔二〕永遇樂：詞牌名，雙調，一百四字，上下片各四仄韻。

〔三〕重九：農曆九月九日重陽節。

〔四〕半天白曉：言黎明之際天色。

〔五〕孤唱聞耕壠：即「聞孤唱耕壠」。《史記·齊悼惠王世家》載：漢惠帝崩，吕后稱制，諸吕擅權。

朱虚侯劉章忿劉氏削弱，嘗因入侍吕后宴飲，請爲《耕田歌》：「深耕穊種，立苗欲疏。非其種者，鋤而去之。」意謂諸吕非劉氏族類，應當鋤去。此詞乃任氏晚年所作。味「但覺鼠窺風動」及「侯伯寧無種」諸語，或許暗用劉章《耕田歌》典，隱指章宗明昌間誅殺宗室、寵幸李妃，以至抱他人子充嗣，外戚擅權等事。

〔六〕蕭蕭：蕭條，寂靜。

〔七〕趨前猛甚：謂追求功名之心非常急切。

〔八〕妍蚩：美好和醜惡。《文選·陸機·文賦》：「妍蚩好惡，可得而言。」劉良注：「妍，美；蚩，惡也。」

〔九〕造物：命運，造化。

〔一〇〕三釁：謂三瑕隙。《文選·劉孝標·廣絶交論》：「因此五交，是生三釁。敗德殄義，禽獸相若，一釁也；難固易攜，讎訟所聚，二釁也；名陷饕餮，貞介所羞，三釁也。」李善注：「杜預《左氏傳》注曰：釁，瑕隙也。」

〔一一〕五交：五種非正道的交友。指勢交、賄交、談交、窮交、量交。《文選·劉孝標·廣絶交論》：「凡斯五交，義同賈鬻，故桓譚譬之於闤闠，林回諭之於甘醴。」賈鬻：買賣。李善注：「杜預《左氏傳》注曰：『賈，買也。』鄭衆《周禮》注曰：『鬻，賣也。』」

〔一二〕「侯伯」句：《史記·陳涉世家》：「王侯將相甯有種乎？」此處反用其義。侯伯：泛指諸侯。無種：謂没有血統相傳關係。

〔三〕故山歸夢：蘇軾《醉落魄·憶别》詞：「蒼頭華髮，故山歸計何時決。」

〔四〕「吾廬」二句：言自己欲棄官歸隱，移居於山水清美之處。

馮臨海士美〔一〕

江城子〔二〕

煙脂坡上月如鉤〔三〕。問青樓〔四〕，覓温柔〔五〕。庭院深沉，窗户掩清秋。月下香雲嬌墮砌〔六〕，花氣重，酒光浮。　清歌皓齒艷明眸〔七〕。錦纏頭〔八〕，若爲酬〔九〕。門外三更，燈影立驊騮〔一〇〕。結習未忘吾老矣〔一一〕，煩惱夢〔一二〕，赴東流。

【注】

〔一〕馮臨海士美：馮子翼，字士美，大定（今内蒙古寧城西南）人。正隆二年進士。性剛果，與物多忤，以是仕宦不進。以同知臨海軍節度使事致仕。爲詩有筆力。《中州集》卷二有小傳。

〔二〕江城子：詞牌名，詳見蔡松年《江城子》注〔一〕。

〔三〕煙脂坡：唐代妓館倡女所居之處，在長安縣。元駱天驤編《類編長安志》卷七「坡阪」：「煙脂坡：新説曰在宣平坊南，開元、天寶間皆妓館倡女所居。商左山詩曰：『少陵野老吞聲哭，不到煙脂翡翠坡。』」

〔四〕青樓：本指豪華精美的房屋。後用指妓院。

〔五〕温柔：即温柔鄉，喻美色迷人之境。舊題漢伶玄《趙飛燕外傳》：「是夜進合德，帝大悦，以輔屬體，無所不靡，謂爲温柔鄉。」

〔六〕香雲：喻女子的鬢髮。嬌墮砌：形容女子頭髮輕柔下垂連綴的形狀。古代婦女流行側在一邊的墮馬髻。

〔七〕皓齒艷明眸：潔白的牙齒，明亮的眼睛。形容女子容貌美麗，亦喻指美女。

〔八〕錦纏頭：古代歌舞藝人表演完畢，客以羅錦爲贈，稱「纏頭」。《太平御覽》卷八一五引《唐書》：「舊俗，賞歌舞人，以錦彩置之頭上，謂之『纏頭』。」

〔九〕若爲：怎能，怎樣。

〔一〇〕驊騮：周穆王八駿之一。泛指駿馬。

〔一一〕結習：佛教語，指人世間的欲望等煩惱。《維摩經·觀衆生品》：「時維摩詰室有一天女，見諸天人聞所説法，便現其身，即以天華散諸菩薩、大弟子上，華至諸菩薩即皆墮落，至大弟子便着不墮。一切弟子神力去華，不能令去……天女問舍利弗：『何故去華？』……『結習未盡，花著身耳；結習盡者，花不著也。』」後稱積久難破的習慣爲「結習」。

〔一二〕煩惱：佛教指迷惑不覺，擾亂身心之因。此指沉湎情愛之事。

李承旨致美〔一〕

婆羅門引　保德西樓作〔二〕

汗融畏日〔三〕，豈知高處有風清。倚闌襟袖涼生。坐看崩雲脱壞①〔四〕，不礙亂峰青〔五〕。待目窮千里，卻怕傷情〔六〕。　河汾古城〔七〕。聽裂岸、怒濤驚〔八〕。好是烽沉幽障，鼓卧邊亭〔九〕。西樓老子，更無用、胸中十萬兵〔一〇〕。酒到處、莫放杯停。

【校】

① 坐看：毛本作「坐上看」。

【注】

〔一〕李承旨致美：李晏，字致美，高平（今山西省高平市）人。皇統二年經義進士。入翰林爲學士。明昌初，爲禮部尚書。《金史》卷九六有傳，《中州集》卷二有小傳。

〔二〕婆羅門引：詞牌名，雙調，七十六字。上片七句，四平韻；下片七句，四平韻或五平韻。保德：金州名，屬河東北路，治今山西省保德縣。

〔三〕汗融：流汗貌。畏日：烈日。典出《左傳·文公七年》：「趙衰，冬日之日也；趙盾，夏日之日也。」

杜預注：「冬日可愛，夏日可畏。」後因稱夏天的太陽爲「畏日」，意爲炎熱可畏。

〔四〕崩雲脱壞：形容山雲騰翻變化之狀。

〔五〕不礙亂峰青：反用宋張方平《雨中登籌竹驛後懷古亭》：「深秀林巒都不見，白雲堆裏亂峰青。」

〔六〕「待目」二句：唐王之渙《登鸛雀樓》：「欲窮千里目，更上一層樓。」《楚辭・招魂》：「目極千里兮傷春心。」

〔七〕河汾：黄河與汾水的並稱。

〔八〕怒濤驚：本蘇軾《念奴嬌・赤壁懷古》：「亂石崩雲，驚濤裂岸，卷起千堆雪。」

〔九〕「好是」二句：化用唐賀朝《從軍行》詩句：「烽沉竈滅靜邊亭，海晏山空肅已寧。」好是：猶好在。表示贊美。幽障：指邊塞上的小城堡。邊亭：邊地的亭燧、亭障。句言邊塞寧靜無戰事。

〔一〇〕「西樓」二句：用宋范仲淹胸中數萬兵典故。《五朝名臣言行録》卷七引《名臣傳》：「(范)仲淹領延安，閲兵選將，日夕訓練，……夏人聞之，相戒曰：「天以延安爲意，今小范老子腹中自有數萬甲兵，不比大范老子可欺也。」」西樓老子：《晉書・庾亮傳》：「亮在武昌，諸佐吏殷浩之徒，乘秋夜往共登南樓。俄不覺亮至，諸人將起避之。亮徐曰：『諸君少住，老子於此處興復不淺。』便據胡牀，與浩等談詠竟坐。」詞人以庾亮自比，言其僚佐追隨談詠飲酒之歡及其不拘形跡、隨和無間的名士風度。

虞美人〔一〕

佳人酒暈紅生頰〔二〕。灔灔霞千疊。雨餘紅淚濕黄昏〔三〕。誤認當年人面倚朱門〔四〕。飄零又送青春暮〔五〕。悵望劉郎去〔六〕。教人不恨五更風〔七〕。只恨馬蹄無處避殘紅〔八〕。

【注】

〔一〕虞美人：詞牌名，本爲唐教坊曲。雙調，五十六字，上下片各兩仄韻，兩平韻。又有五十八字，上下片各兩仄韻，三平韻。詞詠植物虞美人花。是花春夏間開，色紅豔，球形。

〔二〕佳人：以美女喻虞美人花。酒暈：飲酒後臉上泛起的紅暈。

〔三〕紅淚：指虞美人花中之水珠。

〔四〕人面倚朱門：用唐崔護人面桃花典。唐孟棨《本事詩》載其《題都城南莊》：「去年今日此門中，人面桃花相映紅。」

〔五〕「飄零」句：言虞美人花凋落於暮春之季。

〔六〕劉郎：南朝宋劉義慶《幽明録》：東漢時，劉晨和阮肇至天臺山采藥迷路，在桃溪遇二仙女，得成夫婦，蹉跎半年，春季返家，時已過七世。句用五代王文錫《訴衷情·桃花流水》：「桃花流水漾縱横，春晝彩霞明。劉郎去，阮郎行，惆悵恨難平。」以桃溪仙女喻虞美人花，以劉郎喻知賞之人。

〔七〕「教人」句：化用唐王建《宮詞》詩意：「樹頭樹底覓殘紅，一片西飛一片東。自是桃花貪結子，錯教人恨五更風。」

〔八〕「只恨」句：化用宋張公庠《道中》詩句：「夾路桃花新雨過，馬蹄無處避殘紅。」殘紅：落花。

鷓鴣天〔一〕

苒苒萋萋雨後村〔二〕。芳塵不到五侯門〔三〕。曾隨曉淚撩詩思〔四〕，又向春風入燒痕〔五〕。

春去後，憶王孫〔六〕。啼紅南浦記芳温〔七〕。夕陽樓外連天遠，乞與騷人怨楚魂〔八〕。

【注】

〔一〕鷓鴣天：詞牌名，詳見蔡松年《鷓鴣天》詞注〔一〕。

〔二〕苒苒萋萋：草木茂盛貌。

〔三〕芳塵：指落花。南朝宋謝莊《月賦》：「緑苔生閣，芳塵凝榭。」五侯：漢成帝河平二年封舅王譚平阿侯，王商成都侯，王立紅陽侯，王根曲陽侯，王逢時高平侯，五人同日封。時人謂之五侯。事見《漢書·元后傳》。後用以泛指權貴豪門之家。合觀下片之「憶王孫」，二句言深居侯門大宅的王孫們，未發覺暮春落花之季來臨的信息。

〔四〕曉淚：指早晨花草上的露珠。

〔五〕「又向」句：用唐白居易《賦得古原草送別》「野火燒不盡，春風吹又生」詩意，言茂盛的青草遮没枯草燒痕。蘇軾《正月二十二日往岐亭》：「稍聞泱泱流水谷，盡放青青没燒痕。」二句言與王孫別後曾因花草上的露珠引發悲切的相思之情。時隔一年，萋萋春草再次來臨。

〔六〕憶王孫：化用《楚辭·招隱士》詩句：「王孫遊兮不歸，春草生兮萋萋。」

〔七〕啼紅：指女子傷心時落下的眼淚。南浦：南面的水濱。古人常於南浦送別親友。《楚辭·河伯》：「送美人兮南浦。」南朝江淹《別賦》：「送君南浦，傷如之何！」後泛指送別之處。

〔八〕乞與：給與。騷人：原指戰國楚屈原或《楚辭》的作者，後泛指文人墨客。楚魂：指《楚辭·招魂》。其辭有「魂兮歸來」，「何爲四方些」，句借此抱怨王孫外出不歸。

迴文菩薩蠻〔一〕

斷腸人去春將半〔二〕。歸客倦花飛。小窗寒夢曉，誰與畫愁眉〔三〕。

【注】

〔一〕迴文：詩、詞、曲中的一種雜體，指以一定形式排列，迴環往復均可誦讀之詞。實屬文字遊戲。南朝梁劉勰《文心雕龍·明詩》謂迴文爲道原所創，已失傳。今所傳最早者爲南朝宋蘇伯玉妻的《盤中詩》。菩薩蠻：又名《子夜歌》、《重疊金》。唐教坊曲，《詞譜》卷五引唐蘇鶚《杜陽雜編》：「大中初，女蠻國入貢，危髻金冠，瓔珞被體，號『菩薩蠻隊』。當時倡優遂製《菩薩蠻曲》，文士亦往往聲其詞。」小令，四十四字，上下片各兩仄韻，兩平韻。

〔二〕斷腸：悲傷至極，肝腸寸斷。

〔三〕愁眉：古代婦女眉式名。眉式細而曲折，色較濃重，眉梢上翹。相傳此妝式爲東漢梁冀妻首創。《後漢書·梁冀傳》載：冀妻孫壽，色美而善爲妖態，作愁眉，啼妝，墮馬髻，折腰步，齲齒笑，以爲媚惑。

劉龍山致君〔一〕

鷓鴣天 四首〔二〕

滿樹西風鎖建章〔三〕。官黄未裹貢前霜〔四〕。誰能載酒陪花使〔五〕，終日尋香過苑牆。修月客〔六〕，弄雲娘〔七〕。三吴清興入淋浪〔八〕。草堂人病風流減〔九〕，自洗銅瓶煮蜜嘗。

【注】

〔一〕劉龍山致君：劉仲尹，字致君，號龍山，蓋州（今遼寧省蓋州市）人。正隆二年進士，以潞州節度副使召爲都水監丞，卒。致君家世豪侈而能折節讀書，詩、樂府俱有藴藉。《中州集》卷三有小傳。

〔二〕鷓鴣天：詞牌名，詳見蔡松年《鷓鴣天》詞注〔一〕。

〔三〕「滿樹」句：化用唐白居易《梨園弟子》詩意：「莫問華清今日事，滿山紅葉鎖宮門。」西風：指秋風。李白《長干行二首》其二：「八月西風起，想君發揚子。」建章：建章宮，漢代長安宮殿名。在未央宮西，建於漢武帝太初元年。後泛指宮殿。

〔四〕官黄：正黄色。亦借指正黄色的花。此處指黄色的菊花。句言菊花還未到凌霜怒放入貢皇宮之際。

〔五〕花使：宮中負責采集花木的使者。

〔六〕修月客：相傳月中有修月客。典出唐段成式《酉陽雜俎·天咫》：唐太和中，鄭仁本表弟游嵩山，見一人枕襆而眠，問其所自，其人笑曰：「君知月乃七寶合成乎？月勢如丸，其影，日爍其凸處也。常有八萬二千户修之，予即一數。」此喻文章妙手。

〔七〕弄雲娘：指天上織女。南朝梁殷芸《小説》：「天河之東有織女，天帝之子也。年年機杼勞役，織成雲錦天衣，容貌不暇整。」此亦喻文章華美。

〔八〕三吴：泛指長江下游一帶。清興：清雅的興致。淋浪：酣飲貌。

〔九〕草堂：茅草蓋的堂屋。舊時文人常以「草堂」名其所居，以標風操高雅。

又

騎鶴峰前第一人〔一〕。不應着意怨王孫〔二〕。當年艶態題詩處〔三〕，好在香痕與淚痕〔四〕。

調雁柱〔五〕，引蛾顰〔六〕。緑窗絃索合箏篆〔七〕。砌臺歌舞陽春後〔八〕，明月朱扉幾斷魂〔九〕。

【注】

〔一〕「騎鶴峰」句：用王子喬騎鶴在緱氏山典故。周靈王太子王子喬，好吹笙，作鳳凰鳴，游伊洛之間。隨道士入山學道成仙，三十餘年後，騎鶴在緱氏山頭與家人會面。望之不得到，舉手謝時人，數日而去。見漢劉向《列仙傳・王子喬》。

〔二〕怨王孫：《楚辭・招隱士》：「王孫游兮不歸，春草生兮萋萋……王孫兮歸來，山中兮不可久留。」

〔三〕艶態：豔美的姿態。

〔四〕好在：依然，依舊。

〔五〕雁柱：箏上排列整齊的絃柱。因其如雁飛之陣，故稱。宋張先《生查子》詞：「雁柱十三絃，一一春鶯語。」

〔六〕蛾顰：眉顰。因蠶蛾觸鬚細長而曲，古人常用來比女子之眉，故稱眉顰爲蛾顰。

〔七〕箏篆：指箏篆兩種樂器。《古今圖書集成》箏字下引《元禮樂志》：「箏如瑟，兩頭微重，有柱十三絃。箏制如箏而七絃有柱，用竹軋之。」

〔八〕陽春：古歌曲。宋玉《對楚王問》：「其爲陽春白雪，國中屬而和者，不過數十人。」

〔九〕斷魂：銷魂。形容一往情深，或哀傷發愁到極點。唐宋之問《江亭晚望》：「望水知柔性，看山欲斷魂。」

又

樓宇沉沉翠幾重〔一〕。轆轤亭下落梧桐〔二〕。川光帶晚虹垂雨，樹影涵秋鵲喚風。人不見，思何窮。斷腸今古夕陽中。碧雲猶作山頭恨，一片西飛一片東〔三〕。

【注】

〔一〕沉沉：高深重疊貌。

〔二〕轆轤亭：建於水井之上的亭子。轆轤：利用輪軸原理製成的井上汲水的起重裝置。

〔三〕「一片」句：用唐王建《宮詞》：「樹頭樹底覓殘紅，一片西飛一片東。」

又

璧月池南剪木棲〔一〕。六朝宮袖窄中宜〔二〕。新聲蹙巧蛾顰黛〔三〕，纖指移箏雁著絲〔四〕。

朱户小〔五〕，畫簾低。細香輕夢隔涪溪〔六〕。西風只道悲秋瘦〔七〕，卻是西風未得知〔八〕。

【注】

〔一〕剪木棲：修剪草木而築室居住。

〔二〕「六朝」句：唐韓偓《玉樵山人集·嫋娜》：「嫋娜腰肢淡薄妝，六朝宮樣窄衣裳。」六朝時宮衣尚窄，金代風尚似六朝。《金史·輿服志》：「其衣色多白，三品以皂，窄袖，盤領，縫腋，下爲襞積而不缺袴。」句謂美人服裝仿效六朝時宮中窄袖式樣，最合時宜。

〔三〕新聲：新作的樂曲，新穎美妙的樂音。蛾顰：眉顰。因蠶蛾觸鬚細長而曲，古人常用來比女子的眉毛，故稱眉顰爲蛾顰。黛：青黑色的顔料，古代女子用來畫眉。句言女子演奏新樂斂皺蛾眉的入情神態。

〔四〕纖指：柔細的手指，多指女子的手。李白《鳳笙篇》：「欲歎離聲發絳脣，更嗟別調流纖指。」雁著：即雁柱。指箏上排列整齊的絃柱。因其如雁飛之陣，故稱。宋張先《生查子》詞：「雁柱十三絃，一一春鶯語。」

〔五〕朱户：泛指朱紅色大門。

〔六〕涪溪：在四川省宜賓縣北。《方輿覽勝》載，宋黄庭堅初謫涪，自號涪翁，放浪山水間。紹聖二年移戎州，城南有溪，游而樂之，命曰涪溪。其後溪山多以是爲名。

〔七〕「西風」句：本戰國楚宋玉《九辯》：「悲哉，秋之爲氣也。蕭瑟兮，草木摇落而變衰。」

〔八〕卻是：只是。

南歌子〔一〕

榴破猩肌血〔二〕，萱開鳳尾黄〔三〕。蕭閑風簟雪肌凉〔四〕。一枕濃香、魂夢到巫陽〔五〕。

雲紵描瑶草〔六〕，蓮腮洗玉漿〔七〕。碧梧深院小藤牀。此意一江春水正難量〔八〕。

【注】

〔一〕南歌子：又名《南柯子》。唐教坊曲名，後用爲詞牌。單調，二十六字，三平韻。例用對句起。宋人多用同一格式重填一片，謂之「雙調」。有平韻，仄韻兩體。

〔二〕榴破：盛開的石榴花。猩肌血：猩紅色。一種鮮紅的顔色，介乎紅色和橙色之間。因猩猩血液的顔色而得名。

〔三〕萱：萱草，忘憂草。俗稱黄花菜、金針菜。百合科多年生草本植物，葉狹長，夏秋間開花，花黄色，或桔紅色。

〔四〕簟：涼席。

〔五〕巫陽：即巫山之陽。用楚王夢高唐典故。戰國宋玉《高唐賦》序云：楚王游高唐，晝寢。夢見一婦人，自稱巫山之女，願薦枕席。王因幸之。去而辭曰：「妾在巫山之陽，高丘之阻，旦爲朝雲，暮爲行雨，朝朝暮暮，陽臺之下。」

〔六〕雲紵：一種用苧麻所織的衣物。瑶草：傳説中的仙草。

〔七〕蓮腮：猶美女的蓮花腮。玉漿：傳説中的仙人飲料。曹操《氣出唱》：「仙人玉女，下來翱遊。驂駕六龍飲玉漿。」晉郭璞《山海經圖贊·太華山》：「華嶽靈峻，削成四方，爰有神女，是挹玉漿。」

〔八〕一江春水：南唐李煜《虞美人》詞：「問君能有幾多愁，恰似一江春水向東流。」

攤破浣溪沙①〔一〕

蠶欲眠時日已曛〔二〕。柔桑葉大緑團雲。羅敷猶小，陌上看行人〔三〕。　翠實低條梅弄色〔四〕，輕花吹壠麥初匀。鳴鳩聲裏〔五〕，過盡太平村。

【校】

①攤破浣溪沙：唐圭璋《全金元詞》作《琴調相思引》。其云：「原誤作『攤破浣溪沙』，兹據《詞律》改『琴調相思引』。」許昂霄《詞綜偶評》也作《琴調相思引》。

【注】

〔一〕攤破浣溪沙：又名《山花子》。唐教坊曲，後用作詞牌名。雙調，四十八字，上片三平韻，下片兩平韻，過片二句多用對偶。

〔二〕蠶眠：蠶在生長過程中要蜕數次皮，每次蜕皮前有一段時間不動不食，如睡眠的狀態，故稱。唐王維《渭川田家》：「雉雊麥苗秀，蠶眠桑葉稀。」曛：赤黄色。《素問·六元正紀大論》：「少陰所至爲高明，焰爲曛。」王冰注：「曛，赤黄色也。」

〔三〕「羅敷」二句：采桑女秦羅敷，貌美無比，路上行人爲之傾倒。漢樂府《陌上桑》：「羅敷喜蠶桑，採桑城南隅……行者見羅敷，下擔捋髭鬚；少年見羅敷，脱帽著帩頭；耕者忘其犁，鋤者忘其鋤。」

〔四〕翠實：青緑色的果實。此處指青梅。

〔五〕鳴鳩：即斑鳩。《吕氏春秋·季春》：「鳴鳩拂其羽，戴任降于桑。」高誘注：「鳴鳩，班鳩也。」

浣溪沙〔一〕

貼體宫羅試裌衣〔二〕。冰藍嬌淺染東池〔三〕。春風一把瘦腰支〔四〕。　戲鏤寶鈿呈翡翠〔五〕，笑拈金翦下酴醾〔六〕。最宜京兆畫新眉〔七〕。

【注】

〔一〕浣溪沙：詞牌名。詳見趙可《浣溪沙》詞注〔一〕。

〔二〕貼體：緊貼膚體。南唐馮延巳《抛球樂》詞：「波摇梅蕊當心白，風入羅衣貼體寒。」宫羅：一種質地較薄的絲織品。裌衣：有裏有面、中間不襯墊絮類的衣服。

〔三〕「冰藍」句：言女子淺藍色衣服如初染般鮮豔。

〔四〕一把瘦腰支：形容女子腰肢纖細。支：通「肢」。

〔五〕寶鈿：花鈿。以金翠珠玉製成的花朵形婦女首飾。

〔六〕酴醿：花名。本酒名。以花顔色似之，故取以爲名。《全唐詩》卷八六六載《題壁》：「禁煙佳節同遊此，正值酴醿夾岸香。」

〔七〕「最宜」句：用張敞畫眉典故，比喻夫妻感情好。漢時平陽人張敞，宣帝時爲京兆尹。張敞替妻子畫眉，長安中傳張京兆眉憮。有司以奏敞。上問之，對曰：「臣聞閨房之内，夫婦之私，有過於畫眉者。」上愛其能，弗備責。

又

萬疊春山一寸心〔一〕。章臺西去柳陰陰〔二〕。藍橋特爲好花尋〔三〕。　別後魚封煙漲闊〔四〕，夢迴鸞翼海雲深〔五〕。情知頓着有如今〔六〕。

【注】

〔一〕春山：春日山色黛青，因喻指婦人姣好的眉毛。寸心：心事，心願。

〔二〕章臺：漢長安章臺下街名。唐許堯佐《柳氏傳》載：唐韓翃姬柳氏，以豔麗稱。韓獲選上第歸家省親，柳留居長安，安史亂起，出家爲尼。後韓爲平盧節度使侯希逸書記，使人寄柳詩曰：「章臺柳，章臺柳，昔日青青今在否？縱使長條似舊垂，亦應攀折他人手。」柳爲蕃將沙吒利所劫，侯希逸部將以計奪還歸韓。後以章臺柳形容窈窕美麗的女子。

〔三〕藍橋：橋名。在陝西省藍田縣東南藍溪之上。相傳其地有仙窟，爲唐裴航遇仙女雲英處。事見唐裴鉶《傳奇·裴航》。後用作男女約會之處。

〔四〕魚封：指書信。宋賀鑄《風流子》詞：「念北地音塵，魚封永斷，便橋煙雨，鶴表相望。」句言情人遠隔山水之外，音信難通。

〔五〕鸞翼：鸞鳥的翅翼。喻裙裾。唐李賀《蘭香神女廟》：「舞珮剪鸞翼，帳帶塗輕銀。」句言女子夢醒後孤獨寂寞、孤芳自賞之情形。

〔六〕情知：明知；深知。頓着：定然。

又

繡館人人倦踏青〔一〕，粉垣深處簸錢聲〔二〕。賣花門外緑陰輕。　簾幕風柔飛燕燕，池塘花暖語鶯鶯〔三〕。有誰知道一春情。

【注】

〔一〕繡館：華麗的居室。指女子所居。踏青：清明節前後郊野遊覽的習俗。舊時以清明節爲踏青節。唐孟浩然《大堤行》:「歲歲春草生,踏青二三月。」

〔二〕粉垣:即粉牆。塗刷成白色的牆。簸錢:古代一種以擲錢賭輸贏的遊戲。唐王建《宮詞》其九三:「暫向玉花階上坐,簸錢贏得兩三籌。」

〔三〕「簾外」二句:語本唐杜牧《爲人題贈》:「緑樹鶯鶯語,平江燕燕飛。」

又

摩腹椎腰春事非〔一〕,樂天猶恨小樊歸〔二〕。多生餘念向來癡〔三〕。往事半隨殘夢轉,飛詞不盡短封題〔四〕。竹奴應笑減腰圍〔五〕。

【注】

〔一〕摩腹椎腰:撫摩胸腹,捶打腰背。形容身體疲倦。春事:指男女歡愛事。明沈仕《偶見》:「交鸞鳳春事無涯,不覺香露滴,牡丹芽。」

〔二〕「樂天」句:用白居易晚年放歸樊素典故。白居易《不能忘情吟》自序云:「樂天既老,又病風,乃録家事,會經費,去長物。妓有樊素者,年二十餘,綽綽有歌舞態,善唱《楊枝》,人多以曲名名之,由是名聞洛下。籍在經費中,將放之。」遂作《不能忘情吟》。

〔三〕多生:佛教以衆生造善惡之業,受輪回之苦,生死相續,謂之「多生」。唐白居易《味道》:「此日盡知前境妄,多生曾被外塵侵。」餘念:多餘的雜念。《法苑珠林》卷一〇七:「長養淨心,惟在得戒，無餘念也。」

〔四〕飛詞：揮筆疾書的文詞。短封：簡短的書信。唐駱賓王《豔情代郭氏答盧照鄰》：「無那短封即疏索，不在長情守期契。」陳熙晉箋注：「短封，猶言短書也。」二句意猶唐李商隱《無題四首》其一：「夢爲遠别啼難唤，書被催成墨未濃。」

〔五〕竹奴：又稱竹几、青奴、竹夫人。古代消暑用具。編青竹爲長籠，或取整段竹中間通空，四周開洞以通風，暑時置牀席間。唐時名竹夾膝，又稱竹几，至宋始稱竹夫人。宋方夔《雜興》其三：「涼與竹奴分半榻，夜將書孏伴孤燈。」減腰圍：本《古詩十九首·行行重行行》「相去日已遠，衣帶日已緩」，言因相思而日漸消瘦。

謁金門〔一〕

簾半窣〔二〕。四座緑圍紅簇。歌盡玉臺連夜燭〔三〕。歡緣仍恨促〔四〕。　休唱蓮舟新曲〔五〕。煙水畫船摇緑。腸斷鴛鴦三十六〔六〕。紫蒲相對浴〔七〕。

【注】

〔一〕謁金門：唐教坊曲，後用爲詞牌。雙調，四十五字，上下片各四仄韻。

〔二〕窣：下垂。宋高觀國《御街行·賦簾》：「香波半窣深深院，正日上花陰淺。」

〔三〕玉臺：傳説中天帝所居之處。《楚辭·王逸·九思》：「登太一兮玉臺，使素女兮鼓簧。」注：「太一，天帝所居，以玉爲臺也。」後借以稱宫室。南朝梁陳間徐陵選《玉臺新詠》其「玉臺」指宫廷，「新詠」主要指當時流行的宫廷豔情詩。句暗用此典。

〔四〕促：指時間短促。

〔五〕蓮舟新曲：後人新作《采蓮曲》。《漢樂府·江南》：「江南可采蓮，蓮葉何田田。」爲古之採蓮曲。後梁武帝製《江南弄》七曲之三爲《采蓮曲》。又梁羊侃善音律，爲舞人張静婉製《采蓮棹歌》二曲，樂府稱張静婉《采蓮曲》。

〔六〕「腸斷」句：《古歌辭》：「鴛鴦七十二，羅列自成行。」宋孫光憲《謁金門》詞：「卻羨彩鴛三十六，孤鸞還一隻。」此處化用其意，謂目睹鴛鴦成行而傷心斷腸。

〔七〕「紫蒲」句：語本唐杜牧《齊安郡後池絶句》：「鴛鴦相對浴紅衣。」

劉記室無黨〔一〕

烏夜啼　二首〔二〕

菱鑑玉篦秋月〔三〕，蕙爐銀葉朝雲〔四〕。宿酲人困屏山夢〔五〕，煙樹小江村。　翠甲未消蘭恨〔六〕，粉香不斷梅魂〔七〕。離愁分付殘春雨〔八〕，花外泣黄昏。

【注】

〔一〕劉記室無黨：劉迎，字無黨，東萊（今山東省萊州市）人。大定十四年進士。除永成豳王府記室，故稱。有詩文集《山林長語》。《中州集》卷三有小傳。

〔二〕烏夜啼，又名《相見歡》。本爲唐教坊曲。後用作詞牌。三十六字，上片三平韻，下片兩平韻兩仄韻。又有四十七字、四十八字體，皆叶平韻。此爲四十八字體。

〔三〕菱鑑：菱花鏡。古代以銅爲鏡，映日則發光影如菱花，因名「菱花鏡」。《埤雅·釋草》：「舊説，鏡謂之菱華，以其面平，光影所成如此。」篦：齒比梳子密的梳頭用具。玉篦：玉製篦子。

〔四〕蕙爐：香爐。蕙與蘭同類，皆爲香草，古代燒蘭蕙取其香，故稱。銀葉：銀片。指用銀片製成的器物。《五國故事》：「閩王王延慶爲長夜之飲，以銀葉爲杯。」此當指香爐上的銀製飾物。朝雲：喻香爐噴出的煙。

〔五〕宿酲：猶宿醉。屏山：指繪有山水的屏風。宋歐陽修《蝶戀花》詞：「枕畔屏山圍碧浪，翠被華燈，夜夜空相向。」

〔六〕翠甲：翠緑色的花萼。蘭恨：蕙蘭因其香而被焚，故云。

〔七〕「粉香」句：用宋林逋《山園小梅》「暗香浮動月黄昏」，喻蕙爐香氣。

〔八〕分付：寄意。

又

離恨遠縈楊柳，夢魂長遶梨花。青衫記得章臺月〔一〕，歸路玉鞭斜。翠鏡啼痕印袖，紅牆醉墨籠紗〔二〕。相逢不盡平生事〔三〕，春思入琵琶〔四〕。

【注】

〔一〕青衫：古時學子所穿之服，借指微賤者的服色。章臺：秦宫名，故址在長安西南，至漢猶存。張敞走馬章臺，即其地。唐許堯佐有《章臺柳傳》，後人便以章臺爲歌妓聚居之處。

〔二〕醉墨：醉裏寫的書畫詩詞。籠紗：即碧紗籠，用「詩以人重」典故。典出有二，其一爲唐人王播事。五代王定保《唐摭言·起自寒苦》：「王播少孤貧，嘗客揚州惠昭寺木蘭院，隨僧齋飡。諸僧厭怠，播至，已飯矣。後二紀，播自重位出鎮是邦，因訪舊游，向之題已皆碧紗幕其上。播繼以二絶句曰：『……上堂已了各西東，慚愧闍黎飯後鐘。二十年來塵撲面，如今始得碧紗籠。』」其二爲宋人寇準、魏野事。宋吴處厚《青箱雜記》卷六：「世傳魏野嘗從萊公（寇準）遊陝府僧舍，各有留題。後復同遊，見萊公之詩，已用碧紗籠護，而野詩獨否，塵昏滿壁。時有從行官妓，頗慧黠，即以袂就拂之。野徐曰：『若得常將紅袖拂，也應勝似碧紗籠。』萊公大笑。」

〔三〕不盡：不已。句言短暫遇合的愛情刻骨銘心，眷戀不已，終生難忘。

〔四〕春思入琵琶：春天的情思付之琵琶彈奏。化用宋晏幾道《臨江仙》（夢後樓臺高鎖）詞意：「記得小蘋初見，兩重心字羅衣，琵琶絃上説相思。」

党承旨世傑〔一〕

青玉案〔二〕

紅莎緑箬春風餅〔三〕。趁梅驛，來雲嶺〔四〕。紫桂巖空瓊竇冷〔五〕。佳人卻恨，等閑分破，縹緲雙鸞影〔六〕。一甌月露心魂醒〔七〕，更送清歌助清興〔八〕。痛飲休辭今夕永。與君洗盡，滿襟煩暑，別作高寒境〔九〕。

【注】

〔一〕党承旨世傑：党懷英，字世傑，號竹溪，原籍同州馮翊（今陝西省大荔縣），大定十年進士。累擢至翰林學士承旨。謚文獻。《金史》卷一二五有傳，《中州集》卷三有小傳。

〔二〕青玉案：詞牌名。漢張衡《四愁詩》：「美人贈我錦繡段，何以報之青玉案。」因取以爲調名。六十七字，上下片各六句五仄韻。

〔三〕「紅莎」句：製茶成餅，形如團月，再用紅紗緑箬包裹起來。描寫茶餅的製作包裝。紅莎：即紅紗。宋歐陽修《歸田録》：「洪州雙井折芽漸盛，近歲製作皆精，囊以紅紗。」其《雙井茶》詩曰：

「白毛囊以紅碧紗，十斤茶養一斤芽。」箬：嫩香蒲。《急救篇》：「蒲箬藺席帳帷幢。」注：「箬，蒲之柔弱者。蒲箬可以爲薦。」春風餅：即圓形茶餅。宋胡仔《苕溪漁隱叢話後集》：粗色茶七綱，凡五品。大小龍鳳，並揀芽，悉入龍腦，和膏爲團餅茶，共四萬餘餅。以紅綾袋裝。

〔四〕「趁梅驛」二句：言茶餅沿着驛道雲嶺運來。明楊慎《詞品》評以上三句云：「金自明昌、大定時，文物已埒中國，而製茶之精如此，風味亦何減宋人。」梅驛：驛道。取陸凱《贈范曄》詩意：「折梅逢驛使。」雲嶺：又名玉龍山，在今雲南麗江西北，與四川松潘諸山相連，山勢極高，下臨麗江。

〔五〕紫桂：紫桂花。晉王嘉《拾遺記》：「闇河之北紫桂成林，其實如棗，群仙餌焉。」瓊竇：即玉竇，指巖穴。句謂因採茶太多，崖谷間頓顯冷寂。

〔六〕「佳人」三句：合用破鏡重圓與鸞鏡典故，因茶餅形狀似圓鏡，故以此作譬。唐孟棨《本事詩·情感》載：南朝陳太子舍人徐德言與妻樂昌公主恐國破後兩人不能相保，因破一銅鏡，各執其半，約於他年正月望日賣破鏡於都市，冀得相見。後陳亡，公主没入越國公楊素家。德言依期至京，見有蒼頭賣半鏡，出其半相合。德言題詩云：「鏡與人俱去，鏡歸人不歸；無復嫦娥影，空留明月輝。」公主得詩，悲泣不食。素知之，即召德言，以公主還之，偕歸江南終老。後因以「破鏡重圓」喻夫妻離散後重獲團聚。《異苑》：「罽賓王獲鸞，三年不鳴。夫人曰：『嘗聞鳥見其類則鳴，可懸鏡映之。』王從其言。鸞睹影悲鳴，哀響中宵，一奮而絶。」分破：此處指分茶，分割茶餅。

〔七〕「一甌」句：指飲茶能滌煩渴，益神志，令人心魂清醒。月露：月光下的露滴。此處謂茶水。

〔八〕清歌：没有伴奏的歌唱。清興：清雅的興致。

〔九〕高寒境：化用蘇軾《水調歌頭》（明月幾時有）「只恐瓊樓玉宇，高處不勝寒」詞意，以深夜月下的清涼之境寓清峻之人生境界。況周頤《蕙風詞話》評結尾四句曰：「以鬆秀之筆，達清勁之氣，倚聲家精詣也。『鬆』字最不易做到。」

感皇恩　賦疊羅花〔一〕

碧玉撚柔條①〔二〕，藍袍裁葉〔三〕。明艷黄深軟金疊。道裝仙子〔四〕，謫墮蕊珠仙闕〔五〕。爲春閑管領、花時節〔六〕。　漢額妝濃〔七〕，楚腰舞怯〔八〕。襞積裙餘舊宫褶〔九〕。東君着意〔一〇〕，留伴小庭風月。任教鵾鳩唤、群芳歇〔一一〕。

【校】

① 碧玉撚柔條：毛本無「柔」字。

【注】

〔一〕感皇恩：唐教坊曲名，後用作詞牌。雙調，六十七字，上下片各七句，四仄韻。疊羅花：因其花形如羅紋皺，故名。有喻牡丹者，有喻菊花者。此花開於春季，黄色，當另有所指。《詞譜》卷十五列爲詞牌名，即《感皇恩》。

〔二〕碧玉：形容花枝碧緑明豔如玉。唐賀知章《詠柳》：「碧玉妝成一樹高。」

〔三〕藍袍：藍衫。形容藍緑色的疊羅葉。

〔四〕道裝：道教徒的黄色衣服。語本唐薛能《黄蜀葵》：「記得玉人初病起，道家裝束太襛時。」

〔五〕謫墮：謫降。舊謂仙人獲罪而貶降、托生人世。蕊珠仙闕：蕊珠宫。道教經典中所説的仙宫，天上上清宫有蕊珠宫。明楊慎《藝林伐山》卷十：「蕊珠宫，神仙所居。」

〔六〕管領：管轄統領。

〔七〕漢額：女子施於額上的黄色塗飾。其制起於漢時，興於六朝，至唐時仍有。唐李商隱《無題》其一：「壽陽公主嫁時妝，八字宫眉捧額黄。」

〔八〕楚腰：《韓非子·二柄》：「楚靈王好細腰，而國中多餓人。」後泛稱女子的細腰。

〔九〕襞積：衣裙上的褶襇。《漢書·司馬相如傳上》：「襞積褰縐。」顔師古注：「襞積，即今之裙襵。」

〔一〇〕東君：司春之神。南唐成彦雄《楊柳詞》：「東君愛惜與先春，草澤無人處也新。」

〔一一〕鶗鴂：即杜鵑鳥。《文選·張衡·思玄賦》：「恃己知而華予兮，鶗鴂鳴而不芳。」李善注：「《臨海異物志》曰：『鶗鴂，一名杜鵑，至三月鳴，晝夜不止，夏末乃止。』」釋皎然《顧渚行寄裴方舟》：「鶗鴂鳴時芳草死，山家漸欲收茶子。」

鷓鴣天〔一〕

雲步凌波小鳳鈎〔二〕。年年星漢踏清秋〔三〕。只緣巧極稀相見〔四〕，底用人間乞巧樓〔五〕。天外事，兩悠悠〔六〕。不應也作可憐愁。開簾放入窺窗月〔七〕，且盡新涼睡美休〔八〕。

【注】

〔一〕鷓鴣天：詞牌名。詳見蔡松年《鷓鴣天》詞注〔一〕。

〔二〕雲步：騰雲而行的步履，喻指輕盈的脚步。雲步凌波：用三國魏曹植《洛神賦》：「凌波微步，羅襪生塵」詩句，描繪女子的輕盈飄逸。小鳳鈎：鞋頭以鳳爲飾者。

〔三〕「年年」句：指每年七月七日牛郎織女相會。南朝梁宗懍《荆楚歲時記》引《擬天問》：「七月七日，牽牛織女會天河。」

〔四〕「只緣」句：織女因手巧織雲錦，而許嫁牛郎，又因誤廢織而被責，夫妻一年才能一見。南朝梁殷芸《小説》：「天河之東有織女，天帝之子也。年年機杼勞役，織成雲錦天衣，容貌不暇整理。天帝怜其獨處，許嫁河西牽牛郎，嫁後隨廢織紝。天帝怒焉，責令歸河東，但使其一年一度相會。」只緣：只因。巧極：手巧到極限。

〔五〕乞巧樓：乞巧的彩樓。南朝梁宗懍《荆楚歲時記》謂七夕時「人家婦女結彩樓，穿七孔針，或以金銀瑜石爲針，陳瓜果於庭中乞巧」。五代王仁裕《開元天寶遺事》卷下載：「宮中以錦結成樓殿，高百尺，上可以勝數十人。陳以瓜果酒炙，設坐具以祀牛女二星。嬪妃各以九孔針五色線向月穿之，過者爲得巧之候，動清商之曲，宴樂達旦，謂之乞巧樓。」宋孟元老《東京夢華録·七夕》：「至初六日七日晚，貴家多結彩樓於庭，謂之乞巧樓。」二句言織女只因手巧才導致一年一見的悲劇，人間何必要用乞巧樓以乞其才藝呢？

〔六〕悠悠：遥遠。悠悠遠隔。

〔七〕「開簾」句：語本蜀孟昶《木蘭花》詞：「繡簾一點月窺人，欹枕釵横雲鬢亂。」蘇軾《洞仙歌》亦有：「綞簾開，一點明月窺人。」況周頤《蕙風詞話》評詞末兩句：「瀟灑疏俊極矣。尤妙在上句『窺窗』二字。窺窗之月，先已有情。用此二字，便曲折而意多。意之曲折，由字裏生出，不同矯揉鉤致，不墮尖纖之失。」

〔八〕休：猶罷，耳。

感皇恩〔一〕

一葉下梧桐〔二〕，新涼風露。喜鵲橋成渺雲步〔三〕。舊家機杼，巧織紫綃如霧〔四〕。新愁還織就，無重數。　天上何年〔五〕，人間朝暮〔六〕。回首星津又空渡〔七〕。盈盈別淚〔八〕，散作半空疏雨。離魂都付與、秋將去〔九〕。

【注】

〔一〕感皇恩：詞牌名。詳見党懷英《感皇恩》詞注〔一〕。

〔二〕「一葉」句：《淮南子·説山訓》：「以小明大，見一落葉而知歲之將暮。」唐薛能《秋題》：「一葉梧桐落半庭。」

〔三〕喜鵲橋：鵲橋。民間傳説天上的織女七夕渡銀河與牛郎相會，喜鵲來搭成橋，稱鵲橋。唐韓鄂《歲華紀麗·七夕》：「七夕鵲橋已成，織女將渡。」原注引《風俗通》：「織女七夕當渡河，使鵲爲橋。」又宋陳元靚《歲時廣記》卷二六引《淮南子》：「烏鵲填河成橋而渡織女。」雲步：騰雲而行的步履。喻指輕盈的脚步。

〔四〕「舊家」二句：《古詩十九首·迢迢牽牛星》：「纖纖擢素手，札札弄機杼。」南朝梁殷芸《小説》亦稱織女「年年機杼勞役，織成雲錦天衣」。機杼：指織機。杼，織機上的梭子。綃：生絲織成的薄紗。

〔五〕天上何年：用蘇軾《水調歌頭》（明月幾時有）：「不知天上宫闕，今夕是何年。」

〔六〕人間朝暮：指七夕牛郎織女相會。

〔七〕星津：星河，銀河。宋張先《菩薩蠻》詞：「寄語問星津，誰爲得巧人。」津，天河，即銀河。《左傳·昭公八年》：「今在析木之津。」晉杜預注：「箕斗之間有天漢，故謂之析木之津。」唐孔穎達疏：「劉炫謂是天漢，即天河也。」

〔八〕盈盈：充盈貌；晶瑩貌。宋張先《臨江仙》：「况與佳人分鳳侣，盈盈粉淚難收。」

〔九〕離魂：脱離軀體的靈魂。宋姜夔《踏莎行》詞：「别後書辭，别時針錢，離魂暗逐郎行遠。」

月上海棠 用前人韻〔一〕

傲霜枝裊團珠蕾〔二〕。冷香霏、煙雨晚秋意〔三〕。蕭散繞東籬，尚彷彿、見山清氣〔四〕。西風外，夢到斜川栗里〔五〕。　斷霞魚尾明秋水〔六〕。帶三兩、飛鴻點煙際。疏林颯秋聲〔七〕，似知人、倦游無味。家何處，落日西山紫翠〔八〕。

【注】

〔一〕月上海棠：詞牌名，又名《玉關遥》。雙調，有七十字體、七十二字體。上下片各六句四仄韻。另九十一字體，見姜夔《白石詞》，名《月上海棠慢》。

〔二〕傲霜句：秋菊傲霜而開。化用蘇軾《贈劉景文》：「荷盡已無擎雨蓋，菊殘猶有傲霜枝。」裊：被風吹動的樣子。珠蕾：形容菊蕾如珍珠一般。梁簡文帝蕭綱《采菊篇》：「相呼提筐采菊珠。」

〔三〕冷香霏：指菊花的清香在空中飄拂。冷香：清香。唐王建《野菊》：「晚豔出荒籬，冷香著秋衣。」霏，飛散。

〔四〕「蕭散」二句：化用晉陶潛《飲酒》其五「采菊東籬下，悠然見南山」詩意。蕭散：猶蕭灑。形容舉止、神情、風格等自然不拘束。

〔五〕斜川：地名。在今江西省星子、都昌二縣間。陶潛有《遊斜川詩序》。栗里：地名。在今江西省九江市西南，與陶潛故里柴桑相近。《南史·陶潛傳》：「潛嘗往廬山，王弘令潛故人龐通之齎酒具於半道栗里要之。」因陶潛好菊，故詞人夢到陶潛遊住之處。

〔六〕斷霞魚尾：形容片段晚霞如魚尾赤色。蘇軾《遊金山寺》：「斷霞半空魚尾赤。」

〔七〕颯：風聲。戰國楚宋玉《風賦》：「有風颯然而至。」

〔八〕西山紫翠：相傳商末伯夷、叔齊不仕周，隱於首陽山。西山，即首陽山。伯夷、叔齊有歌曰：「登彼西山兮，言采其薇。」故稱。此處暗寓詩人退隱之意。

王内翰子端〔一〕

大江東去　癸巳暮冬小雪，家集作〔二〕。

山堂晚色，滿疏籬寒雀〔三〕，煙横高樹。小雪輕盈如解舞〔四〕，故故穿簾入户〔五〕。掃地燒香〔六〕，團欒一笑，不道因風絮〔七〕。冰澌生硯〔八〕，問誰先得佳句。有夢不到長安〔九〕，此心安穩，只有歸耕去。試問雪溪無恙否〔一〇〕，十里淇園佳處〔一一〕。修竹林邊，寒梅樹底，準擬全家住〔一二〕。柴門新月〔一三〕，小橋誰掃歸路。

【注】

〔一〕王内翰子端：王庭筠，字子端，曾隱居河南省林州市黄華山，因號黄華山主。蓋州熊嶽（今屬遼寧蓋州市）人。大定十六年進士，歷官州縣，仕至翰林修撰。出入經史，旁及釋老，工書畫。喜獎掖後進，號爲識人。文詞淵雅，字畫精美。《金史》卷一二六有傳，《中州集》卷三有小傳。

〔二〕大江東去：詞牌名，本名念奴嬌。詳見蔡松年《大江東去》注〔一〕。癸巳：金世宗大定十三年（一一七三）歲次癸巳。家集：家人宴集聚會。

〔三〕滿疏籬寒雀：用蘇軾《南鄉子·梅花詞和楊元素》「寒雀滿疏籬」句。

〔四〕解：懂，明白。

〔五〕故故：故意，偏偏。南唐徐鉉《九月三十日夜雨寄故人》：「別念紛紛起，寒夜故故遲。」

〔六〕掃地燒香：形容清閑幽靜的隱逸生活。蘇軾《南堂五首》之五：「掃地焚香閉閣眠，簟紋如水帳如煙。」

〔七〕「團欒」二句：用東晉謝安雪日家集，才女謝道韞詠雪典故。《世説新語·言語》：「謝太傅寒雪日内集，與兒女講論文義。俄而雪驟，公欣然曰：『白雪紛紛何所似？』兄子胡兒曰：『撒鹽空中差可擬。』兄女曰：『未若柳絮因風起。』公大笑樂。」團欒：團聚。不道：不思。此反辭，猶云何不思。宋黄庭堅《叔父釣亭》：「麒麟卧笑功名骨，不道山林日月長。」言奔走功名者，何不思山林日月之久長。二句言家集興會，大家何不思如謝安家詠雪一樣，有别出心裁的妙句以供取樂，開懷大笑。

〔八〕冰澌生硯：狀天氣之寒冷。蘇軾《蝶戀花·密州冬夜文安國席上作》：「清詩未就冰生硯。」澌：細碎的薄冰。

〔九〕有夢不到長安：指斷絶仕宦功名之想。宋陸游《一室》：「此生吾自斷，不必夢長安。」

〔一〇〕「雪溪」句：王庭筠中年曾隱居黄華山。因附近有瀑布如飛雪，故自號雪溪。其《遊黄華山六首》其四：「掛鏡臺西掛玉龍，半山飛雪舞天風。寒雲直上三千尺，人道高歡避暑宫。」即指此。趙秉文《寄王學士子端》：「寄語雪溪王處士，年來多病復如何……情知不得文章力，乞與黄華作隱居。」元好問《游黄華山》：「黄華水簾天下絶，我初聞之雪溪翁。」即以之稱其號。

〔一一〕淇園：古代衛國園林名，盛産竹，在今河南省淇縣西北。《史記·河渠書》：「是時東郡燒草，以故薪柴少，而下淇園之竹以爲楗。」裴駰集解引晉灼曰：「淇園，衛之苑也，多竹篠。」按淇縣遠在百里之外，與此無涉。疑「淇」乃「祇」之音訛，祇園指佛寺。元好問《王黄華墓碑》：「（黄華）山有慈明、覺仁二寺……爲棲息之地。時往嘯吟詠，若將終年焉。」二句言雪溪在二寺西十里處。

〔一二〕準擬：準備；打算。唐韓愈《北湖》：「應留醒心處，準擬醉時來。」

〔一三〕柴門：用柴木做的門。言其簡陋。

謁金門〔一〕

雙喜鵲，幾報歸期渾錯〔二〕。儘做舊愁都忘卻〔三〕，新愁何處着。　瘦雪一痕牆角，青子已妝殘萼〔四〕。不道枝頭無可落，東風猶作惡〔五〕。

【注】

〔一〕謁金門：詞牌名，詳見劉仲尹《謁金門》詞注〔一〕。

〔二〕「雙喜鵲」二句：語本《敦煌曲子詞·鵲踏枝》：「叵耐靈鵲多漫語，送喜何曾有憑據。」喜鵲：古人謂鵲聲吉兆。《西京雜記》卷三：「乾鵲噪而行人至。」五代王仁裕《開元天寶遺事·靈鵲報喜》：「時人之家，聞鵲聲，以爲喜兆，故謂靈鵲報喜。」渾錯：全錯。

〔三〕儘做：儘管，即使。

〔四〕「瘦雪」二句：描繪花樹被風吹殘，惟剩幾點殘萼與青子妝點枝頭之狀。

〔五〕「東風」句：化用宋參寥子《次韻伯言明發登西樓望桃花》：「只恐東風能作惡，亂紅如雨墮窗紗。」况周頤《蕙風詞話》：「歇拍二句，似乎説盡『東風猶作惡』。就花與風之各一面言之，仍猶各有不盡之意。『瘦雪』字新。」

鳳棲梧〔一〕

衰柳疏疏苔滿地〔二〕。十二欄干〔三〕，故國三千里〔四〕。南去北來人老矣〔五〕。短亭依舊殘陽裏〔六〕。紫蟹黄柑真解事〔七〕。似倩西風，勸我歸歟未〔八〕。王粲登臨寥落際〔九〕，雁飛不斷天連水。

【注】

〔一〕鳳棲梧：詞牌名，詳見趙可《鳳棲梧》詞注〔一〕。

〔二〕疏疏：形容柳葉稀疏。宋張道洽《詠梅》：「疏疏籬落娟娟月，寂寂軒窗淡淡風。」

〔三〕十二欄干：曲曲折折的欄杆。十二：言其曲折之多。宋張先《蝶戀花》：「樓上東風春不淺，十二闌干，盡日珠簾卷。」

〔四〕故國三千里：用唐張祜《宫詞》詩句：「故國三千里，深宫二十年。」

〔五〕「南去」句：用唐杜牧《漢江》詩句：「南去北來人自老，夕陽長送釣船歸。」

〔六〕短亭：舊時城外大道旁，五里設短亭，十里設長亭，爲行人休憩或送行餞别之所。北周庾信《哀江南賦》：「十里五里，長亭短亭。」

〔七〕紫蟹黄柑：皆秋令節物。蘇軾《再過泗上二首》：「黄柑紫蟹見江海，紅稻白魚飽兒女。」宋王珪

《送人東歸》：「霜天夕霽丹楓老，水國秋深紫蟹肥。」解事：會事；懂事。

〔八〕「似倩」二句：用晉張翰見秋風起、思故鄉蓴羹鱸膾而辭官歸里事。《晉書・張翰傳》載：張翰因見秋風起，乃思吴中菰菜、蓴羹、鱸魚膾，遂命駕而歸。倩：懇求。歸歟：思歸欲去。《論語・公冶長》：「子在陳，曰：『歸歟！ 吾黨之小子狂簡，斐然成章，不知所以裁之。』」

〔九〕「王粲」句：漢末王粲，字仲宣，山陽高平人。建安七子之一。博學多識，文思敏捷。十七歲因戰亂避難荆州，依附劉表，歷十五年而不被重用。登麥城城樓，寫下名篇《登樓賦》，抒寫思鄉懷國之情和懷才不遇之憂。寥落：謂孤單；寂寞。

菩薩蠻　迴文〔一〕

斷腸人恨餘香換〔二〕，塵暗鎖窗春。小花檐月曉，屏掩半山青。

【注】

〔一〕菩薩蠻：詞牌名，詳見李晏《迴文菩薩蠻》詞注〔一〕。迴文：詩詞中的一種雜體，指以一定形式排列，迴環往復均可誦讀。實屬文字遊戲。南朝梁劉勰《文心雕龍・明詩》謂迴文爲道原所創，已失傳。今所傳最早者爲南朝宋蘇伯玉妻的《盤中詩》。

〔二〕斷腸人：形容傷心悲痛到極點的人，此處指漂泊天涯、極度憂傷的旅人。

又

客愁楓葉秋江隔〔一〕，行遠望高城。故人新恨苦，斜日晚啼鴉。

【注】

〔一〕楓葉：楓樹葉。亦泛指秋令變紅的其他植物的葉子。常用以形容秋色。

又

白雲孤映遥山碧，樓倚一天秋。斷腸隨雁斷〔一〕，來雁與書回。

【注】

〔一〕斷腸：形容極度思念或悲痛。三國魏曹丕《燕歌行》：「念君客遊思斷腸，慊慊思歸戀故鄉。」

清平樂　賦杏花〔一〕

今年春早。到處花開了。只有此枝春恰到，月底輕顰淺笑〔二〕。風流全似梅花，承當疏影横斜〔三〕。夢想雙溪南北〔四〕，竹籬茅舍人家〔五〕。

【注】

〔一〕清平樂：唐教坊曲名，後用爲詞牌。雙調，四十六字。上片四句四仄韻，下片四句三平韻。又一體，上片四句四仄韻，下片四句三仄韻。

〔二〕輕顰淺笑：輕皺眉頭，淺露微笑。

〔三〕「承當」句：此句用蘇軾評林和靖梅花詩語。《王直方詩話》：「田承君云，王君卿在揚州同孫巨源、蘇子瞻適相會。君卿置酒曰：『疏影横斜水清淺，暗香浮動月黄昏。』此林和靖梅花詩，然而爲詠杏與桃李皆可用也。東坡曰：『可則可，只是杏、李花不敢承當。』一座大笑。」承當：承擔，擔當。

〔四〕雙溪：水名，在浙江餘杭北。有二源，一出天目山，一出高陸山，至雙橋匯合後東流至苕溪。兩岸風景幽美。李白《送王屋山人魏萬還王屋》：「徑出梅花橋，雙溪納歸潮。」王琦注引薛方山《浙江通志》：「雙溪在金華縣南，一曰東港，一曰南港。東港之源出東陽之大盆山，過義烏，合衆流西行入縣境，又合杭慈溪、白溪、東溪、西溪、坦溪、玉泉溪、赤松溪之水，經馬鋪嶺石碕巖，下與南港會。南港之源出縉雲之黄碧山，過永康武義入縣境，又合松溪、梅溪之水，經屏山西北行，與東港會於城下，故曰雙溪。」宋李清照《武陵春》詞：「聞説雙溪春尚好，也擬泛輕舟。只恐雙溪舴艋舟，載不動許多愁。」

〔五〕竹籬茅舍：指鄉村簡陋的屋舍。二句意近宋王淇《梅》：「不受塵埃半點侵，竹籬茅舍自甘心。」

烏夜啼〔一〕

淡煙疏雨新秋，不禁愁。記得青簾江上〔二〕，酒家樓。　人不住，花無語，水空流〔三〕。只有一雙檣燕，肯相留〔四〕。

【注】

〔一〕烏夜啼：詞牌名，又名《相見歡》。詳見劉迎《烏夜啼》詞注〔一〕。

〔二〕青簾：舊時酒店門口掛的幌子。多用青布製成。唐鄭谷《旅寓洛陽村舍》：「白鳥窺魚網，青簾認酒家。」

〔三〕「人不住」三句：語本宋秦觀《江城子》詞：「碧野朱橋當日事，人不見，水空流。」又唐韋莊《歸國謠》詞：「南望去程何許，問花花不語。」

〔四〕「只有」二句：本杜甫《發潭州》：「岸花飛送客，檣燕語留人。」

訴衷情〔一〕

夜涼清露滴梧桐〔二〕。庭樹又西風〔三〕。薰籠舊香猶在〔四〕，曉帳暖芙蓉〔五〕。　雲淡薄，月朦朧，小簾櫳。江湖殘夢〔六〕，半在南樓〔七〕，畫角聲中〔八〕。

【注】

〔一〕訴衷情：詞牌名，詳見吴激《訴衷情》詞注〔一〕。

〔二〕「夜涼」句：奪胎於唐温庭筠《更漏子》：「梧桐樹，三更雨，不道離情正苦。一葉葉，一聲聲，空階滴到明。」

〔三〕西風：多指秋風。李白《長干行》：「八月西風起，想君發揚子。」

〔四〕薰籠：有籠覆蓋的熏爐。可用以熏烤衣服。唐孟浩然《寒夜》：「夜久燈花落，薰籠香氣微。」

〔五〕芙蓉：用芙蓉花染繒所製的帳。唐白居易《長恨歌》：「芙蓉帳暖度春宵。」

〔六〕江湖：引申爲退隱。宋王安石《和王勝之雪霽借馬入省》：「超然遂有江湖意，滿紙爲我書窮愁。」

〔七〕南樓：古樓名，在湖北省鄂城縣南。又名玩月樓。《世説新語·容止》：「庾太尉（亮）在武昌，秋夜氣佳景清，使吏殷浩、王胡之之徒登南樓理詠。」李白《陪宋中丞武昌夜飲懷古》：「清景南樓夜，風流在武昌。」

〔八〕畫角：古管樂器。傳自西羌。形如竹筒，本細末大，以竹木或皮革等製成，因表面有彩繪，故稱。發聲哀厲高亢，古時軍中多用以警昏曉，振士氣，肅軍容。

清平樂 應制〔一〕

瓊枝瑶月〔二〕。簾捲黄金闕〔三〕。宫鬢蛾兒雙翠葉〔四〕。點綴離南鬧雪〔五〕。　東風扇影低還，紅雲不隔天顔〔六〕。夜夜華燈萬樹〔七〕，年年碧海三山〔八〕。

【注】

〔一〕清平樂：詞牌名。詳見王庭筠《清平樂》詞注〔一〕。應制：應皇帝之命寫作詩文。從詞中内容推斷，此詞爲元宵節應制之作。

〔二〕瓊枝：玉樹之枝。此處喻月中桂樹。瑶月：月亮的美稱。

〔三〕黄金闕：傳説中天帝居所。晉葛洪《抱朴子》：「吾復千年之間，當招子登太上金闕，朝宴玉京也。」此處用以稱皇宫。

〔四〕蛾兒：古代婦女於元宵節前後插戴在頭上應時的飾物。常以烏金紙剪成蝶形，傅以朱粉，點綴而成。宋周密《武林舊事》卷二：「元夕節物，婦人皆帶珠翠、鬧蛾、玉梅、雪柳。」宋辛棄疾《青玉案·元夕》詞：「蛾兒雪柳黄金縷。笑語盈盈暗香去。」翠葉：翡翠製的葉形飾物。

〔五〕離南鬧雪：《爾雅翼·活莌》：「離南活莌，今通脱木也。《山海經》名寇脱。生山側，高丈許。葉如萆麻，花上有粉。莖中有瓤，輕白可愛，女工取以飾物。」疑指此。

〔六〕「紅雲」句：語本蘇軾《上元侍宴》：「侍臣鵠立通明殿，一朵紅雲捧玉皇。」紅雲：喻面頰紅暈。天顔：天子的容顔。杜甫《紫宸殿退朝口號》：「晝漏稀聞高閣報，天顔有喜近臣知。」

〔七〕華燈：雕飾精美的燈；彩燈。《楚辭·招魂》：「蘭膏明燭，華鐙錯些。」朱熹集注引徐鉉曰：「錠中置燭，故謂之鐙。華謂其刻飾華好或爲禽獸之形也。」

〔八〕碧海三山：傳説中的海上三神山。晉王嘉《拾遺記·高辛》：「三壺，則海中三山也。一曰方壺，則方丈也；二曰蓬壺，則蓬萊也；三曰瀛壺，則瀛洲也。」此處指燈景。

水調歌頭〔一〕

秋風禿林葉〔二〕，卻與鬢生華〔三〕。十年長短亭裏〔四〕，落日冷邊笳〔五〕。飛雁白雲千里〔六〕，况是登山臨水〔七〕，無賴客思家〔八〕。獨鶴歸何晚〔九〕，已後滿林鴉〔一〇〕。望蓬山〔一一〕，雲海闊，浩無涯〔一二〕。安期玉舄何處，袖有棗如瓜〔一三〕。一笑那知許事〔一四〕，且看尊前故態，耳熱眼生花〔一五〕。肝肺出芒角〔一六〕，漱墨作枯槎〔一七〕。

【注】

〔一〕水調歌頭：詞牌名。詳見蔡松年《水調歌頭》詞注〔一〕。

〔二〕禿林葉：使樹木光禿無葉。

〔三〕華：華髮，白髮。

〔四〕長短亭：古人送别之處，五里一短亭，十里一長亭。此處代仕宦羈旅。

〔五〕邊笳：邊塞笳聲。笳，即胡笳。古代北方邊地少數民族的一種樂器，類似笛子。南朝宋鮑照《王昭君》：「霜鞞旦夕驚，邊笳中夜咽。」

〔六〕白雲千里：彼此相隔千里。化用唐劉長卿《苕溪酬梁耿别後見寄》：「白雲千里萬里，明月前溪後溪。」

〔七〕登山臨水：戰國楚宋玉《九辯》：「登山臨水兮送將歸。」

〔八〕無賴：無奈，無可奈何。

〔九〕獨鶴歸：用丁令威事。《後搜神記》載：「丁令威，本遼東人，學道於靈虚山，後化鶴歸遼，集城門華表柱。」

〔一〇〕「已後」句：化用宋秦觀《望海潮》「但倚樓極目，時見棲鴉。無奈歸心，暗隨流水到天涯」，於秋意蕭瑟中寓淪落天涯、前途未卜的人生歸宿感。

〔一一〕蓬山：即蓬萊山。《山海經·海内北經》：「蓬萊山在海中。」《十洲記》：「蓬丘，蓬萊山是也。對東海之東北岸，周回五千里，外别有圓海繞山。」相傳爲仙人所居。唐李商隱《無題》：「蓬山此去無多路，青鳥殷勤爲探看。」

〔一二〕浩無涯：浩渺無涯，漫無邊際。

〔一三〕「安期」二句：用安期生典故。漢劉向《列仙傳·安期先生》：「安期先生者，琅琊阜鄉人也。賣藥於東海邊，時人皆言『千歲翁』。秦始皇東游，請見，與語三日三夜，賜金璧度數千萬。出於阜鄉亭，皆置去，留書以赤玉舄一雙爲報，曰：『後數年，求我於蓬萊山。』」又《史記·封禪書》載：臨淄人李少君對漢武帝説：「臣嘗遊海上，見安期生。安期生食臣棗，大如瓜。安期生仙者，通蓬萊中，合則見人，不合則隱。」安期：安期生，琅琊人，秦漢燕齊著名方士。玉舄：即赤玉舄。古代傳説中赤玉做成的鞋子。

〔一四〕哪知許事：典出《南史·王融傳》：「（融）遇沈昭略，未相識。昭略屢顧盼，謂主人曰：『是何年少？』融殊不平，謂曰：『僕出於扶桑，入於暘谷，照耀天下，誰云不知，而卿此問。』昭略云：『不知許事，且食蛤蜊。』」王庭筠亦出遼東，自幼有「文采風流」之重名，故用以自嘲自謔。許事：這樣的事情。

〔一五〕「耳熱」句：《漢書·楊敞傳》：「奴婢歌者數人，酒後耳熱，仰天拊缶而呼嗚嗚。」晉張華《輕薄篇》：「三雅來何遲，耳熱眼中花。」此處用以形容酒後之態。

〔一六〕肝肺：比喻内心。芒角：棱角。指人的鋒芒或鋭氣。宋李覯《與章秘校書》：「他日足下顧吾于邸舍，氣和而言正，其辨説駸駸到義理，憤世疾惡，有大丈夫之芒角。」

〔一七〕潄墨：潑濺水墨。枯槎：老樹的枝杈。王庭筠善畫，尤擅長畫枯木竹石。其傳世作品《幽竹枯槎圖》卷末有其行書題識：「黄華山真隱，一行涉世，便覺俗狀可憎，時拈秃筆作幽竹枯槎，以自料理耳。」該畫真跡現藏日本京都。

謁金門 賦玉簪〔一〕

秋蕭索〔二〕。燈火新凉簾幕〔三〕。翠被不禁臨曉薄〔四〕，南樓聞畫角〔五〕。　想見玉壺冰蕚〔六〕，一夜西風開卻。夢覺烏啼殘月落〔七〕。幽香無處着〔八〕。

【注】

〔一〕謁金門：詞牌名，詳見劉仲尹《謁金門》詞注〔一〕。玉簪：即玉簪花：多年生草本植物。夏秋間開花，色白如玉，頗清香，未開時如簪頭，或曰花蕊如簪頭，故名。

〔二〕蕭索：蕭條冷落；淒涼。晉陶潛《自祭文》：「天寒夜長，風氣蕭索，鴻雁於征，草木黄落。」

〔三〕簾幕：用於門窗處的簾子與帷幕。

〔四〕不禁：經受不住。

〔五〕畫角：古管樂器，傳自西羌。發聲哀厲高亢，古時軍中用以警昏曉，振士氣，肅軍容。

〔六〕玉壺冰蕚：描繪玉簪花之花形及顔色。

〔七〕「夢覺」句：唐張繼《烏夜啼》：「月落烏啼霜滿天，江楓漁火對愁眠。」殘月：謂將落的月亮。

〔八〕幽香：指玉簪花清淡的香氣。

王隱君逸賓〔一〕

浣溪沙　夢中作〔二〕

林樾人家急暮砧〔三〕。夕陽人影入江深，倚闌疏快北風襟〔四〕。雨自北山明處黑，雲從白鳥去邊陰〔五〕，幾多秋思亂鄉心〔六〕。

【注】

〔一〕王隱君逸賓：王磵，字逸賓，號遺安先生，汴梁（今河南省開封市）人。博學能文，而不就科舉。金章宗明昌末，詔舉德行才能之士，五百人薦其孝義忠信文章爲世師表，特賜同進士，授亳州主簿，即乞致仕。《中州集》卷四有小傳。

〔二〕浣溪沙：詞牌名。詳見趙可《浣溪沙》詞注〔一〕。

〔三〕林樾：林蔭。《玉篇》：「楚謂兩樹交蔭之下曰樾。」急暮砧：傍晚急促的擣衣聲。杜甫《秋興》其一：「寒衣處處催刀尺，白帝城高急暮砧。」砧，擣衣石。

〔四〕疏快：暢快。杜甫《有客》：「喧卑方避俗，疏快頗宜人。」

〔五〕白鳥：《詩·周頌·振鷺》：「振鷺于飛。」漢毛亨《傳》：「鷺，白鳥也。」此指鶴鷺之類的白羽之鳥。

〔六〕秋思：秋日寂寞淒涼的思緒。鄉心：思念家鄉的心情。唐劉長卿《新年作》：「鄉心新歲切，天畔獨潸然。」

密國公子瑜〔一〕

朝中措〔二〕

襄陽古道灞陵橋〔三〕。詩興與秋高〔四〕。千古風流人物，一時多少雄豪〔五〕。霜清玉塞〔六〕，雲飛隴首〔七〕，風落江皋〔八〕。夢到鳳凰臺上〔九〕，山圍故國周遭〔一〇〕。

【注】

〔一〕密國公子瑜：完顔璹（一一七二——一二三二），本名壽孫，世宗賜今名，字子瑜，號樗軒居士，封密國公。資質簡重，博學有俊才，善真草書。畫墨竹自成規格。有《如菴小稿》。《金史》卷八五有傳，《中州集》卷五、《歸潛志》卷一有小傳。

〔二〕朝中措：詞牌名。雙調，四十八字。上片四句三平韻，下片五句兩平韻。有多種變體。

〔三〕襄陽：今湖北省襄陽市。襄陽古道，應爲「咸陽古道」，李白《憶秦娥·樂游原》有「年年柳色，灞陵傷别。樂游原上清秋節，咸陽古道音塵絶」之句。灞陵橋：即灞橋，在今陝西省西安市東灞水上，唐人餞别多在此，因名爲銷魂橋。《三輔黄圖·橋》：「霸橋在長安東，跨長作橋，漢人送客至此橋，折柳贈别。」

〔四〕「詩興」句：宋孫光憲《北夢瑣言》卷七：「相國鄭綮善詩。……或曰：『相國近有新詩否？』對曰：『詩思在灞橋風雪中驢子上，此處何以得之。』」

〔五〕「千古」二句：語本蘇軾《念奴嬌・赤壁懷古》：「大江東去，浪淘盡，千古風流人物。……江山如畫，一時多少豪傑。」

〔六〕玉塞：指玉門關。

〔七〕隴首：隴山西頭。隴山在陝西隴縣西北，跨甘肅省清水縣，山高而長，延亘隴縣、靜寧、鎮原、清水之境，山勢險峻，爲陝甘要隘。唐柳惲《擣衣歌》：「亭皋木葉下，隴首秋雲飛。」

〔八〕江皋：江邊的高地。

〔九〕鳳凰臺：古臺名。舊址在今江蘇省南京市南面。李白《登金陵鳳凰臺》：「鳳凰臺上鳳凰遊，鳳去臺空江自流。」王琦注：「《江南通志》：鳳凰臺，在江寧府城内之西南隅，猶有陂陀，尚可登覽。宋元嘉十六年，有三鳥翔集山間，文彩五色，狀如孔雀，音聲諧和，衆鳥群附，時人謂之鳳凰。起臺於山，謂之鳳凰臺。山曰鳳臺山，里曰鳳凰里。」

〔一〇〕「山圍」句：用唐劉禹錫《石頭城》詩句：「山圍故國周遭在，潮打空城寂寞回。」周遭：周匝。末二首借寫建康寄寓詩人對故都燕京的思念之情。

春草碧〔一〕

幾番風雨西城陌〔二〕。不見海棠紅，梨花白。底事勝賞匆匆〔三〕，政自天付酒腸窄〔四〕。更笑老東君、人間客〔五〕。賴有玉管新翻〔六〕，羅襟醉墨〔七〕。望中倚欄人，如曾識。舊夢回首何堪〔八〕，故苑春光又陳跡。落盡後庭花〔九〕，春草碧。

【注】

〔一〕春草碧：詞牌名。雙調，九十八字，上下片各四仄韻。另一體雙調七十五字，仄韻。

〔二〕幾番風雨：宋辛棄疾《摸魚兒》詞：「更能消幾番風雨，匆匆春又歸去。」

〔三〕底事：什麽事。勝賞：快意欣賞。

〔四〕政：正。酒腸窄：酒量小，不能多飲。唐韋蟾《柯古窮居苦熱喜雨》：「玉律詩調正，瓊巵酒腸窄。」

〔五〕東君：古代相傳爲司春之神。

〔六〕玉管：簫笛之類。唐王維《贈東嶽焦煉師》：「玉管時來鳳，銅盤即釣魚。」翻：演奏。

〔七〕醉墨：謂醉中所作的詩畫。

〔八〕回首何堪：南唐李煜《虞美人》：「小樓昨夜又東風，故國不堪回首月明中。」

〔九〕後庭花：花名，又稱「雁來紅」。明朱橚《救荒本草》：「後庭花，一名雁來紅，人家園圃多種之……其葉衆葉攢聚，狀如花朵，其色嬌紅可愛，故以名之。」

青玉案〔一〕

凍雲封卻駝岡路〔二〕。有誰訪、溪梅去〔三〕。夢裏疏香風暗度①。覺來誰見②，一窗涼月，瘦影無尋處〔四〕。　明朝畫筆江天暮。定向漁蓑得奇句〔五〕。試問簾前深幾許。兒童笑道，黄昏時候，猶是簾纖雨〔六〕。

【校】

①暗：毛本、彊村本作「似」。

②誰：毛本作「唯」，彊村本作「惟」。

【注】

〔一〕青玉案：詞牌名。詳見党懷英《青玉案》詞注〔一〕。

〔二〕凍雲：嚴冬的陰雲。駝岡：指似駝峰般起伏不平的丘嶺。

〔三〕訪梅：宋陸游《好事近》詞：「扶杖凍雲深處，探溪梅消息。」或用孟浩然踏雪尋梅事。元代有《風雪騎驢孟浩然》、《凍吟詩踏雪訪梅》等雜劇演繹其事。明張岱《夜航船》：「孟浩然情懷曠達，常冒雪騎驢尋梅，曰：『吾詩思在灞橋風雪中驢背上。』」

〔四〕「夢裏」四句：化用宋林逋《山園小梅》「疏影横斜水清淺，暗香浮動月黄昏」詩意。

〔五〕漁蓑：漁人的蓑衣。

〔六〕簾纖：細雨貌。唐韓愈《晚雨》：「簾纖晚雨不能晴，池岸草間蚯蚓鳴。」

秦樓月〔一〕

寒仍暑〔二〕。春來秋去無今古。無今古，梁臺風月〔三〕，汴堤煙雨〔四〕。　水涵天影秋如許〔五〕。夕陽低處征帆舉〔六〕。征帆舉，一行驚雁，數聲柔櫓〔七〕。

【注】

〔一〕秦樓月：詞牌名。又名《憶秦娥》。因李白詞有「秦娥夢斷秦樓月」句，故名。雙調，四十六字。上片五句，三仄韻，一疊句，二十一字。下片五句，三仄韻，一疊句，二十五字。

〔二〕寒仍暑：寒暑相繼。仍，隨。

〔三〕梁臺：一名叢臺，相傳爲春秋師曠吹臺，漢梁孝王增築，臺以複道連屬諸營苑，在河南開封市東南處，久廢。

〔四〕汴堤：汴水之堤。隋煬帝開鑿汴渠溝通運河，兩堤植柳。汴渠溝通運河，以便其南遊廣陵。

〔五〕「水涵」句：謂水映天光，秋色一片。唐錢起《江行一百首》其二一：「水涵秋色靜，雲帶夕陽高。」

〔六〕「夕陽」句：宋王安石《桂枝香》：「征帆去棹殘陽裏，背西風，酒旗斜矗。」

〔七〕柔櫓：指船槳輕柔的划水之聲。宋釋道潛《秋江》：「數聲柔櫓蒼茫外，何處江村人夜歸。」櫓，划船的工具。

沁園春〔一〕

壯歲耽書〔二〕，黄卷青燈〔三〕，留連寸陰〔四〕。到中年贏得〔五〕，清貧更甚；蒼顏明鏡〔六〕，白髮輕簪。衲被蒙頭〔七〕，草鞋着脚，風雨瀟瀟秋意深。淒凉否，瓶中匱粟〔八〕，指下忘琴〔九〕。一篇梁父高吟〔一〇〕，看谷變陵遷古又今〔一一〕。便離騷經了〔一二〕，靈光賦就〔一三〕。行歌白雪〔一四〕，愈少知音〔一五〕。試問先生，如何即是〔一六〕，布袖長垂不上襟〔一七〕。掀髯笑，一杯有味〔一八〕，萬事無心。

【注】

〔一〕沁園春：詞牌名。東漢竇憲仗勢奪沁水公主沁園，後人作詩以詠其事，調因此得名。又名《洞庭春色》等。雙調，一百一十四字。上片十三句，四平韻；下片十二句，五平韻。

〔二〕耽書：酷嗜書籍。唐秦韜玉《采茶歌》：「耽書病酒兩多情，坐對閩甌睡先足。」

〔三〕黄卷青燈：謂辛勤夜讀。宋陸游《客愁》：「蒼顏白髮入衰境，黄卷青燈空苦心。」黄卷，指書籍。因古時用黄蘗染紙以防蠹，故名。

〔四〕寸陰：短暫的光陰。語出《淮南子·原道訓》：「聖人不貴尺之璧，而重寸之陰，時難得而易失也。」

〔五〕贏得：落得，剩得。

〔六〕蒼顔：蒼老的容顔。

〔七〕衲被蒙頭：宋蘇轍《上元雪》：「衲被蒙頭真老病，紗籠照佛本無心。」衲被：補綴過的被子。

〔八〕匱粟：糧食短缺。匱，空乏，窮盡。

〔九〕指下忘琴：唐吳冕《昭文不鼓琴賦》：「息絃軫兮大樸玄同，忘琴音兮至人守中。道不緣情，則去聲而外寂；德惟抱素，故含和而内融。於是見高士之心，出常人之境。其養貴默，其伎尚靜。」或兼用《宋書·陶潛傳》：「潛不解音聲，而畜素琴一張，無絃。每有酒適，輒撫弄以寄其意。」

〔一〇〕梁父高吟：亦作「梁甫吟」，樂府楚調曲名。梁父，山名，在泰山下。《梁父吟》，蓋言人死葬此山，本爲葬歌。按《三國志·蜀志·諸葛亮傳》：「亮躬耕隴畝，好爲《梁父吟》。」則其歌當詠高人雅士隱居避世之志，句用此典。

〔一一〕谷變陵遷：陵谷變遷。本指地面高低形勢的變動，後用以比喻世事的巨大變化。語本《詩·小雅·十月》：「高岸爲谷，深谷爲陵。」

〔一二〕離騷經：指戰國楚屈原所作《離騷》。屈原仕楚懷王爲左徒，後遭小人讒毁，被疏遠。因作《離騷》以見志。漢劉向輯《楚辭》，尊稱其爲經。了：了然于心，明白，精通。

〔一三〕靈光賦：東漢王延壽所作《魯靈光殿賦》的略稱。延壽字文考，王逸子，少有儁才，游魯作此賦。時蔡邕亦作此賦，見延壽此作，甚奇之，遂爲之輟筆。晉皇甫謐《三都賦》序：「馬融《廣成》，王生《靈光》，初極宏侈之辭，終以約簡之制。」南朝梁劉勰《文心雕龍·詮賦》：「子雲《甘泉》，構深偉之風；延壽《靈光》，含飛動之勢。」就：完成。

〔一四〕行歌：邊行走邊歌唱。借以發抒自己的感情，表示自己的意向、意願等。白雪：古琴曲名，屬商調，傳爲春秋晉師曠所作。《淮南子·覽冥訓》：「昔者師曠奏《白雪》之音，而神物爲之下降。」戰國楚宋玉《對楚王問》：「客有歌於郢中者，其始曰《下里巴人》，國中屬和者數千人，……其爲《陽春白雪》，國中屬和者不過數十人。」此借指高雅之樂。

〔一五〕知音：《吕氏春秋·本味》記伯牙善鼓琴，鍾子期善聽琴。鍾子期死，伯牙破琴絶絃，終身不復鼓琴。後世因謂知己爲知音。

〔一六〕即是：如此。

〔一七〕不上襟：猶不積極向上。古衣襟前幅曰襟，因用以借指前面。

〔一八〕一杯：指酒。

西江月〔一〕

過寺

一百八般佛事〔二〕，二十四考中書〔三〕。山林朝市等區區〔四〕。着甚由來自苦〔五〕。

談此般若〔六〕，逢花倒箇葫蘆〔七〕。少時伶俐老來愚。萬事安於所遇〔八〕。

【注】

〔一〕西江月：唐教坊曲名，後用作詞牌，取自李白《蘇臺覽古》「只今唯有西江月，曾照吴王宫裏人」。又名《白蘋香》、《步虚詞》。五十字，上下片各兩平韻，結句各叶一仄韻。

〔二〕一百八：佛教慣用之數。佛教認爲人生之煩惱凡一百零八種，爲去除煩惱，故有一百零八種法門。唐李商隱《安平公》：「一百八句在貝葉，三十三天長雨花。」佛事：佛門之事。

〔三〕二十四考：謂某人長期擔任要職。典出《新唐書·郭子儀傳》：郭子儀任中書令久，主持官吏的考績，達二十四次，「權傾天下而朝不忌，功蓋一代而主不疑」。此句用温庭筠句。宋孫光憲《北夢瑣言》卷四載：李商隱曰：「近得一聯句云『遠比召公，三十六年宰輔』，未得偶句。」温庭筠曰：「何不云『近同郭令，二十四考中書』。」用以歌頌秉政大臣位高任久。

〔四〕山林：借指隱居。朝市：朝廷與市肆。《史記·張儀傳》：「臣聞爭名者於朝，爭利者於市。今三川、周室，天下之朝市也，而王不爭焉。」後泛指名利之場。區區：形容微不足道。句言隱居與做官無甚差異。

〔五〕着甚由來：所爲何來，何苦如此。自苦：自己受苦，自尋苦惱。《書·盤庚中》：「爾惟自鞠自苦。」

〔六〕般若：佛教語。用以指如實理解一切事物的智慧。此指佛經之類。

〔七〕葫蘆：酒葫蘆，盛酒之器。

〔八〕安於所遇：即隨遇而安。指能順應環境，在任何環境下都能滿足。

臨江仙〔一〕

倦客更遭塵事冗〔二〕，故尋閑地婆娑〔三〕。一尊芳酒一聲歌，盧郎心未老〔四〕，潘令鬢先皤〔五〕。　醉向繁臺臺上問〔六〕，滿川細柳新荷。薰風樓閣夕陽多〔七〕，倚欄凝思久〔八〕，漁笛起煙波。

【注】

〔一〕臨江仙：詞牌名。本爲唐教坊曲名，多用以詠水仙，故名。雙調，五十八字或六十字，上下片各五句，三平韻。

〔二〕塵事冗：俗事冗雜。塵事，世俗之事。

〔三〕婆娑：逍遥。閑散自得。《文選·班彪·北征賦》：「登障隧而遥望兮，聊須臾以婆娑。」李善注：「婆娑，容與之貌也。」宋陸游《漁父》：「數十年來一短蓑，死期未到且婆娑。」

〔四〕盧郎：指北魏駙馬都尉盧元聿五弟盧元明。《北史·盧元明傳》：「元明字幼章，涉歷群書，兼有文義，風彩閑潤，進退可觀。……少時常從鄉返洛，途遇相州刺史中山王熙。熙見而歎曰：『盧郎如此風神，唯須誦《離騷》，飲美酒，自爲佳器。』遂留之數日，贈帛及馬而別。」

〔五〕潘令：指晉朝潘岳。岳曾爲河陽令。皤：白色。潘岳《秋興賦》序：「余春秋三十有二，始見二毛。」後因以「潘鬢」謂中年鬢髮初白。

〔六〕繁臺：在河南省開封市東南。《九域志》：「繁臺本梁孝王吹臺，其後有繁姓居其側，人遂以姓呼之。」

〔七〕薰風：和風，指初夏時的東南風。《吕氏春秋·有始》：「東南曰薰風。」

〔八〕凝思：默默的想念。

禮部閑閑趙公〔一〕

水調歌頭〔二〕

四明有狂客，呼我謫仙人〔三〕。俗緣千劫不盡，回首落紅塵〔四〕。我欲騎鯨歸去，只恐神仙官府，嫌我醉時真〔五〕。笑拍群仙手，幾度夢中身。倚長松，聊拂石，坐看雲。忽然黑霓落手〔六〕，醉舞紫毫春〔七〕。寄語滄浪流水〔八〕，曾識閑閑居士〔九〕，好爲濯冠巾〔一〇〕。卻返天臺去〔一一〕，華髮散麒麟〔一二〕。昔擬栩仙人王雲鶴贈予詩云〔一三〕：「寄與閑閑傲浪仙，枉隨詩酒墮凡緣。黄塵遮斷來時路，不到蓬山五百年。」其後玉龜山人云〔一四〕：「子前身赤城子也〔一五〕。」予因以詩寄之，云：「玉龜山下古仙真，許我天臺一化身。擬折玉蓮騎白鶴，他年滄海看揚塵〔一六〕。」吾友趙禮部庭玉説〔一七〕，丹陽子謂予再世蘇子美也〔一八〕。赤城子則吾豈敢，若子美則庶幾焉。尚媿辭翰微不及耳〔一九〕，因作此以寄意焉。①

【校】

① 此序毛本置詞前。

【注】

〔一〕禮部閑閑趙公：趙秉文，字周臣，晚號閑閑老人，累拜禮部尚書。

〔二〕水調歌頭：詞牌名。詳見蔡松年《水調歌頭》詞注〔一〕。

〔三〕「四明」二句：語出李白《對酒憶賀監》：「四明有狂客，風流賀季真。長安一相見，呼我謫仙人。」又《新唐書·李白傳》：「李白至長安，往見賀知章。知章見其文，歎曰：『子謫仙人也。』」四明狂客：唐人賀知章，字季真，四明（今浙江省寧波市）人，自號四明狂客。此處以賀知章比友人，以李白自比。

〔四〕「俗緣」二句：言自己是李白轉世，再次下凡。元好問《續夷堅志》卷一「王雲鶴」：「大安初，遇閑閑趙公於平定，遺之詩曰：『寄與閑閑傲浪仙，枉隨詩酒墮凡緣。黄塵遮斷來時路，不到蓬山五百年。』因言：『唐士大夫五百人，皆仙人謫降。爲世味所著，亦有迷而不返者，如公與我皆是也。』」俗緣：佛教以因緣解釋人事，因稱塵世之事爲俗緣。劫：佛經稱世界從生成到毀滅的過程爲一劫。

〔五〕「我欲」三句：奪胎於蘇軾《水調歌頭》：「我欲乘風歸去，又恐瓊樓玉宇，高處不勝寒。」騎鯨歸去：用李白典。杜甫《送孔巢父謝病歸游江東兼呈李白》：「幾歲寄我空中書，南尋禹穴見李白。」清仇兆鼇注：「南尋句，一作『若逢李白騎鯨魚』。」按：騎鯨魚，出《羽獵賦》。俗傳太白醉騎鯨魚，溺死潯陽，皆緣此句而附會之耳。」後因以比喻遊仙。

〔六〕「忽然」句：指寫字題詩醉墨染紙如黑色雲霓一般。

〔七〕紫毫：指用紫色兔毛製成的筆。唐白居易《紫毫筆》：「江南石上有老兔，喫竹飲泉生紫毫。宣城工人采爲筆，千萬毛中選一毫。」

〔八〕滄浪：古水名。有漢水、漢水之别流、漢水之下流、夏水諸説。《書·禹貢》：「嶓冢導漾，東流爲漢。又東爲滄浪之水。」孔傳：「别流在荆州。」北魏酈道元《水經注·夏水》：「劉澄之著《永初山川記》云：『夏水，古文以爲滄浪，漁父所歌也。』」

〔九〕閑閑居士：詞人自號。

〔一〇〕「好爲」句：《楚辭·漁父》：「滄浪之水清兮，可以濯吾纓。滄浪之水濁兮，可以濯吾足。」好爲：拜託之辭。三句言滄浪清水與我相識，因這份情誼，就拜託它好好爲我洗滌冠巾吧。

〔一一〕天臺：山名，在今浙江天臺縣北，屬仙霞嶺餘脈。相傳漢劉晨、阮肇入天臺山采藥遇仙。此處藉以指稱仙境。

〔一二〕「華髮」句：唐韓愈《雜詩》：「翩然下大荒，被髮騎麒麟。」

〔一三〕擬栩仙人王雲鶴：王中立，字湯臣，晚年易名雲鶴，號擬栩，岢嵐（今山西省岢嵐縣）人。博學强記，學無不知。家豪於財，客日滿門，待之甚豐，而自奉甚簡。四十喪妻，不更娶，亦不就選舉。齋居一室，枯談如衲僧。善論人物，詩書超逸。《中州集》卷九有小傳。

〔一四〕玉龜山：傳説中的仙山。玉龜山人：或爲華山道人。下引其詩見趙秉文《滏水集》卷九，爲《遊華山四首》其四。

〔一五〕赤城子：司馬承禎，字子微，自號天臺白雲子、白雲道士、赤城居士，河内温（今河南省温縣）人。唐代著名道士，著有《天隱子》、《坐忘論》等，《唐書》入《隱逸傳》。合觀下詩「許我天臺一化身」，應指此人。

〔一六〕「他年」句：晉葛洪《神仙傳》卷七「王遠」：「麻姑自説云：『接侍以來，已見東海三爲桑田。向到蓬萊，又水淺於往日會時略半也，豈將復爲陵陸乎？』王方平笑曰：『聖人皆言：海中行復揚塵也。』」句用此典，言神仙長生不老，能閲歷滄海桑田之變。

〔一七〕趙禮部庭玉：趙思文，字庭玉，永平人。明昌五年進士，正大八年拜禮部尚書。爲人誠實樂易，與楊雲翼、趙秉文、陳規等皆稱完人。《中州集》卷八有小傳。

〔一八〕丹陽子：馬鈺（一一二三——一一八三），原名從義，字宜甫，入道後更名鈺，字玄寶，號丹陽子，世稱馬丹陽，全真道祖師王重陽在山東的首位弟子，與王重陽另外六位弟子合稱爲「北七真」。著有《洞玄金玉集》十卷。蘇子美：蘇舜欽，字子美，開封（今屬河南）人，曾任縣令、大理評事、集賢殿校理，監進奏院等職。與梅堯臣齊名，人稱「梅蘇」。《宋史》卷四四二有傳。

〔九〕辭翰：指詩文。

青杏兒〔一〕

風雨替花愁〔二〕。風雨罷，花也應休。勸君莫惜花前醉，今年花謝，明年花謝，白了人頭〔三〕。　乘興兩三甌。揀溪山好處追遊〔四〕。但教有酒身無事〔五〕，有花也好，無花也好，選恁春秋①〔六〕。

【校】

① 恁：毛本、彊村本作「甚」。

【注】

〔一〕青杏兒：詞牌名。又名《促拍丑奴兒》。雙調，六十二字，上下片各三平韻。

〔二〕風雨替花愁：即「替花愁風雨」。宋辛棄疾《鷓鴣天》：「城中桃李愁風雨。」

〔三〕「今年」三句：奪胎于唐劉希夷《代悲白頭吟》：「古人無復洛陽東，今人還對落花風。年年歲歲花相似，歲歲年年人不同。」

〔四〕追遊：追隨景物浪遊。蘇軾《用前韻再和許朝奉》：「高門元世舊，客路曉追遊。」

〔五〕「但教」句：唐盧仝《解悶》：「但有尊中物，從他萬事休。」

〔六〕恁：何，什麽。春秋：春季與秋季。泛指時節。

梅花引 過天門關作〔一〕

山如峽，天如席。石顛樹老冰崖坼〔二〕。雪霏霏。水洄洄〔三〕。先生此道，胡爲乎來哉〔四〕。石頭路滑馬蹄蹶①〔五〕，昂頭貪看山奇絶。短童隨。皺雙眉。休説清寒，形容想更飢。杖頭倒掛一壺酒〔六〕，爲問人家何處有。將冰髯，暖朝寒。何人畫我，霜天曉過關。

【校】

① 路：底本原作「馬」，據毛本改。

【注】

〔一〕梅花引：詞牌名。一名《貧也樂》。雙調，五十七字。上片七句，三仄韻，三平韻（又一體爲五平韻、一疊韻）；下片六句，兩仄韻，兩平韻，一疊韻。另一體，又名《小梅花》。一百十四字，即五十七字體再加一疊。此與二者都不相同，應爲又一體。天門關：在山西省太原市北郊陽曲縣西北，太原三關之一，曾是太原通往靜樂、寧武等晉西北各縣的咽喉。《金史・地理志》：「陽曲，有罕山、蒙山、汾水。鎮五，陽曲、百井、赤塘關、天門關、陵井驛。」清道光《陽曲縣誌》：「二山回合如門，在縣之乾方，故曰天門。」

〔二〕圻：裂開，崩落。

〔三〕洄洄：水旋流貌。

〔四〕「胡爲」句：用李白《蜀道難》：「其險也如此，嗟爾遠道之人胡爲乎來哉？」胡爲：何爲，爲什麽。

〔五〕蹶：跌跌撞撞走路不穩貌。《孟子·公孫丑上》「今夫蹶者趨者」朱熹集注：「如人顛躓趨走。」

〔六〕杖頭：《世説新語·任誕》：「阮宣子（脩）常步行，以百錢掛杖頭，至酒店便獨酣暢。」唐羅隱《京口見李侍郎》：「還有杖頭沽酒物，待尋山寺話逡巡。」

大江東去 用東坡先生韻〔一〕

秋光一片，問蒼蒼桂影〔二〕，其中何物。一葉扁舟波萬頃〔三〕，四顧粘天無壁〔四〕。叩枻長歌〔五〕，嫦娥欲下〔六〕，萬里揮冰雪〔七〕。京塵千丈〔八〕，可能容此人傑〔九〕。回首赤壁磯邊〔一〇〕，騎鯨人去〔一一〕，幾度山花發。澹澹長空〔一二〕，今古夢，只有歸鴻明滅〔一三〕。我欲從公，乘風歸去〔一四〕，散此麒麟髮〔一五〕。三山安在〔一六〕，玉簫吹斷明月〔一七〕。

【注】

〔一〕大江東去：詞牌名，本名念奴嬌。詳見蔡松年《大江東去》注〔一〕。此詞追和蘇軾《念奴嬌·赤壁懷古》原韻。元好問《遺山集》卷四〇《題閑閑書赤壁賦後》：「閑閑公乃以仙語追和之，非特詞氣放逸，絶去翰墨畦徑，其字畫亦無愧也。」徐釚《詞苑叢談》：「雄壯震動，有渴驥怒猊之勢。視《大江東去》信在伯仲間。可謂詞翰兩絶者。」

〔二〕蒼蒼桂影：神話傳説中月宫有仙桂，吴剛學仙有過，罰砍桂樹。桂影：仙桂的影子。唐段成式《酉陽雜俎·天咫》：「舊言月中有桂有蟾蜍……或言月中蟾桂，地影也。空處，水影也。」此處代指月中青色處。

〔三〕一葉扁舟：化用蘇軾《前赤壁賦》：「白露横江，水光接天，縱一葦之所如，凌萬頃之茫然。」

〔四〕粘天無壁：遠水一派汪洋，看起來好像粘在天上，四面空闊没有巖壁阻擋。比喻水天相接。唐韓愈《祭河南張署員外文》：「洞庭漫汗，粘天無壁。」

〔五〕叩枻長歌：語本蘇軾《前赤壁賦》：「於是飲酒樂甚，扣舷而歌之。」枻：船槳。

〔六〕嫦娥：神話傳説中后羿從西王母處得不死藥，其妻嫦娥偷吃奔月，成爲月仙。事見《淮南子·覽冥訓》及《山海經·大荒西經》。

〔七〕冰雪：謂月光與水光相映，表裏如冰雪般澄澈。

〔八〕京塵：京洛塵。晉陸機《爲顧彦先贈婦》其一：「京洛多風塵，素衣化爲緇。」後以「京洛塵」比喻功名利禄等塵俗之事。

〔九〕可能：豈能。人傑：人中之豪傑。二句指蘇軾不被朝廷所容，貶至黄州事。

〔一〇〕赤壁磯：此指黄州赤壁，又名赤鼻，在今湖北黄岡市境内。屹立長江濱，土石皆帶赤色，下有赤壁磯。蘇軾游此，曾作《赤壁賦》、《念奴嬌》詞。

〔一一〕騎鯨去：指李白之死。詳見上詞《水調歌頭》注〔五〕。此處指蘇軾，其《明日復以大魚爲魄，重二十斤，且求詩，故復戲之》：「我是騎鯨手，聊堪充鹿角。」

〔一二〕澹澹：廣漠貌。唐杜牧《登樂游原》：「長空澹澹孤鳥没，萬古銷沉向此中。」

〔一三〕歸鴻明滅：本三國魏嵇康《贈秀才入軍十九首》其十四：「目送歸鴻，手揮五絃。俯仰自得，游心太玄。」

〔一四〕乘風歸去：用蘇軾詞句，《水調歌頭》：「我欲乘風歸去。」又《念奴嬌·中秋》：「便欲乘風，翻然歸去，何用騎鵬翼。」

〔一五〕散此麒麟髮：化用韓愈《雜詩》句：「翩然下大荒，被髮騎麒麟。」狀仙人的瀟散神態。

〔一六〕三山：即三仙山。晉王嘉《拾遺記》：「海中有三山，其形如壺，方丈曰方壺，蓬萊曰蓬壺，瀛州曰瀛壺。」

〔一七〕玉簫吹斷：蘇軾《念奴嬌·中秋》：「一聲吹斷横笛。」

缺月挂疏桐　擬東坡作〔一〕

烏鵲不多驚，貼貼風枝靜〔二〕。珠貝横空冷不收〔三〕，半濕秋河影〔四〕。缺月墮幽窗，推枕驚深省〔五〕。落葉蕭蕭聽雨聲，簾外霜華泠〔六〕。

【注】

〔一〕缺月掛疏桐：本名《卜算子》，因蘇軾所作《卜算子》「缺月掛疏桐」句而得名。雙調，四十四字，上下片各兩仄韻。宋教坊復演爲慢曲，八十九字，上片四仄韻，下片五仄韻。東坡：蘇軾號東坡居士。所擬蘇軾《卜算子》云：「缺月挂疏桐，漏斷人初靜。時見幽人獨往來，縹緲孤鴻影。驚起卻回頭，有恨無人省。揀盡寒枝不肯棲，寂寞沙洲冷。」

〔二〕貼貼：安穩；平靜。

〔三〕珠貝：産珠之貝，泛指珍珠寶貝。此處代指星星。

〔四〕秋河：即銀河。

〔五〕深省：深刻地醒悟。杜甫《游龍門奉先寺》：「欲覺聞晨鐘，令人發深省。」

〔六〕霜華：即霜花。霜爲粉末狀結晶。花，指物之微細者。故稱。

秦樓月〔一〕

簫聲苦。簫聲吹斷夷山雨〔二〕。夷山雨。人空不見，吹臺歌舞〔三〕。　危亭目極傷平楚①〔四〕。斷霞落日懷千古〔五〕。懷千古。一杯還酹〔六〕，信陵墳土〔七〕。

【校】

①危亭：毛本作「危樓」。

【注】

〔一〕秦樓月：詞牌名。詳見密國公完顔璹《秦樓月》詞注〔一〕。

〔二〕夷山：宋汴京城東門外的一座土山，因山頂夷平取名夷山。明李濂《汴京遺跡志》卷四：「夷山在裏城内，安遠門之東。以山之平夷而得名也。亦名夷門山。」在今河南開封城内東北隅。

〔三〕吹臺：古跡名。舊址在今河南開封市東南禹王臺公園内，相傳爲春秋時師曠吹樂之臺，漢梁孝王增築曰明臺。因梁孝王常歌吹於此，故亦稱吹臺。

〔四〕危亭：聳立於高處的亭子。目極：用盡目力遠望。平楚：謂從高處遠望，叢林樹梢齊平。明楊慎《升庵詩話·平林》：「楚，叢木也；登高望遠，見木杪如平地，故云平楚。」

〔五〕「斷霞」句：參見其《翠微軒》詩：「故壘蕪城人物换，斷霞落日古今閑。百年興廢人空老，水自東西鳥自還。」

〔六〕酹：以酒澆地，表示祭奠。

〔七〕信陵：即信陵君魏無忌，魏昭王少子，戰國時期魏國著名的軍事家、政治家。因被封於信陵（今河南省寧陵縣），故稱。門下食客三千，以禮賢下士著稱。秦圍趙，信陵君使如姬從宫中盗出調兵虎符，救趙。後爲上將軍，率五國兵，大破秦軍。事見《史記·魏公子傳》。墳土：指墓葬。

胥莘公和之〔一〕

阮郎歸　寄李都運有之〔二〕

人情冷暖共高低〔三〕。疏慵非所宜〔四〕。老夫碌碌本無機〔五〕。閑教造物疑〔六〕。　形木槁〔七〕，鬢絲垂〔八〕。山林先有期〔九〕。故人只道掛冠遲〔一〇〕。此心應不知。

【注】

〔一〕胥莘公和之：胥鼎，字和之，代州繁峙（今山西省繁峙縣）人。大定末進士，入官以治能稱，遷大理丞，至寧間，由户部尚書拜參知政事。貞祐四年守平陽有功，拜樞密副使、權尚書左丞。興定初，進平章政事，封莘國公。四年致仕。哀宗即位，復拜平章政事，封英國公。《金史》卷一〇八有傳，《中州集》卷九有小傳。

〔二〕阮郎歸：詞牌名。以仙話傳説劉晨、阮肇遇仙而復歸事得名。又名《碧桃源》、《醉桃源》。雙調，九句，四十七字，上下片各四平韻。李都運：李特立（？——一二四二），字有之。金宣宗時任南京都轉運使，重刑罰。元好問《續夷堅志·三秀軒》「李都運有之，高户部唐卿、趙禮部廷玉讀書永平西一山寺……故名所居爲三秀軒」，當爲永平（今河北省完縣）人。又作《都運李丈哀挽有之》：「平時剛積觸禍機，老年天遣故鄉歸。」自注曰：「李丈歿於壬寅夏六月，異香滿室，三日蠅不近。」壬寅，即公元一二四二年。《金史》卷一〇二、卷一一九以及《歸潛志》卷七載其事。

〔三〕「人情」句：意近《戰國策·秦策》：「蘇秦曰：『嗟乎，貧窮則父母不子，富貴則親戚畏懼。人生世上，勢位富貴，蓋可忽乎哉？』」言人情之冷暖皆取決於自己的富貴與地位。

〔四〕疏慵：疏懶；懶散。唐元稹《臺中鞫獄憶開元觀舊事》：「疏慵日高卧，自謂輕人寰。」

〔五〕碌碌：隨衆附和貌；平庸無能貌。無機：没有心計。

〔六〕閑：徒；空。造物：舊時以爲萬物是天造的，故稱天爲「造物」。句言与世人對功名汲汲以求有所不同，自己的疏慵之態令造物者亦疑惑不解。

〔七〕形木槁：即形如槁木。形容身體瘦得像乾枯的木頭，比喻毫無生氣或極端消沉。語自《莊子·齊物論》：「形固可使如槁木，而心固可使如死灰乎？」槁：乾枯。

〔八〕鬢絲：兩鬢白髮。

〔九〕山林：指隱居之地。期：約定。《詩·鄘風·桑中》：「期我乎桑中。」

〔一〇〕掛冠：指辭官、棄官。《後漢書·逸民傳》載，東漢人逢萌見王莽殺其子宇，謂友人曰：「三綱絶矣！不去，禍將及人。」即解冠掛東都城門，將家屬浮海，客於遼東。

許司諫道真〔一〕

行香子〔二〕

秋入鳴皋〔三〕。爽氣飄蕭〔四〕。掛衣冠、初脱塵勞〔五〕。窗間巖岫〔六〕，看盡昏朝。夜山低，晴山近，曉山高。　細數閑來，幾處村醪〔七〕。醉糢糊、信手揮毫〔八〕。等閑陶寫〔九〕，問恁風騷〔一〇〕。樂因循〔一一〕，能潦倒〔一二〕，也消摇〔一三〕。

【注】

〔一〕許司諫道真：許古，字道真，獻州交河（今河北省交河縣）人。明昌五年進士。南渡後官監察御史、右司諫，以直言極諫著稱。哀宗即位，授左司諫。《金史》卷一〇九有傳，《中州集》卷五有小傳。

〔二〕行香子：詞牌名，又名《爇心香》。雙調，六十六字，上片五平韻，下片四平韻。

〔三〕鳴皋：山名。在今河南省嵩縣東北，相傳古有鶴鳴於山上而名。李白《鳴皋歌送岑徵君》：「若有人兮思鳴皋，阻積雪兮心煩勞。」王琦注：「《河南通志》：鳴皋山，在河南府嵩縣東北五十里，一名九皋山，昔有白鶴鳴其上，故名。」

〔四〕飄蕭：狀風聲。唐元稹《書異》：「飄蕭北風起，皓雪紛滿庭。」

〔五〕掛衣冠：指辭官。典自東漢人逢萌「解衣冠，掛東都城門，將家屬客於遼東」。事見《後漢書·逸民傳》。塵勞：佛教謂世俗事務的煩惱。因煩惱能染汙心性，猶如塵垢之使身心勞累，故名。《金史·許古傳》：「哀宗初即位，召爲補闕，俄遷左司諫，言事稍不及昔時。未幾，致仕，居伊陽。」金嵩州治伊陽，即今河南省嵩縣。

〔六〕巖岫：峰巒。

〔七〕「細數」二句：《金史》本傳：「致仕，居伊陽。郡守爲起伊川亭。古性嗜酒，老而未衰，每乘舟出村落間，留飲或十數日不歸。及泝流而上，老稚爭爲挽舟，數十里不絶。其爲時人愛慕如此。」村醪：浊酒。唐司空圖《柏東》：「免教世路人相忌，逢着村醪亦不憎。」醪，本指酒釀。引申爲濁酒。

〔八〕信手揮毫：任意揮筆寫賦詩。杜甫《奉和賈至舍人早朝大明宮》：「詩成珠玉任揮毫。」

〔九〕等閑：隨便。陶寫：怡悦情性，消愁解悶。《世説新語·言語》：「年在桑榆，自然至此，正賴絲竹陶寫。」

〔一〇〕恁：何，什么。風騷：借指文采。

〔一一〕因循：疏懶；怠惰；閑散。宋徐度《卻掃編》卷中：「人情樂因循，一放過，則不復省矣。」

〔一二〕潦倒：舉止散漫，不自檢束。

〔一三〕消揺：安閑自得貌。《禮・檀弓上》：「孔子蚤作，負手曳杖，消揺於門。」釋文：「消揺，本作逍遥。」

眼兒媚〔一〕

濁醪篘得玉爲漿〔二〕。風韻帶橙香。持杯笑道，鵝黄似酒〔三〕，酒似鵝黄。　世緣老矣不思量〔四〕，沉醉又何妨。臨風對月，山歌野調〔五〕，儘我疏狂〔六〕。

【注】

〔一〕眼兒媚：詞牌名，又名《秋波媚》。雙調，四十八字，上片三平韻，下片兩平韻。

〔二〕濁醪：濁酒。晉左思《魏都賦》：「清酤如濟，濁醪如河。」篘：用竹篾編成的濾酒器。此作動詞，以篘漉取。

〔三〕鵝黄：指淡黄色，像小鵝絨毛的顔色。又爲酒名，即鵝黄酒，酒體呈鵝黄色。唐白居易《江南喜逢蕭九徹，因話長安舊遊，戲贈五十韻》：「爐煙凝麝氣，酒色注鵝黄。」三句本杜甫《舟前小鵝兒》：「鵝兒黄似酒，對酒愛新鵝。」

〔四〕世緣：俗緣。謂人世間事。唐錢起《過桐柏山》：「投策謝歸途，世緣從此遣。」

〔五〕野調：村野之没有規範、高低不拘的曲調。

〔六〕疏狂：豪放，不受拘束。宋朱敦儒《鷓鴣天·西都作》詞：「我是清都山水郎，天教懶慢帶疏狂。」

馮内翰子駿〔一〕

玉樓春 宴河中瑞雲亭〔二〕

長原迤邐孤麋卧〔三〕。野色微茫河界破〔四〕。草行繩屨緑雲深①〔五〕，花觸飛丸紅雨妥〔六〕。高亭初試煎茶火。醉玉漸譁春滿座〔七〕。行杯莫厭轉籌頻〔八〕，佳節等閑飛鳥過。

【校】

①草行繩屨：毛本、彊村本作「草承行屨」。

【注】

〔一〕馮内翰子駿：馮延登，字子駿。號横溪翁。吉州（今山西省吉縣）人。承安二年進士。興定五年，入爲國史院編修官，歷禮部侍郎。京城陷，投井死。《金史》卷一二四有傳，《中州集》卷五有小傳。

〔二〕玉樓春：詞牌名。詳見高士談《玉樓春》詞注〔一〕。河中：河中府。金時屬河東南路。治今山西省永濟市蒲州鎮。瑞雲亭：古亭名，舊址在山西省永濟市。《山西通志》卷五九：「瑞雲亭，中條山上，宋建。」

〔三〕迤邐：曲折連綿、延伸貌。麋：哺乳動物。毛淡褐色，雄的有角，角像鹿，尾像驢，蹄像牛，頸像駱駝，但從整體來看，哪一种動物都不像。性温順，食草。原産中國，是一種稀有的珍貴獸類。也叫四不像。

〔四〕微茫：隱約模糊。河界破：被黄河劃破。唐徐凝《廬山瀑布》：「今古長如白練飛，一條界破青山色。」

〔五〕草行：在草野中行走。繩屨：草鞋。

〔六〕飛丸：用以射擊的彈丸。紅雨：比喻落花。唐李賀《將進酒》：「况是青春日將暮，桃花亂落如紅雨。」妥：垂落，落下。宋胡仔《苕溪漁隱叢話》前集十《杜少陵》五引《三山老人語録》：「西北方言，以墮爲妥。花妥，即花墮也。」

〔七〕醉玉：即醉玉頽山，形容男子風姿挺秀，酒後醉倒的風采。典出《世説新語·容止》：「山公曰：『嵇叔夜之爲人也，岩岩若孤松之獨立；其醉也，傀俄若玉山之將崩。』」

〔八〕籌：即籌馬，亦作「籌碼」，古代投壺計算勝負之具。《禮記·少儀》「不擢馬」唐孔穎達疏：「投壺立籌爲馬……每一勝輒立一馬，至三馬而成勝。」此泛指飲宴行酒助興所用定奪勝負之具。

溪南詩老辛敬之〔一〕

臨江仙 河山亭留别欽叔裕之〔二〕

誰識虎頭峰下客〔三〕，少年有意功名。清朝無路到公卿〔四〕。蕭蕭華屋下，白髮老諸生〔五〕。

邂逅對牀逢二妙〔六〕，揮毫落紙堪驚〔七〕。他年聯袂上蓬瀛〔八〕。春風蓮燭〔九〕，莫忘此時情。

【注】

〔一〕溪南詩老辛敬之：辛愿，字敬之，號女几野人，又號溪南詩老。福昌（今河南省宜陽縣）人。博極群書，少有意功名，後棄科舉不爲。與元好問、趙元、木庵英上人、杜仁傑等交遊唱和。以文名爲元兵所邀，武人暴戾，殁於山陽。爲人質古疏放，不修威儀，喜作詩，五言尤工。元好問視其爲金之杜甫。趙元以李白後身稱之。《金史》卷一二七有傳，《中州集》卷一〇、《歸潛志》卷二有小傳。

〔二〕臨江仙：詞牌名。詳見密國公完顔璹《臨江仙》詞注〔一〕。河山亭：在金孟津縣（今河南省孟津縣東，地臨孟津渡）。元好問亦有《臨江仙》詞，題爲「孟津河山亭同欽叔賦寄希顔兄」。欽叔，李獻能字，河中人，官翰林學士。裕之：元好問字。

〔三〕虎頭峰：當指辛愿所居之地福昌縣女几山峰名。

〔四〕清朝：清明的朝廷。蘇軾《故李承之待制之六丈挽詞》：「清朝竟不用，白首仍憂時。」公卿：泛指高官。《論語・衛靈公》：「邦有道，則仕。」句暗用此典，抒發有才無用、壯志難酬之悲。

〔五〕白髮老諸生：年老仍未獲取功名。諸生：猶言儒生。《史記・曹相國世家》：「參盡召長老諸生，問所以安集百姓。」

〔六〕邂逅：不期而相會。對牀：對牀而卧。喻相聚的歡樂。金元好問《寄答景元兄》：「故人相念不相忘，頻着書來約對牀。」二妙：稱同時以才藝著名、文華匹配的二人。指李獻能與元好問，二人皆以詩名世。

〔七〕揮毫落紙：指題詩或書畫。語出杜甫《飲中八仙飲》：「揮毫落紙如雲煙。」盛贊李、元二人才華之驚人。

〔八〕連袂：攜手。袂：衣袖。蓬瀛：即蓬萊、瀛洲，此處指翰林院。唐太宗爲天策上將軍時，曾置文學館，以房玄齡等十八人爲學士，討論典籍，商略政事。時人稱入館者爲「登瀛洲」。文學館之職掌，與後世翰林院略同，後因以爲翰林院之美稱。

〔九〕蓮燭：金蓮燭，御前所用蠟燭。《新唐書・令狐綯傳》：「爲翰林院承旨，夜對禁中，燭盡，帝以乘輿金蓮華炬送還院。」

李右司欽叔〔一〕

春草碧〔二〕

紫簫吹破黄州月〔三〕。蔌蔌小梅花〔四〕，飄香雪。寂寞花底風鬟〔五〕，顔色如花、命如葉。千里涴兵塵、凌波襪〔六〕。心事鑑影鸞孤〔七〕，箏絃雁絶〔八〕。舊時雪堂人〔九〕，今華髪〔一〇〕。斷腸金縷新聲〔一一〕，杯深不覺琉璃滑〔一二〕。醉夢遶南雲〔一三〕，花上蝶〔一四〕。

【注】

〔一〕李右司欽叔：李獻能，字欽叔，河中（今山西省永濟市）人。貞祐三年省試第一，在翰林院十年。《金史》卷一二六有傳，《中州集》卷六、《歸潛志》卷二有小傳。

〔二〕春草碧：詞牌名。詳見密國公完顔璹《春草碧》詞注〔一〕。

〔三〕紫簫：以紫竹製作的簫。破：透，穿。黄州月：蘇軾謫居黄州時，心情憤懣，常借詠月來抒懷，其作品中多有「明月」、「缺月」、「江月」、「細月」、「山月」等。黄州，治今湖北省黄岡市。句暗用杜甫《月夜》：「今夜鄜州月，閨中只獨看。」設想女方睹月思人、吹簫抒懷之情形。

〔四〕蔌蔌：飄落貌。

〔五〕風鬟：指女子美麗的頭髮。蘇軾《洞庭春色賦》：「攜佳人而往遊，勤霧鬟與風鬟。」

〔六〕涴：浸漬，污染。凌波襪：語出三國魏曹植《洛神賦》：「凌波微步，羅韈生塵。」

〔七〕鑑影鸞孤：用鸞鏡悲鳴典故。《異苑》：「罽賓王獲鸞，三年不鳴。夫人曰：『嘗聞鳥見其類則鳴，可懸鏡映之。』王從其言。鸞睹影悲鳴，哀響中霄，一奮而絕。」後多以鸞鏡表臨鏡生悲之意。鸞孤：孤獨的鸞鳳。比喻夫妻或情侶離散後孤零零的一人。

〔八〕雁：即雁柱。箏上整齊排列的絃柱。

〔九〕雪堂人：蘇軾在黄州，寓居臨皋亭，就東坡築雪堂，自書「東坡雪堂」以榜之。故址在今湖北省黄州市東。句以蘇軾自比。

〔一〇〕今華髮：語本蘇軾《念奴嬌・赤壁懷古》：「多情應笑我，早生華髮。」

〔一一〕金縷：曲調《金縷曲》、《金縷衣》的省稱。唐無名氏《金縷衣》：「勸君莫惜金縷衣，勸君須惜少年時。有花堪折直須折，莫待無花空折枝。」

〔一二〕琉璃：晶瑩碧透之物。指酒杯。

〔一三〕南雲：南飛之雲。常以寄託思親、懷鄉之情。晉陸機《思親賦》：「指南雲以寄款，望歸風而效誠。」

〔一四〕花上蝶：用《莊子・齐物论》：「昔者莊周夢爲蝴蝶，栩栩然蝴蝶也，自喻適志與！不知周也。」言其歸鄉之夢中身臨其境，亦幻亦真之情形。

江梅引①爲飛伯賦青梅〔一〕

漢宫嬌額倦塗黄〔二〕。試新妝。立昭陽〔三〕。萼緑仙姿〔四〕，高髻碧羅裳〔五〕。翠袖卷紗閑倚竹〔六〕，暝雲合，瓊枝薦暮凉〔七〕。璧月浮香摇玉浪〔八〕。拂春簾，瑩綺窗。冰肌夜冷滑無粟〔九〕，影轉斜廊。冉冉孤鴻〔一〇〕，煙水渺三湘②〔一一〕。青鳥不來天也老〔一二〕，斷魂夢〔一三〕，清霜静楚江〔一四〕。

【校】

① 江梅引：毛本作「江城梅花引」。

② 煙水渺：毛本作「煙水渺渺」。

【注】

〔一〕江梅引：又名《江上梅花引》、《攤破江城子》等。雙調，八十七字，有平、上、去三聲叶韻與全押平韻兩體。飛伯：王鬱，字飛伯。大興（今屬北京市）人。少居鈞臺，閉門讀書，不接人事數載。爲文法柳宗元，歌詩飄逸，有太白氣象。《中州集》卷七、《歸潛志》卷三有小傳。青梅：梅子。此指梅花。

〔二〕「漢宫」句：古代婦女喜在額上塗黄、點黄，稱額黄。此制起於漢代宫中妝式。唐李商隱《無題》：「壽陽公主嫁時妝，八字宫眉捧額黄。」句用以狀梅花。宋韓駒《蠟梅》：「路入君家百步香，隔簾初試漢宫妝。只疑夢到昭陽殿，一簇輕紅繞淡黄。」

〔三〕昭陽：漢宫殿名。《三輔黄圖》：「武帝後宫八區，有昭陽殿。」成帝時趙飛燕居之。後多借指皇后之宫。

〔四〕萼緑：即萼緑華，傳説中女仙名。《真誥》：「萼緑華者，自云是南山人。……年可二十許。以晉穆帝升平三年十一月夜降於羊權家。授權尸解藥，亦隱形化形而去。」梅花有緑萼一種，宋范成大《范村梅譜》：「緑萼梅，凡梅樺附蒂皆絳紫色，惟此純緑，枝梗亦青，特爲清高，好事者比之九嶷仙人萼緑華。」

〔五〕高髻：高綰之髮髻。形容梅花秀麗如美女。唐劉禹錫《贈李司空妓》：「高髻雲鬟宫樣妝。」羅裳：輕軟絲織品製成的衣服。

〔六〕「翠袖」句：用杜甫《佳人》「天寒翠袖薄，日薄倚修竹」詩意。

〔七〕瓊枝：形容梅花枝條如玉之美。唐李群玉《人日梅花》：「今年此日江邊宅，卧見瓊枝低壓牆。」薦：進獻；送上。

〔八〕「璧月」句：形容梅花的暗香浮動於月光籠照之中。暗用宋林逋《山園小梅》：「疏影横斜水清淺，暗香浮動月黄昏。」璧月：代指圓月。

〔九〕「冰肌」句：化用後蜀後主孟昶《玉樓春》詞句：「冰肌玉骨清無汗。」又蘇軾《詠雪》：「凍合玉樓寒起粟。」此處形容梅花高潔，不畏風寒，潤滑光潔。粟：指肌膚驟爲寒氣所侵而生的疙瘩，如同粟粒一般。

〔一〇〕冉冉：鴻鳥緩緩飛動貌。

〔一一〕三湘：湖南湘鄉、湘潭、湘陰（或湘源），合稱三湘。見《太平寰宇記·江南西道十四·全州》。但古人詩文中的三湘，多泛指湘江流域及洞庭湖地區。唐李白《江夏使君叔席上贈史郎中》：「昔放三湘去，今還萬死餘。」一説瀟湘、資湘、沅湘爲三湘。晉陶潛《贈長沙公族祖》：「遥遥三湘，滔滔九江。」陶澍集注：「湘水發源會瀟水，謂之瀟湘；及至洞庭陵子口，會資江謂之資湘；又北與沅水會於湖中，謂之沅湘。」後泛指今洞庭湖南北、湘江流域一帶。

〔一二〕青鳥：相傳爲西王母侍女。《漢武故事》載：七月七日，忽有青鳥飛集殿前，東方朔曰：「此西王母欲來。」有頃，王母至，二青鳥侍王母旁。天也老：用唐李賀《金銅仙人辭漢歌》「衰蘭送客咸陽道，天若有情天亦老」詩意。

〔一三〕斷魂：銷魂神往。

〔一四〕楚江：長江中下游古爲楚國，故亦泛指南方水域。

浣溪沙　河中環勝樓感懷〔一〕

垂柳陰陰水拍堤〔二〕。欲窮遠目望還迷〔三〕。平蕪盡處暮天低〔四〕。萬里中原猶北顧〔五〕，十年長路卻西歸〔六〕。倚樓懷抱有誰知〔七〕。

【注】

〔一〕浣溪沙：詞牌名。詳見趙可《浣溪沙》詞注〔一〕。河中環勝樓：在今山西省永濟市境。

〔二〕水拍堤：宋歐陽修《浣溪沙》詞：「拍堤春水四垂天。」

〔三〕欲窮遠目：極目眺望。唐王之涣《登鸛雀樓》：「欲窮千里目，更上一層樓。」

〔四〕平蕪句：指草原的盡頭與天相連。宋歐陽修《踏莎行》詞：「平蕪盡處是春山，行人更在春山外。」

〔五〕北顧：北望。有憂慮北敵來犯之意。《宋書·索虜傳》：「上（宋文帝）以滑臺戰守彌時，遂至陷没。乃作詩曰：『逆虜亂疆埸，邊將嬰寇仇……惆悵懼遷逝，北顧涕交流。』」

〔六〕「十年」句：言自己出仕十餘年，正大八年任職河中事。《中州集》卷六李獻能小傳：「以鎮南軍節度副使充河中經歷。正大八年，河中陷，獨得一船走陝州。」元好問《續夷堅志》卷一「康李夢應」：「康伯禄、李欽叔，壬辰冬十二月行部河中。」

〔七〕「倚樓」句：唐趙嘏《長安秋望》：「殘星幾點雁横塞，長笛一聲人倚樓。……鱸魚正美不歸去，空戴南冠學楚囚。」暗用此事，寄寓詞人對國家前途命運的憂慮。

王右司仲澤〔一〕

水龍吟 從商帥國器獵同裕之賦〔二〕

短衣匹馬清秋〔三〕，慣曾射虎南山下〔四〕。西風白水〔五〕，石鯨鱗甲〔六〕，山川圖畫。千古神州〔七〕，一時勝事，賓僚儒雅〔八〕。快長堤萬弩〔九〕，平岡千騎〔一〇〕，波濤卷，魚龍夜〔一一〕。落日孤城鼓角，笑歸來、長圍初罷〔一二〕。風雲慘澹，貔貅得意〔一三〕，旌旗閑暇。萬里天河，更須一洗，中原兵馬〔一四〕。看鞬櫜嗚咽〔一五〕，咸陽道左，拜西還駕〔一六〕。

【注】

〔一〕王右司仲澤：王渥，字仲澤，太原人。興定二年進士。壽州防禦使奥屯邦獻、商州防禦使完顔斜烈、武勝軍節度使移剌粘合愛其才，連辟三府經歷官，在軍中十年。使宋赴揚州，應對敏捷，宋人重之。及還，爲太學助教，又遷右司都事。天興初歿於陣。性明俊不羈，博通經史，善議論，工書，擅琴，詩爲其專門之學。《中州集》卷六、《歸潛志》卷二有小傳。

〔二〕水龍吟：又名《龍吟曲》、《小樓連苑》。雙調，一百零二字，上片四仄韻，下片五仄韻。商帥國器：《金史·完顔斜烈傳》：「名鼎，字國器。年二十，以善戰知名。自壽、泗元帥轉安平都尉，鎮商州，威望盛重。敬賢下士，有古賢將之風。」裕之：元好問字。元好問《遺山樂府》有《水龍吟·從商帥國器獵於南陽，同仲澤鼎玉賦此》，與此題材同，當寫於同時。

〔三〕短衣匹馬：杜甫《曲江三章章五句》其三：「短衣匹馬隨李廣，看射猛虎終殘年。」

〔四〕射虎南山下：暗用李廣射虎事。《史記·李將軍列傳》：「李廣居藍田南山中，射獵，所居郡聞有虎，嘗親射之。」

〔五〕西風：秋風。白水：水名。源出湖北省棗陽市東大阜山，相傳漢光武帝舊宅在此。《文選·張衡·東京賦》：「乃龍飛白水，鳳翔參墟。」薛綜注：「白水，謂南陽白水縣也。世祖所起之處也。」据元好問《水龍吟·從商帥國器獵於南陽，同仲澤鼎玉賦此》，白水當爲獵於南陽時所見。

〔六〕石鯨鱗甲：《三輔黄圖》：「昆明池中有豫章臺及石鯨，刻石爲鯨魚，長三丈，每至雷雨，常鳴吼，鬣尾皆動。」杜甫《秋興八首》其七：「昆明池水漢時功，武帝旌旗在眼中。織女機絲虚月夜，石鯨鱗甲動秋風。」

〔七〕神州：中國的別稱。見《史記·孟子荀卿列傳》。

〔八〕賓僚：賓客與幕僚。儒雅：謂風度温文爾雅。

〔九〕長堤萬弩：指吴越王錢鏐射潮事。清錢載《十國詞箋》：「吴越王錢鏐築捍海塘，怒潮急湍，版築不就，鏐乃造竹箭三千隻，羽簇備具於疊雪樓，命水犀軍架强弩五百以射潮，潮頭東趨西陵，遂定其基。」杜甫《雷》：「昨宵殷其雷，風過齊萬弩。」

〔一〇〕平岡千騎：蘇軾《江城子·密州出獵》詞：「錦帽貂裘，千騎卷平岡。」平岡，平坦的高岡。

〔一一〕魚龍夜：杜甫《秦州雜詩二十首》其一：「水落魚龍夜，山空鳥鼠秋。」陸農師注引《水經注》曰：「魚龍以秋日爲夜。」宋姚寬《西溪叢語》卷上：「龍秋分而降，則蟄寢於淵，龍以社日爲夜，豈謂是乎？」句以魚龍沉淵蟄寢，不能再興風作浪爲喻，言南疆重鎮有名將守衛，邊境安寧。

〔一二〕長圍：指打獵。合圍困獸，以便獵取。

〔一三〕貔貅：古籍中的兩種猛獸。徐珂《清稗類鈔·動物·貔貅》：「貔貅，形似虎，或曰似熊，毛色灰白，遼東人謂之白熊。雄者曰貔，雌者曰貅，故古人多連舉之。」常以用比喻勇猛的戰士。唐張説《王氏神道碑》：「赳赳將軍，貔貅絶群。」

〔一四〕「萬里天河」三句：劉向《説苑》：「武王伐紂，風霽，而乘以大雨。散宜生諫曰：『此非妖歟？』王曰：『非也，天洗兵也。』」遂擒紂滅商，戰爭停息。後以「洗兵」表示勝利結束戰爭。杜甫《洗兵馬》：「安得壯士挽天河，淨洗甲兵長不用。」

〔一五〕韃櫜：古代馬上盛弓矢的器具。《左傳·僖公二十三年》：「左執鞭弭，右屬韃櫜。」晉杜預注：「櫜以受箭，韃以受弓。」按上三句洗兵甲亦旨在收藏，則此處名詞動用，指收藏弓箭。唐元稹《才識兼茂明於體用策》：「我太宗文皇帝韃櫜干戈，被之以仁風。」即收藏弓箭，停止興兵之意。

〔一六〕「咸陽」二句：設想商帥凱旋歸都，向皇帝稟報安定中原之情形。咸陽：秦朝國都。舊址在今陝西省西安市東。道左：道東。《詩·唐風·有杕之杜》：「有杕之杜，生于道左。」鄭玄箋：「道左，道東也。」古稱西方爲右，東方爲左。中原在咸陽之東，故稱。

李扶風正臣①〔一〕

滿江紅 示婦〔二〕

紙帳春温〔三〕，春睡穩、窗槐摇緑。吾老矣、不堪重着，翠圍紅簇〔四〕。千古清風荆布在〔五〕，一家樂事糟糠足〔六〕。笑杜陵、憔悴漫多情，須燕玉〔七〕。求凰意，傳新曲〔八〕。驂鸞夢〔九〕，從渠續。問臨邛何賤〔一〇〕，會稽何辱〔一一〕。甽畝豈無天下士②〔一二〕，斧斤不到山中木〔一三〕。但莫教、風雨兩雛鳩〔一四〕，危枝宿。

【校】

① 李扶風正臣：毛本作「李扶風」。

② 士：毛本、彊村本作「土」。

【注】

〔一〕李扶風正臣：李節，字正臣，涇州（今甘肅省涇川縣）人。承安二年進士。以詩名關中。任扶風

（今陝西省扶風縣）令。資性滑稽，談笑有味，而臨事以幹局稱。《中州集》卷七有小傳。

〔二〕滿江紅：詞牌名。雙調，九十三字。上片四仄韻，下片五仄韻。仄韻一般用入聲。上片五六句、下片七八句多對仗。另有平韻體。南宋姜夔始創，但用者不多。

〔三〕紙帳：以藤皮繭紙縫製的帳子。明高濂《遵生八箋》卷八記其製法：「用藤皮繭紙纏於木上，以索纏緊，勒作皺紋，不用糊，以線折縫縫之。頂不用紙，以稀布爲頂，取其透氣。」宋朱敦儒《鷓鴣天》詞：「道人還了鴛鴦債，紙帳梅花獨自眠。」

〔四〕翠圍紅簇：被穿紅着翠的侍女簇擁、環繞周圍。

〔五〕荆布：荆釵布裙的省語。《太平御覽》卷七一八引《列女傳》：「梁鴻妻孟光，荆釵布裙。」後世對人稱自己的妻子爲「荆布」、「荆妻」等，本此。宋張孝祥《念奴驕·風帆更起》：「德耀歸來雖富貴，忍棄平生荆布。」

〔六〕糟糠：《後漢書·宋弘傳》載：湖陽公主新寡，有意於宋弘，「後弘被引見，帝令主坐屏風後，因謂弘曰：『諺言，貴易交，富易妻，人情乎？』弘曰：『臣聞貧賤之交不可忘，糟糠之妻不下堂。』」後用以代稱貧困時共食糟糠的原配髮妻。

〔七〕「笑杜陵」三句：用杜甫詩事。燕玉：如玉的燕地美女，亦泛指美女。杜甫《獨坐》其一：「暖老須燕玉，充飢憶楚萍。」仇兆鼇注：「舊注：古詩『燕趙多佳人，美者顏如玉』。須燕玉，所謂八十非人不暖也。」杜陵：漢縣名。杜甫曾家居於此地，其《自京赴奉先縣詠懷五百字》有「杜陵有布衣,老大意轉拙」語,故後世因稱杜甫爲「杜陵」。

〔八〕「求凰」二句:漢司馬相如追求卓文君時所作《琴歌》:「鳳兮鳳兮歸故鄉,遨遊四海求其凰。」樂府琴曲有《鳳求凰》。

〔九〕驂鸞:驂鸞侣。傳説秦穆公女弄玉與其夫蕭史乘鸞鳳飛升而去。事見漢劉向《列仙傳》。後因以「驂鸞侣」比喻美滿的夫妻。宋張孝祥《虞美人》詞:「虞敖夫婦驂鸞侣,相敬如賓主。」

〔一〇〕臨卭何賤:用「文君當壚」典故。《史記·司馬相如列傳》:「相如與俱之臨卭,盡賣其車騎,買一酒舍酤酒,而令文君當壚。相如身自著犢鼻褌,與保庸雜作,滌器於市中。」

〔一一〕會稽何辱:用漢朱買臣妻典故。《漢書·朱買臣傳》載:朱買臣家貧好讀書,不治産業,常艾薪樵賣以給食,擔束薪,行且誦書。其妻亦負戴相隨,數止買臣毋歌謳道中,買臣愈益疾歌。妻羞之,求去,買臣笑曰:「我年五十當富貴,今已四十餘矣。女苦日久,待我富貴報女功。」妻恚怒曰:「如公等,終餓死溝中耳,何能富貴。」買臣不能留,遂離去。後朱買臣顯貴,其妻羞愧,自縊而死。李白《南陵別兒童入京》:「會稽愚婦輕買臣,余亦辭家西入秦。仰天大笑出門去,我輩豈是蓬蒿人。」

〔一二〕畎畝:泛指田野。《孟子·告子下》:「舜發於畎畝之中。」舜原在歷山耕田,三十歲時,被堯起用,後來繼承堯的君主之位。

〔一三〕斧斤:泛指各種砍伐樹木的斧子。句言隱居山林僻壤可全身遠害。

〔四〕風雨兩雛鳩：比喻危難中的夫妻。鳩性拙，不善營巢，用爲自稱笨拙的謙詞。宋陸佃《埤雅·釋鳥》：「鵓鳩灰色無繡項，陰則屏逐其匹，晴則呼之。語曰『天將雨，鳩逐婦』者是也。」按此，句有莫教因外界因素導致夫妻離棄之意。

景伯仁①〔一〕

鳳棲梧〔二〕

倦客情悰紛似縷〔三〕。小院無人，卧聽秋蟲語。歸意已攙新雁去〔四〕，晚凉更作瀟瀟雨。

架上秋衣蠅點素〔五〕。冷菊戎裝〔六〕，尚被春花妬。別有溪山容杖屨〔七〕，等閑不許人知處②〔八〕。

【校】

①景伯仁：毛本作「景覃」。

②人知處：毛本作「知人處」。

【注】

〔一〕景伯仁：景覃字伯仁，華陰（今陝西省華陰市）人。少有賦聲。博極群書，爲人誠實樂易，不修威儀。隱居種樹爲業。落拓嗜酒，醉則浩歌。老不廢書，於《易經》有所得。《中州集》卷七有小傳。

〔二〕鳳棲梧：詞牌名，詳見趙可《鳳棲梧》詞注〔一〕。

〔三〕情悰：情緒。前蜀李珣《臨江仙》詞：「引愁春夢，誰解此情悰！」

〔四〕攙：搶先。宋楊萬里《小舟晚興》：「一船在後忽攙前，前後篙師各粲然。」新雁：指剛從北方飛來的大雁，南歸的大雁。句奪胎於隋薛道衡《人日思歸》：「人歸落雁後，思發在花前。」謂在南歸大雁之前早有歸意。

〔五〕蠅點素：漢王充《論衡·累害》：「清受塵，白取垢；青蠅所汙，常在練素。」後因以「青蠅點素」喻指小人用讒言誣害好人。唐陳子昂《宴胡楚真禁所》：「人生固有命，天道信無言。青蠅一相點，白璧遂成冤。」

〔六〕冷菊戎裝：本唐黄巢《題菊花》：「颯颯西風滿院栽，蕊寒香冷蝶難來。」又《不第後賦菊花》：「衝天香陣透長安，滿城盡帶黄金甲。」

〔七〕杖屨：拄杖漫步。杜甫《祠南夕望》：「興來猶杖屨，目斷更雲沙。」

〔八〕「等閑」句：化用唐賈島《尋隱者不遇》詩意：「松下問童子，言師採藥去。只在此山中，雲深不知處。」等閑：猶隨便；無關緊要。句謂只要有一個能全身遠害、隱居藏身之處即可，絕不挑剔。

天香〔一〕

市遠人稀，林深犬吠，山連水村幽寂〔二〕。田里安閑〔三〕，東鄰西舍，準擬醉時歡適〔四〕。社祈雩禱〔五〕，有簫鼓、喧天吹擊。宿雨新晴〔六〕，壠頭閑看〔七〕，露桑風麥。無端晴亭暮驛〔八〕。恨連年、此時行役〔九〕。何似臨流蕭散〔一〇〕，緩衣輕幘〔一一〕。炊黍烹雞自勞〔一二〕，有脆緑甘紅薦芳液〔一三〕。夢裏春泉，糟牀夜滴〔一四〕。

【注】

〔一〕天香：詞牌名。雙調，九十六字，上片十一句四仄韻，下片八句五仄韻。

〔二〕幽寂：幽靜、清靜。唐長孫佐輔《山居》：「看書愛幽寂，結宇青冥間。」

〔三〕田里：指故鄉。《史記·汲鄭列傳》：「黯恥爲令，病歸田里。」

〔四〕準擬：料想；打算；希望。唐白居易《不準擬》其二：「不準擬身年六十，遊春猶自有心情。」歡適：歡樂愜意。白居易《詠懷》：「先務身安閑，次要心歡適。」

〔五〕社祈雩禱：指村社的雩祭祠禱。社，社日，爲古代祭社神之日。一般在立春、立秋後第五個戊日，分别稱春社，秋社。南朝梁宗懍《荆楚歲時記》：「社日，四隣並結宗會社，宰牲牢，爲屋於樹下，先祭神，然後享其胙。」雩禱：雩祭。古代求雨的祭祀。《公羊傳·桓公五年》：「大雩者何，旱祭也。」注：「祭言大雩，大旱可知也。君親之南郊，……使童男女各八人舞而呼雩，故謂之雩。」

〔六〕宿雨：夜雨；經夜的雨水。隋江總《詒孔中丞奂》：「初晴原野開，宿雨潤條枚。」

〔七〕壠頭：田埂。唐高適《登壟》：「隴頭遠行客，壟上分流水。」

〔八〕無端：無奈。表示事與願違，或没有辦法。

〔九〕行役：指因公務而在外跋涉。

〔一〇〕何似：何如。用反問的語氣表示不如。蕭散：形容舉止、神情等不拘束，閑散舒適。

〔一一〕緩衣輕幘：緩束衣帶，寬鬆頭巾，形容從容舒適。幘，頭巾。

〔一二〕炊黍烹雞：指烹製豐盛的飯菜。《論語・微子》：「丈人止子路宿，殺雞爲黍而食之。」

〔一三〕脆緑甘紅：此指甘脆的紅緑色瓜果蔬菜。薦：佐食。唐劉恂《嶺表録異》卷上：「取小蚌肉，貫之以篾，曬乾，謂之珠母，容桂人率將燒之以薦酒也。」芳液：指酒。

〔一四〕糟牀：榨酒的器具。杜甫《羌村三首》其二：「賴知禾黍收，已覺糟牀注。」

又

百歲中分，流年過半〔一〕，塵勞繫人無盡〔二〕。桑柘周圍〔三〕，菅茅低架〔四〕，且喜水親山近。倦飛高鳥，算也有、閑枝棲隱〔五〕。紙帳紬衾〔六〕，日高睡起，懶梳蓬鬢〔七〕。

閑堦土花碧潤〔八〕，緩芒鞋、恐傷蝸蚓〔九〕。倒掩衡門〔一〇〕，空解草玄誰信〔一一〕。俗駕輕雲易散〔一二〕，賴獨有蓮峰破孤悶〔一三〕。世事悠悠，從教莫問。

【注】

〔一〕流年：如水般流逝的光陰、年華。

〔二〕「塵勞」句：被俗事纏繞，没完没了。塵勞：佛教謂世俗事務的煩惱。

〔三〕桑柘：桑樹和柘樹。

〔四〕菅茅低架：用菅茅來鋪設住舍，此借指茅舍。菅，多年生草，如白茅，可以鋪蓋房頂。

〔五〕「倦飛」二句：言己身如倦飛之鳥，尚有閑枝可堪棲宿。語用晉陶潛《歸去來辭》「鳥倦飛而知還」辭意。

〔六〕紙帳：以藤皮繭紙縫製的帳子。紬衾：用粗綢所做的被。紬，粗綢。用廢繭殘絲紡織成的織物，如今之綿綢。《急就篇》卷二：「絳緹絓紬絲絮綿。」顔師古注：「抽引粗繭緒，紡而織之曰紬。」

〔七〕蓬鬢：形容鬢髮亂如飛蓬。

〔八〕土花：苔蘚之類。唐李賀《金銅仙人辭漢歌》：「三十六宫土花碧。」

〔九〕芒鞋：即草鞋。蘇軾《次韻答寶覺》：「芒鞋竹杖布行纏，遮莫千山與萬山。」蝸蚓：蝸牛與蚯蚓。

〔一〇〕倒掩：反閉。衡門：横木爲門，比喻房屋簡陋。《詩·陳風·衡門》：「衡門之下，可以棲遲。」後借指隱者所居。

〔一一〕空解：光憑空口解説。草玄：漢揚雄曾著《太玄》。《漢書·揚雄傳下》：「董賢用事，附離之者，或起家至二千石，時雄方草《太玄》，有以自守，泊如也。或嘲雄以玄尚白，而雄解之，號曰解嘲。」

〔二〕俗駕：世俗之士的車馬。南朝齊孔稚圭《北山移文》：「請回俗士駕，爲君謝逋客。」句言世俗之士旨在追逐名利，有則聚之，無則散之，如行蹤不定的輕雲一般。

〔三〕蓮峰：蓮花峰。《華山志》：「華山頂上有蓮花峰，山有千葉蓮花。」句言只有欣賞蓮峰破除心中的孤寂和愁悶。

宗室文卿

從郁字文卿。本名瑀，字子玉，衛紹王改賜焉。父金紫公有《中庸集》。文卿以父任充符寶〔一〕。章宗試，一日百篇，賜第。朝廷經略西蜀〔二〕，宗室綱遣太尉中孚之子公輔，説吴曦稱藩①〔三〕。文卿私謂梁經父言〔四〕：「誘人以叛，豈有天下者宜爲？」其後蜀事竟不成。識者傳焉。仕至安肅刺史〔五〕。

【校】

① 吴曦：底本原作「吴犧」，據《宋史》、《金史》改。

【注】

〔一〕父任：以父蔭而任官職。符寶：即符寶郎。《金史·百官二》「殿前都點檢司」：「符寶郎四員，掌御寶及金銀等牌。」

〔二〕經略：經營治理。《左傳·昭公七年》：「天子經略，諸侯正封，古之制也。」杜預注：「經營天下，略有四海，故曰經略。」西蜀：即西蜀道，在今川陝一帶。中部爲漢南道，中西部爲西蜀道。

〔三〕「宗室」句：《金史·章宗四》：「完顏綱遣京兆録事張仔會吴曦於興州之置口。曦具言所以歸朝之意，仔請以告身爲報，盡出以付之，仍獻階州。……完顏綱以朝命，假太倉使馬良顯齎詔書、金印立吴曦爲蜀王。」宗室綱：本名元努，字正甫。時任蜀漢路安撫使。《金史》卷九八有傳。太尉中孚：張信甫，名中孚，天德二年參知政事，貞元初遷尚書左丞。其子公輔當指張仔。吴曦：宋四川宣撫副使，兼知興州。獻關外階、成、和、鳳四州於金，求封爲蜀王。後被部下所殺。《宋史》卷四七五入《叛臣傳》。

〔四〕梁經父：梁持勝，字經甫。保大軍節度使襄之子，多力善射。泰和六年進士。《金史》卷一二二有傳，《中州集》卷五有小傳。

〔五〕安肅：金州縣名，屬中都路，今河北省徐水縣。

西江月　題邯鄲王化吕仙翁祠堂〔一〕

壁斷何人舊字，爐寒隔歲殘香。洞天人去海茫茫〔二〕，玩世仙翁已往〔三〕。　西日長安道遠〔四〕，春風趙國臺荒〔五〕。行人誰不悟黄粱〔六〕。依舊紅塵陌上。

【注】

〔一〕西江月：詞牌名，詳見完顔璹《西江月》詞注〔一〕。邯鄲：金縣名，在今河北省邯鄲市。王化：即王化堡，在邯鄲北二十里，今黄粱夢鎮。吕仙翁：亦省作「吕仙」。指傳説中的仙人吕洞賓。

〔二〕洞天：道教稱神仙的居處，意謂洞中别有天地。

〔三〕玩世仙翁：指吕洞賓。

〔四〕「西日」句：《世説新語·夙惠》：「（元帝）因問明帝：『汝意長安何如日遠？』答曰：『日遠。不聞人從日邊來，居然可知。』元帝異之。明日集群臣宴會，告以此意，更從問之。乃答曰：『日近。』元帝失色，曰：『爾何故異昨日之言邪？』答曰：『舉目見日，不見長安。』」句本此，言飛黄騰達的仕途渺茫難期。

〔五〕趙國臺：即武靈叢臺，舊址在今河北省邯鄲市區。相傳爲戰國趙武靈王所建，供閲兵點將用，數臺連聚，故名叢臺。

〔六〕黄粱：黄粱夢。用吕洞賓點化盧生事。典出唐沈既濟《枕中記》：盧生於邯鄲逆旅遇吕翁，自歎困窮，翁取囊中枕授之。曰：「子枕吾此枕，當令子榮顯適意！」時主人方蒸黍，生俛首就枕。夢中娶嬌妻，舉進士，爲相十餘年，兒孫滿堂，盡享榮華。及醒，蒸黍尚未熟。經此一夢，盧生頓悟，不再上京赴考，遂入山修道。後因以黄粱夢喻虚幻不能實現的夢想。

高仲常〔一〕

梅花引 二首①〔二〕

蒿火目〔三〕。藜羹腹〔四〕。書生寧有封侯骨〔五〕。長鬚奴〔六〕，下澤車〔七〕。艱關險阻，誰教涉畏途〔八〕。半生落漠長安道〔九〕。一事無成雙鬢老〔一〇〕。南轅胡，北轅吴〔一一〕，功名富貴，情知不可圖。

【校】

①《梅花引》四首，底本原將前兩首合在一起，詞牌爲《梅花引》，後兩首合一起，詞牌爲《貧也樂》。毛本將其分爲四首。按：後二首出宋賀鑄《將進酒·小梅花二首》。宋趙聞禮輯《陽春白雪集》称乃賀方回《小梅花》前半闋；况周頤《蕙風詞話·續編》嘗辨其誤；唐圭璋《全金元詞》云：「乃賀鑄詞誤入。」因删去。從之。

【注】

〔一〕高仲常：高憲，字仲常，遼東人。王庭筠外甥，曾任博州（山東聊城市）防禦判官。長於外家，詩筆字畫有外舅家風範。天資穎悟，博學强記。喜文學，年未三十，已作詩千首，惜多散佚。泰和、大安間多次從軍，終没於兵間。《中州集》卷五有小傳。

〔二〕梅花引：詞牌名。一名《貧也樂》。詳見趙秉文《梅花引》詞注〔一〕。

〔三〕蒿火：蒿草之火，火勢稍縱即逝。喻目中無光。

〔四〕藜羹：用藜菜作的羹，泛指粗劣的食物。《莊子·讓王》：「孔子窮於陳、蔡之間，七日不火食，藜羹不糝。」成玄英疏：「藜菜之羹，不加米糝。」

〔五〕「書生」句：《漢書·翟方進傳》：「方進年十二三，失父孤學，給事太守府爲史……蔡父大奇其形貌，謂曰：『小史有封侯骨，當以經術進，努力爲諸生學問。』」封侯骨：封侯的骨相。

〔六〕長鬚奴：漢王褒《僮約》：「資中男子王子淵，從成都安志里女子楊惠，買亡夫時户下髯奴便了。」後因以「長鬚」指男僕。

〔七〕下澤車：適宜在沼澤地上行駛的短轂輕便車。《後漢書·馬援傳》：「吾從弟少游常哀吾慷慨多大志，曰：『士生一世，但取衣食裁足，乘下澤車，御款段馬，爲郡掾吏，守墳墓，鄉里稱善人，斯可矣。致求盈餘，但自苦耳。』」李賢注引《周禮·冬官·考工記》：「車人爲車，行澤者欲短轂，行山者欲長轂。短轂則利，長轂則安也。」合觀二句，此寓有安於貧賤、不求聞達之意。

〔八〕畏途：艱險可怕的道路。《莊子·達生》：「夫畏途者，十殺一人，則父子兄弟相戒也，必盛卒徒而後敢出焉。」成玄英疏：「途，道路也。夫路有劫賊，險難可畏。」

〔九〕落漠：落拓，潦倒。唐李賀《崇義里滯雨》：「落漠誰家子，來感長安秋。」

〔一〇〕一事無成：唐白居易《除夜寄微之》：「鬢毛不覺白毿毿，一事無成百不堪。」

〔二〕南轅胡、北轅吴：取南轅北轍意，比喻行動與目的相反。《戰國策·魏策》：「今者臣來，見人於大行，方北面而持其駕。告臣曰：『我欲之楚。』臣曰：『君之楚，將奚爲北面？』曰：『吾馬良。』臣曰：『馬雖良，此非楚之路也。』曰：『吾用多。』臣曰：『用雖多，此非楚之路也。』曰：『吾御者善。』此數者愈善，而離楚愈遠耳。」胡，古代泛稱北方邊地和西域的少數民族。吴，指吴浙一帶，欲去胡地，卻駕車南行；欲往吴地，又駕車北上。喻願望與行動相背離。

又

槐堂夢〔一〕，鼓笛弄〔二〕。馳驟百年塵一鬨〔三〕。陶淵明〔四〕，張季鷹，一杯濁酒，焉知身後名〔五〕。 有溪可漁林可繳〔六〕，須信在家貧也樂。熊門春〔七〕，淏江雲〔八〕，幾時作個，山間林下人。

【注】

〔一〕槐堂夢：即槐安夢、南柯一夢。比喻人生如夢，富貴得失無常。典出唐李公佐《南柯太守傳》：書生淳于棼家居廣陵郡，飲酒古槐樹下，醉後夢入大槐安國，被國王招爲駙馬，榮耀日盛。又出任南柯太守，多有建樹，享盡富貴榮華。一旦醒來，見槐樹下一大蟻穴，南枝下有一小蟻穴，即爲夢中的槐安國和南柯郡。寓言富貴顯赫猶如夢幻。

〔二〕鼓笛弄：擊鼓吹笛。代指富貴顯達者的奢華享樂生活。

〔三〕馳驟：奔競；趨承。杜甫《九日寄岑參》：「君子强逶迤，小人困馳驟。」塵一鬨：謂徒有一場熱鬧。一鬨，亦作「一哄」。衆聲喧擾。句猶唐李郢《春晚與諸同舍出城迎座主侍郎》：「三十驊騮一鬨塵，來時不鎖杏園春。」言富貴顯達者的熱鬧非凡如過眼雲煙，稍縱即逝。

〔四〕陶淵明：即東晉大詩人陶潛。曾爲州祭酒、鎮軍、彭澤令。因不能「爲五斗米折腰」而棄官歸隱，以詩酒自娱。

〔五〕「張季鷹」三句：張翰，字季鷹，吴郡吴縣（今江蘇省蘇州市吴江縣）人。《晉書·張翰傳》載，張曾爲大司馬東曹掾，見政事混亂，爲避禍，乃託辭見秋風起，思故鄉菰菜鱸魚膾而辭官歸吴。「翰任心自適，不求當世。或謂之曰：『卿乃可縱適一時，獨不爲身後名邪？』答曰：『使我有身後名，不如即時一杯酒。』時人貴其曠達。」

〔六〕繳：射鳥時繫在箭上的生絲繩。《孟子·告子上》：「一人雖聽之，一心以爲有鴻鵠將至，思援弓繳而射之。」清焦循《正義》：「繳爲生絲縷之名，可用以繫弓弋鳥。」此處用爲動詞，意謂用箭射鳥。

〔七〕熊門：即熊嶽城門。熊嶽，縣名，金屬蓋州，今遼寧省熊嶽城，位於蓋縣西南。

〔八〕涓江：即涓水，古水名。遼寧海城縣西南淤泥河，古亦稱涓水。高憲爲遼東人，故借熊門、涓江抒發思歸之情。

王予可〔一〕

小重山 予可自解：絪霜，脂粉也〔二〕。

寶榭簾鈎捲月窗〔三〕。縷衣金樣褪〔四〕，泛餘香。卿卿榮耀寵恩光〔五〕。三竿日〔六〕，顰翠楚山長〔七〕。　螺髻戞浮觴〔八〕。鳳奩塵瑩恨〔九〕，浥絪霜〔一〇〕。賣珠樓外串離腸〔一一〕。春殘夢，今夜擬高唐〔一二〕。

【注】

〔一〕王予可：字南雲，吉州（今山西省吉縣）人。年三十許，大病後忽發狂，久之，能把筆作詩文，及説世外恍惚事。衣長不能掩脛，時人目之「哨腿王」。落魄嗜酒，每入城市，人爭以酒食遺之。與之紙，落筆數百言，或詩或文，散漫碎雜，無句讀，無首尾，多六經中語及韻學家古文奇字。與麻九疇、張瑴交遊。《金史》卷一二七有傳，《中州集》卷九、《歸潛志》卷六有小傳。

〔二〕小重山：詞牌名，又名《小重山令》。雙調，五十八字，上下片各四平韻。唐人多寫「宮怨」，故其調悲。

〔三〕寶榭：裝飾華美的臺榭。榭，建在高臺上的敞屋。

〔四〕縷衣：指金縷衣，以金縷裝飾的舞衣。

〔五〕卿卿：婦人對丈夫的昵稱。典出《世説新語·惑溺》：「王安豐婦常卿安豐。安豐曰：『婦人卿婿，於禮爲不敬，後勿復爾。』婦曰：『親卿愛卿，是以卿卿；我不卿卿，誰當卿卿？』遂恒聽之。」恩光：猶恩澤。

〔六〕三竿日：日上三竿。形容太陽升得很高。謂人起牀太晚。

〔七〕「顰翠」句：形容微皺的雙眉彎曲而細長，猶如遠處起伏的山巒。顰翠，皺眉。翠，指翠眉，用黛螺畫的眉。

〔八〕螺髻：螺殻狀的髮髻。晉崔豹《古今注·魚蟲》：「童子結髮，亦爲螺髻，亦謂其形似螺殻。」戛：碰，擊。浮觴：即浮白。《淮南子·道應訓》：「蹇重舉白而進之曰：請浮君。」漢高誘注：「浮，猶罰也，以酒罰君。」罰飲一滿樽酒爲浮白，後稱滿飲爲「浮白」。

〔九〕鳳奩：古代盛放梳妝用品的器具。蓋子如屋栱，飾有鳳凰圖案。瑩：塗飾。《世説新語·汰侈》：「王君夫有牛，名八百里駮，常瑩其蹄角。」句言因離恨思人懶於梳妝，以致塵塗奩盒，如同塗恨。意近《詩·衛風·伯兮》：「自伯之東，首如飛蓬。豈無膏沐，誰適爲容。」

〔一〇〕浥：湿润。句言泪濕粉面。

〔一一〕「賣珠」句：用漢董偃事。《漢書·東方朔傳》：「初，帝姑館陶公主號竇太主，堂邑侯陳午尚之。午死，主寡居，年五十餘矣，近幸董偃。始偃與母以賣珠爲事。偃年十三，隨母出入主家。左右言其姣好，主召見。」句言樓外賣珠之人董偃一樣可愛，引發自己思念離人之情。

〔二〕高唐：戰國時楚國臺觀名，在雲夢澤中。傳説楚襄王游高唐，夢見巫山神女，幸之而去。事見戰國楚宋玉《〈高唐賦〉序》。後用爲男女幽會處。句謂今夜將仿效高唐之事，與意中人夢中相會。

生查子〔一〕

夜色明河靜〔二〕，好風來千里。水殿謫仙人〔三〕，皓齒清歌起〔四〕。前聲金斝中〔五〕，後聲銀河底〔六〕。一夜嶺頭雲，遶遍樓前水〔七〕。

【注】

〔一〕生查子：唐教坊曲名，後用爲詞牌名。雙調，四十字，上下片各四句兩仄韻。

〔二〕明河：星河，天河。

〔三〕水殿，臨水宫殿。謫仙人：謫居世間的仙子。此處用以形容歌女。

〔四〕清歌：無樂器伴奏的清唱。

〔五〕金斝：猶言金樽。斝，古代的青銅貯酒器，有鋬（把手）、兩柱、三足、圓口，上有紋飾，供盛酒與温酒用，盛行於殷代和西周初期。後借指酒杯、茶杯。《詩·大雅·行葦》：「或獻或酢，洗爵奠斝。」毛傳：「斝，爵也。夏曰醆，殷曰斝，周曰爵。」

〔六〕銀河：指天河倒映的樓前水。

〔七〕「一夜」二句：本《列子·湯問》：「（秦青）餞於郊衢，撫節悲歌，聲振林木，響遏行雲。」形容歌聲之美妙嘹亮。猶唐李賀《李憑箜篌引》：「吴絲蜀桐張高秋，空山凝雲頹不流。」

長相思〔一〕

風暖時，雨晴時。熏褶羅衣人未歸〔二〕。螓蛾愁欲飛〔三〕。　枕瓊霞〔四〕，瑣窗紗〔五〕。簾月樓空燕子家〔六〕。春風掃落花〔七〕。

【注】

〔一〕長相思：詞牌名。亦稱《相思令》《吴山青》等。雙調，三十六字，上下片各四句三平韻。

〔二〕「熏褶」句：言將心上人的羅衣用香料薰過折疊擺放好待之而未歸。

〔三〕螓蛾：即螓首蛾眉，謂額廣而眉彎。形容女子美麗的容貌。《詩·衛風·碩人》：「螓首蛾眉，巧笑倩兮。」毛傳：「螓首，顙廣而方。」螓爲蟬的一種，額形方廣，常用以形容美人之額。蛾爲蠶蛾的觸鬚，彎曲而細長，常用以比喻女子之眉。

〔四〕瓊霞：形容紅色玉枕。《初學記·玉》：「瓊，赤玉也。」因其色似雲霞，故稱。

〔五〕瑣：門窗上繪畫或鏤刻的連環圖案。《楚辭·離騷》：「欲少留此靈瑣兮，日忽忽其將暮。」王逸

注：「瑣，門鏤也，文如連瑣。」

〔六〕樓空燕子家：唐白居易《燕子樓詩序》：「徐州故張尚書有愛妓曰盼盼，善歌舞，雅多風態。……尚書既没，歸葬東洛。而彭城有張氏舊第，第中有小樓名燕子。盼盼念舊愛而不嫁，居是樓十餘年，幽獨塊然，於今尚在。」蘇軾《永遇樂》詞：「燕子樓空，佳人何在。」

〔七〕「春風」句：語本唐施肩吾《春日題羅處士山舍》：「春風若掃階前地，便是山花帶錦飛。」又蘇軾《寄高令》：「滿地春風掃落花，幾番曾醉長官衙。」

王監使正之〔一〕

梅花引〔二〕

山之麓，河之曲〔三〕，一灣秀色盤虚谷〔四〕。水溶溶〔五〕，雨濛濛。有人行李〔六〕，蕭蕭落葉中〔七〕。人家籬落炊煙濕〔八〕，天外雲峰迷淡碧〔九〕。野雲昏，失前村。溪橋路滑，平沙没舊痕〔一〇〕。

【注】

〔一〕王監使正之：王特起，字正之，代州崞縣（今山西省原平市）人。泰和三年進士。曾任司竹監使。

智識精深，好學善論議。音樂技藝，無所不能。長於辭賦，出入經史，摘其英華，以爲句讀，如天造神出。《中州集》卷五有小傳。

〔二〕梅花引：詞牌名。一名《貧也樂》。詳見趙秉文《梅花引》詞注〔一〕。

〔三〕河之曲：河道曲折之處。

〔四〕秀色：水秀之色。虛谷：幽深的山谷。

〔五〕溶溶：水流緩動貌。

〔六〕行李：引申爲行蹤、行旅。

〔七〕蕭蕭：形容落葉聲。

〔八〕籬落：即籬笆，用竹、葦或樹枝等編成，可作爲障隔的栅欄。炊煙濕：形容炊煙在青翠山色及雨霧迷濛中給人的感覺。宋陸游《滄灘》：「霧斂蘆村落照紅，雨餘漁舍炊煙濕。」

〔九〕「天外」句：言高聳雲外的青山被輕淡的山嵐抹淡。

〔一〇〕「平沙」句：言雨後溪漲，岸邊沙灘淹没了舊時行走的痕跡。

又

丹楓下〔一〕，瀟湘夜〔二〕，横披省見王維畫〔三〕。畫無聲〔四〕，慘經營〔五〕。何如幻我〔六〕，清寒此道行〔七〕。馬頭風急催行色〔八〕，疑是山靈嫌俗客〔九〕。釣魚磯〔一〇〕，緑蓑衣〔一一〕。有人坐弄，滄浪猶未歸〔二三〕。

【注】

〔一〕丹楓：經霜泛紅的楓葉。唐李商隱《訪秋》：「殷勤報秋意，只是有丹楓。」

〔二〕瀟湘夜：宋晁補之《滿庭芳》：「堪與瀟湘暮雨，圖上畫扁舟。」

〔三〕横披：長條形横幅字畫。元陶宗儀《輟耕録·叙畫》：「横披始於米氏父子，非古制也。」省見：察看，賞識。王維：字摩詰，祖籍祁（今山西省祁縣）人。唐代著名詩人、畫家。開元進士，官至尚書右丞。山水畫以水墨渲染，蕭疏清淡，蘇軾稱其爲詩中有畫，畫中有詩。現存作品有《雪溪圖》等。

〔四〕畫無聲：《宣和畫譜》卷二〇稱南朝陳顧野王：「畫草蟲尤工，多識草木蟲魚之性，詩人之事。畫，亦野王無聲詩也。」宋黄庭堅《次韻子瞻子由題憩寂圖二首》其一：「李侯有句不肯吐，淡墨寫出無聲詩。」

〔五〕慘經營：本杜甫《丹青引贈曹將軍霸》：「詔謂將軍指絹素，意匠慘澹經營中。」指畫前先用淺淡顔色勾勒輪廓，苦心構思，經營位置。南朝齊謝赫《古畫品録》以經營位置爲繪畫六法之一。

〔六〕幻：變化，變幻。

〔七〕清寒：指上言清冷的畫境。

〔八〕「馬頭」句：言山中氣候變化極快，行者知前風後雨，故行色匆匆，趕緊離開，躲避風雨。

〔九〕「疑是」句：南朝齊孔稚圭《北山移文》：「請回俗士駕，爲君謝逋客。」謂假隱士周顒被故山的山神嫌棄，拒絶招納。山靈：山神。《文選·班固·東都賦》：「山靈護野，屬御方神。」李善注：「山靈，山神也。」

〔一〇〕釣魚磯：釣魚時坐的巖石。

〔一一〕緑蓑衣：唐張志和《漁歌子》：「青箬笠，緑蓑衣，斜風細雨不須歸。」

〔一二〕滄浪：隱者所居之水名。《楚辭·漁父》：「滄浪之水清兮，可以濯吾纓。滄浪之水濁兮，可以濯吾足。」

趙内翰子充〔一〕

南歌子〔二〕

澗草萋萋緑〔三〕，林鶯恰恰啼〔四〕。汀沙過雨便無泥〔五〕。换得芒鞋隨意、到前溪〔六〕。

浦溆渾堪畫〔七〕，雲煙總是題〔八〕。江湖老伴一蓑衣。真個斜風細雨、不須歸〔九〕。

【注】

〔一〕趙内翰子充：趙攄，字子充，宛平（今屬北京市）人。自號醉全老人。《中州集》卷七有小傳。

〔二〕南歌子：詞牌名。詳見劉仲尹《南歌子》注〔一〕。

〔三〕萋萋：草木茂盛貌。《詩·周南·葛覃》：「葛之覃兮，施于中谷，維葉萋萋。」毛傳：「萋萋，茂盛貌。」

〔四〕「林鶯」句：語本杜甫《江畔獨步尋花》其六：「留連戲蝶時時舞，自在嬌鶯恰恰啼。」恰恰：象聲詞。

〔五〕汀：水邊平地、小洲。

〔六〕芒鞋：用芒莖外皮編織成的鞋。亦泛指草鞋。

〔七〕浦漵：水邊，水濱。杜甫《戲題畫山水圖歌》：「舟人漁子入浦漵，山木盡亞洪濤風。」渾：副詞。皆，都。表示範圍。唐王建《晚秋病中》：「霜下野花渾著地，寒來溪鳥不成群。」

〔八〕總是：總歸是，全都是。唐王昌齡《從軍行》其二：「琵琶起舞换新聲，總是關山舊别情。」

〔九〕「江湖」三句：化用唐張志和《漁歌子》「青箬笠，緑蓑衣，斜風細雨不須歸」詞意。

虞美人 同孟利器尋春〔一〕

春來日日風成陣〔二〕，桃李飄零盡。樹頭樹底覓殘紅〔三〕，只有郭西梨雪、照晴空〔四〕。

酬春須得如川酒〔五〕，酒債尋常有〔六〕。葛巾欹側倩人扶〔七〕，大似浣花溪上醉騎驢〔八〕。

【注】

〔一〕虞美人：詞牌名。詳見李晏《虞美人》詞注〔一〕。孟利器：其人不詳。

〔二〕「春來」句：唐元稹《尋西明寺僧不在》：「春來日日到西林。」風成陣：形容風勢之大如戰陣。

〔三〕「樹頭」句：本唐王建《宫詞》：「樹頭樹底覓殘紅，一片西飛一片東。」

〔四〕梨雪：梨花。梨花色白、片小，猶如雪花，故稱。前蜀韋莊《浣溪沙》詞：「此夜有情誰不極，隔牆梨雪又玲瓏。玉容憔悴惹微紅。」蘇軾《菩薩蠻·回文春閨怨》詞：「細花梨雪墜。」

〔五〕如川酒：狀酒多如河。《藝文類聚》卷七二：《左傳》曰：「晉侯與齊侯投壺，晉侯曰：『有酒如川，有肉如坻，寡人中此爲諸侯師。』」金人多用此典，如元好問《感事》：「世間安得如川酒，力士鐺頭醉死休。」申萬全《和陳舜俞詩》：「酌君安得如川酒，醉眼蚍蜉萬户侯。」

〔六〕酒債尋常有：化用杜甫《曲江二首》詩句：「酒債尋常行處有，人生七十古來稀。」尋常：經常；平常。

〔七〕「葛巾」句：杜甫《九日藍田崔氏莊》：「羞將短髮還吹帽，笑倩傍人爲正冠。」句狀醉態。葛巾：用葛布製成的頭巾。倩人扶：唐陸龜蒙《春夕酒醒》：「覺夜不知新月上，滿身花影倩人扶。」倩人：謂請託别人。

〔八〕「大似」句：杜甫《奉贈韋左丞丈二十二韻》：「騎驢三十載，旅食京華春。」杜甫騎驢形象深入人心，宋人曾作《杜甫騎驢遊春圖》。浣花溪：一名濯錦江，又名百花潭。在四川省成都市西郊，爲錦江支流。溪旁有杜甫的故居浣花草堂。杜甫《將赴成都草堂途中有作》其三：「竹寒沙碧浣花溪，橘刺藤梢咫尺迷。」仇兆鼇注引《梁益記》：「溪水出湔江，居人多造綵牋，故號浣花溪。」句言自己的醉態很像杜甫盡興賞花飲酒，騎在驢背上東倒西歪的姿態。

孟内翰友之〔一〕

菩薩蠻　迴文〔二〕

睡驚秋近鳴蟲砌〔三〕，蒼鬢摻勻霜〔四〕。影孤燈翳冷〔五〕，長歎浩歌狂〔六〕。

【注】

〔一〕孟内翰友之：孟宗獻，字友之，開封人。大定三年，鄉、府、省、御四試皆第一。金世宗時爲翰林供奉。丁母憂，哀毁致卒。爲文典雅，性情恬淡，著有詩集及《金丹賦》，已佚。《中州集》卷九有小傳。

〔二〕菩薩蠻：詞牌名，詳見李晏《回文菩薩蠻》詞注〔一〕。

〔三〕鳴蟲：指能鳴叫發聲類的昆蟲。砌：石階。

〔四〕勻霜：喻繁多的白髮。

〔五〕翳：昏暗不明貌。此處形容燈光昏暗。

〔六〕浩歌：放聲高歌，大聲歌唱。《楚辭·九歌·少司命》：「望美人兮未來，臨風怳兮浩歌。」

張太尉信甫

信甫名中孚，世爲安定望族〔一〕。初以父任知寧、環、鎮戎三州〔二〕。天會中，宋亂，渭帥劉錡遁走〔三〕，諸將推信甫攝帥事。時左副元帥軍已次官池〔四〕。信甫乃詣行營〔五〕，約衣冠禮樂無變宋舊，則當送款〔六〕，從之，即日事定。授鎮洮軍節度使〔七〕，兼涇原經略安撫使①。改陝西諸路節制使。及地入于宋，信甫留臨安〔八〕。皇統中，理索北歸〔九〕，就拜行臺兵部尚書。天德二年，參知政事。貞元初，新都城，遷尚書左丞。以病乞身，出爲濟南尹，改南京留守。未幾薨。弟忠彦，字才甫。歸國授招撫使。世宗朝，終於吏部尚書。信甫昆弟天性友愛，起行陣間〔一〇〕，而文雅俱有可稱。信甫自號長谷老人，才甫、季弟某義谷〔一一〕，有《三谷集》傳於家。

【校】

①涇：底本原作「經」，訛。據《金史·張中孚傳》改。

【注】

〔一〕安定：安定郡，西漢置郡，治所在高平（今寧夏固原市）。後治所多移。金置安定縣，即今甘肅省寧縣。安定張姓爲西漢趙王張耳之後。望族：有名望、有地位的家族。

〔二〕寧：寧州，宋州名，屬陝西路，今甘肅省寧縣。環：環州，宋州名，屬陝西路，今甘肅省環縣。鎮：鎮原州，宋代州名，屬陝西路，今甘肅省鎮原縣。

〔三〕渭：渭州，宋代轄今甘肅平涼、華亭、崇信及寧夏涇源縣地。金時屬鳳翔路平涼府。劉錡：宋代名將，高宗初爲隴右都護。

〔四〕左副元帥：指完顔宗輔。《金史·張中孚傳》：「天會八年，睿宗以左副元帥次涇州，中孚率其將吏來降。睿宗以爲鎮洮軍節度使，知渭州，兼涇原路經略安撫使。」睿宗即金世宗父宗輔。次：謂軍隊駐扎。官池：地名，應在涇州。

〔五〕行營：將帥的軍營。

〔六〕送款：投誠，歸降。《梁書·侯景傳》：「輸誠送款，遠歸聖朝。」張信甫投誠降金事見《金史·太宗本紀》：「（天會八年）十一月甲辰，宗輔下涇州。丁未，渭州降。敗宋劉倪軍於瓦亭。戊申，原州降。宋涇原路統制張中孚、知鎮戎軍李彦琦以衆降。」

〔七〕鎮洮軍：北宋神宗熙寧四年，改武勝軍爲鎮洮軍，後升鎮洮軍爲熙州，建置熙河路，治所設熙州。金皇統二年改爲臨洮府。治今甘肅省臨洮縣。

〔八〕臨安：臨安府，今浙江省杭州市。

〔九〕理索：索回。《金史·太祖紀》：「有犯罪流竄邊境或亡入於遼者，本皆吾民……當行理索。」皇統二年（南宋紹興十二年）宋金議和，金人向宋索回流寓之人。宋徐夢莘《三朝北盟會編》卷二〇六收金都元帥宗弼《上宋高宗第三書》：「淮北、京西、河東、河北自來流亡在南者，願歸則聽之，理所未安，亦從所乞。外有燕以北逋逃及因兵火隔絶之人，並請早爲起發。」

〔一〇〕行陣：行伍。舊指軍隊。

〔一一〕才甫：張中孚之弟中彦字才甫，見《金史·張中彦傳》。季弟某義谷：張中孚之小弟名中偉，見《棲閑居士張中偉墓表》。義谷其自號。

驀山溪〔一〕

山河百二〔二〕，自古關中好〔三〕。壯歲喜功名，擁征鞍、雕裘繡帽〔四〕。時移事改，萍梗落江湖〔五〕，聽楚語〔六〕，厭蠻歌〔七〕，往事知多少〔八〕。　蒼顏白髮，故里欣重到。老馬省曾行〔九〕，也頻嘶、冷煙殘照〔一〇〕。終南山色〔一一〕，不改舊時青，長安道。一回來，須信一回老。

【注】

〔一〕驀山溪：詞牌名。又名《上陽春》。詳見蔡松年《驀山溪》詞注〔一一〕。

〔二〕百二：《史記·高祖本紀》：「秦形勝之國，帶山河之險，懸隔千里，持戟百萬，秦得百二焉。」裴駰集解：「蘇林曰：得百中之二焉。秦地固險，二萬人足當諸侯百萬人也。」

〔三〕關中：泛指函谷關以西戰國末秦故地。今指陝西省渭河流域一帶。

〔四〕雕裘繡帽：蘇軾《江城子·密州出獵》詞：「錦帽貂裘，千騎卷平岡。」

〔五〕萍梗：浮萍斷梗。喻人行止無定。

〔六〕楚語：楚地的土語鄉音。

〔七〕蠻歌：南方少數民族之歌。唐皇甫松《浪淘沙》其二：「蠻歌豆蔻北人愁，松雨蒲風野艇秋。」

〔八〕「往事」句：用南唐李煜《虞美人》詞：「春花秋月何時了，往事知多少。」

〔九〕老馬：《韓非子·説林上》：「管仲、隰朋從桓公伐孤竹，春往冬返，迷惑失道。管仲曰：『老馬之智可用也。』乃放老馬而隨之，遂得道。」句用此典。

〔一〇〕嘶：指馬鳴聲。《玉臺新詠·古詩爲焦仲卿妻作》：「其日馬牛嘶，新婦入青廬。」吴兆宜注引《正字通·口部》：「嘶，聲長而殺也。凡馬鳴、蟬鳴，聲多嘶。」殘照：落日餘暉。李白《憶秦娥》詞：「西風殘照，漢家陵闕。」

〔一一〕終南山：山名，在陝西省西安市南，一稱南山。

王玄佐

賢佐一字玄佐，名澮，咸平人〔一〕。爲人沉默寡欲，邃於《易》學，若有神授之。又通星曆緯讖之學。明昌初，德行才能，召至京師，命以官，不拜。朝廷重其人，授信州教授〔二〕。未幾，自免去。再授博州教授〔三〕，郡守以下皆師尊之。一日，守澮客①，適中使至〔四〕，中使漠然少年〔五〕，重賢佐名，强之酒。守從旁救之曰：「王先生不茹葷酒，勿苦之也。」中使乃止。是夕，賢佐棄官遁歸鄉里。宣宗即位，聞其名，議驛召之，以道梗不果。車駕南渡，人有自咸平來者，説賢佐年六十餘，起居如少壯人。宣宗重其人，常以字呼。遣王曼卿授遼東宣撫使〔六〕，不拜。又詔宰相以書招之〔七〕，云：「阻奉仙標，渴思道論。敬佇下風，瞻系何極。先生嘉遁林藪〔八〕，脱屣浮榮〔九〕。究大易之盈虚，洞玄象之終始。道尊德重，名動天朝。推其緒餘，足利天下。然君子之道，出處語默〔一〇〕，何常之有。或拂衣而長往，或濡跡以捄時〔一一〕。故當其無事，則采薇山阿，餌木巖岫，固其宜矣。及多難之際，社稷傾危而不顧，蒼生倒懸而不解〔一二〕，其自爲謀則善矣。仁人之心，固如是乎？某等猥以不才，謬膺重任。四郊多壘，各將誰執。徒積慚汗〔一三〕，坐視何益。日夜以思，庶幾得明利害而外爵禄者，在天子左右，同濟太平。今聖上明發不寐〔一四〕，軫念元元〔一五〕。屈己下賢，尊師重道。歎先生之絶識，仰先生之高風。雖黄帝尊廣成之道〔一六〕，唐虞重潁陽之節②〔一七〕，不是過也。先生懷寶遺世，如某輩之不肖，固在所棄。獨不念累世祖宗之基業，億兆生靈之性命〔一八〕，忍忘之耶？昔商巖四老，定儲嗣而暫來〔一九〕；東山謝安，爲蒼生而一起〔二〇〕。今安危大計，非特定儲之勢也；强敵侵逼，又非東晉之時也。生民塗炭〔二一〕，亦已極矣。豈先生建策於明昌之初，獨無一言於貞祐之日乎？想先生幡然而改〔二二〕，惠然而來〔二三〕。審定大計，轉危爲安。然後披蕙幌〔二四〕，拂雲扃〔二五〕，未爲晚耳。敬聽車音〔二六〕，某雖不肖，請擁篲而先之〔二七〕。」書達，竟不至。遼東破時，年九十餘矣。

【校】

①澮：毛本作「酒」，彊村本作「會」。

②潁：底本原作「穎」，訛。許由居潁水之陽，據改。

【注】

〔一〕咸平：金路府名，治今遼寧省開原縣。

〔二〕信州：遼金州名，治今吉林省四平市北。

〔三〕博州：金州名，屬山東西路，治今山東省聊城市。

〔四〕中使：宫中派出的使者。多指宦官。《後漢書·宦者傳·張讓》：「凡詔所徵求，皆令西園騶密約敕，號曰『中使』。」

〔五〕漠然：冷漠無知貌。

〔六〕王曼卿：王曼慶，《中州集》作王萬慶，字禧伯，自號澹游，王庭筠子。官至行省右司郎中。

〔七〕「又詔」句：《遼東文獻征略·王澮傳》載，金宣宗聞咸平人王澮（字賢佐）聲名，累招爲官，賢佐不應。趙秉文奉金章宗之命，代宰相王曼殊撰《詔王賢佐書》。

〔八〕林藪：指山野隱居的地方。

〔九〕脱屣：比喻看得很輕，無所顧戀，猶如脱掉鞋子。《漢書·郊祀志上》：「嗟乎！誠得如黄帝，吾視去妻子如脱屣耳！」顔師古注：「屣，小履。脱屣者，言其便易，無所顧也。」浮榮：虚榮。

〔一〇〕出處語默：出仕和隱退，發言和沉默。語本《易·繫辭上》：「君子之道，或出或處，或默或語。」

〔一一〕濡跡：駐足。喻出仕。《後漢書·荀爽傳論》：「出處君子之大致也。平運則弘道以求志，陵夷則濡跡以匡時。」

〔一二〕倒懸：比喻處境非常困苦危急。

〔一三〕慚汗：羞愧得出汗。極言羞愧之甚。

〔一四〕明發：黎明；平明。《詩·小雅·小宛》：「明發不寐，有懷二人。」朱熹集傳：「明發，謂將旦而光明開發也。二人，父母也。」

〔一五〕軫：憐憫。元元：百姓；庶民。《後漢書·光武帝紀上》：「上當天地之心，下爲元元所歸。」李賢注：「元元，謂黎庶也。」

〔一六〕廣成：即廣成子，黄帝時汝州人，住臨汝鎮崆峒山上。黄帝曾向他請教修煉道術的要訣。《莊子·在宥》：「黄帝聞廣成子在空同之上，故往見之，問以至道之要。」

〔一七〕唐虞：唐堯與虞舜的並稱。潁陽之節：亦作「箕山之節」，用許由居箕山潁陽不仕事。《吕氏春秋・求人》載：堯讓天下於許由，「許由辭曰：『爲天下之不治與？而既已治矣。自爲與？啁噍巢於林，不過一枝；偃鼠飲於河，不過滿腹。歸已君乎，惡用天下。』遂之箕山之下，潁水之陽，耕而食，終身無經天下之色。」《漢書・鮑宣傳》：「堯舜在上，下有巢由。今明主方隆唐虞之德，小臣欲守箕山之節也。」

〔一八〕億兆：極言其數之多。《左傳・昭公二十年》：「雖有善祝，豈能勝億兆人之詛。」杜預注：「萬萬曰億，萬億曰兆。」生靈：人民，百姓。

〔一九〕「商巖四老」二句：用漢初「商山四皓」事。《史記・留侯世家》載，秦末東園公、綺里季、夏黄公、甪里先生，避秦亂，隱于商山，年皆八十有餘，鬚眉皓白，時稱「商山四皓」。高祖召，不應。後高祖欲廢太子，吕后用留侯計迎四皓輔太子，遂使高祖輟廢太子之議。

〔二〇〕「東山謝安」二句：用晉謝安東山再起典故。《晉書・謝安傳》載，謝安早年曾辭官隱居會稽之東山，經朝廷屢次徵聘，方從東山復出，官至司徒，成爲東晉重臣。

〔二一〕生民塗炭：生靈塗炭。形容人民處於極端困苦的境地。

〔二二〕幡然而改：用商湯聘伊尹事。典出《孟子・萬章上》：「湯三使往聘之，既而幡然改曰：『與我處畎畝之中，由是以樂堯舜之道，吾豈若使是君爲堯舜之君哉，吾豈若使是民爲堯舜之民哉。』」幡然：劇變貌。

〔二三〕惠然而來：《詩·邶風·終風》：「終風且霾，惠然肯來。」鄭箋：「肯，可也。有順天然後可以來至我旁。」後多用作對客人來臨表示歡迎之詞。

〔二四〕蕙幌：簾幔的美稱。

〔二五〕雲扃：高山上的屋門。

〔二六〕車音：車子行進發出的聲音。

〔二七〕「請擁篲」句：《史記·孟子荀卿列傳》載：騶子如燕，昭王擁篲先驅，請列弟子之座而受業。擁篲：執帚。帚用以掃除清道，古人迎候賓客，常擁篲以示敬意。

洞仙歌 賦榛實，屏山所録〔一〕。

圓剛定質〔二〕，混物非凡類〔三〕。仁處其中靜忘意〔四〕。任蝶蜂狂遶，燕雀喧爭，心君正〔五〕，惟取清白自治〔六〕。黄衣從淡泊〔七〕，此箇家風異〔八〕。偶合陰陽棄神智〔九〕。怕旁人冷眼，嫌太孤高，樽俎地、聊許松梧同器〔一〇〕。待他日、山林不相容，請援手仙芚〔一一〕，要充仙贄〔一二〕。「混物」作「渾物」。

【注】

〔一〕洞仙歌：唐教坊曲名，後用爲詞牌。又名《洞仙詞》、《洞中仙》、《羽仙歌》等。敦煌寫本《雲謡集雜曲子》收此調二首，字句格律與宋詞異。宋詞有令詞、慢詞兩體。令詞有八十三字或九十三字等，慢詞有一百十八字或一百二十六字等，均仄韻。榛實：榛子，榛的果實。屏山：李純甫號。

〔二〕圓剛：形容榛子的形圓皮硬。定質：固定不變的性質。

〔三〕混物：《老子》：「有物混成，先天地生。」謂混沌之中，自然生成之物。此處指榛子。

〔四〕忘意：謂忘情於世事，淡泊寧靜的心境。此處以榛子仁在圓硬的外殼包裹中寧靜自處，寄託了詞人超塵絶俗之情懷。

〔五〕心君：即心。古人以心爲一身之主，故稱。宋陸游《對經》：「煙水幸堪供眼界，世緣何得累心君。」

〔六〕清白：以榛子仁的質白喻其品行純潔，没有污點。《楚辭·離騷》：「伏清白以死直兮，固前聖之所厚。」自治：修養自身的德性。

〔七〕黄衣：以僧道之服色喻榛子外殼。

〔八〕家風：指家庭或家族的傳統風尚或作風。北周庾信《哀江南賦》序：「潘岳之文采，始述家風；陸機之辭賦，先陳世德。」

〔九〕陰陽：古代指宇宙間貫通物質和人事的兩大對立面。指天地間化生萬物的二氣。《易·繫辭上》：「陰陽不測之謂神。」疏：「天下萬物，皆由陰陽，或生或成，本其所由之理，不可測量之謂神也。」棄神智：道家謂摒棄聰明智巧。《老子》：「絶聖棄智，民利百倍。」

〔一〇〕樽俎：古代盛酒肉的器皿。樽以盛酒，俎以盛肉。亦指宴席。

〔一一〕「請援」句：漢揚雄《法言·寡見》：「春木之芚兮，援我手之鶉兮。」芚：指初生的草木。

〔一二〕仙贄：拜見仙人時所執的禮物。贄：初次見尊長者所執的禮物。

趙愚軒宜之〔一〕

行香子　三首〔二〕

鏡裏流年〔三〕，緑變華顛〔四〕。謝西山、青眼依然〔五〕。人生安用，利鎖名纏〔六〕。似燕營巢，蜂課蜜〔七〕，蟻爭羶。　詞苑群仙，場屋諸賢〔八〕。看文章、大筆如椽〔九〕。閑人書册，且枕頭眠。有洗心經〔一〇〕，傳燈録〔一一〕，坐忘篇〔一二〕。

【注】

〔一〕趙愚軒宜之：趙元，字宜之，號愚軒，定襄（今山西省定襄縣）人。經童出身，舉進士不第。以年及調銎西主簿。未幾失明。自少攻書，作詩有規矩，既以疾廢，萬慮一歸於詩，故詩益工；其五言平淡處，爲他人所不易及。《中州集》卷五有小傳。

〔二〕行香子：詞牌名。詳見許古《行香子》詞注〔一〕。

〔三〕流年：如水流逝的光陰、年華。

〔四〕緑：烏黑發亮的鬢髮。唐李商隱《戲題樞言草閣三十二韻》：「年顔各少壯，髮緑齒尚齊。」華顛：白頭。

〔五〕西山：指洛西之山。《中州集》卷五趙元小傳：「南渡以後，往來洛西山中。」青眼：《晉書・阮籍傳》：「籍又能爲青白眼。見禮俗之士，以白眼對之。及嵇喜來吊，籍作白眼，喜不懌而退。喜弟康聞之，乃齎酒挾琴造焉。籍大悦，乃見青眼。」以黑眼珠正視，表示對人的尊重與喜愛。

〔六〕利鎖名韁：形容名利如鎖鏈、亂絲一般，將人緊緊束縛。詞人常用此比，如《書懷繼元弟裕之韻四首》其一：「世網纏綿之，騂騮受羈銜」，「誰能逐世利，日久常規規」等。

〔七〕課蜜：采蜜。詞人《書懷繼元弟裕之韻四首》其一：「安能如黄蜂，爲人填蜜脾。」

〔八〕場屋：科舉考試的地方，又稱科場。

〔九〕大筆如椽：誇贊别人文筆雄健有力或氣勢宏大。語出《晉書・王珣傳》：「珣夢人以大筆如椽與之，既覺，語人曰：『此當有大手筆事。』俄而帝崩，哀册謚議，皆珣所草。」

〔一〇〕洗心經：《易經》的代稱。《易・繫辭上》：「六爻之義易以貢，聖人以此洗心，退藏於密。」《關氏易傳》：「接物者，言接之而已，非同之也。故洗濯物心，無所瀆汗，請之洗心。」故稱。

〔一一〕傳燈録：又稱燈録，指記載禪宗歷代傳法機緣之著作。燈或傳燈，意謂以法傳人，如燈火相傳，輾轉不絶。宋釋道原著有《傳燈録》三十卷，專記佛教禪宗各家語録，自七佛以下，共五十二世，一千七百多人。

〔三〕坐忘篇：借指《莊子》。《莊子·大宗師》：「隳肢體，黜聰明，離形去知，同於大通，此謂坐忘。」坐忘：道家謂物我兩忘、與道合一的精神境界。後成爲道家的一種修煉方式。唐司馬承禎著有《坐忘論》，詳述其方法。

又

潦倒無聞，坐慣家貧。眼昏花、心口猶存〔一〕。人皆笑我，我儘教人〔二〕。拚醉吟風〔三〕，閑釣月〔四〕，困眠雲〔五〕。邂逅交親〔六〕，語款情真〔七〕。且相從、莫浪辛勤〔八〕。西山歸隱〔九〕，不用移文〔一〇〕。看菊成叢，松結子，竹生孫〔一一〕。

【注】

〔一〕心口猶存：《史記·張儀傳》載，張儀遊説諸侯，因誣被楚相笞掠數百。其妻曰：「嘻！子毋讀書遊説，安得此辱乎？」儀謂其妻曰：「視吾舌尚在不？」其妻笑曰：「舌在也。」儀曰：「足矣。」句言只要自己還能用詩把心思説出來就滿足了。

〔二〕儘：一味；總是。教人：告訴人。

〔三〕拚：豁出去。吟風：吟風詠月。指以風花雪月等自然景物爲題材作詩詞。

〔四〕釣月：月下垂釣。指一種隱逸生活。宋文瑩《玉壺清話》卷七：「渭川凝碧，早抛釣月之流；商嶺排青，不逐眠雲之侣。」

〔五〕眠雲：比喻山居。山中多雲，故云。唐陸龜蒙《和張廣文賁旅泊吴門次韻》：「茅峰曾醮斗，笠澤久眠雲。」

〔六〕邂逅交親：與親戚朋友不期而遇。

〔七〕語款：即款語。指親切交談，懇談。唐王建《題金家竹溪》：「鄉使到來常款語，還聞世上有功臣。」

〔八〕浪：徒然，白白地。蘇軾《贈月長老》：「功名半幅紙，兒女浪苦辛。」句言殷勤陪侍來客，不讓他們有所失落，感到白來一趟。

〔九〕西山：指洛西之山。

〔一〇〕移文：指《北山移文》。南朝齊孔稚珪與周顒初隱居鍾山，後周顒出任海鹽縣令，期滿進京，再過鍾山。孔稚珪作《北山移文》，假託山神之意，諷刺其僞裝隱居，熱衷名利。

〔一一〕竹生孫：竹節上生的新枝。蘇軾《庚辰歲人日作》其二：「不用長愁掛月村，檳榔生子竹生孫。」自注：「海南勒竹每節生枝如竹竿大，蓋竹孫也。」

又

山擁垣牆，水滿溪塘。幾人家、籬落斜陽〔一〕。又還夏也，一霎人忙。正稻分畦〔二〕，蠶卸簇〔三〕，麥登場〔四〕。老子徜徉〔五〕，閑日偏長。鬢蓬鬆、只管尋涼〔六〕。緑陰何處，旋旋移牀〔七〕。有道邊槐，門外柳，舍南桑。

【注】

〔一〕籬落：即籬笆。

〔二〕稻分畦：把稻秧分插到稻田中。初夏正是晚稻插秧之時。

〔三〕蠶卸簇：把蠶從蠶箔中移出。幼蠶在蠶箔中用桑葉餵養，長成後吐絲時則不再食，故移置。《禮記·月令》：「（孟夏之月）蠶事畢，后妃獻繭。」知孟夏麥熟時正是蠶卸簇的忙碌時節。

〔四〕麥登場：收麥到打穀場。

〔五〕老子：老年人自稱，猶老夫。徜徉：安閑自得貌。唐韓愈《送李愿歸盤谷序》：「膏吾車兮秣吾馬，從子於盤兮，終吾生以徜徉。」

〔六〕鬢蓬鬆：鬢髮鬆散雜亂。

〔七〕旋旋：頻頻。唐顧况《焙茶塢》：「旋旋續新煙，呼兒劈寒木。」牀：胡牀。猶今之馬扎。

先東嵓君〔一〕

好事近　蔡丞相韻首倡及，高子文屬和，附於此〔二〕。

夢破打門聲〔三〕，有客袖攜團月〔四〕。喚起玉川高興〔五〕，煮松檐晴雪〔六〕。　蓬萊千古一清風，人境兩超絶〔七〕。覺我胸中黄卷〔八〕，被春雲香徹〔九〕。

【注】

〔一〕先東嵓君：元好問生父元德明，號東嵓，太原秀容人。累舉不第，放浪山水間，詩酒自適。年四十八卒。有《東嵓集》三卷。《金史》卷一二六有傳。《中州集》卷一〇有小傳。

〔二〕好事近：詞牌名。又名《釣船笛》。詳見趙可《好事近》注〔一〕。蔡丞相：蔡松年，字伯堅。官至尚書右丞相。《金史》卷一二五有傳，《中州集》卷一有小傳。高子文：高士談，字子文，號蒙城居士，亳州蒙城（今屬安徽）人。宣和末曾任忻州（今山西省忻州市）户曹參軍。後仕金爲翰林直學士。皇統六年，因宇文虛中案牽連被殺。《金史》卷七九有傳，《中州集》卷一有小傳。

〔三〕「夢破」句：奪胎於唐盧仝《走筆謝孟諫議惠新茶》：「日高丈五睡正濃，將軍打門驚周公。」

〔四〕團月：圓形茶餅。因其團圞如月，故稱。蘇東坡《惠山烹小龍團》：「獨攜天上小團月，來試人間第二泉。」

〔五〕「喚起」句：玉川：本爲井名，一稱玉泉，在河南濟源縣瀧水北。唐盧仝喜飲茶，嘗汲井泉煎煮，因自號「玉川子」。其《走筆謝孟諫議惠新茶》：「一椀喉吻潤，兩椀破孤悶。三椀搜枯腸，唯有文字五千卷。四椀發輕汗，平生不平事，盡向毛孔散。五椀肌骨清，六椀通仙靈。」「高興」當指此。

〔六〕晴雪：喻煮沸的茶。宋金時代吃茶，不同於元明後沏散茶。先把茶餅碾磨成細末篩過。中原地區還往往將芝麻、花生與茶餅同搗。煮茶出現的湯花叫乳茶或雪花。以色澤潔白爲貴。蘇軾《魯直以詩餽雙井茶次韻爲謝》：「磨成不敢付僮僕，自看湯雪生璣珠。」元好問《野谷道中懷昭禪師》：「湯翻豆餅銀絲滑，油點茶心雪蕊香。」皆以雪喻之。

〔七〕「蓬萊」二句：化用唐盧仝《走筆謝孟諫議惠新茶》：「七椀吃不得也，唯覺兩腋習習清風生。蓬萊山，在何處？玉川子，乘此清風欲歸去。」蓬萊：蓬萊山。傳説中的仙山。

〔八〕黄卷：書籍。晉葛洪《抱朴子・疾謬》：「雜碎故事，蓋是窮巷諸生，章句之士，吟詠而向枯簡，匍匐以守黄卷者所宜識。」楊明照校箋：「古人寫書用紙，以黄蘗汁染之防蠹，故稱書爲黄卷。」

〔九〕春雲：指煮茶時升騰起的帶有茶香的蒸氣。

又

天上賜金奩〔一〕，不減壑源三月〔二〕。午盌春風纖手〔三〕，看一時如雪〔四〕。幽人只慣茂

林前〔五〕，松風聽清絶〔六〕。無奈十年黄卷，向枯腸搜徹〔七〕。蔡丞相〔八〕

【注】

〔一〕天上：當指皇上。金奩：指精巧的小匣子，此句指皇上賞賜新茶。

〔二〕婺源：在福建建溪，産貢茶，以三月所采之茶最好。宋胡仔《苕溪漁隱叢話》後集卷十一：「惟婺源諸處私焙茶，其絶品亦可敵官焙，自昔至今，亦皆入貢。其流販四方悉私焙茶耳。蘇、黄皆有詩稱道婺源茶。蓋婺源與北苑爲鄰，山阜相接，纔二里餘，其茶甘香，特在諸私焙之上。」

〔三〕春風：指茶。宋黄庭堅《謝送碾婺源揀芽》：「春風飽識大官羊，不慣腐儒湯餅腸。」纖手：以美女潔白細膩之手喻茶湯。

〔四〕如雪：指茶湯。見上詞注〔六〕。

〔五〕幽人：指幽居之士。

〔六〕清絶：形容美妙至極。唐李山甫《山中覽劉書記新詩》：「記室新詩相寄我，藹然清絶更無過。」

〔七〕「無奈」二句：語本唐盧仝《走筆謝孟諫議惠新茶》：「三椀搜枯腸，唯有文字五千卷。」又宋黄庭堅《謝送碾婺源揀芽》：「搜攪十年燈火讀，令我胸中書傳香。」枯腸：比喻枯竭的文思。

〔八〕蔡丞相：蔡松年，字伯堅，官至尚書右丞相。《金史》卷一二五有傳，《中州集》卷一有小傳。此詩爲蔡松年原作，附録於此。

又

誰打玉川門，白絹斜封團月〔一〕。晴日小窗活火〔二〕，響一壺春雪〔三〕。可憐桑苧一生顛〔四〕，文字更清絶。直擬駕風歸去，把三山登徹〔五〕。高子文〔六〕

【注】

〔一〕「誰打」二句：化用唐盧仝《走筆謝孟諫議惠新茶》詩句：「日高丈五睡正濃，將軍打門驚周公。口云諫議送書信，白絹斜封三道印。開緘宛見諫議面，手閱月團三百片。」玉川：玉川子，唐代詩人盧仝自號。團月：圓形茶餅。

〔二〕活火：有焰的火；烈火。唐趙璘《因話録·商上》：「『茶須緩火炙，活火煎。』活火謂炭火之焰者也。」蘇軾《汲江煎茶》：「活水還須活火烹，自臨釣石取深清。」

〔三〕春雪：喻茶湯。見元德明《好事近》詞注〔六〕。

〔四〕可憐：可羨。桑苧：桑苧翁，唐陸羽別號。唐李肇《唐國史補》卷中：「羽有文學，多意思，恥一物不盡其妙，茶術尤著……羽於江湖稱竟陵子，於南越稱桑苧翁。」元辛文房《唐才子傳·陸羽》：「自稱桑苧翁，又號東崗子。」陸羽一生嗜茶，精於茶道，著有《茶經》，被人尊爲「茶聖」。顛：癲狂，瘋癲。指有所嗜而舉止無儀。

〔五〕「直擬」二句：化用唐盧仝《走筆謝孟諫議惠新茶》詩意：「七椀吃不得也，唯覺兩腋習習清風生。

蓬萊山，在何處？玉川子，乘此清風欲歸去。」

〔六〕高子文：高士談，字子文，號蒙城居士，亳州蒙城（今屬安徽）人。宣和末曾任忻州（今山西省忻州市）户曹參軍。後仕金爲翰林直學士。皇統六年，因宇文虛中案牽連被殺。《金史》卷七九有傳，《中州集》卷一有小傳。此詩爲高士談和蔡松年之作，附録於此。

折治中元禮

元禮字安上。世爲麟撫經略使〔一〕。父定遠，僑居於忻〔二〕，遂占籍焉〔三〕。明昌五年兩科擢第〔四〕，學問該洽〔五〕，爲文有法度。仕至延安治中〔六〕，死於葭州之難〔七〕。坊州有詩云〔八〕：「籬落層層景，軒窗面面山。」至其處，知爲工也。

【注】

〔一〕麟：麟州。宋金州名，治今陝西省神木縣。金皇統八年以地入西夏廢。撫經略使：當爲安撫經略使。

〔二〕忻：忻州，州名，金代屬河東北路，治今山西省忻州市忻府區。

〔三〕占籍：上報户口，入籍定居。

〔四〕兩科：指詞賦、經義二科。

〔五〕該洽：廣博。

〔六〕延安：金府名，屬鄜延路，今陝西省延安市。

〔七〕葭州：金州名，原屬河東北路，興定二年改隸延安府，治今陝西省佳縣。興定五年，西夏進攻葭州。時延安府、鄜、坊、葭等數州受害。史稱「葭州之難」。

〔八〕坊州：金州名，屬鄜延路。今陝西省黄陵縣、宜君縣一帶。

望海潮 從軍舟中作〔一〕

地雄河岳〔二〕，疆分韓晉〔三〕，潼關高壓秦頭〔四〕。山倚斷霞〔五〕，江吞絶壁，野煙縈帶滄洲〔六〕。虎旆擁貔貅〔七〕。看陣雲截岸〔八〕，霜氣横秋。千雉嚴城〔九〕，五更殘角〔一〇〕，月如鈎。

西風曉入貂裘。恨儒冠誤我〔一一〕，卻羨兜鍪〔一二〕。六郡少年〔一三〕，三明①老將〔一四〕，賀蘭烽火新收〔一五〕。天外岳蓮樓〔一六〕，想斷雲横曉，誰識歸舟〔一七〕。剩着黄金换酒〔一八〕，羯鼓醉涼州〔一九〕。

【校】

①明：毛本作「關」。

【注】

〔一〕望海潮：詞牌名。詳見鄧千江《望海潮》詞注〔一〕。

〔二〕地雄河岳：指潼關地勢雄踞於黄河、華山之間。

〔三〕疆分韓晉：潼關當韓晉之衝。戰國時韓、魏、趙三家分晉，故有韓晉、魏晉、趙晉之説。韓晉包括今山西、河南一帶。此處指潼關以北地域。

〔四〕潼關：東漢建安中所建，西接華山，南臨商嶺，北距黄河，東接桃林，爲陝西、山西、河南三省之要衝，歷來爲用兵要塞。秦頭：指由潼關山脈向西的秦嶺西端。元好問《范寛秦川圖》：「全秦天地一大物，雷雨澒洞龍頭軒。」宋陸游《病退頗思遠遊信筆有作》：「平日身如不繫舟，曾從楚尾客秦頭。」

〔五〕斷霞：片段狀的雲霞。

〔六〕縈帶：繚繞映帶之意。滄州：水濱。李白《江上吟》：「詩成笑傲凌滄州。」

〔七〕虎旆：虎旗，軍中旗幟。李白《司馬將軍歌》：「揚兵習戰張虎旆。」貔貅：猛獸名。徐珂《清稗類鈔·動物·貔貅》：「貔貅，形似虎，或曰似熊，毛色灰白，遼東人謂之白熊。雄者曰貔，雌者曰貅，故古人多連舉之。」《史記·五帝本紀》：軒轅教熊羆貔貅貙虎，以與炎帝戰於阪泉之野。常以用比喻勇猛的戰士，形容軍威雄壯。唐張説《王氏神道碑》：「赳赳將軍，貔貅絶群。」

〔八〕陣雲截岸：戰陣的風雲彌漫於黄河兩岸。截：攔住。

〔九〕千雉：形容城牆高大。雉，計算城牆面積的單位。《左傳·隱公元年》：「都城過百雉，國之害也。」杜預注：「方丈曰堵，一雉之牆長三丈，高一丈。」嚴城：高峻的城池。

〔一〇〕五更殘角：用杜甫《閣夜》「五更鼓角聲悲壯」詩意。殘角：指殘餘的號角聲。

〔一一〕儒冠誤我：用杜甫《奉贈韋左丞丈二十二韻》詩意：「紈絝不餓死，儒冠多誤身。」

〔一二〕兜鍪：戰士所戴頭盔，此處借指軍營生活。《後漢書·班超傳》：「嘗輟業投筆歎曰：『大丈夫無它志略，猶當效傅介子、張騫立功異域，以取封侯，安能久事筆研間乎？』」唐楊炯《從軍行》：「寧爲百夫長，勝作一書生。」上二句取此意。

〔一三〕六郡：《漢書·地理志》：「漢興，六郡良家子，選給羽林、期門，以才力爲官，名將多出焉。」顔師古注：「六郡謂隴西、天水、安定、北地、上郡、西河。」

〔一四〕三明老將：指東漢平定羌亂的「涼州三明」皇甫規、張奂與段熲。皇甫規字威明，張奂字然明，段熲字紀明。因三人字中都有「明」字，在對羌作戰中戰績卓著，故稱。《後漢書·段熲傳》：「熲字紀明……初熲與皇甫威明、張然明，並知名顯達，京師稱爲『涼州三明』云。」

〔一五〕賀蘭，即賀蘭山，一名阿拉善山，在寧夏中部，時爲金與西夏相爭奪之地域。收：消散；消失。上三句言金帥多謀，兵士英勇，與西夏作戰取得勝利，烽煙熄滅，邊境寧謐。

〔一六〕岳蓮樓：指華山的蓮花峰，在西岳華山附近。杜甫《題鄭縣亭子》：「雲斷岳蓮臨大路，天晴宫柳暗長春。」

〔一七〕誰識歸舟：語本宋柳永《八聲甘州》：「想佳人、妝樓顒望，誤幾回、天際識歸舟。」

〔一八〕剩：盡。黄金换酒：用晉人阮孚事。《晉書·阮孚傳》：「遷黄門侍郎散騎常侍，嘗以金貂换酒，復爲所司彈劾。」

〔一九〕羯鼓：樂器名。羯族爲古代少數民族之一，羯鼓據説由羯族傳來，狀如漆桶，下以小牙牀作架，用兩杖敲擊，聲音急促高亢。涼州，唐大曲名，來自涼州地區（今甘肅省武威市一帶），故名。《樂府詩集》卷七九引《樂苑》曰：「《涼州》，宫調名，開元中西涼府都督郭知運進。」唐白居易《秋夜聽高調涼州》：「促張絃柱吹高管，一曲涼州入泬寥。」元稹《琵琶歌》：「涼州大變最豪嘈，六么散序多攏撚。」可知其樂節奏急促，聲調高昂，與伴奏的羯鼓匹配。

中州樂府跋

聲音之道與政通，固矣〔一〕。然以《三百篇》考之，成周治矣〔二〕，而夫子不無删焉〔三〕；鄭衛亂矣〔四〕，而夫子或有取焉。何哉？則亦以天理之在人心，不可變，而人之賢不肖不可必〔五〕。故聖賢之所去取，惟其人不惟其時，惟其言不惟其人，惟其意不惟其言。中州樂府作於金人吴彦高輩〔六〕，雖當衰亂之極，今味其辭意，變而不移，憫而不困，婉而不迫，達而不放，正而不隨，蓋古詩之餘響也〔七〕。是故儼山陸公有取焉〔八〕，亦孔子待鄭衛之意。韶承命分校畢〔九〕，敬識淺語〔一〇〕，以俟公之教焉。嘉靖丙申九月庚辰〔一一〕，屬吏毛鳳韶謹書①。

【校】

①「屬吏」下彊村本有「麻城」二字。

【注】

〔一〕聲音：古指音樂、詩歌。二句用《禮記·樂記》語：「聲音之道，與政通矣。」

〔二〕「然以」二句：傳専《變雅樓三十年詩征序》：「夫《關雎》始《風》，《清廟》始《頌》，《鹿鳴》始《小雅》，《文王》始《大雅》，撥亂返正，而多士翕化，思進進善，而天下向風，成周之盛，彪乎備矣。」

〔三〕《三百篇》：指《詩經》。成周：借指周公輔成王的興盛時代。治：治世。

夫子不無删：《史記·孔子世家》：「古者《詩》三千餘篇，及至孔子，去其重，取可施於禮義……三百五篇，孔子皆絃歌之。」

〔四〕鄭衛亂：《史記·樂書》：「鄭衛之音，亂世之音也，比於慢也。桑間濮上之音，亡國之音也，其政散，其民流。」鄭衛：指春秋時鄭國和衛國。

〔五〕「則亦」二句：謂孔子選詩重天理人情而不管作者的賢與否。

〔六〕吴彦高：吴激，字彦高，號東山。建州（今福建省建甌縣）人。宋欽宗靖康二年奉命使金，金不遣返，命爲翰林待制。能詩文書畫，詞與蔡松年齊名，時號「吴蔡體」。《金史》卷一二六有傳，《中州集》卷一有小傳。

〔七〕古詩之餘響：指《詩經》之遺響。

〔八〕儼山陸公：陸深，字子淵，號儼山，明南直隸松江府（今上海市）人。弘治十八年進士，授編修，官至詹事府詹事。

〔九〕韶：即毛鳳韶，字瑞成，麻城（今湖北省麻城市）人。明武宗正德十五年進士，曾任浦江知縣、雲南按察司僉事。撰修《浦江志略》八卷。分校：分别校勘。

〔一〇〕淺語：無深意的話。此爲謙詞。

〔一一〕嘉靖丙申：明嘉靖十五年（一五三六）歲次丙申。

家藏《中州集》十卷，逸其樂府，梓人告成〔一〕，殊怏怏然〔二〕。既得樂府一帙，乃九峰書院刻本也〔三〕，不勝劍合之喜〔四〕。第詞俱雙調〔五〕，淆雜無倫，一一按譜釐正〔六〕。如《望海潮》諸闋，與譜不侔〔七〕，未敢輕以意改。其小叙已見詩集中〔八〕，不復贅云。海雲毛晉識〔九〕。

【注】

〔一〕梓人：指印刷業的刻版工人。

〔二〕怏怏：悶悶不樂貌。

〔三〕九峰書院：亦名九華書院，舊址位於今四川省樂山市。巡按御史熊爵路出資倡建，由嘉定知州郟鼎主持，在凌雲山擁翠峰頂營建書院。明末毀於戰火。

〔四〕劍合：即延津劍合，指晉時龍泉、太阿兩劍在延津會合的故事。《晉書·張華傳》載：雷煥於豐城縣獄掘得寶劍兩口，一送張華，留一自佩。華卒，失劍所在。煥卒，其子雷華持劍行經延平津，劍忽於腰間躍出墮水。使人没水取之，不見劍，但見兩龍各長數丈，蟠縈有文章……華歎曰：「先君化去之言，張公終合之論，此其驗乎！」」李白《梁甫吟》：「張公兩龍劍，神物合有時。」後比喻因緣會合。

〔五〕第：但是，表轉折。

〔六〕譜：即詞譜，指每一詞牌的格式，是由後人根據歷來名人佳作歸納、分類編排，給填詞者作依據的書。主要介紹填詞的各種規則，如字句定額、聲韻安排、詞調來源等。現傳最早的詞譜爲明張綖《詩餘圖譜》。較完備的有清萬樹的《詞律》和清王奕清等合編的《欽定詞譜》。釐正：改正；訂正。後用作請人評定詩文書畫的敬辭。

〔七〕不侔：不合，不等同。

〔八〕小叙：指《中州集》之詩人小傳。

〔九〕海雲毛晉：名鳳苞，字子晉，別號汲古閣主人。常熟（今江蘇省常熟市）人。明末著名藏書家，家富圖籍。有汲古閣，傳刻古書，流布天下。

《中州集》作者索引

（按音序排列）

G

H

J

K

L

M

N

P

Q

R

S

T

Y

Z

《中州集》篇名索引

（按音序排列）

D

H

K

L

M

N

O

R

S

T

X

附《中州樂府》篇名索引

W

X

Y

宋金之際帝王紀年
干支紀年與公元紀年對照表

公元	干支	金代帝王	宋代帝王
一一一五	乙未	金太祖收國元年	宋徽宗政和五年
一一一六	丙申	金太祖收國二年	宋徽宗政和六年
一一一七	丁酉	金太祖天輔元年	宋徽宗政和七年
一一一八	戊戌	金太祖天輔二年	宋徽宗重和元年
一一一九	己亥	金太祖天輔三年	宋徽宗宣和元年
一一二〇	庚子	金太祖天輔四年	宋徽宗宣和二年
一一二一	辛丑	金太祖天輔五年	宋徽宗宣和三年
一一二二	壬寅	金太祖天輔六年	宋徽宗宣和四年
一一二三	癸卯	金太宗天會元年	宋徽宗宣和五年
一一二四	甲辰	金太宗天會二年	宋徽宗宣和六年
一一二五	乙巳	金太宗天會三年	宋徽宗宣和七年
一一二六	丙午	金太宗天會四年	宋欽宗靖康元年
一一二七	丁未	金太宗天會五年	宋高宗建炎元年
一一二八	戊申	金太宗天會六年	宋高宗建炎二年
一一二九	己酉	金太宗天會七年	宋高宗建炎三年
一一三〇	庚戌	金太宗天會八年	宋高宗建炎四年
一一三一	辛亥	金太宗天會九年	宋高宗紹興元年
一一三二	壬子	金太宗天會十年	宋高宗紹興二年
一一三三	癸丑	金太宗天會十一年	宋高宗紹興三年

一一三四	甲寅	金太宗天會十二年	宋高宗紹興四年
一一三五	乙卯	金太宗天會十三年	宋高宗紹興五年
一一三六	丙辰	金熙宗天會十四年	宋高宗紹興六年
一一三七	丁巳	金熙宗天會十五年	宋高宗紹興七年
一一三八	戊午	金熙宗天眷元年	宋高宗紹興八年
一一三九	己未	金熙宗天眷二年	宋高宗紹興九年
一一四〇	庚申	金熙宗天眷三年	宋高宗紹興十年
一一四一	辛酉	金熙宗皇統元年	宋高宗紹興十一年
一一四二	壬戌	金熙宗皇統二年	宋高宗紹興十二年
一一四三	癸亥	金熙宗皇統三年	宋高宗紹興十三年
一一四四	甲子	金熙宗皇統四年	宋高宗紹興十四年
一一四五	乙丑	金熙宗皇統五年	宋高宗紹興十五年
一一四六	丙寅	金熙宗皇統六年	宋高宗紹興十六年
一一四七	丁卯	金熙宗皇統七年	宋高宗紹興十七年
一一四八	戊辰	金熙宗皇統八年	宋高宗紹興十八年
一一四九	己巳	海陵王天德元年	宋高宗紹興十九年
一一五〇	庚午	海陵王天德二年	宋高宗紹興二十年
一一五一	辛未	海陵王天德三年	宋高宗紹興二十一年
一一五二	壬申	海陵王天德四年	宋高宗紹興二十二年
一一五三	癸酉	海陵王貞元元年	宋高宗紹興二十三年
一一五四	甲戌	海陵王貞元二年	宋高宗紹興二十四年
一一五五	乙亥	海陵王貞元三年	宋高宗紹興二十五年
一一五六	丙子	海陵王正隆元年	宋高宗紹興二十六年
一一五七	丁丑	海陵王正隆二年	宋高宗紹興二十七年
一一五八	戊寅	海陵王正隆三年	宋高宗紹興二十八年
一一五九	己卯	海陵王正隆四年	宋高宗紹興二十九年

一一六〇	庚辰	海陵王正隆五年	宋高宗紹興三十年
一一六一	辛巳	金世宗大定元年	宋高宗紹興三十一年
一一六二	壬午	金世宗大定二年	宋高宗紹興三十二年
一一六三	癸未	金世宗大定三年	宋孝宗隆興元年
一一六四	甲申	金世宗大定四年	宋孝宗隆興二年
一一六五	乙酉	金世宗大定五年	宋孝宗乾道元年
一一六六	丙戌	金世宗大定六年	宋孝宗乾道二年
一一六七	丁亥	金世宗大定七年	宋孝宗乾道三年
一一六八	戊子	金世宗大定八年	宋孝宗乾道四年
一一六九	己丑	金世宗大定九年	宋孝宗乾道五年
一一七〇	庚寅	金世宗大定十年	宋孝宗乾道六年
一一七一	辛卯	金世宗大定十一年	宋孝宗乾道七年
一一七二	壬辰	金世宗大定十二年	宋孝宗乾道八年
一一七三	癸巳	金世宗大定十三年	宋孝宗乾道九年
一一七四	甲午	金世宗大定十四年	宋孝宗淳熙元年
一一七五	乙未	金世宗大定十五年	宋孝宗淳熙二年
一一七六	丙申	金世宗大定十六年	宋孝宗淳熙三年
一一七七	丁酉	金世宗大定十七年	宋孝宗淳熙四年
一一七八	戊戌	金世宗大定十八年	宋孝宗淳熙五年
一一七九	己亥	金世宗大定十九年	宋孝宗淳熙六年
一一八〇	庚子	金世宗大定二十年	宋孝宗淳熙七年
一一八一	辛丑	金世宗大定二十一年	宋孝宗淳熙八年
一一八二	壬寅	金世宗大定二十二年	宋孝宗淳熙九年
一一八三	癸卯	金世宗大定二十三年	宋孝宗淳熙十年
一一八四	甲辰	金世宗大定二十四年	宋孝宗淳熙十一年
一一八五	乙巳	金世宗大定二十五年	宋孝宗淳熙十二年

一一八六	丙午	金世宗大定二十六年	宋孝宗淳熙十三年
一一八七	丁未	金世宗大定二十七年	宋孝宗淳熙十四年
一一八八	戊申	金世宗大定二十八年	宋孝宗淳熙十五年
一一八九	己酉	金世宗大定二十九年	宋孝宗淳熙十六年
一一九〇	庚戌	金章宗明昌元年	宋光宗紹熙元年
一一九一	辛亥	金章宗明昌二年	宋光宗紹熙二年
一一九二	壬子	金章宗明昌三年	宋光宗紹熙三年
一一九三	癸丑	金章宗明昌四年	宋光宗紹熙四年
一一九四	甲寅	金章宗明昌五年	宋光宗紹熙五年
一一九五	乙卯	金章宗明昌六年	宋寧宗慶元元年
一一九六	丙辰	金章宗承安元年	宋寧宗慶元二年
一一九七	丁巳	金章宗承安二年	宋寧宗慶元三年
一一九八	戊午	金章宗承安三年	宋寧宗慶元四年
一一九九	己未	金章宗承安四年	宋寧宗慶元五年
一二〇〇	庚申	金章宗承安五年	宋寧宗慶元六年
一二〇一	辛酉	金章宗泰和元年	宋寧宗嘉泰元年
一二〇二	壬戌	金章宗泰和二年	宋寧宗嘉泰二年
一二〇三	癸亥	金章宗泰和三年	宋寧宗嘉泰三年
一二〇四	甲子	金章宗泰和四年	宋寧宗嘉泰四年
一二〇五	乙丑	金章宗泰和五年	宋寧宗開禧元年
一二〇六	丙寅	金章宗泰和六年	宋寧宗開禧二年
一二〇七	丁卯	金章宗泰和七年	宋寧宗開禧三年
一二〇八	戊辰	金章宗泰和八年	宋寧宗嘉定元年
一二〇九	己巳	衛紹王大安元年	宋寧宗嘉定二年
一二一〇	庚午	衛紹王大安二年	宋寧宗嘉定三年
一二一一	辛未	衛紹王大安三年	宋寧宗嘉定四年

一二一二	壬申	衛紹王崇慶元年	宋寧宗嘉定五年
一二一三	癸酉	衛紹王至寧(貞祐)元年	宋寧宗嘉定六年
一二一四	甲戌	衛紹王貞祐二年	宋寧宗嘉定七年
一二一五	乙亥	衛紹王貞祐三年	宋寧宗嘉定八年
一二一六	丙子	衛紹王貞祐四年	宋寧宗嘉定九年
一二一七	丁丑	金宣宗興定元年	宋寧宗嘉定十年
一二一八	戊寅	金宣宗興定二年	宋寧宗嘉定十一年
一二一九	己卯	金宣宗興定三年	宋寧宗嘉定十二年
一二二〇	庚辰	金宣宗興定四年	宋寧宗嘉定十三年
一二二一	辛巳	金宣宗興定五年	宋寧宗嘉定十四年
一二二二	壬午	金宣宗元光元年	宋寧宗嘉定十五年
一二二三	癸未	金宣宗元光二年	宋寧宗嘉定十六年
一二二四	甲申	金哀宗正大元年	宋寧宗嘉定十七年
一二二五	乙酉	金哀宗正大二年	宋理宗寶慶元年
一二二六	丙戌	金哀宗正大三年	宋理宗寶慶二年
一二二七	丁亥	金哀宗正大四年	宋理宗寶慶三年
一二二八	戊子	金哀宗正大五年	宋理宗紹定元年
一二二九	己丑	金哀宗正大六年	宋理宗紹定二年
一二三〇	庚寅	金哀宗正大七年	宋理宗紹定三年
一二三一	辛卯	金哀宗正大八年	宋理宗紹定四年
一二三二	壬辰	金哀宗開興(天興)元年	宋理宗紹定五年
一二三三	癸巳	金哀宗天興二年	宋理宗紹定六年
一二三四	甲午	金哀宗天興三年	宋理宗端平元年